中外名家精品荟萃

蓦然回首

小说

冯化平 ◎ 主编

内蒙古出版集团有限责任公司
内蒙古文化出版社

图书在版编目(CIP)数据

蓦然回首 / 冯化平主编 .—呼伦贝尔：内蒙古文化出版社，2010.4

（中外名家精品荟萃：6）
ISBN 978-7-80675-803-8

Ⅰ．①蓦…Ⅱ．①冯…Ⅲ．①文学欣赏—世界Ⅳ．①I106

中国版本图书馆 CIP 数据核字（2010）第 060974 号

蓦然回首
MORAN HUISHOU
冯化平　主编

责任编辑	王　春
装帧设计	博凯设计

出版发行	内蒙古文化出版社
地　　址	呼伦贝尔市海拉尔区河东新春街4－3号
直销热线	0470－8241422　　邮编　021008
排版制作	北京鸿儒文轩文化传播有限公司
印刷装订	三河市华东印刷有限公司
开　　本	710mm×1000mm　1/16
字　　数	230千
印　　张	20
版　　次	2010年5月第1版
印　　次	2022年4月第2次印刷
印　　数	5001—8000 册
书　　号	ISBN 978-7-80675-803-8
定　　价	58.00元

版权所有　侵权必究
如出现印装质量问题，请与我社联系。联系电话：0470-8241422

前言

　　一篇不超过 1500 字的文章，将一篇普通小说应该具有的一切概括出来，长篇、中篇、短篇小说都做不到，微型小说做到了。它袖珍，却麻雀虽小五脏俱全；它短小，却往往立意新颖、情节严谨、结局新奇，自成一体，有着广泛的读者群和家喻户晓的美誉。

　　因其短小，在构思和行文时才更讲究字句的凝炼，不允许文章中有赘词冗句。它的创作，是将时间、场所、人物压缩到一个小舞台上尽情展现，它的创作犹如做一件微雕的工艺品，精巧之间尽显功力。在某种程度上，微型小说就是一种敏感，从一个点、一个画面、一个对比、一声赞叹、一瞬间之中，捕捉住了小说的——一种智慧、一种美、一个耐人寻味的场景，一种新鲜的思想。也正是因为这些，微型小说自出现至今，一直深受读者的喜爱。

　　现在，对于广大读者来说，一个微型小说的饕餮盛宴就展现在眼前，我们推出的《中外名家精品荟萃》书系，其中就包括微型小说作品。我们的目的就是为了使人们在紧张的生活之余，撇开那些尘嚣的文字垃圾，将全身心沉浸在好书的海洋，汲取好书的思想精华。

　　在这套书系中，包罗了近百年来中外广泛流传的名家名作。它们的作者大都是在历史上享有崇高地位，曾经影响过文坛的大师、巨匠、泰斗。这些作品经受住了时间的考验和历史的洗礼，作者的思想高度和精神内涵在岁月中不断沉淀，最终成为最美丽的琥珀。

　　这些微型小说经过整理，共分四部分，具体包括《昔日重现》、《蓦然回首》、《智慧锦囊》和《哲理精粹》。所选的文章都具有很强的故事性和可读性，展现了名家们的经典构思。这些小说是大师们思想、想象和精神内涵的沉淀，体现了他们的创作魅力。虽然情节简单，但正如契诃夫所说："故事越单纯，那就越逼真，越诚恳，因而也就越好。"

　　这些小说选文精短美妙，有些甚至就是"小不点"，曾经在历史的长河中被遗忘在角落。现在我们将其收集、整理、汇集，让它们重新绽放出生命的光辉，因此具有很强的收藏价值。文章在组织编排的时候是按照一定的逻辑思维分章编织串珠，更体现了其凝练、结晶、群星熠熠闪烁的特色，真正展现了传世文学精品的流光溢彩。

这套书系读者群相信一定非常庞大，学生、上班族，文学爱好者、一般读者都可以阅读和收藏。阅读它们能使我们站在大师的肩上，感受文学艺术的最高境界，直接欣赏水平和阅读品味。

我们在编辑本套书系的时候，尽管选文广泛，涉及面广，也得到了权威专家的指导，但仍然感到资料有限，才疏学浅，因此难免出现选文不周、挂一漏万。疏忽大意的地方，敬请各位读者指正批评。

目 录

幸福的红玫瑰

> 吉米每个星期六都要为凯洛琳小姐送去一支红玫瑰,吉米感到很不解。多年以后,吉米重回花店,问及此事,令他惊讶的是,送花的不是抛弃凯洛琳的潘尼曼先生,而是他的太太克丽丝汀·潘尼曼。

一个兵丁	[中国]冰 心(2)
他	[中国]郭沫若(4)
窥 浴	[中国]汪曾祺(5)
紫色人形	[中国]毕淑敏(8)
紫藤花事件	[中国台湾]陈幸蕙(10)
喂鸽者	[美国]欧·亨利(11)
抢劫者	[美国]爱伦·坡(14)
幸福的红玫瑰	[美国]阿·戈登(17)
奥利和特鲁芳	[美国]辛 格(20)
神 经	[俄国]契诃夫(23)
伤 痕	[俄国]伊·阿·布宁(27)
幸 福	[前苏联]高尔基(29)
森林之路	[前苏联]鲍·萨琴科(32)
狗的嗅觉	[前苏联]左琴科(35)
羡 慕	[俄国]鲍·克拉夫琴科(37)
美丽的女店主	[德国]歌 德(39)
两个钓鱼朋友	[法国]莫泊桑(42)
西班牙的婚礼	[法国]梅里美(47)
柠檬女	[日本]川端康成(50)

兄　弟 …………………………………………	[日本]岛崎滕村(53)
"恶"的化身 ……………………………………	[日本]芥川龙之介(56)
入浴——一幅水彩画 …………………………	[澳大利亚]H·H·理查逊(58)
祖　母 …………………………………………	[丹麦]安徒生(61)
香　粉 …………………………………………	[奥地利]里尔克(63)
骑桶者 …………………………………………	[奥地利]卡夫卡(65)

看不见的眼泪

> 夫妻二人热情地招待客人，在客人眼里，军事长官是世上最幸福的人。其实为了拿到地窖和橱柜的钥匙，军事长官在妻子面前又是下跪，又是说好话，有说不出的辛酸。

寒　宵 …………………………………………	[中国]郁达夫(68)
马蜂的毒刺 ……………………………………	[中国]郁达夫(70)
老　黄 …………………………………………	[中国台湾]席慕蓉(72)
心与手 …………………………………………	[美国]欧·亨利(75)
椭圆形肖像 ……………………………………	[美国]爱伦·坡(78)
忠心不二的公牛 ………………………………	[美国]海明威(81)
外国佬 …………………………………………	[美国]弗郎西斯(83)
美满的婚姻 ……………………………………	[美国]斯·麦克勒(86)
初　恋 …………………………………………	[美国]约·沃尔特斯(88)
看不见的眼泪 …………………………………	[俄国]契诃夫(91)
宽　恕 …………………………………………	[俄国]屠格涅夫(96)
穷苦人 …………………………………………	[俄国]托尔斯泰(98)
柯留沙 …………………………………………	[前苏联]高尔基(101)
离家出走 ………………………………………	[前苏联]普罗特尼科娃(103)
看　望 …………………………………………	[德国]海·格兰特(105)
风流人物 ………………………………………	[日本]川端康成(108)
恶作剧 …………………………………………	[日本]芥川龙之介(110)
侮　辱 …………………………………………	[日本]安部公房(112)
恋爱圈套 ………………………………………	[日本]星新一(114)
马术表演 ………………………………………	[奥地利]卡夫卡(117)

卖火柴的小女孩 ………………………………… [丹麦]安徒生(118)
彩 气 …………………………………………… [西班牙]加斯基尔(120)
一支红玫瑰 …………………………………… [保加利亚]玛·帕弗洛娃(123)
脆弱的心 ……………………………………… [新西兰]凯瑟林·曼斯菲尔德(127)

真难过的烦恼

> 彼得用一张照片勒索了我五千元,后又去找我妻子媚黛的麻烦,我开枪杀了他之后才发现,那张照片上的男女并不是我和妻子的表妹,而是媚黛和罗登。

余 辉 …………………………………………… [中国]石评梅(132)
私 情 …………………………………………… [中国]李健吾(134)
爱的墓园 ……………………………………… [中国]丛维熙(137)
最后的牵手 …………………………………… [中国]雷抒雁(139)
一毛不拔的情人 ……………………………… [美国]欧·亨利(141)
桥畔的老人 …………………………………… [美国]海明威(146)
告密的心 ……………………………………… [美国]爱伦·坡(149)
瞎 子 …………………………………………… [美国]坎 特(153)
黄手绢 ………………………………………… [美国]彼·哈米尔(156)
绿色的小秘密 ………………………………… [美国]玛丽·迪拉姆(158)
幸福的女人 …………………………………… [前苏联]玛·乌斯宾斯卡娅(162)
未婚夫 ………………………………………… [俄国]彼·安·巴甫连科(165)
真难过的烦恼 ………………………………… [英国]拉·鲍威尔(167)
被遗忘在角落的人 …………………………… [德国]布·克罗瑙埃(171)
生日礼物 ……………………………………… [日本]森瑶子(175)
殉 情 …………………………………………… [日本]立原正秋(178)
吻 ……………………………………………… [瑞典]雅·瑟德尔贝里(183)
小杜果 ………………………………………… [土耳其]苏·得尔威希(185)
别难过,妈妈 ………………………………… [加拿大]莫·卡拉汉(188)
修 女 …………………………………………… [新西兰]凯瑟林·曼斯菲尔德(192)

获得爱的磨难

> 乔和迪莉娅婚后便把身上的钱全部花光了。于是,学音乐的迪莉娅便去做了家教,而学绘画的乔说有主顾去买他的画。两周后,他们的谎言都被对方揭穿了。

吹胰子泡 ……………………………………	[中国]徐志摩(198)
灯 …………………………………………………	[中国]鲁 彦(200)
老爱情 ……………………………………………	[中国]苏 童(202)
制 服 ……………………………………………	[中国台湾]陈克华(204)
获得爱的磨难 …………………………………	[美国]欧·亨利(206)
约 会 ……………………………………………	[美国]欧·亨利(208)
古老的戒指 ……………………………………	[美国]霍 桑(211)
波茨和利诺 ……………………………………	[美国]西·汤姆斯(219)
幼 犊 ……………………………………………	[美国]克莱奥尔(222)
邮局内外 ………………………………………	[美国]托·R·蔡斯(225)
沃夫卡和祖母 …………………………………	[前苏联]阿·阿克谢诺娃(229)
节 日 ……………………………………………	[俄国]谢·阿·沃罗宁(232)
斯焦普卡 ………………………………………	[俄国]费·亚·阿勃拉莫夫(235)
奇妙的礼物 ……………………………………	[英国]富·奥斯勒(237)
一个木橱的移交 ………………………………	[德国]约·雷丁(240)
清风流水 ………………………………………	[日本]北皇人德(244)
忍到最后 ………………………………………	[日本]久保裕一(246)
两 人 ……………………………………………	[日本]森瑶子(248)
海的坟墓 ………………………………………	[荷兰]赫·布洛魁仁(251)
夫 妇 ……………………………………………	[奥地利]卡夫卡(253)
老人们 …………………………………………	[奥地利]里尔克(256)

找不到的理由

> 岛木幸经历了三次婚姻,每次婚姻都给他留下一些教训,最后他彻底对婚姻失去了信心,不过他还是感到非常欣慰。

船　上 ……………………………………	[中国]徐志摩(260)
爱底痛苦 ……………………………………	[中国]许地山(263)
懒马的故事 …………………………………	[中国]孙　犁(265)
伉俪曲 ………………………………………	[中国]叶文玲(266)
巫婆的面包 …………………………………	[美国]欧·亨利(268)
上尉的爱情 …………………………………	[美国]欧·亨利(271)
等待的一天 …………………………………	[美国]海明威(273)
雪夜出诊 ……………………………………	[美国]比利·罗斯(276)
丢失的坟墓 …………………………………	[美国]马拉默德(278)
隧　道 ………………………………………	[前苏联]康·麦里汉(282)
我的肖像 ……………………………………	[前苏联]古里阿(284)
祖父的表 ……………………………………	[英国]斯·巴斯托(286)
不值一文的老奶奶 …………………………	[德国]布莱希特(289)
找不到的理由 ………………………………	[日本]森村诚(293)
丫岛美人鱼 …………………………………	[日本]名木田惠子(296)
七个铜板 ……………………………………	[匈牙利]莫里兹(300)
半张纸 ………………………………………	[瑞典]斯特林堡(304)
难以避免的灾祸 ……………………………	[印度]泰戈尔(306)

幸福的红玫瑰

吉米每个星期六都要为凯洛琳小姐送去一支红玫瑰，
吉米感到很不解。
多年以后，吉米重回花店，
问及此事，令他惊讶的是，
送花的不是抛弃凯洛琳的潘尼曼先生，
而是他的太太克丽丝汀·潘尼曼。

蓦然回首

一个兵丁

——[中国] 冰 心

小玲每天上下学时都要经过一个军营，他在那里，与一个兵丁相遇并成了好朋友。时间久了，小玲不再把老朋友放在心上了，直到一天早晨，小玲收到一杆小木枪和一个纸条，可此时的军营已经……

小玲天天上学必要经过一个军营。他挟着书包儿，连跑带跳不停地走着，走过那营前广场的时候，便把脚步放迟了，看那些兵丁们早操。他们一排儿的站在朝阳之下，那雪亮的枪尖，深黄的军服，映着阳光十分的鲜明齐整。小玲在旁边默默的看着，喜欢羡慕的了不得，心想："以后我大了，一定去当兵，我也穿着军服，还要掮着枪，那时我要细细地看枪里的机关，究竟是什么样子。"这个思想，天天在他脑中旋转。

这一天他按着往常的规矩，正在场前凝望的时候，忽然觉得有人附着他的肩头，回头一看，只见是看门的那个兵丁，站在他背后，微笑着看着他。小玲有些瑟缩，又不敢走开，兵丁笑问，"小学生，你叫什么？"小玲道，"我叫小玲。"兵丁又问道，"你几岁了？"小玲说，"八岁了。"兵丁忽然呆呆的两手挂着枪，口里自己说道，"我离家的时候，我们的胜儿不也是八岁么？"

小玲趁着他凝想的时候，慢慢的挪开数步以外，便飞跑了。回头看时，那兵丁依旧呆立着如同石像一般。

晚上放学，又经过营前，那兵丁正在营前坐着，看见他来了，便笑着招手叫他。小玲只得过去了，兵丁叫小玲坐在他的旁边。小玲看他那黧黑的面颜，深沉的目光，却现出极其温蔼的样子，渐渐的也不害怕了，便慢慢伸手去拿他的枪。兵丁笑着递给他。小玲十分的喜欢，低着头只顾玩弄，一会儿抬起头来。那兵丁依旧凝想着，同早晨一样。

以后他们便成了极好的朋友，兵丁又送给小玲一个名字，叫做"胜儿"，小玲也答应了。他早晚经过的时候必去玩枪,那兵丁也必是在营前等着。他们会见了却不多谈话,小玲自己玩着枪,兵丁也只坐在一旁看着他。

小玲终究是个小孩子,过了些时,那笨重的枪也玩得腻了,经过营前的时候,也不去看望他的老朋友了。有时因为那兵丁只管追着他,他觉得厌烦,连看操也不敢看了,远望见那兵丁出来,便急忙走开。

可怜的兵丁!他从此不能有这个娇憨可爱的孩子和他作伴了。但他有什么权力叫他再来呢?因为这个假定的胜儿,究竟不是他的儿子。

但是他每日早晚依旧在那里等着,他藏在树后,恐怕惊走了小玲。他远远地看着小玲连跑带跳的来了,又嘻笑着走过了,方才慢慢的转出来,两手拄着枪,望着他的背影,临风洒了几点酸泪——

他几乎天天如此,不知不觉的有好几个月了。

这一天早晨,小玲依旧上学,刚开了街门,忽然门外有一件东西,向着他倒来。定睛一看,原来是一杆小木枪,枪柄上油着红漆,很是好看,上面贴着一条白纸,写着道:"胜儿收玩,爱你的老朋友——"

小玲拿定枪柄,来回的念了几遍,好容易明白了。忽然举着枪,追风似的,向着广场跑去。

这队兵已经开拔了,军营也空了——那时两手拄着枪,站在营前,含泪凝望的不是那黧黑慈蔼的兵丁,却是娇憨可爱的小玲了。

他

——［中国］郭沫若

> 傍晚，K君去街上买柴，
> 回来时，见月娥感慨万千之时，
> 遇N君，寒暄之后在H神社分手回家。

近来，欧西文艺界中，短篇小说很流行。有短至十二三行的。不知道我这一篇也有小说的价值么？

天色已晚，他往街上买柴去了。

回来的时候，他在街道上看见那位二八的月娥，披着件缟素的衣裳，好像是新出浴的一般，笑向着他；月娥旁边还有许多的明眸，也在向他目礼。他默默地望着他们叹道：啊，光呀！爱呀！我要怎么样才能够修积得道呀？修积得道的人真是幸福呀！

——喔，K君！你往哪儿去来？

招呼他的人是他的同学N君。他从mantle底下露出一个柴来示N，说道：你又遇着我买柴！N笑。他也笑。他问N，你要往哪儿去？

——往Y君处去耍。你不同去么？

——不，抱起柴拜客！

——你不往那儿去耍么？

——不，我要回去了。

他们在H神社分了手，他又默诵起他自家的诗来。

窥 浴

——［中国］汪曾祺

> 极富音乐天赋的岑明在样板团吹黑管，
> 因高傲而受人冷落。
> 寂寞之时常去一个可偷窥女浴室的角落，
> 被同事发现后遭殴打，他的未婚女老师虞芳替他解了围。

岑明是吹黑管的，吹得很好。在音乐学院附中学习的时候，教黑管的老师虞芳就很欣赏他，认为他聪明，有乐感，吹奏有感情。在虞芳教过的几班学生中，她认为只有岑明可以达到独奏水平。音乐是需要天才的。

附中毕业后，岑明被分配到样板团。自从排练样板戏以后，各团都成立了洋乐队。黑管在仍以"四大件"为主的乐队里只是必不可少的装饰，一晚上吹不了几个旋律。岑明一天很清闲。他爱看小说，看《红与黑》，看 D·H·劳伦斯。

岑明是个高个儿，瘦瘦的，鬈发。

他不爱说话，不爱和剧团演员、剧场职员说一些很无聊的荤素笑话。演员、职员都不喜欢他，认为他高傲。他觉得很寂寞。

俱乐部练功厅上有一个平台，堆放着纸箱、木板等等杂物。从一个角度，可以下窥女浴室，岑明不知道怎么发现了这个角落。他爬到平台上去看女同志洗澡，已经不止一次。他的行动叫一个电工和一个剧场的领票员发现了，他们对剧场的建筑结构很熟悉。电工和领票员揪住岑明的衣领，把他拉到练功厅下面，打他。

一群人围过来，问：

"为什么打他？"

"他偷看女同志洗澡！"

"偷看女同志洗澡？——打！"

七八个好事的武戏演员一齐打岑明。

恰好虞芳从这里经过。

蓦然回首

虞芳看到，也听到了。

虞芳在乐团吹黑管，兼在附中教黑管。她有时到乐团练乐，或到几个剧团去辅导她原来的学生，常从俱乐部前经过，她行步端庄，很有风度。演员和俱乐部职工都认识她。

这些演员、职员为什么要打岑明呢？说不清楚。

他们觉得岑明的行为不道德？

他们是无所谓道德的观念的。

他们觉得自己受到了侵犯，甚至是污辱（他们的家属是常到女浴室洗澡的）。

或者只是因为他们讨厌岑明，痛恨他的高傲，他的落落寡合，他的自以为有文化、有修养的劲儿。这些人都有一种潜藏的、严重的自卑心理，因为他们自己也知道，他们是庸俗的，没有文化的，没有才华的，被人看不起的。他们打岑明，是为了报复，对音乐的，对艺术的报复。

虞芳走过去，很平静地说：

"你们不要打他了。"

她的平静的声音产生了一种震慑的力量。

因为她的平静，或者还因为她的端庄，她的风度，使这群野蛮人撒开了手，悻悻然地散开了。

虞芳把岑明带到自己的家里。

虞芳没有结过婚，她有过两次恋爱，都失败了，她一直过着单身的生活。音乐学院附中分配给她一个一间居室的宿舍，就在俱乐部附近。

"打坏了没有？有没有哪儿伤着？"

"没事。"

虞芳看看他的肩背，给他做了热敷，又给他倒了一杯马蒂尼酒。

"他们为什么打你？"

岑明不语。

"你为什么要爬到那么个地方去看女人洗澡？"

岑明不语。

"有好看的么？"

岑明摇摇头。

"她们身上有没有音乐？"

岑明坚决地摇了摇头："没有！"

"你想看女人，来看我吧。我让你看。"

她乳房隆起，还很年轻。双腿修长。脚很美。

岑明一直很爱看虞老师的脚。特别是夏天，虞芳穿了平底的凉鞋，不穿袜子。

  虞芳也感觉到他爱看她的脚。
  她把他的手放在自己的胸上。
  他有点晕眩。
  他发抖。
  她使他渐渐镇定了下来。
  (萧邦的小夜曲,乐声低缓,温柔如梦……)

紫色人形

——[中国] 毕淑敏

在乡下医院当化验员的我去仓库没领到新油布，
而在旧物堆中发现了一块旧油布，
管库的老大妈给我讲了烧焦的
新婚夫妇在油布上留下两个紧紧偎依的紫色人形的故事，
令我心潮难平。

那时我在乡下医院当化验员。一天到仓库去，想领一块新油布。

管库的老大妈把犄角旮旯翻了个底朝天，然后对我说："你要的那种油布多年没人用了，库里已无存货。"

我失望地往外走，突然在旧物品当中发现了一块油布。它折叠得四四方方，从翘起的边缘处可以看到一角豆青色的布面。

我惊喜地说："这块油布正合适，就给我吧。"

老大妈毫不迟疑地说："那可不行。"

我说："是不是有人在我之前就预订了它？"

她好像陷入了回忆，有些恍惚地说："那倒也不是……我没想到把它给翻出来了……当时我把它刷了，很难刷净……"

我打断她说："就是有人用过也不要紧，反正我是用它铺工作台，只要油布没有窟窿就行。"

她说："小姑娘你不要急。要是你听完了我给你讲的这块油布的故事，你还要用它去铺桌子，我就把它送给你。

"我那时和你现在的年纪差不多，在病房当护士，人人都夸我态度好技术高。有一天，来了两个重度烧伤的病人，一男一女。后来才知道他们是一对恋人，正确地说是新婚夫妇。他们相好了许多年，吃了很多苦，好不容易才盼到大喜的日子。没想到婚礼的当夜，一个恶人点燃了他家的房檐。火光熊熊啊，把他们俩都烧得像焦炭一样。我被派去护理他们，一间病房，两张病床，这边躺着男人，那边躺着女人。他们浑身漆黑，大量地渗液，好像血都被火焰烤成了水。医生只好将他们全身赤裸，抹上厚厚的紫草油，这是当时我们这儿治烧伤最好的办法。可水珠还是不断地外渗，刚换上布单几分钟就湿透。搬动他们焦黑的身子换床单，病人太痛苦了。医生不得不决定铺上油布。我不断地用棉花把油布上的紫色汁液吸走，尽量保持他们身下干燥。别的护士说，你可真倒楣，护理这样的病人，吃苦受累还是小事，他们在深夜呻吟起来像从烟囱中发出哭泣，多恐怖！

"我说，他们紫黑色的身体，我已经看惯了。再说他们从不呻吟。

"别人惊讶地说，这么危重的病情不呻吟，一定是他们的声带烧糊了。

"我气愤地反驳说，他们的声带仿佛被上帝吻过，一点都没有灼伤。

"别人不服，说既然不呻吟，你怎么知道他们的嗓子没伤？

"我说，他们唱歌啊！在夜深人静的时候，他们会给对方唱我们听不懂的歌。

"有一天半夜，男人的身体渗水特别多，都快漂浮起来了。我给他换了一块新的油布，瞧，就是你刚才看到的这块。无论我多么轻柔，他还是发出了一声低沉的呻吟。换完油布后，男人不作声了。女人叹息着问，他是不是昏过去了？我说，是的。女人也呻吟了一声说，我们的脖子硬得像水泥管，转不了头。虽说床离得这么近，我也看不见他什么时候睡着什么时候醒。为了怕对方难过，我们从不呻吟。现在，他呻吟了，说明我们就要死了。我很感谢您。我没有别的要求，只请您把我抱到他的床上去，我要和他在一起。

女人的声音真是极其好听，好像在天上吹响的笛子。

我说，不行。病床那么窄，哪能睡下两个人？她微笑着说，我们都烧焦了，占不了那么大的地方。我轻轻地托起紫色的女人，她轻得像一片灰烬……

老大妈说："我的故事讲完了。你要看看这块油布吗？"

我小心翼翼地揭开油布，仿佛鉴赏一枚巨大的纪念邮票。由于年代久远，布面微微有些粘连，但我还是完整地摊开了它。

在那块洁净的豆青色油布中央，有两个紧紧偎依在一起的淡紫色人形。

紫藤花事件

——［中国台湾］陈幸蕙

> 仲夏午后，母亲对她述说了自己婚姻的不幸及父亲的不堪，致使二十二岁的她失声痛哭，窗外飘落的紫藤花使她感悟到了婚姻的复杂与艰难。

自她童年有记忆时起，母亲和父亲即已分床而睡。

她从来没有看见他们相互拥抱过，甚至开玩笑、牵手也不曾。在一种似有若无的低调气氛中——她记得母亲曾说过——嫁给父亲是"还债"！

"所以，你们可要记得呵！"

一个燠热的仲夏午后，不知说起什么话题，母亲忽然告诫她们几个姐妹：

"将来你们婚姻可千万别像我这个样子呵！你们的爸爸啊……"

在各种缺点与过去的痛诉指陈中，她不知已经二十二岁的自己，为什么会那样不可遏抑地失声痛哭起来。

碧纱窗外的紫藤花落得满地。

——难道，这就是母亲对自己一生婚姻生活的结论吗？她自问。

还有，那一直被她深深敬爱、供在心底当英雄的父亲，难道也真如母亲所叙述的那么不堪？而母亲，又为什么残忍地将这些不堪——包括父亲当年曾强暴家中一名女佣的往事——亲口告诉她的女儿呢？

一种精神上的失怙失恃之痛，在瞬间同时将她击溃。失控的哭泣中，她仿佛听见母亲惊异地问她："伊伊，你这是干什么呀？"

她没有回话，也忘了那局面后来是如何收拾的，只记得不久后，她便与相恋多年的男友结婚了。

——那是不是也是一种变相的离家出走？如果不是深深相爱，其实非常危险，而且多少也对丈夫不公平、不诚实吧？

父母亲其实是白首偕老的。

但白首偕老，就一定是幸福的终局吗？

紫藤花事件之后，她才开始怅怅然地了解了一点父亲、母亲、她自己，以及，啊，人间婚姻的复杂与艰难。

幸福的红玫瑰

喂 鸽 者

——[美国] 欧·亨利

> 五十四岁的陶柏蒙生命已近尾声，
> 他决定以一生的信誉为代价拐骗六百家客户的钱财去南美颐养天年。
> 就在他上飞机的前几个小时，
> 穷苦的喂鸽人使他最终决定留下来。
> 然而，令他想不到的是……

锁上公文包的时候，陶柏蒙更加紧张了，口舌更加干燥；他觉得手在发抖，于是颤巍巍地把手伸入口袋，掏取香烟。

他点燃了一支烟，深深地吸了一口，内心的紧张稍微缓和了一些。他那更加疲惫的蓝眼睛，此时正惶惑不安地注视着那个公文包，公文包里装着他的命运。

尽管他心里仍然很矛盾，但是他到底还是没有改变决定。再过十几分钟，他将提着那个公文包，悄然离开这间办公室，而且是不再复回。但是，他真不能相信，难道就此将自己五十四年来的信誉毁于一旦吗？因此他取出飞机票，困惑地看着。

这是一个礼拜天的下午，办公室里静寂无声。陶柏蒙的视线迟缓地从大写字台移向红皮沙发，然后经过甬道、外室，停驻在一束玫瑰花上，这是魏尔德小姐插在瓶上放在桌上的。但明天，这束玫瑰花也将被弃置于垃圾堆中，因为魏尔德小姐也将和其他客户一样遭受破产。这或许太霸道，太残酷，但是有什么比自保更重要的呢？即使是玫瑰也长出刺来保护自己！

魏尔德供职于陶柏蒙信托公司已经十年了。他知道她竭尽一个四十岁未婚女性的可能在爱恋着他，而且是深深地爱恋着他。虽然他和她之间没有过多的交谈、没有缱绻蜜语，但她的心思已经从她的眼波中，从她羞涩的神情里，从她的行动举止上很自然地流露出来。她的相貌非常动人，在他们单独相处的时候，对陶柏蒙是一个很大的诱惑。但是，他却不想放弃自己宁静的独身生活……

陶柏蒙陷于沉思之中，不经意地把桌上的日历翻到了下礼拜。忽然，他从沉

蓦然回首
MoRanHuiShou

思中觉醒过来，对于刚才那些无意识的举动长长地叹了一口气。他整整衣冠，提起公文包，悄悄地走过玫瑰花旁，出门去了。

正是醉人的春天，中央公园一片新绿景致灿烂锦簇。飞机要六点钟才起飞，于是陶柏蒙决定在回家取行李之前，先散散步，最后一次浏览一下这里悦人的美景：春阳透过丛林，疏落的影子交相辉映。明天抵达里约热内卢之后，开始新的生活，往后的享乐多着呢！

他毕生最大愿望就是到南美去颐养天年，但他做梦也不曾想到这个愿望竟会实现得这么快！这完全是医生为他决定的，他回想起医生对他说："一切取决于你自己如何调养，假若能轻松享乐，或许还能多活几年。"

他顺着公园漫步，沉重的公文包把手指勒得有些疼痛，但是心情却出奇地平静。他和蔼地对一个巡逻警察古怪地笑笑，甚至冲动地想要拦住他，而且告诉他："警察先生，我其实并非如我的外表一般值得别人尊敬，我是个拐骗六百家客户的经纪人。对于这等行径我自己也和别人一样感到惊奇，因为我一向诚实。但是，我活在世上的日子已经不多了，而为了我最后一段生命的享用，我不得不带走他们的钱财。"

路过一处玫瑰花丛，他又想起了魏尔德小姐。大约是在两个月以前，她怯怯地交给他一张三千元的支票，忸怩地说："陶柏蒙先生，请你把这笔款子替我投资好吗？我觉得我早就应该托付给你了。储蓄存款比较起来是最可靠的，而且自一九二九年以来，我一向对股票证券不大信任。"

"魏尔德小姐，我很愿为你效劳。"他内心暗暗得意，"但是，你既然不信任证券，为什么又改变了主意呢？"

她低下头，羞答答地不作声，停了半晌才说："是的，我在这里服务已经很多年了，亲眼看见你为别人赚了许多钱……"

"你总该知道，这种事情多多少少有些冒险性，万一有个三长两短，你真准备承受吗？"

"我相信托付给你是不会有什么不妥的。"她看看他，爽朗地说，"万一有什么不幸，我也不会说什么的。"

这些回答并没有打消他的决定，他提提精神，继续向前走去。远处，哥伦布广场已经隐约望见了。

忽然，他看见路边蹲着一个人，那人的年纪也许和他不相上下，也许比他还稍微大一点；头上蓬着苍苍白发，衣衫褴褛，污迹斑斑。陶柏蒙放缓了脚步。

许多野鸽子正围绕着那个人飞舞，争着啄食他手上的花生；在他怀里，还露出花生袋子。从侧面看去，那个人满面皱纹，是历经风霜才那样；但是却很和蔼，很慈祥。他看见陶柏蒙正在看他，就说："这些可怜的小东西哟！它们经过了漫长的严冬，自从飘雪以来，它们早就被人们遗忘了；我不愿意让它们失望，只要我能买得起花生，不论气候多么恶劣，我都必定会来的。"

陶柏蒙茫然地点点头，他盯着那个孤零零的人出神："这个人这么穷苦，还肯把仅有的钱用来喂鸽子，那些鸽子信赖它们的穷施主……"

五十四年来清白无瑕的自尊心被这个念头推向最高处，原本平静的心开始惶恐起来。他忽然看见那些鸽子变成六百家嗷嗷待哺的客户，其中有一只鸽子是魏尔德小姐，其中有几家是孤苦无依的老寡妇，靠亡夫留下的一点薄产，节衣缩食地活着。而他，至少在今天以前的那些日子里，就是那蹲在路边喂鸽子的人，他就正是这样一个人物。但是，他不但从来不曾衣衫褴褛，而且一向丰衣足食！

面对这个情景，陶柏蒙的羞恶之心不禁油然而生，于是他回过头来，跑回公司。虽然他的心里还有一个声音在讥笑他再次投入樊笼，为人役使，太不聪明；但是他的意念趋于坚定，心志也如磐石一般坚定，不再为任何邪恶的企图所撼动。他面对着桌上的日历，衷心喜悦；也许这是一个好预兆。他不应该毁掉自己一生的名誉；他为那个喂鸽子的人祝福，因为那个人把他从噩梦中拯救出来，使他及时醒悟，悬崖勒马。到南美去并不就是惟一可行的休养办法，如果能得到爱人悉心的服侍，也可以延年益寿的。他要从头拾起那位爱玫瑰的人给予他的爱，使自己得到一个新生的机会。

此时，那个喂鸽子的人还在公园里；他茫然地环视四周，回过头来，看见一只肥美的鸽子正在他掌中吃得高兴；他熟练地把它的脖子一扭，揣进怀里，然后站了起来，对着四散飞舞的鸽子们温和地说：

"朋友们，很抱歉，你们知道，我也需要果腹呀！"

抢劫者

——[美国]爱伦·坡

身为边区税务员的丈夫把已有身孕的妻子一人留在家中看管公款，自己去偏远的农村银行取回他们的存款。夜幕降临时，妻子收留了一名伤兵，并和伤兵联合击毙了抢劫者——她的丈夫。

她像是盼望着什么似的，又像是担心着什么似的。屋子里只有她一个人。窗外在下着大雪，这是今年冬季的第一场喜雪，大雪覆盖了窗外荒寂的大草原。妇人隔着窗户痴痴地向外望去，但她什么也看不见，只有单身孤影投在锃亮的窗玻璃上。

此时，她感到非常孤独和害怕，而且这份感觉比任何时候都强烈。她丈夫常常出远门，一去就是好几天，只留下她一个人守在家里。但是这次的情况有点不同，现在她已确知自己怀孕了。她有点恨自己，为什么不早点把这件喜事告诉丈夫。做丈夫的是一位边区的税务员，他很早以前就对工作产生了厌烦的情绪。如果知道她已有了身孕，一定不会再出远门的，但她却不愿意让他为自己而焦灼。

她回想起几小时前的一个插曲：他站在这个窗台前，双手轻轻地搭在她的肩膀上。告诉她，他把一大包税款拿回了家，放到一个饼干箱里，藏到厨房的地板底下。

"为什么呢？"

小两口把自己的那一点微薄的存款，存在老远的一家农村银行里，现在那家银行就要倒闭了，他只好赶快去取回他们的钱。然而他却不敢随身带着公款跑那么远，所以把那包钱藏在家里了。

"我不在家你千万别离开屋子，"他临走时说，"你得答应，不让任何人进房子，无论说什么都不能让人进来。"

"我一定照你的吩咐去做，保证不让任何人进屋子。"她说。

到现在为止，丈夫已经走了好几个小时了，天色已昏沉下来，夜幕降临了。

大雪和黑暗笼罩着孤寂的木屋。

妇人突然听到了声音。风吹门窗的声音虽然像有人想偷偷地进来，可是她能分辨得出，这绝对不是风声，她听到的是一阵敲门声。声音很低，但很急促。她把脸紧贴着窗户边，只见有一个人靠在前门。

她连忙从壁炉边取下了丈夫的手枪。不幸的是，这是一枝没有用的手枪，好的那一枝和火药筒都让丈夫给带走了。她只好拿着空枪壮胆，快步走到大门边。

"是谁在外边？"她战战兢兢地问道。

"我是一名士兵，受了伤，迷了路，实在走不动了，请你做件好事，让我进去吧。"

"我丈夫吩咐我，他不在家谁也不让进来。"年轻的妇人实实在在地告诉他。

"那么，你就忍心看着我死在你家门口吗？"

又过了一会儿，士兵又恳求说："你打开门看看，就知道我不会伤害你的。"

"我丈夫是不会饶恕我的……"她一边哭诉着，一边开门让他进来了。

这个伤兵步履踉跄，的确已筋疲力尽，似乎就要垮了。他高个子，面庞苍白而粗糙，右手臂上包扎着绷带，浑身落满雪花。妇人让他坐到火炉边她丈夫的椅子上，然后替他洗伤口，换绷带，又把准备自己吃的晚餐拿给他吃。最后，她在后房里用地毯为他铺了一张床。他往床上一倒，似乎马上就睡着了。

这个伤兵是真睡着了还是假的？是在骗她，等她去睡觉？妇人在自己卧室里走来走去，心里忐忑不安，预感着似乎要出什么危险。

深夜里，万籁俱寂，只有炉火劈劈啪啪地低声作响。

忽然传来一阵非常低的声音，比老鼠偷啃东西时发出的声音还要轻，很显然，是有人在鬼鬼祟祟地干什么。但这到底是哪儿来的声音呢？难道是隔壁房里的那个男人？想到这儿，她拿起灯，轻轻地走到狭窄的通道，侧耳静听。伤兵的呼吸声音很响，难道是故意装的？她把门推开，走进后房，俯身去看那伤兵，只见他睡得很甜。她走出这个房间，立刻又听到了那个声音。这次她完全可以肯定声音的源头了：有人在撬前门的锁。妇人立刻从工具箱里拿出丈夫的一把折式洋刀，然后又轻轻地返回到伤兵床边，推醒他。他哼了一声，睁开了眼睛。

"嘘，快听！"她低声地说，"有人要偷偷进屋来，你来帮我一个忙！"

"谁要偷偷进来呢？"他疲惫不堪地说，"这又没有什么东西可偷。"

"有的，有很多钱，藏在厨房的地板底下。"天啊，这件事怎么可以告诉他呢？她恨不得咬断自己的舌头。

"既然这样，你拿我的手枪，我右手伤了，拿不了枪，你把刀给我。"

妇人有点拿不定主意。这时又传来前门被撬的声音。她立刻把刀递给伤兵，自己拿起了他的手枪。

蓦然回首

"我们靠近门边站着,"士兵说,"你来对付第一个进来的小偷,门一开你就开枪,枪里有六发子弹,一定要打到他倒下动不了为止。我拿着刀,在你后边应付第二个进来的人。"

两个人在门旁站好位置后,妇人把灯吹灭了。顿时,屋子里一片漆黑。撬锁的声音也戛然而止,但接着又传来了扳扭东西的声音。门锁被打掉了,门开了,借着白雪衬托,她看到了那个身影。于是她扣动扳机,枪响了,那人倒下了,但马上又踉踉跄跄地站起来,妇人又开了一枪,那人这才慢慢地倒下。脸碰着墙脚,再也没有动弹。

伤兵俯着身子,咒骂了一声,然后叫道:"原来只有一个人!好枪法呵,太太!"

接着,他把小偷的尸体翻过身来仰天躺着,这才发现这个小偷还蒙着一个面罩。伤兵把面罩揭开,妇人也凑近去看。

"认识这个人吗?"伤兵问。

"从没见过!"她说。

这时的妇人比任何时候都有勇气,她盯着死者的脸,看着这个来抢劫她的人——她的丈夫!

幸福的红玫瑰

——［美国］阿·戈登

吉米每个星期六都要为凯洛琳小姐送去一支红玫瑰，
吉米感到很不解。
多年以后，吉米重回花店，问及此事，
令他惊讶的是，送花的不是抛弃凯洛琳的潘尼曼先生，
而是他的太太克丽丝汀·潘尼曼。

那是一年的春天，每天放学后和星期天我都在奥森老爹的花店替他送花。周薪虽然只有三美元，但对于一个十几岁的孩子来说，这些钱已经相当不菲了。让我记忆深刻的是，每个星期天的晚上八点，无论天气多么恶劣，我都要准时给凯洛琳·韦尔福小姐送去一支红玫瑰。

那总是花店里最好的一支红玫瑰。每次奥森老爹都轻轻地用绿棉纸和羊齿叶把花包好，然后放入盒中。随后，我就拿着这个盒子在寂静的街道上拼命蹬自行车，最后把玫瑰送到凯洛琳小姐手中。

然而，这事透着一点古怪，这是我从一开始送玫瑰就感觉到的。第一次给凯洛琳小姐送玫瑰的晚上，奥森老爹竟然忘记给我送花人的名片。提醒他时，他通过眼镜像个慈祥的"老妖怪"似的窥视着我，说：

"哦，没有名片，詹姆斯。"他从不叫我吉米，"而且，送花的人要求尽量保密。所以你千万不要声张。"

我很高兴能有人送花给凯洛琳小姐，因为她最倒霉不过了——她被人抛弃了。

凯洛琳·韦尔福与杰弗里·潘尼曼已订婚多年。潘尼曼是小城里最有本领的单身青年之一。她一直等他读完医学院，在他担任医院实习生时还在等他。然而实习期间，潘尼曼医生爱上了一个更年轻漂亮的姑娘，并和她结了婚。

"那简直是丑闻。"我母亲说，"所有的男人都是畜生，应该用鞭子抽杰弗里·潘尼曼一顿。"我父亲却正好相反，他说："每个男人都有权利去娶肯嫁给

蓦然回首

他的最美丽的姑娘。"

潘尼曼娶的那个姑娘名叫克丽丝汀·马洛，她的确很漂亮，而且是从大城市来的。当然，她在这个小城生活得很尴尬，甚至可以说是很糟糕，因为小城里所有的女人都鄙视她，说她的坏话。

至于凯洛琳小姐，差一点就被这件事击倒了，她好像打定主意要使自己变成一个脾气乖僻的老小姐。在一连六个月里，她几乎足不出户，放弃了一切社会活动，甚至也不替教堂弹风琴了。

我送第一枝红玫瑰去的那天晚上，她无精打采，头发蓬乱，看上去像个鬼。"嘿，吉米，"她毫无生气地说。我把那个盒子递给她时，她满脸惊讶，"给我的吗？"

第二个星期六，在同一时间，我又送一枝玫瑰给凯洛琳小姐。第三个星期六，在同一时间又是一枝。当第四个星期六晚上八点时，她很快就开了门，她一定是在等待着我。她的两颊透着红润，头发也不那么散乱了。

我又给她送去了第五枝玫瑰，第二天早晨，凯洛琳小姐又回到教堂弹风琴了。她昂首挺胸，衣襟上别着昨晚送去的红玫瑰。对潘尼曼医生和她娇妻坐的那排座位连看都不看一眼。

"多么勇敢，"我母亲说，"多么有骨气！"

接下来的每周周末我都照例送去玫瑰。凯洛琳小姐逐渐恢复了正常的生活。现在她有点儿自豪，几乎是一副傲岸自尊的神气，是那种虽然表面上遭受挫败而心里却明白仍然受人珍惜、爱怜的女子的态度。

这是我最后一次给凯洛琳小姐送花。我把盒子递给她，说："凯洛琳小姐，我们下星期要搬到别的地方去了，我不能继续给您送花了。不过，奥森先生说他会继续送花来的。"

她踌躇片刻，说："吉米，你进来一下。"

我随着凯洛琳小姐来到整洁的客厅，她从壁炉架上拿下一个精雕的帆船模型。"这是我祖父的，"她说，"我要送给你。你和那些红玫瑰给我带来了莫大的快乐，吉米。"

她打开盒子，轻触娇嫩的花瓣。"花瓣虽然无言，却告诉我许多事情。花瓣对我说起星期六的夜晚，快乐的星期六夜晚，告诉我它也寂寞……"

"你现在应该走了，吉米，走吧！"

她咬着嘴唇，好像觉得自己说得太多了。

我紧抓住那个帆船模型，跑到自行车那里。旋风般回到花店，然后做了一件我以前从来不敢做的事情——我去找奥森先生那凌乱的文件夹。幸运的是，我找到了那份记录，只见上面是奥森老爹潦草难辨的笔迹："潘尼曼，52朵美国红玫瑰，每朵0.25元，共计13元。已全部预付。"

原来如此，原来如此！

许多年过去了。有一天，我又来到奥森老爹的花店。一切都还是老样子。奥森老爹还像往常一样在做一个栀子花束。

我跟他闲聊了一阵，随后问："凯洛琳小姐现在怎样了？就是每星期六晚八点接受玫瑰的那一位。"

"凯洛琳小姐？"他点点头，"当然记得。她嫁给了开药店的乔治·霍尔西。乔治那人不错，他们生了一对双胞胎。"

"哦！"我有点惊讶。但我仍然想让奥森老爹知道我当年有多么精明。"你猜想，"我说，"潘尼曼太太是否知道她丈夫送花给凯洛琳小姐呢？"

奥森老爹深深地叹了口气："你从来就不太聪明，詹姆斯。谁说送花人是杰弗里·潘尼曼，他甚至根本就不知道这回事。"

"那么花是谁送的？"我瞪着眼睛看着他。

"一位太太，"奥森老爹边说边小心翼翼地把栀子花放进盒子，"那位太太说她不愿坐视凯洛琳小姐因为杰弗里·潘尼曼而毁了自己。送花的是克丽丝汀·潘尼曼。"

他最后盖上盒子的时候说："这才是个有骨气的女人！"

奥利和特鲁芳

——[美国] 辛 格

> 两片叶子,奥利和特鲁芳,彼此深爱着对方。
> 一阵大风吹过,奥利被刮落枝头。
> 忧伤的特鲁芳去求树干唤回奥利,却遭拒绝。
> 最终,特鲁芳也难逃噩运。

一望无垠的辽阔森林里,树木丛生,密密麻麻。每年到了十一月份,通常是很冷的,甚至要下雪了。可相对于以前的这个时候来说,今年是比较暖和的。整个森林里遍地撒满了橘黄、酒红、金色和其他杂色的落叶,谁会以为这不是晚秋呢?经过日日夜夜的风吹雨淋,数不清的树叶飘飘摇摇地落下,为慈蔼的大地母亲覆上一件厚厚的外衣。尽管树都已干枯,可它们仍然散溢出一种宜人的芳香。太阳透过活枝照射着落叶,那些不知怎么从秋天的风暴中活过来的虫子和苍蝇在它们上面爬着。树叶下面的空隙,为蟋蟀、野鼠和那些在泥土中寻找庇护的其他许多动物提供了极佳的隐身之所。

有一棵树,在它光秃的树梢的细枝上残留着两片叶子——奥利和特鲁芳。他们已经熬过了无数个凄风苦雨的寒夜。为什么有的飘落,有的仍留在枝头呢?谁也不清楚其中的原因。奥利和特鲁芳认为,这答案就存在于他们伟大的互爱之中。奥利比特鲁芳年长几日,身材也魁伟些,但特鲁芳却更为漂亮和纤弱一些。每逢刮风落雨,或者开始下冰雹的时候,本来它们彼此帮不了什么忙。可奥利仍然抓住一切机会鼓励特鲁芳。当风暴来临,电闪雷鸣,狂风不仅蹂躏树叶,甚至撕裂了整个树枝,这时奥利便为特鲁芳加油:"挺住,特鲁芳!用全力挺住啊!"

在风雨交加的寒夜里,特鲁芳被折磨得毫无生存的渴望:"我完了,奥利,可你一定要挺住!"

"为什么?"奥利问道,"没有你,我活着还有什么意思。如果你被吹落,我决不会独自生活的,一定会随你而去。"

"别这样,奥利!只要还有一点生存的机会,你就一定要挺住。"

"如果你能和我一道留下，我一定努力。"奥利回答，"这样，白天我注视着你，礼赞你的美。夜里我闻着你的香气。否则，要我独立枝头？决不可能！"

"你很让我感动，奥利，但你不能盲目啊！"特鲁芳说，"相信你已看得很清楚了，我已不再那么美了。你看我，满脸皱纹，身子萎缩。惟一没有改变的，也就剩下我对你的爱了。"

"难道这还不够吗？在我们的全部力量中，最高最美的就是爱，"奥利说，"只要我们之间存在着伟大的互爱，任凭风吹雨打或是电击雷劈，我们都无所畏惧。告诉你吧，特鲁芳，我从来还没有像现在这么深地爱着你哩！"

"为什么，奥利？为什么？我已毫无漂亮可言，全身枯黄了呀！"

"爱并不是由颜色和漂亮决定的，绿色固然很美，可黄色也有它的迷人之处……"

突然，奥利的声音止住了。特鲁芳几个月来所担心害怕的事情发生了——一阵大风把奥利从枝头刮落了。特鲁芳也开始颤抖和摇晃，就像她很快也要被吹走似的。但是她挺住了。她眼看着奥利在空中摇曳飘落，她无比悲凄地呼唤着："奥利！回来啊！奥利！"

她话还没有说完，奥利就不见了，混在了零落在地的叶子群中。树上只剩下孤零零的特鲁芳。

要是在白天，不管怎样，特鲁芳还能勉强忍受着失去爱人的痛苦忧伤，可每当夜幕降临，寒气或暴风雨袭来之时，她就陷入了失望之中。她总觉得所有的树叶的不幸应归咎于枝繁的树干。树叶落了，树干仍然高高地、密集地矗立着，牢牢地把树根扎在地里。风雨冰雹都打动不了它。对于或许会永远生存下去的一棵树来说，这到底有什么关系呢？一片叶子的遭遇又是什么呢？对特鲁芳来说，树干简直就是上帝。树干用树叶遮盖着身躯几个月后，便把它们摇落。它用树液滋养它们，时间则由它的高兴程度而定，随后就任它们渴死。特鲁芳恳求树干为她唤回奥利，再给他一点营养液，但树干却不屑一顾。

没有奥利的陪伴，特鲁芳觉得黑夜特别漫长，特别黑暗，特别严寒。她希望得到他的激励，但奥利无语，也丝毫没见他的身影。

特鲁芳对树干说："既然你已把奥利摇落，干脆也把我送走吧。"

但连这个请求树干也没有理会。

在一串的痛苦与挣扎过后，特鲁芳开始瞌睡了。但这并不是什么睡眠，而是一种异常的困倦。待到特鲁芳醒来时，她惊讶地发现自己已不再悬挂在树上了。原来就在她打盹的时候，风把她吹落在地。这种感觉与太阳升起时她在树上的感觉截然相反，一切的恐惧和焦虑都已烟消云散。猛然醒来，使她感到一种以往从未有过的清醒认识。她明白了，她并不是一片以风儿的多变奇想为转移的叶子，

蓦然回首

而是整个宇宙的一部分。似是受了一种神秘力量的启示，特鲁芳懂得了她的分子、原子、质子和电子的奇迹——她代表的巨大能量和她也包括在超凡宏图之中。

奥利和特鲁芳互相依偎着，用一种他们从前没有意识到的爱默默地互相致敬。这不是那种单凭机遇和反复无常的爱，而是一种高尚、强大、同宇宙本身一样永恒的爱。从四月到十一月，他们曾经日夜惧怕的结果不是死亡，而是永生。微风轻拂，奥利和特鲁芳徐徐飘升在空中，带着惟有那些自我解放和投身永恒者所能理解的无上幸福，翱翔。

神　经

——［俄国］契诃夫

建筑师瓦克辛在城里看了招魂术表演后回到别墅，
夫人去参加圣灵降临节祈祷还未回来。
瓦克辛由于精神作用，整晚都处于恐惧状态。
第二天早晨，瓦克辛夫人看到他竟在女教师的房间里熟睡着。

建筑师德米特里·奥西波维奇·瓦克辛从城里回到自己的别墅后，对于刚刚观看过的招魂术表演记忆犹新。瓦克辛夫人参加圣灵降临节祈祷还未回来。于是，他脱下衣服，孤单单一个人躺在床上，又不由自主地回想起他在招魂术表演会上听到和看到的一切。其实，也称不上是什么招魂术表演，只不过整个晚上谈论的尽是些十分可怕的事情。一位小姐无缘无故地谈起了占卜。从占卜不知不觉地转到魂灵，从魂灵转到鬼魂，从鬼魂又转到埋葬活人……有位先生朗读了一篇关于死人的小说，描写死人如何在棺材里来回翻身。

瓦克辛本人则用盘子施行招魂术，并向小姐们表演如何跟鬼魂谈话。他还顺便招出了自己的舅舅克拉夫季·米罗诺维奇的魂，并在内心里问他："我是不是该把房屋转到妻子名下？"——舅舅回答说："若能及时办妥这一切，那当然很好。"

"自然界中有许多神秘莫测和令人感到可怕的东西，"瓦克辛一边往被窝里钻，一边寻思道，"但令人感到可怕的并不是死人，而是那种不可知性……"

已经是深夜一点钟了。瓦克辛翻了个身，从被窝里正好望到神龛前长明灯的蓝色火苗。那火苗闪烁不定，忽明忽暗地照耀着神龛以及挂在对面墙上的克拉夫季·米罗诺维奇舅舅的大幅画像。

"唉，在这半明半暗中，如果舅舅的鬼魂忽然出现，那该怎么办呢？"瓦克辛脑海里突然闪过这么一个念头。

不，这不可能！相信鬼魂——这是一种迷信，是智力发展不成熟的产物。尽管如此，瓦克辛仍用被子蒙住头，紧紧地闭上眼睛。那具在棺材里来回翻动的尸

蓦然回首
MoRanHuiShou

体、故去的岳母、一位上吊自缢的同事和一位溺水而死的姑娘……这些画面不断浮现在他的脑海中。瓦克辛竭力想从脑海里驱逐掉这些阴暗的念头，可是他越是一个劲儿驱逐它们，那些可怕的形象就变得越清晰。他感到十分害怕。

"鬼晓得这是怎么回事，简直像个孩子一样胆小怕事，真是愚蠢到了极点！"

"滴答……滴答……"——墙上的挂钟不停地响着。这时，乡村墓地教堂的大钟敲响了。那钟声缓慢而凄凉，令人心惊胆战……瓦克辛觉得后脑勺和脊背上掠过一阵寒意，似乎正有人俯在他的头上粗声粗气地呼吸，他舅舅好像正从镜框里走出来，向他身上弯下腰来……瓦克辛感到一阵难以忍受的恐怖。他因恐惧而咬紧牙关，屏住呼吸。后来，当一只五月的甲虫从敞开着的窗口飞进来，在他床上发出嗡嗡的叫声时，他实在忍不住了，便绝望地拽了一下拉铃。

"德米特里·奥西波维奇，您有什么事？"时间不长，从门口传来家庭女教师的声音。

"啊，原来是您呀，罗扎利姬·卡尔洛夫娜？"瓦克辛高兴地说，"何必要您费心呢？其实让加夫里拉来一下就行了……"

"您亲自派加夫里拉进城办事去了，至于格拉菲拉，天一黑就不知到什么地方去了……谁也没有在家……您究竟有什么事？"

"小姐，我是想说……有这么一件事……请进来呀，别不好意思嘛！我这里很暗……"

于是，身体肥胖、面颊鲜红的卡尔洛夫娜走进卧室，站在屋里等待着。

"请坐，小姐……是这么回事……"瓦克辛一边心里想着：我能请她干点什么呢？一边斜睨着舅舅的画像，感到自己渐渐平静下来，"说实在的，我倒有件事想请您办一下……明天要是有人进城去，请您别忘了吩咐他，让他……让他……顺便给我买点做卷烟用的空纸筒……您请坐呀！"

"做卷烟用的空纸筒！好吧！您还有什么事？"

"我还想……我什么也不想，不过……请坐呀！让我再想想还有什么事……"

"一位姑娘待在男人房间里有失体面的……在我看来，您呀，德米特里·奥西波维奇，简直有点淘气，甚至可笑……我要把这件事告诉您的妻子，您不让一个品行端正的姑娘好好睡觉……我在安茨格男爵家当家庭女教师时，有一次男爵想到我屋里来借火柴，我心里明白他想要干什么……我便把这件事告诉了男爵夫人……要知道，我是个品行端正的姑娘……"

"唉呀呀，真是活见鬼，我要您的品行端正干什么？我有病了……我想喝点冰水！您明白吗？我病了！"

"我求求您啦……您明白吗？我求求您啦！您干嘛要这么拘束呢，我真不明白，特别是当一个人……得了病的时候？说实在的，您也太会骗人了。在您这种年纪……您妻子是个正派女人，是个好人，您应该爱她才对！是的！她是个品德高尚的女人！我不想成为她的死对头！"

"您是个傻瓜，就是这么回事！您明白吗？您是个傻瓜！"

"我明白……为了买点做卷烟的空纸筒，您不肯叫醒仆人……我明白……"罗扎利姬·卡尔洛夫娜说完，转身便走。

瓦克辛和家庭女教师谈过话以后，情绪稍微平静下来，为自己的意志薄弱感到惭愧。他把被子拉过来蒙在头上，闭上眼睛。有那么十来分钟，他感到自己还可以忍受，可是后来，那些乱七八糟的念头又钻进他的脑海……他啐了一口，摸到火柴，也不睁开眼睛，便点着了蜡烛。可是烛光也无济于事。受到恐惧困扰的瓦克辛似乎觉得墙角里有个人正在望着他，镜框里的舅舅也正在向他眨巴眼睛。

"我得把她再叫回来，真是活见鬼……"他暗下决心道，"我要告诉她，我病了……我要请她给我弄点冰水喝。"

于是，瓦克辛第二次拽了拉铃。没有听到回答，他再拽一下，仿佛是对他的拉铃作出回答似的，墓地教堂的钟声又响了起来。他充满恐惧，浑身发冷，一边画着十字，一边咒骂自己意志薄弱，光着脚，只穿一条内裤，急忙从卧室中跑出来，向家庭女教师的房间跑去。

"罗扎利姬·卡尔洛夫娜！"他一边敲门，一边用发颤的声音喊道，"罗扎利姬·卡尔洛夫娜！您……睡着了吗？我……有点那个……我病了……我想喝点凉水！"

仍未听到回答。周围一片寂静……

瓦克辛靠着门框，双手交叉放在胸前，开始等待恐惧心理慢慢消失。再回到自己房间吧，他没有那个勇气，因为在他的房间里，神龛前的长明灯一直在不停地闪烁，舅舅从镜框里望着他。可是就这样只穿着内裤站在家庭女教师的门口吧，无论从哪一方面说都有些不方便。该怎么办呢？

已经凌晨两点钟了，恐惧心理一点也不见减少。走廊上一片漆黑，仿佛每个角落里都有一个黑漆漆的东西望着他。瓦克辛把脸转向门框，他立刻感到身后好像有人在拽他的衬衫，并拍他的肩膀……

"真是活见鬼……喂，罗扎利姬·卡尔洛夫娜！"

仍没有听到回答。瓦克辛犹犹豫豫地推开门，往屋里瞧了瞧。那位品德高尚的德国女人正在安详地睡觉，一盏小灯照着她那浮雕般丰满健壮的躯体。瓦克辛走进屋里，坐在门后一个柳条箱上。由于身边有个正在睡觉的活人，他感到心里轻松了许多，恐惧心理也在消失。

"就让这个德国女人安详地睡觉吧……"他心里想道，"我要在她这里一直坐到天亮再走……现在离天亮还早着呢！"

蓦然回首

为了等到天亮,瓦克辛在柳条箱上蜷缩着身子,用一只手支着头,沉思起来:"哎,人的神经竟这么脆弱!一个有教养有思想的人,居然……鬼晓得这是怎么回事!真叫人感到惭愧……"

他听着罗扎利姬·卡尔洛夫娜轻轻的均匀的呼吸声,很快便完全平静下来……

早上六点钟,瓦克辛的妻子做完圣灵降临节祈祷回来了,她在卧室里没有见到丈夫,便去了家庭女教师的房间,想跟她换点零钱,以便付给马车夫车费。一走进德国女教师的房间,她便看到这样一个场面:由于天气炎热,罗扎利姬·卡尔洛夫娜伸展开四肢躺在床上睡觉,而距离这位德国女人的床铺两米多远的地方,她的丈夫正在柳条箱上蜷缩着身子,像个正人君子似的鼾声大作。至于她都说了些什么,她丈夫醒来后脸上露出一种什么样的愚蠢表情,还是让别人去描写吧!我实在无能为力,只好就此搁笔。

伤 痕

——［俄国］伊·阿·布宁

> 夜晚，一对恋人驾驶着马车在田间大道上缓行。突然，在道路前方的村庄，火光映红了的漆黑树林前面出现三只狼，马被惊得乱窜。姑娘在纵身跃上驾驶座时，脸碰到了铁器，从此，嘴角上留下了一道轻微的伤痕。

八月里一个暖热的夜晚，天黑漆漆的，依稀看得见几颗星星在高空云层深处若隐若现。一辆小车沿着布满厚厚尘土的田野大道徐缓地行驶着。车上坐着两个年轻的乘客——一个小姐和一个青年。幽暗的远处闪亮着一道火光，时而照亮那对平静地跑着的马儿——马儿鬃毛凌乱，套着简便马具；时而照亮着那青年——他头戴便帽，身穿麻布衬衫，稳坐在驾驶座位上。马车快速地行驶着，闪过一片收获后空闲着的田野，向一片黑森森的树林驶去。

昨天晚上，村子里曾响起一阵阵喧嚷声、喊叫声和胆怯的犬吠声。原来，在乡间小木房的农民吃过晚饭后不久，一只咆哮着的狼闯进一家农户的院子，咬死了一只羊。在狗群的吠叫声中，农民们拿着棍子赶了出来，从狼口夺回那只已被拦腰撕裂的羊。

现在，车上的这位姑娘神经质地哈哈大笑着，她擦燃一根根火柴，把它们掷向黑暗的夜色之中，并开心地叫喊："我怕狼！"

火柴的亮光照耀着青年瘦长而粗鲁的面庞和他那带着兴奋的宽颧骨的脸膛。姑娘长着一副小俄罗斯型的圆脸，头上扎着一条红色的头巾，红色印花连衫裙的领口自在地敞开着，显露出她那圆圆的健壮的脖子。

马车在奔跑中摇晃着，小姐继续擦燃火柴并把它们掷向黑暗的夜色中，似乎没有察觉到那青年正在搂抱着她。他时而吻着她的脖子，时而吻着她的脸颊。当他要吻她的嘴唇时，她推开了他。坐在驾驶座位上的青年好像生气了，带着一点儿傻气地对她大声喊道："给我火柴！我要抽烟！"

"马上给你！马上给你！"姑娘一边叫嚷着，一边又一次擦燃火柴。随后，

蓦然回首

夜色中闪过一道亮晶晶的闪光，夜被衬托得愈加漆黑了。在黑暗中，马车仍在向前行驶。最后，她让他长久地吻着她的嘴唇。

突然，猛地一个碰撞，他们剧烈地摇晃了一下，马车撞在什么地方停住了。情迷中的青年快速地勒住了马。

在他们右前方的远处，一起火光分外刺目，由于火光的映衬，林子显得愈加黑森森的。那火焰急急地向天空乱窜，眼前的一切都在摇摇晃晃地颤动着，甚至在火前显露出来的整个田野也都好像在那时明时暗的暗红色火光中颤动着。这火光尽管还在远处，但它那流动的炽烈燃烧的烟火的影子却仿佛离小车只不过一俄里左右。火势狂暴地蔓延开来，越来越灼热而可怕地笼罩着愈益宽广的地面，甚至已经看得见黑暗地面上一处即将燃烧尽的屋顶上的红色火网，它的热气仿佛已经扑到了脸上，扑到了手上。

马车就停在被远处的火光所照亮的一座林子前。在树林的阴影下站着三只被火光映红的灰色的狼。它们的眼睛时而闪出亮幽幽的绿光，时而射出火红的光芒，就像那从红醋栗榨出来的热乎乎的红色果汁似的。被惊吓的马儿不安地打着响鼻。蓦地，马发狂似地朝左侧的耕地冲去。手持缰绳的青年朝后一仰倒了下去，马车发出碰撞声，碎裂声，沿着初耕地颠簸着，跳动着……

在耕地上的不知什么地方，马再一次冲腾纵跳，姑娘一跃而起，从吓傻了的青年手中夺过缰绳，她纵身跃上驾驶座。在此过程中，她的脸不知碰在车子上哪处的一件铁器上。就这样，她的嘴角上终生留下了一道轻微的伤痕。当人们问及她的这道伤痕时，她总是微微地一笑。

她回忆起早先的那一个夏天。八月里那个干燥的日子和暗黑的夜晚，打谷场上人们在打谷，新堆的谷草垛发出沁人的气味，那个没有刮脸的青年同她躺在谷草垛上，仰望着那流星发出的瞬息即逝的明亮的弧形光辉……

"狼是那样的吓人，马儿在狂奔，"她边回忆边说道，"我急速地拼命地扑了上去，勒住了马——"

再没有什么比这一道——那些一次也不曾领受过她的爱的人都是这样说——像是在嫣然微笑的伤痕更可爱的了。

幸　福

——［前苏联］高尔基

> 炎夏的夜晚，我与心爱的姑娘在草垛下幽会，
> 谈话间姑娘突然晕倒了，我便照着圣书里英雄的做法去找水……
> 四年后，我们在船上再次相遇，提及当年之事，感慨万千。

有一次幸福离我非常近，我几乎抓住了它温柔的手。

这事发生在一个炎热的夏夜里，当时在伏尔加河畔捕鲟渔民的牧场上，有一大群年轻人正聚集在一起。他们坐在火旁，喝着渔民煨的鱼汤，饮着伏特加和啤酒，谈论怎样更快更好地把世界建设起来。后来，大家都感到身心疲倦，便纷纷跑到已经刈割过的草地上歇息了。

我和一个姑娘离开了篝火。我觉得她又聪明又伶俐。她有一双漂亮的黑眼睛，她那朴素纯真的感情，总是随着她的谈吐一起流露出来。这个姑娘待一切人都十分温和。

我们肩并着肩，轻轻地走着；在我们的脚下，草茎被踩折了，发出唰唰的声响。天穹的透明酒杯向大地倾泻出醉人的气息。

姑娘一边深深地呼吸，一边说：

"多美啊！像非洲的沙漠一样，那草垛就是金字塔……"

接着她提议，像白天一样，坐在干草垛下浓浓的圆形阴影里。草虫鸣叫着，远处有人悲凉地唱道：

"哎，为什么你背叛我？"

我开始热烈地为姑娘讲述我所熟悉的生活，讲述我不能理解的生活。可是，她突然轻轻地叫了一声，仰面倒了下去。

这大概是我第一次见到晕倒，刹那间我感到惊慌失措，想喊，想求援，但立刻想到我所熟悉的小说中品格高尚的英雄，在这种场合下应该做些什么。于是我就解开她的裙带、短上衣和衣领绦子。

这时，我看清了她的胸脯，好像两个小银杯，凝聚着明月的清辉，倒覆在她

的心上。我贪婪地看着，脑子里嗡的一下，如火燎一般想去吻她。可是，我立即打消了这个念头，拼命地奔到河边去取水，因为按照圣书上写的，在类似的情况下，万一出事地点没有小溪——这是小说的聪明作者事先设置的，英雄总是跑着找水的。

我捧着盛满水的帽子，像烈马一样在草地上跳着。当我跑回来的时候，害病的姑娘已经醒过来了，正倚着草垛站着。被我弄乱的衣服也都被整理得井井有条了。

当我将湿帽子递给她时，姑娘用手挡开了，疲乏地说："不要。"

她离开我，朝篝火边走去，那里有两个大学生和统计员依然悲凉地唱着那支令人厌烦的歌儿：

"哎，为什么你背叛我？"

姑娘的沉默使我困惑，我问道："我没有给您带来伤害吧？"

她简短地答道：

"没有。您不是很敏捷。当然，我还是要感谢您……"

我觉得，她不是真诚地感谢。

尽管以前我不是经常见到她，但是打这以后，我们会面的机会更少了。她很快地就从城里完全消失了影踪。

大约过了四年，我在船上又遇到了她。

她住在伏尔加河畔的农村别墅里，正启程回城里丈夫那儿去。她已经怀孕了，穿得漂亮而且舒适。在她的脖子上戴着一条长长的金项链，衣服上别着的一枚大胸针，好像佩着勋章一样。她变得更美、更丰腴了，就像快活的格鲁吉亚人在第比利斯炎热的广场上出售高加索浓葡萄酒的皮囊。

我们亲切地交谈，回忆往事。

"您看，"她说，"您看我已经嫁人，可还是……"

夜来了，河面上泛映着霞光；船舷卷起的水沫呈红色筛状的宽阔条纹，隐没在北方蔚蓝的天际。

"我已有两个孩子，现在等着生第三个了。"她说道，那骄傲的神情好似行家在谈自己热爱的事业。

她的双膝上放着一袋黄纸包的橘子。

"呃，要我告诉您吗？"她问道，黑眼睛里漾出温柔的笑意，"假如那时，在草垛那儿，您是知道的，您要是……勇敢一点……唔，吻我的话……那么我就是您的妻子了……我难道不——喜欢您吗？真是怪人，急着去打水……唉，您！"

"我的举止是书上指示的。那时我认为，遵照圣书去做是神圣不可违反的，所以首先就得给昏迷的姑娘喝水。只有等她睁开眼睛，叹道：'啊，我在哪儿？'

这之后才可以吻她。"我告诉她。

她微微地笑了笑，然后沉稳地说：

"我们的不幸正是在这儿，我们依然想遵照圣书生活……生活——比书本更广博，更充满智慧。我的先生……生活完全不像书本……啊……"

她从纸袋里拿出一只橙黄的橘子，仔细地瞧了瞧，然后皱起眉头，说：

"恶棍，真掺了烂的……"

她用笨拙的手势把橘子抛进水中，——我看着橘子打着旋，沉入红色的波浪。

"那么，现在怎样呢？还是照圣书生活吗？"

我沉默不语，凝望着岸边染上落日火焰般色彩的沙滩，凝望着更远处那空旷的金红的草地。

在沙滩上，横七竖八地卧着翻倒的船只，像许多大鱼的僵尸。在金黄的沙滩上躺着白柳忧郁的阴影。远方牧场上，干草垛如同小丘似地耸立着，我想起了她的比拟：

"像非洲的沙漠一样，那草垛就是金字塔……"

美丽的妇人剥去第二个橘子的皮，以长辈的口气重复着，像是教训我：

"是的，我要是您的妻子……"

"谢谢您，"我说，"谢谢。"

我是真诚地感谢她。

蓦然回首

森林之路

——［前苏联］鲍·萨琴科

从列昂尼德所在的学校到扎姆霍维耶，
那七公里长的泥沼地是列昂尼德怀念恋人尼娜的场所。
在战争年代，他军服里的照片使尼娜被德寇绞死了，
列昂尼德的幻想和爱情就此毁灭了。

列昂尼德·阿基莫维奇从所教学的学校到扎姆霍维耶，只有七公里路。但要穿过森林或者像人们所说的走泥沼地。在这条路上，柞树和槭树的顶尖直指苍穹，麻麻癞癞的树干有两、三抱粗；在柞树和槭树中，点缀着细嫩的白桦树和榛林。于是，站在林中，几乎连一、二十步以外的地方都看不清楚。

在森林小路的两旁，到处是一块块散发着发霉腐烂气味的泥沼地，蛤蟆在腥臭的死水中蹦来跳去。过了泥沼地又是森林。粗的、老的大树一棵挨一棵，树干上的苔藓蓄着银色的胡须。森林中永恒的阴暗正是由它们始终保持着。

对这片森林来说，锯和斧子还是很陌生的玩艺儿，因此它们依然按照自然界远古的规律生活着。它们生长着，成熟着，树根渐渐衰老，待到末日临头，就栽倒下去，于是在这块地上又不知不觉长出了小树。

在这条路上最大的泥沼地前面，森林仿佛让开了一条道，形成一块林中旷地。战前，这块旷地上有个护林室，现在只剩下被火烧尽的废墟，周围长满了艾草和黑麦丛。这里是路的尽头。

几乎没有人走这条路。有一次，一个同村人在路上碰见了列昂尼德·阿基莫维奇，便问道："为什么？阿基莫维奇，干吗走泥沼地呢？草地上不是有路吗？……那里多好走啊！"

列昂尼德莞尔一笑，没容对方再问就若有所思地说："我爱森林……已经习惯走这条路了……"

有一次，领导想把列昂尼德·阿基莫维奇调回扎姆霍维耶学校工作。但使大家惊讶的是，他谢绝了："我这样很好……走七公里路也是课后休息，不然还没

幸福的红玫瑰

有这个时间呢!"

日子一久，人们便对列昂尼德·阿基莫维奇这种散步不觉得奇怪了。但有时也在猜想：在整个战争期间，列昂尼德一直在这里当游击队员，进行艰苦的战斗，幽僻的森林小路一定会使他浮想联翩。

漫步在林中，列昂尼德·阿基莫维奇没有回忆过去在这大自然的怀抱里度过的无忧无虑的幸福童年，也没想起和战友们那些亲切愉快的往事……他天天想着的，是他的第一个，也是最后一个恋人，她就是在这儿消失的。

那清澈幽蓝的五月的夜晚仍清晰地留在他的记忆中。空气中溢着苹果花的芳香，他独自徘徊在护林室旁，等待着尼娜的出现。列昂尼德心里想："到时候我什么也不怕，把一切都告诉她……"可是尼娜却坐在打开的窗户前看书，没有出来。

"尼娜，难道你当时丝毫没有觉察到我对你的爱？在学校的晚会上，我一次也没敢靠近你的身旁，也没有决心把想说的话写信告诉你。你也不曾知道，是谁有一次从皮包里偷走了你的照片。"

自从有了尼娜的照片，列昂尼德就一直珍藏着它。无论是在退却的艰难战斗中，还是在负伤后所到的学校里，他总把照片当做未来的幸福的象征带在身上。可是，也正是这张照片毁掉了世间最美好的东西——幻想和爱情。

后来，飞机把列昂尼德运过前线送到游击队去。那里恰好也是他的家乡。夜里，飞机把他空降下来。从小就熟悉的森林在悄悄地絮语，迎接他的到来。隐藏好无线电台，太阳快出来时，他潜到了游击队活动区域，一边执行着任务，一边想念着母亲和村庄，也思念着她——尼娜。

那个早晨异常严峻。雾弥散在灌木丛中，柳莺单调无味地唧唧着，鸽子胆怯地拍打着翅膀，溅起阴凉的露珠。

"站住!"柞树下突然传来的发音不清的命令声使列昂尼德从沉思中惊醒。

于是，他迅速寻找退路。冲锋枪声立刻响起，几截小树枝落到肩上。

列昂尼德熟悉这里的森林、泥沼、维季河……他头脑里闪出个念头：只要跑到维季河边，就可以脱离危险。于是他从土墩上滑下去，两脚踏进泥潭，稀泥汤在靴子里噗噗地响，身后传来的树枝的咔嚓声和泥水的吧哒声格外清晰。"他们为什么不开枪？"他边跑边揣测着，"他们要捉活的？"列昂尼德跑到河边，脱掉衣服，潜进了维季河。

两小时以后，列昂尼德来到了游击队营部。这时他才想起，衣服里尼娜的照片也落到了敌人手中。

一星期后，在一个漆黑的夜里，列昂尼德探望了母亲。老人高兴得不知怎么才好，牛奶端上了桌，晚饭剩的凉土豆也拿来了，还从前室取来了脂油。然后就

蓦然回首

滔滔不绝地讲述着村里和游击队的新鲜事。

天快亮了,列昂尼德该走了。在此之前,他一直没好意思打听尼娜的事,此时他再也忍不住了:"妈妈,尼娜现在在哪儿?尼娜·卢昌卡?"

列昂尼德久久不敢相信这个噩耗:"她不在了,儿子……昨天……被德寇绞死了……说她与莫斯科有联系。在一个伞兵的衣兜里发现了她的照片,看来是派人和她联系……审讯时她一声不吭,没有出卖任何人……"

列昂尼德·阿基莫维奇漫步在森林之路。

夏天渐渐逝去,仙鹤忧愁哀鸣的秋天接踵而来,随后又雪花飞舞,寒风呼啸……四季没有停止,而列昂尼德·阿基莫维奇却仍在这条路上——德寇把尼娜送到死亡的路上,走着,走着……

狗 的 嗅 觉

——［前苏联］左琴科

> 商人耶列梅·巴布金的貂绒皮大衣失窃了，
> 于是请来侦探和警犬帮助破案，
> 警犬的嗅觉让许多看似善良的坏人坦诚地交待了罪行，
> 其中也包括骗貂绒皮大衣的商人自己和从狗膳费中揩油的侦探。

商人耶列梅·巴布金的貂绒皮大衣被盗了。他大声地嚎叫起来。您知道吗，丢了大衣他是多么心疼啊！

"公民们，"他说，"那件大衣实在太好啦，真可惜呀！钱我倒不在乎，我一定要把那个贼抓到，并且要当面把唾沫啐在他的脸上。"

于是，耶列梅·巴布金打电话请来了刑事侦探和警犬。侦探头戴便帽，缠着裹腿，手里牵着条警犬。这条狗一点也不讨人喜欢，样子难看极了，棕黄色，尖嘴脸。

此时，这里已经围了一大群人。

侦探使劲拍了一下警犬，让它嗅了嗅门边的足迹，说了声"嘘"，自己就站到一旁去了。狗嗅了嗅空气，望了望人群，眼睛突然盯住五号住宅的老太婆克拉。它走到她跟前，嗅她的衣襟，老太婆急忙闪到人群后边，警犬在后面跟着。老太婆往一边躲，警犬就扑向她，一口咬住她的裙子，死也不放。

"我被抓住了，"老太婆说，"我不抵赖。我搞了五桶酒曲这是真的，还有一套酿酒的家什，这也不假。东西都在浴室里，您把我送民警局吧！"

人们当然都惊叹了一声。

"大衣呢？"侦探问道。

"什么大衣呀，"老太婆说，"我可一点也不知道，见都没见过。其他那些倒是真的。您把我带走吧，您处罚我吧！"

于是，老太婆被带走了。

侦探又牵起警犬，拍了它一下，"嘘"了一声，自己闪到一边。

蓦然回首

警犬嗅了嗅空气,向四周望了望。突然走到公寓管理员跟前。公寓管理员吓得脸色苍白,往后便倒,跌了个手脚朝天。

"你们把我捆起来吧,好心的人们,有觉悟的公民们。"他央求道,"我收了水费,可我自己却把那些钱都乱花了。"

住户们当然都向公寓管理员猛扑过去,把他捆了起来。说时迟那时快,警犬扑到七号房主跟前,扯住了他的裤子。

这位公民吓得脸色苍白,倒在众人面前。

"我有罪呀,我有罪。"他说,"我把劳动手册上的年龄改了一年,我这坏蛋本来该参军服役去保卫祖国,但我却呆在七号房里享受电器设备和其他公用福利。的确是这样的,你们把我抓起来吧。"

人们不禁大惊失色,暗暗地想:"这狗真叫人莫名其妙!"

商人耶列梅·巴布金眨了眨眼睛,向四周看了一下,掏出钱递给了侦探。他说:"真见鬼。我的貂绒皮大衣丢了算了,算啦……"

可是警犬却走过来了。它站在商人面前,摇着尾巴。吓得商人耶列梅·巴布金手足无措,躲到一边,而狗却跟着他。走到他跟前,闻他的皮鞋。

商人脸色苍白,垂头丧气地说:"我是个畜生,是个骗子。这样看来老天爷真是有眼呀!诸位,大衣不是我的,是我从我兄弟那儿骗来的。哎呀,我算完啦!"

人们再也不敢在这里呆下去了,呼地一下四散奔逃。警犬也顾不上闻空气了,一下子就扑倒了两三个,咬住不放。

这些人都坦诚地认罪了。一个用公家的钱赌过牌,一个用熨斗揍过自己的老婆,第三个说的话要是写出来,实在有伤大雅。

人们都逃之夭夭了。院子里除了警犬和侦探,空无一人。突然,警犬走到侦探跟前,摇着尾巴。侦探脸色发白,伏倒在警犬面前。

"你咬我吧,好兄弟!"侦探忏悔道,"你的狗膳费是三十个卢布,可我却揩了二十卢布的油……"

后来我怕惹火烧身,也赶快溜之大吉。因此我也不大清楚最后的结局。

羡 慕

——［俄国］鲍·克拉夫琴科

> 米申卡因为失恋而伤心地哭泣，
> 这使父亲斯捷潘很生气，于是，他训斥了儿子，
> 说他不是男子汉。
> 然而，儿子的眼泪却使他心中充满羡慕之情。

突然，一阵哭声在房间里响起，虽然不大，但却使斯捷潘不由得哆嗦了一下，他看了看坐在对面的妻子，感到不解和惊奇。于是拖长了声音问："这是谁在哭？"

"是儿子。"妻子迟疑不决、满脸惊慌地说，她的眼睛一直盯着儿子的房间。

"儿子？你得了吧！"他感到很难相信，于是挥了挥手说，"小时候用皮带抽他都不流眼泪，现在怎么……"

妻子不听他的推测，急忙进了儿子的房间，随手把门紧紧地关上了。

斯捷潘哼了一声，注意听屋里的动静。从屋里传出了妻子发抖的声音："你怎么啦，米申卡？你别哭呀……"

"你别哭，你别哭，给你买个白面包，你要是再哭……"斯捷潘一面摊开面前的书，一面摹仿着妻子的腔调说讽刺话，"呸！你最好再给他拿条手绢，给他擦擦眼泪。二十多岁的小伙子了，还动不动哭天抹泪的……这也算是个男子汉吗？"

愤怒使斯捷潘在房间里走来走去。

斯捷潘活了四十岁，曾多次听到女人的哭泣，但看到男人抹眼泪却只有惟一的一次，而且是他在森林里工作时偶然发现的。他的队长——一个忧郁而刚毅的人，躲开所有的人，无声地哭泣，如果不是看到那颤抖的双肩和好久没有剃过的胡须上挂着的大滴泪珠，谁也不会想到他是在哭……但那是个岁数较大的人，而米申卡……

斯捷潘走到窗前，点燃一支烟，注视着窗外，心里琢磨道："究竟是为了什

么哭鼻子呢？和别人打架了？不对，已经过了那个岁数。是为了女孩子吗？大概是，不会是为了别的……"

他突然记起来了，有一次他看见儿子和一个女孩子在一起。那女孩长得平平常常，两只眼睛，两个耳朵，和别的女孩子一样……

想到此，斯捷潘把烟戳在烟缸里，很响地踩着地板走向儿子的房间，然后猛地一下子推开了门。

此时，儿子坐在桌旁，脸埋在双手里，肩膀不住地抽动。妻子坐在旁边，身子靠着他，用手抚摸着他的背。

"怎么哭鼻子啦？"斯捷潘一边问一边扑通一声坐到椅子上。随后，他看了看妻子，说："是不是那女孩子离开他了？"妻子默默地点了点头。

"难道你就是为了这么点事？！你发昏了？女孩子太少还是怎的……你瞧，"斯捷潘指着窗外接着说，"她们成群结队。你只要吹个口哨……怎么？你瞧我干什么？我不是你妈，眼泪打动不了我！更何况是你这种眼泪。"他对儿子的哭泣感到愤怒，搔了搔鬓角，又说道，"傻瓜！你现在坐在这里难受，而她也许和另外的漂亮小伙子在逛大街呢！她不愿意理你，你抹眼泪又有什么用呢？我像你这么大可不是这样。你妈妈也背着我和别人……可结果又怎么样？我决不会跑去找她的，没那回事！她自己乖乖地回来了！再也不那样了。而你呢……你还要给她写信，什么'亲爱的柳辛卡，我多么爱你，而你欺骗了我……'呸！你怎么不吭声？啊？"说到此处，他又仔细地看了看儿子，挥了一下手，站起身来，走到门口又转过头来说，"你不是个男子汉。太感情用事了！"说罢，砰的一声把门关上了。

回到自己的房间，斯捷潘抽起了烟，他久久地凝视着一个地方，一动也不动，心中逐渐充满了一股由儿子的眼泪引起的甜甜的扯不断的羡慕之情……

美丽的女店主

——[德国]歌 德

> 我又经过那座桥时，漂亮的女店主又一次问候了我，
> 于是我们便去一个地方约会了。
> 第二天早晨，她将下一次的约会地点告诉我，
> 我如约而至，却看到了燃烧的草垫和两具尸体，
> 从此女店主……

每当我经过一座小桥时，总有一个美丽的女店主——她的店铺招牌上有两个小天使——深深地反复地向我鞠躬，然后尽量从远处目送我渐渐远去，而且五六个月以来一直是这样。她的举动使我感到奇怪，我同样也打量着她，并且认真地向她表示感谢。有一回我从枫丹白露骑马前往巴黎。当我再次踏上这座小桥时，她走到商店门口，并在我路过时对我说："先生，您好！"

我一边回答她的问候，一边继续前行。当我偶尔回头望一眼时，发觉她仍然向前探着身子，以便能看到越来越远的我。

跟随我旅行的是一个仆人和一个情书传递者。我本来打算当天晚上派他们返回枫丹白露给几位女士送信。仆人按照我的吩咐下马向着那位年轻妇女走去，以我的名义告诉她，我早已注意到她想看见我和问候我，倘若她希望进一步认识我，我愿意按她要求的地点去探望她。

她告诉仆人，她原本未指望他会给她带来更好的消息。她愿意到我为她指定的地方去，但是我必须同意一个条件——准许她与我在一个被窝里度过一夜。

我接受了这个条件，于是问仆人，是否了解有什么可以用来作为我们的约会之所。他回答说，某一个老鸨那里是最合适不过的了。不过他劝告我，先让人把我住所里的床垫、被子和床单送到那里去，因为到处都有疫病流行。我采纳了他的建议，并命令他快点行动，他保证说，一定把床给我铺得舒舒服服的。

当天晚上，我如约而至。在那里，我看到一位非常美丽的妇女，她大约二十岁，头戴精巧的镶边睡帽，身穿一件华美的衬衣和一条绿色毛料短衬裙，肩上裹

蓦然回首

着一件拍粉时用的披衣，脚上着一双拖鞋。她让我一见钟情。

最初我有些放肆，想冒昧从事，她以十分巧妙的方式拒绝了我的爱抚，同时还提出了一点要求。我满足了她的要求。可以这样说，在我所认识的女人里，她是最可爱的，也是让我享受最多快乐的。第二天早晨我问她："我是否可以再一次见到你，因为我星期天才从这里动身，我们可以一起度过从星期四夜晚到星期五清晨的这段美好时光。"

她回答我说，毫无疑问，她比我更迫切地希望能再一次约会。但是，如果我不是整个星期天都留在此地，她不可能再来，因为只有在星期天和星期一的夜里她才能再见到我。

当我表示有困难时，她说："您大概此刻已经对我感到厌恶，所以就想星期天出外旅行。不过您将很快又会想念我，而且您肯定会多留一天，好与我一起共度良宵。"

我轻而易举地被她说服了，我答应星期天留在这里，并让她那天夜里仍旧到老地方见我。她回答我说：

"我知道得相当清楚，先生，为了您的缘故，我才到这种有损名声的龌龊之地。我之所以心甘情愿地这样做，完全是因为我心里有一种不可抗拒的热望。只要能与您在一起，任何条件我都可以接受。我到这个令人恶心的地方来，是出于我狂热的爱情。不过，倘若再让我第二次到这个地方来，我会把自己看成一个娼妓。除了我的丈夫和您之外，只要我再委身或渴望得到其他任何一个男人，但愿我不得好死！然而一个人为了自己所爱的人什么事情都能干，尤其是为了一个巴松皮埃尔式的男人！为了他的缘故，我来到这座房子，为了一个男人，一个由于他的光临而使这种地方也能蓬荜生辉的人。如果您还愿意见我一次，那么请您到我姑妈家。我将在那里接待您。"

她仔仔细细地向我描述了那座房子的特征，接着又说："我从十点钟开始等您，我愿意一直等到午夜，甚至还可以晚一些。我让门开着。您进来后首先会发现一个小走廊，您不要在那里停留，因为临走廊是我姑妈的房门。然后您会立刻见到迎面的一截楼梯，您沿楼梯而上，我将在二楼张开双臂欢迎您。"

于是，我让手下人把屋子收拾好，带着我的东西先走一步。我自己则迫不急待地期盼着星期天之夜，那时我将再次见到美丽的小妇人。

在星期天晚上十点钟时，我已经到达指定地点。我立即找到她向我描述过的那扇门，但是门锁着，整座房子里都有光，有时简直像火焰一样，仿佛在猛烈地燃烧。我心急如焚，开始敲门，通报我的到来。但是我听到一个男人的声音，他问我，谁在外面。

我于是返回，在几条街上来来回回走了几趟。最后，又走回到那座房子前。

此时，门开着，我急忙穿过走廊上了楼梯。但是让我大吃一惊的是，屋子里有一些人在烧床上的草垫。大火照亮了整个屋子，借着火光我看到桌子上伸展着两具一丝不挂的尸体。我急忙往后退，往外走时撞见几个掘墓人，他们问我找什么。我拔出了剑，因为这样可使他们与我保持一定的距离。我无法做到对所见到的古怪的情景无动于衷。回到家里，我一口气喝了三四杯酒，在德国，酒被看成是消除晦气的灵丹妙药。在我休息过后，第二天我踏上旅程前往洛林。

旅行归来后，我尽一切努力想打听出一点有关这位妇女的情况，但均没有一丝信息。我甚至去了挂着两个天使标记的小店，那里的伙计也不知道在他们之前谁在这里居住过。

两个钓鱼朋友

——［法国］莫泊桑

> 莫利梭和索瓦日是一对醉心钓鱼的朋友。在战争期间,他们通过前哨去塞纳河边钓鱼,被德国人当作俘虏抓住了,而后被杀害。

自从在这个梦寐以求的地方钓鱼,每逢星期日,莫利梭总会遇见很胖又很快活的索瓦日先生。索瓦日先生是罗累圣母堂街的针线杂货店老板,也是一个醉心钓鱼的人。他们时常坐在一起手握着钓竿,双脚悬在水面上消磨一段时光;时间一长,他们彼此之间产生了友谊。

他们有时候聊聊天,有时候一句话也不说,因为有相同的嗜好,他们相处得十分融洽。

春天,一到早上十点钟,在恢复了青春热力的阳光的照耀下,河面上浮动着一片随水而逝的薄雾,两个钓鱼迷的背上也感到阵阵暖意。这时候,莫利梭偶尔也对他身边的那个人说:"嘿!多么舒服!"索瓦日先生的回答是:"再没有比这更好的了。"显然,这种对话进一步增进了他们的互相了解和互相敬重。

秋天,在傍晚的时候,那片被落日染得血红的天空,在水里映出了彩霞的倒影,河水里通红,地平线上像是着了火,两个朋友的脸儿也映照得红光满面,而那些在寒风里微动的黄叶则像是镀了金,于是索瓦日先生在微笑中望着莫利梭说道:"多好的景致!"那位毫不惊诧的莫利梭紧盯着浮子回答道:"这比在环城马路上好多了,不是吗?"

这一天,他俩意外地在街上相逢,彼此都热情地握手寒暄。多日不见,大家颇有感慨。索瓦日先生叹了一口气,低声说:"变化真大啊!"莫利梭非常抑郁地应道:"天气倒不错!今儿是今年第一个好天气!"

天空的确是蔚蓝的,非常晴朗。

他们开始肩并肩地走起来。大家都在那里转念头,他俩的心情都是愁闷的。莫利梭接着说:"钓鱼的事呢?嗯!想起来真有意思!"

幸福的红玫瑰

索瓦日先生问:"我们什么时候再到那儿去?"

他们进了一家小咖啡馆,每人喝了一杯苦艾酒;后来,他们又在人行道上散步。

走了一会儿,莫利梭忽然停住了脚步:"我们再来一杯吧,嗯?"索瓦日先生赞同这个意见。他们又钻到一家小酒馆里去了。

出来的时候,他们都有些醉意了,走在街上摇摇晃晃的。这时,天气非常暖和,一阵和风拂得他们的脸痒痒的。

被暖风陶醉了的索瓦日先生停住脚步,说:"我们到哪儿去?"

"是啊,上哪儿去?"

"钓鱼去啊,还用考虑吗?"

"不过到什么地方去钓呢?""就到我们那个沙洲上去。法国兵的前哨在哥隆白村附近。我认识杜木兰团长,他一定会毫不阻拦地让我们过去的。"莫利梭高兴得发抖:"那我们一起去吧。"于是他们分了手,各自回家去取渔具。

一小时以后,他们已经在城外的大路上会合了。随后,他们到了那位团长办公的别墅里。团长爽快地答应了他们的请求。于是,他们带着一张通行证又上路了。

不久,他们穿过了前哨,穿过了那个荒芜了的哥隆白村,后来就到了塞纳河边上的无数的小葡萄园的边上了。此时时间大约是中午十一点钟。

对面,阿让德衣镇一片寂静。麦芽山和沙诺山的高峰俯临四周的一切。那片直达南兑尔县的平原是空旷的,放眼望去,只能看到那些没有叶子的樱桃树和灰色的荒田。索瓦日先生指着那些山顶低声细语地说:"普鲁士人就在那上面!"于是一阵疑惧使这两个朋友对着这块荒原不敢迈步了。

普鲁士人!他们从来没有瞧见过,不过好几个月以来,他们觉得普鲁士人围住了巴黎,蹂躏了法国,抢劫杀戮,造成饥荒,这些人是无所不在也无所不能的。所以,他们对于这个素不相识却又打了胜仗的民族异常憎恨,现在又加上一种带迷信意味的恐怖了。莫利梭口吃地说:"说呀!倘若我们撞见了他们怎么办?"索瓦日先生带着巴黎人贯有的嘲谑态度回答道:"我们可以送一份炸鱼给他们。"

不过,由于整个荒原是沉寂的,所以他们感到异常胆怯,甚至有点不敢在田地里乱撞了。

索瓦日先生最终拿定了主意,他说:"快点向前走吧!不过要小心。"于是他们就从下坡道儿到了一个葡萄园里面,弯着腰,张着眼睛,侧着耳朵,在地上爬着前进,并利用一些矮树掩护自己。

现在,要走到河岸,需要穿过一段没有遮掩的开阔地,于是他们开始奔跑起来;一到岸边,他们迅速躲到了枯了的芦苇荡里。

莫利梭把脸贴在地面上,去细听附近是否有人行走。他什么也没有听见。显

蓦然回首
MoRanHuiShou

然没有人发现他们,他们是安全的。

他们觉得放心了,就开始动手钓鱼。

在他们对面是荒凉的马郎德洲,另一边河岸遮住了他们的视线。从前在洲上用来开饭馆的那所小房子现在关闭了,像是已经许多年无人居住了。

索瓦日先生钓到第一条鲈鱼,莫利梭钓着了第二条,随后他们时不时地举起钓竿,每次鱼钩上总是带出一条银光闪耀的小动物。他们今天的垂钓仿佛有神相助似的。他们郑重地把这些鱼放在一个浸在他们脚底下水里的很细密的网袋里。一阵甜美的感觉透过他们的心头,他们找回了那种久已失落的快乐,他们得到了无限的满足。

晴朗的日光,温暖了他们的全身;无边的喜悦,使他们忘记了自己所处的环境。他们不去细听什么了,不去思虑什么了。他们只知道钓鱼。

但是突然间,一阵像是从地底下传来的沉闷声音使地面剧烈地颤抖起来。大炮又开始像打雷似地响起来了。

莫利梭回过头来,他从河岸上望见了左边远远的地方,那座瓦雷良山的侧影正披着一簇白的鸟羽样的东西,那是刚刚从炮口喷出来的硝烟。

他还没回过神来,第二道烟又在这座山顶上喷出来了;几秒钟之后,一轮新的爆炸声又开始了。随后远远近近陆续传来了炮火的轰鸣。那座高山像一道地狱之门,散发出阵阵死亡的气息——吐出它那些乳白色的蒸气——这些蒸气在宁静的天空里袅袅上升,在山顶之上堆成了一层云雾。索瓦日先生耸着双肩说:"他们现在又动手了。"

莫利梭正闷闷地瞧着他钓丝上的浮子不住地往下沉。忽然这个性子温和的人,对着这帮如此嗜杀的疯子发起火来了,他愤愤地说:"像这样自相残杀,真是太不理智了。"

索瓦日先生回答道:"连畜生都不如。"

莫利梭正好钓着了一条鲤鱼,他高声说道:"其实很多政府都热衷于战争。"

索瓦日先生打断了他的话:"共和国就不会宣战……"

莫利俊反驳说:"有帝王,向国外打仗;有共和国,向国内打仗。"

后来他们竟忘了钓鱼,心平气和地讨论起来,他们用有限的知识来辨明政治上的大问题。结果彼此都承认:人是永远不会自由的。虽然他们的讨论已结束,然而瓦雷良山的炮声却没有停息。炮弹摧毁了法国房子,捣毁了人们的生活,结束了许多生命与梦想。许多在期待中的快乐,许多在希望中的幸福,都在炮弹的爆炸声中破碎了;并在贤母的心上,良妻的心上,爱女的心上,制造了无数难以言说的苦痛。

"这就是人生!"索瓦日先生高声喊着。

幸福的红玫瑰

"倒不如说这就是死亡。"莫利梭带着笑容回答。然而话没说完,他的笑容就凝固了。

因为他明显地觉得他们后面有人走动;于是转过眼来一望,就看见他们身后站着四个人,四个留着胡子、穿着军服、戴着平顶军帽的大个子,黑洞洞的枪口正瞄着他们的头。

两根钓竿从他们手里滑下来,落到河里去了。

几分钟之内,他们被绑住手脚,扔进一只小船里。后来他们被带到了马郎德洲上。

在当初那所被他们认为久已荒芜的房子后面,他们看见了二十来个德国兵。

一个浑身长毛的人骑在一把椅子上面,吸着一枝长而大的瓷烟斗,用地道的法国话问他们:"喂,先生们,你们今天钓鱼收获不小吧?"

这时,一个士兵把那只由他小心翼翼地带回来的满是鲜鱼的网袋放在军官的脚前。那个普鲁士人微笑着说:"嘿!嘿!果然不错!不过你们好好地听我说,并且不要慌张。我想你们两个人都是被人派来侦探我们情报的奸细。我现在捉了你们,就要枪毙你们。你们以钓鱼为掩护,为的是可以好好地实施你们的计划。现在你们已经落到我手里了,你们只能自认倒霉;现在是打仗呀!"

"不过,你们既然能从前哨走得出来,自然知道回去的口令,如果你们把口令说出来,我就放了你们。"

两个面无人色的朋友相互依靠着站在一起,因为紧张,身躯在微微颤抖,但他们一声也不响。

那军官接着说:"你们如果说了,就可以平平安安地走回去、这桩秘密谁也不会知道。倘若你们不答应,那就只有死路一条。你们自己选择吧。"

他们依然没有开口。

那普鲁士人始终没有发脾气,他伸手指着河里继续说:"你们想想吧,五分钟之后你们就要到水底下了,除非你们说出口令,你们都有父母妻小吧!"

瓦雷良山的炮火仍在怒吼着。

两个钓鱼朋友依然站着没有说话。那个德国人用他的本国语言下达了命令。随后他挪动自己的椅子,免得和这两个俘虏过于接近;随后来了12个兵士,持枪站在离他们二十步远的地方。

军官接着说:"我给你们最后一分钟,多一秒钟都不行。"

随后,他突然站起来,走到那两个法国人身边,伸手将莫利梭挽住把他引到了远一点的地方,低声向他说:

"那个口令是什么?你那个伙伴什么也不会知道的,我可以装做不忍心的样子。"

蓦然回首

莫利梭一个字也不回答。

那普鲁士人随后又引开了索瓦日先生，并且对他提出了同样的问题。

索瓦日先生也没有回答。

他们又紧靠着站在一处了。

军官愤怒地发了命令。兵士们都托起了他们的枪。

这时候，莫利梭的目光偶然落在那只盛满了鲈鱼的网袋上面，那东西离他不过几步儿。

在阳光的照射下，那扑腾的鱼儿闪闪发光，他感到一阵悲酸，尽管他极力镇定自己，眼眶里还是噙满了眼泪。

他口吃地说："永别了，索瓦日先生。"

索瓦日先生回答道："永别了，莫利梭先生。"

他们互相握过了手，身躯抖得更厉害了。

军官喊道："放！"

他们看见十二支枪管都抖动了一下。

索瓦日先生一下就向前扑做一堆了，莫利梭个子高些，摇摆了一两下，才侧着倒在他伙伴身上，脸朝着天。沸腾似的鲜血，从他那件在胸部打穿了的短襟军服里面向外迸出来。

德国人又发了新的命令。

他的那些士兵迅速找了些绳子和石头过来，把石头系在这两个死人的脚上；随后，他们把他们抬到了河边。瓦雷良山的炮声并没有停息，现在，山顶上硝烟弥漫。

两个兵士抬着莫利梭的头和脚，另外两个抬着索瓦日先生。他们把这两个尸体来回摇摆了一会儿，就远远地扔出去了，尸体先在空中画出一条曲线，随后如同站着似地往水里沉，石头拖着他们的脚先落进了水里。

河里的水溅起了巨大的水花，随后，又归于平静，无数很细的涟漪都到达了岸边。

血浮起来了，河水变得污浊了。

那位神色始终泰然的军官低声说："他们可以永远和鱼在一起了。"随后他向着房子走去。

忽然，他望见了那只盛满了鲈鱼的网袋，于是拾起它仔细看了一会，然后他高声喊道："威廉，来！"

一个系着白布围腰的兵士跑了过来。普鲁士人把两个法国人的战利品扔给他，吩咐道："趁这些鱼还活着，赶快给我炸一炸，味道一定很鲜。"

随后，他又点着了那支长而大的瓷烟斗。

西班牙的婚礼

——［法国］梅里美

> 一场隆重的西班牙婚礼迎来了一个不速之客——与公证人有仇的诺斯·马里亚，在新娘的恳求下，他没有闹事。在晚宴即将结束时，诺斯听了一个十二岁左右的女孩的黑话后便匆匆离去。半小时后，农庄的人对前来搜捕的保安士兵说，他们没见过他们要找的人。

在昂迪雅尔市郊的一座美丽的小农庄里，一场隆重的结婚典礼正在进行着。小农庄里有一棵高大的无花果树，摆满美味佳肴的餐桌就设在树下。那丰盛的菜肴、交错的杯盏，几乎要把桌子压碎。来宾们向新郎、新娘祝贺以后，就来到桌前坐下。院内的茉莉花和柑树上开满的白花，混合着散发出阵阵沁人心脾的浓郁的清香。

突然，一位持枪的男人从树丛中策马而出，马儿径直朝住宅方向驶来。到达住宅门前，来人勒住马匹，敏捷地跳下马，向桌前的客人们举手行礼，然后把马牵进了马棚。其实宾客早已到齐，但在西班牙有个风俗，凡有过路的人来参加庆典，都应热情接待，更何况此人衣着不凡，好像是个很有身份地位的人物。新郎急忙起身，热情地迎上去，邀请来客赴宴。

此时宾客们交头接耳，互相低声询问着这位陌生人的来历。只有坐在新娘旁边的昂迪雅尔农庄的公证人脸色一下子变得十分苍白，如同死人一般。他想站起来，但双膝打弯，两腿根本无力支撑住自己的身体。

这时，一位长期被怀疑从事走私活动的来客，走近新娘，悄声说："他叫诺斯·马里亚，大概是来这儿闹事的，他跟公证人有仇！"

诺斯·马里亚要干什么呢？让公证人跑掉根本没有可能，因为诺斯·马里亚会很快发现他的。叫人逮捕他也是行不通的，他的同伙肯定就在附近，况且他身上还带着匕首，腰里插着手枪。新娘想到这里问道："公证人先生怎么得罪过他呢？"

蓦然回首

"唉！根本没有得罪过他。"

旁边一位客人低声说："两个月前，公证人曾对他的佃农说："如果有朝一日，诺斯·马里亚来向我要酒喝，我要往酒里放一大块砒霜。"

当新郎陪着陌生人来到餐桌前时，宾客们还都敬候着。

诺斯·马里亚先朝公证人扫了一眼，公证人立刻被那恶狠狠的目光吓得浑身瑟瑟发抖，如同得了疟疾一般。然后他径直朝新娘走去，非常文雅地向新娘行了个礼，并要求新娘在婚礼上能和他跳舞。新娘非但没有拒绝，而且脸上没有流露出任何不悦的表情。诺斯·马里亚拿起一个软木板凳，毫不客气地坐在新娘与公证人的中间。公证人此时紧张得几乎要晕倒了。

宴席开始之后，诺斯·马里亚一直警惕地注视着他的邻座。当来客们品尝着美味的陈年美酒时，新娘端起一杯斟满西班牙名酒"蒙地拉"的酒杯，先凑到自己的唇边呷了一下，然后举到诺斯·马里亚面前。

在西班牙的风俗中，这一举动是酒宴上人们对自己所尊敬的人的一种礼节，被称为"特殊关照"。遗憾的是这种风俗早已在西班牙的上流社会消失了。这里当然也不例外，一切民族习惯均被废弃了。所以，新娘此时的这一举动，倒显得有些过分殷勤。

诺斯·马里亚非常感激地接过酒杯，连连向新娘致谢。而新娘却战战兢兢地凑到了他的耳边，腼腆地说："请您看在我的面上，饶恕了他吧！"

"不行！"诺斯·马里亚嚷道。

"我求您忘记过去的事吧！您到此地来，可能是不怀好意的，但为了我的幸福，也为我的婚礼顺利进行，请您答应我，饶了您的敌人吧！"新娘很悲伤地恳求着。

诺斯·马里亚凝视着无助的新娘那双哀怨的双目很久，然后转身向浑身哆嗦成一团的公证人说："你应该感谢新娘，公证人！要不是她的话，我马上就把你杀掉。"

诺斯·马里亚随后斟满了一杯酒，端到公证人的面前，脸上带着嘲讽的微笑，继续说道："来！公证人，为我的健康干杯！这酒不坏，而且不是毒酒。"

此时，公证人可怜极了，颤抖着喝下那杯酒，犹如咽下一把钢针。

"来吧，朋友们！跳起舞来吧！新娘万岁！"诺斯边嚷边敏捷地站起身，跑去寻来一把吉他，即兴演奏了一曲，向新郎、新娘表示祝贺。

晚宴即将结束，诺斯还继续跳着。他是如此热情奔放，以致使一些妇人一想到像这样一个迷人的小伙子不知哪一天就会被送上绞刑架时，不禁眼里涌满了怜悯的泪水。他跳着、唱着，并且满足了所有人的要求。午夜时分，一个十二岁左右的小姑娘出现了，她衣衫褴褛得几乎全身裸露，她急匆匆地朝诺斯·马里亚走去，然后急促地跟他说了几句吉普赛黑话之后，诺斯的脸上现出了惊慌的神色，他立即朝马棚跑去。不一会儿，就牵着他那匹健壮的骏马回来了。他走到新娘跟前，诚恳地说："我以我的生命向上帝发誓，我永远不会忘记在您这里度过的美好时光，这是我多年来最幸福的时刻。请您接受一个想把一座宝矿都献给您的、一个可怜的魔鬼送给您的小小礼物吧。"说着，他把一只漂亮的戒指捧到新娘面前。

"诺斯·马里亚，"新娘感激地说道，"只要我这里还有一块面包，那一半就属于你！"

诺斯同所有的客人握手告别，包括公证人在内，然后飞身上马，转眼间就消失在黑暗里了。这时，只有公证人轻松地长舒了一口气。

半个小时之后，小农庄里来了一队保安士兵，但没有一个人说看到过他们要搜寻的人。

柠檬女

——［日本］川端康成

> 嗜好用柠檬化妆的她看男人的眼光很准确，她的恋人都出名发迹了，却又都抛弃了她，穷戏剧家恋人也是一样。戏剧家的戏剧演出成功的那一刻正是她举行葬礼的时候。

她惟一奢侈的嗜好就是用柠檬化妆。所以她的肌肤不但白皙细嫩，而且似乎散发出一股淡淡的清香。她把柠檬切成四片，把其中的一片挤成液体，这是一天的化妆液。剩下的三片用薄膜纸将切口蒙上，珍惜地贮存起来。倘若不靠柠檬液那凉爽的刺激让她的肌肤冰凉，她就感受不到是清晨。她背着恋人，在乳房和大腿上抹上果汁……接吻以后，男的说道："柠檬。你是从柠檬河里游过来的姑娘……喂，我舔到柠檬就想吃橙子哩。"

于是，女子拿了一枚五分的白硬币去买小橙子。也正因为如此，她不得不放弃享受浴后将柠檬液涂抹在肌肤上所感到的喜悦。他们家中，除了一枚白硬币和柠檬的清香以外，一无所有。她连旧杂志也不能卖掉，因为恋人要摞起来当做桌子，而且在上面徒然地撰写长篇戏剧。

恋人说："这剧本里我为你写了一幕，给你安排了柠檬林的场景。我没见过柠檬林，在纪伊却见过黄色满园的蜜柑山。在秋天，那里有许多从各地前来参观的游客。在宜人的月夜下，衬着月光，蜜柑恍如鬼火，星星点点地浮现出来，简直像是梦中的火海。与蜜柑的黄色相比，柠檬的黄色更明亮，更是温暖的灯火。在舞台上，倘若能表现出这样的效果……"

"是啊！"

"你觉得没有意思吗？……当然，这种南国式明朗化的戏剧我是不会写的。要不是待到更出名、更发迹以后……"

"人干吗非得出名、发迹呢？"

"否则就没有活下去的勇气了。事到如今，我也只有指望出名、发迹了。"

"人何苦一生只求出名、发迹呢？出名、发迹了，又有什么用？"

"唔，就凭这点，你也是新潮派的一员呀。如今的学生敢怀疑一切，甚至连自己立足的根基是可恨还是不可恨都表示怀疑哩。他们知道必须摧毁，而且也将会摧毁这个根基。想要出名、发迹的家伙，必须在知道将会摧毁的基础上架起云梯。这样一来，爬得越高就越危险。知道会怎样，连他自己也明知如此，但仍想硬往上爬。何况，现在所谓出名、发迹就是昧良心，昧良心是我们时代的潮流。贫穷而暗淡无光的我是另一种老顽固。尽管贫穷，但能像柠檬般明朗，这也就是一种新潮呢！"

"男人大都认为只要出名、发迹就好，一心就是想出名、发迹……女人却只有两种类型，一种是穷人的情侣，一种是富人的情侣。而且，我只能是一个穷人的情侣罢了。"

"太夸张了吧！"

"然而，你一定会出名、发迹的。真的，我观察男人的眼光，犹如命运之神，绝不会有错的。你肯定会出名、发迹的。"

"接下来就把你抛弃吗？"

"一定的。"

"就因为如此，所以你就不想让我出名、发迹吗？"

"怎么可能呢。不论谁出名、发迹，我都是非常高兴的。我自己就好像一个孵着出名、发迹之卵的鸟巢。"

"别发牢骚，回忆先前的男人并不是一桩愉快的事。就说你吧，光从你用柠檬液化妆这一点来看，也够得上是贵族哩。"

"哟，瞧你说的。就算一个柠檬值一角钱，切成四半，每份只值二分五厘嘛。我一天只花二分五厘。"

"既然你这么喜欢柠檬，你死后，我在坟前给你种棵柠檬树好吗？"

"那太感谢你啦。我常常幻想：我死后可能连石碑都不立，充其量立一块穷人的木牌。不过，可能会有些成名、发迹的人物，身穿晨礼服，乘坐汽车来参观我的坟地吧。"

"请不要提那些成名发迹的男人的事吧。让那帮成名、发迹的幽灵统统下地狱吧！"

"好吧。但请你记住一点，你很快就会成名、发迹啦。"

犹如她所预料的，她那犹如命运似的信念是不会动摇的。确实如此，她面试男人的眼光一直很准确。无出人头地才能的男人根本无缘做她的恋人，当然，她也不会看上的。

她第一个恋人，是他的表兄。表兄原先有个富有的表妹作未婚妻。他抛弃了这个富有的未婚妻，同她住在一所简易公寓的二楼上，他们一贫如洗。大学毕业

蓦然回首

那年,他通过外交官考试,以名列第三的成绩被派往驻罗马大使馆。富有的表妹的父亲低头央求她,她就退出了情场。

她的第二个恋人,是一个学医的穷学生,后来他抛弃了她,与给他提供医院建筑经费的女子结婚了。

她的第三个恋人,是一个穷收音机商。当发迹以后,他说,从她的耳朵长相来看,他的钱财会流走的,于是他将坐落在背巷的店铺迁到大街上,而背巷的房子原来是他的小老婆的家。就这样,她连同他当年的贫穷时代一起被搁置在背巷里了。

她的第四个恋人……第五个恋人……

她的穷戏剧家恋人,自从一些激进派的社会科学研究家频繁进出他的家之后,他终于写完了一部长篇戏剧。他履行了诺言,写了柠檬林。柠檬林是全剧的尾声,然而他在现实社会中无法找到明亮的柠檬林。在他所说的根基颠倒过来之后的理想世界中,只有在这片柠檬林中,男女主角才能得以相会和倾谈。然而,他写是写了这部戏剧,却同一话剧团的名演员坠入了情网。按照惯例,柠檬女又退出了情场。正如她所说的那样,他也出名、发迹了,爬上了天梯。

她接下来的一个恋人,是一名经常到戏剧家家里高声大喊大叫的职工。但是,也许上帝赋予她观察男人的感觉是有限的缘故吧。的确,这个男人不仅没有出名、发迹,而且他还作为煽动者,失去了职业。她丧失了观察男人的感觉,这是她活生生的感觉。然而,她是犯了某种意味深长的判断上的错误,还是对出名、发迹感到厌倦了呢?

为她举行葬礼的那一天,戏剧家的戏堂而皇之地搬上了舞台。扮演女主角的是他的新恋人,他从她的台词中感到她在模仿柠檬恋人的口吻。这出戏以辉煌的成功宣告结束的时候,戏剧家把这戏尾声时舞台上的柠檬果全部装上了汽车,向柠檬女的墓地疾驰而去。然而,在她的木牌前,大概已有人上供了吧,点燃着犹如柠檬的层层叠叠的灿灿的灯火,恍如一层层撮起的十三日之夜的月亮。戏剧家见此情景,喃喃地自语:

"原来在这种地方也有柠檬林啊?!"

兄 弟

——［日本］岛崎滕村

> 弟弟为了支付嫂嫂和残疾的弟弟阿吉的生活费四处借钱，
> 哥哥那儿借不到就去别处借。
> 当他把生活费给照顾阿吉的山胁时，
> 他感到阿吉在嘲笑他。

此时，在旁边听着的弟弟已不耐烦了，因为嫂嫂总是唠唠叨叨地说话。就像本来是讲雷门的事，可是她偏要先从新桥扯起。开始，他用"嗯、嗯"、"然后又怎么样了"之类的话搪塞一下，后来他实在应付不下去了，就很无礼地打断了嫂嫂的谈话："山胁不能再照顾阿吉了，是这个意思吗？"

嫂嫂苦笑着说："那倒也不是这个意思呀。山胁也是个赋闲的人，倒也很愿意照顾阿吉。但是无论怎么说，阿吉终究是个很拖累人的病人呀，物价又一个劲儿地上涨。"嫂嫂想了想又接着说："听说阿吉也有点过分呢！山胁跑来说，以前对付着吸烟丝就行了，最近却提出要吸纸烟，没办法，只好买来给他了。现在是每天吸两盒朝日牌香烟。……"

嫂嫂说着说着又要扯到别的地方去了。弟弟急忙插话说："如果有十元的话，阿吉的生活过得去了吧？"

"问题就在这儿呀！山胁说如果每个月不多给两元的话，他照顾不了阿吉的生活。"

弟弟摸着下巴说："你看这样行吗？嫂嫂，你把阿吉接来照顾，我每个月拿十二元，这对你来说岂不是更合算了吗？"

听到这话，嫂嫂消瘦的身体明显地战栗了一下，说："算了吧！让我和阿吉住在一起，那我死也不干。"

这时候，弟弟恍然明白嫂嫂特意从下谷来此的用意了。

"就这么办吧，请你告诉山胁。"弟弟沉吟了一下说，"难为嫂嫂跑了一趟，今天可实在没办法。"

蓦然回首

弟弟的妻子这时候进来了。弟弟转身对妻子说:"你先拿两元给嫂嫂,剩下的让阿吉来取吧!你把衣服拿来,我现在出去一趟。"

弟弟离开了长火盆,开始换衣服。妻子从壁橱的柳条包里拿出几双洗干净的布袜子,一边看一边笑着说:"出一两趟门,就不穿了,有多少双也不够啊!"

尽管妻子这么说,仍从里边挑出一双好一点的递给了丈夫。弟弟漫不经心地扯断了连缀的线,硬将皱巴巴的布袜子套到自己的脚上。

"嫂嫂,库页岛那边有信吗?"弟弟一面扣着袜扣一面问道。

"前些日子来信了,说工作挺好,——还向大家问好。"

"只要他好好干就行了。"

"是啊,我也这么想呀!"

"还没往家里寄生活费吗?"

"才刚刚到外边干活一年,怎么可能呢!"

弟弟戴上夹帽子,离开嫂嫂,随后走出家门。

弟弟来到哥哥在工地的公寓里。正巧哥哥刚打完电话回到二楼自己的房间。哥哥说要写封信,就伏在桌子上,急急忙忙地挥动着笔杆,然后又从头到尾把写完的信看了一遍,封上口,在拍拍手叫人的同时,把身子转向弟弟。并对进来的公寓的女仆吩咐道:"这是封急信,马上给我投送出去。"

待女仆走后,哥哥打量着弟弟。

弟弟说:"今天我来有点事。"

"哦,等等!"哥哥好像想起什么似的,站起来从橱柜里拿出一个新的装着点心的铁盒子说,"这是别人送的,来,尝一块。"

哥哥已经有些秃头了,而弟弟的黑发里也早已夹杂着白发了。这几年以来,兄弟两个一直承担着住在下谷的嫂嫂一家人和阿吉这个不幸的弟弟的生活费用。从一定程度上讲,哥哥的秃头和弟弟的花白头发就是这段历史的斑斑痕迹。

"哥哥,想请你先垫一下阿吉那份生活费……"弟弟说,"我这个月太拮据了。"

"哎,你也竟至如此!"哥哥苦笑着说,"我满以为你应付得了呢,这个月我也没给下谷那边送费用。哈哈哈哈哈!都困难到一块儿去啦!"

"忘了告诉你了,山胁又要求增加费用了。刚才嫂嫂来说了这个意思,我已经答应了。"

"阿吉真是个使人操心的家伙呀!可他终究是个活着的人嘛,如果是个野兽的话,那家伙早就让别的野兽吃了,这是一定的。"说着,哥哥捋起袖子,又接着说,"唉,话又说回来了,他的思想方法就是错误的。既然是个窝囊废,就应该像个窝囊废似的,老老实实地听从大家的安排。残废到那样,还动不动要责难别人。"

"刚才我和嫂嫂商量：把阿吉接到她那儿，这样在经济上岂不是对她更合适吗？可是嫂嫂说：算了吧，若和阿吉住在一起，她宁愿死掉。"

"受照顾的人还说这种话！"

"唉，说起来阿吉也真够可怜的了！"弟弟说着，又改变了语气，"我的岳父指责说，我们这样帮助兄弟是不对头的，哪有借钱帮助人的道理。"

"这也有一定的道理。"哥哥爽快地笑着说，"确实，你岳父靠不屈不挠的创业劲头起家。这也是你岳父所以能获得成功的原因。当然啦，他说的也只是一种见解罢了。而我呢，也有我的看法。我在公寓住了十多年，尽管世人认为我是个无所事事的人，但是我不记得我麻烦过任何人，一个硬币我也从来没有从哥哥那儿要过。尽管这样，我还是帮助了下谷的嫂嫂一家人。总之，我是在尽力而为。"

"这种事一个月两个月算不了什么，但是如果长年累月的话，可就有困窘的时候了。"

"可不是嘛，真有困窘极了的时候呀！"

既然哥哥的情况不允许，弟弟站起来，准备再到别处去借钱。

"你看，特意来一趟，实在抱歉。"哥哥说，"喂，等等，我把这些点心分分，带回去给孩子吃吧！"

弟弟把哥哥给的点心包放进袖兜，离开了公寓。

阿吉已经四十岁了，整日对着冰冷的墙壁，寂寞地卧着病躯。给吃的就吃，不给吃的就不吃。不知什么时候，阿吉开始对世事不闻不问，像生活在黑暗里的墙壁似的，在打发着日子。只要是一想到阿吉，弟弟的眼前必定同时浮现出那堵冰冷的墙壁来。可以这样说，墙壁就是阿吉的一生。而且一想到世上还有阿吉那样的人，弟弟便不由得为自己的奔波忙碌而感到可笑起来。但是，又觉得只要是阿吉活着一天，就不得不养活一天。

那天，弟弟也因为还有别的事，风尘仆仆地跑了整整一天，才好容易凑够了钱回到家里。

次日，按照约定，嫂嫂的女儿来拿照顾阿吉的生活费。当弟弟从钱包里拿出十元交给她的时候，却反而觉得受到了阿吉的嘲笑：

"虽然兄弟很多，却都不够意思啊！"

"恶"的化身

——［日本］芥川龙之介

> 一只在艳阳下咬死蜜蜂、几乎是"恶"的化身的雌蜘蛛为了自己的儿女献出了生命，尽到了作母亲的天职。

沐浴着盛夏的阳光，雌蜘蛛在红月季花下凝神想着什么。

空中响起振翅的声音。不久，一只蜜蜂落到了月季花上。蜜蜂振翅的余音，仍然在寂静的白昼的空气里微微地颤抖着。

不知什么时候，雌蜘蛛蹑手蹑脚地从月季花下边爬出来。蜜蜂这时身上沾着花粉，把嘴插进藏着蜂蜜的花蕊里。

几秒钟过去了，其间充满了残酷和沉闷。

在红月季花瓣上，几乎陶醉在花蕊里的蜜蜂的身后，慢慢露出了雌蜘蛛的身子。就在这一刹那，蜘蛛猛地跳到蜜蜂头上，死死地咬住不松口。蜜蜂一边拼命地振响着翅膀，一边狠狠地蜇敌人。由于蜜蜂的扑打，花粉在阳光中纷纷飞舞。

短暂的战斗马上就结束了。

不久，蜜蜂的翅膀不灵了，接着脚也麻痹起来，长长的嘴最后痉挛着向天空刺了两三次，这是和人的死并无不同的残酷悲剧的结束——瞬间之后，蜜蜂在红月季花下，伸着嘴倒下来了。翅膀上、脚上都沾满了喷香的花粉……

雌蜘蛛开始静静地吮吸蜜蜂的血，一动也不动。

在重新恢复起来的白昼的寂静中，不知羞耻的太阳光透过月季花照着这个在屠杀和掠夺中取胜的蜘蛛。它几乎是"恶"的化身一般，灰色缎子似的肚子、黑琉璃一般的眼睛以及好像害了麻风病的、丑恶的硬梆梆的节足，趴在死蜂身上，使人毛骨悚然。

这种悲剧极其残酷，而且以后不知要再发生多少次。然而，在喘不过气来的阳光和灼热中，红月季花每天仍在争奇斗妍。

没过多长时间，也是在一个大白天，雌蜘蛛好像忽然想起什么似地钻到月季的叶和花之间的空隙，爬上一个枝头。在地面上酷热的空气的蒸烤下，枝头上的花苞将要枯萎了，花瓣一边在酷热中抽缩着，一边喷放着微弱的香味儿。雌蜘蛛爬到花苞和花枝之间，然后开始不断地在二者间来回往返。不久，洁白的、富有光泽的无数蛛丝，缠住半枯萎的花蕾，并渐渐地拉向枝头。

不久，一个似圆锥体的蛛囊出现在这里，好像绢丝结成的，在盛夏的阳光的反射下，白得耀眼。

巢做完以后，雌蜘蛛就在这华丽的巢里产下无数的卵。接着又在囊口织了个厚厚的丝垫儿，自己坐在上面，然后又张开类似顶棚的像纱一样的幕。幕完全像个圆屋顶，只是留一个窗子，从白昼的天空把凶猛的灰色的蜘蛛遮盖起来。但是，产后身体瘦弱的蜘蛛躺在洁白的丝垫中间，一动也不动，月季花也好，太阳也好，蜜蜂的振翅之声也好，好像全忘记了，只是专心致志地沉思着。

几周过去了。

这时在蜘蛛囊巢里，无数在蛛卵中沉睡着的新生命苏醒了。最先注意到这件事的，是那只在白色丝垫上，断食静卧的母蜘蛛，它已经衰老很多了。雌蜘蛛感觉到丝垫下面不知不觉地蠢动着的新生命，于是慢慢移动着软弱无力的脚，艰难地把母与子隔离开的囊巢顶端咬开。随后，无数的小蜘蛛不断地从这儿跑到大厅里来。

接着，小蜘蛛马上钻过圆屋顶的窗子，一哄涌上通风透光的月季的花枝。它们中的一部分好奇地爬进喷着蜜香的层层花瓣的月季花里去；一部分已经纵横交错于晴空之中的月季花枝之间，开始张起肉眼看不清的细丝；还有一部分拥挤在忍着酷暑的月季的叶子上。假如这帮小家伙能喊会叫，它们一定会在这白昼下的红月季花上举办最狂爆的晚会，让欢愉声充斥整个白昼。

此时，在巢囊里，瘦得像个影子似的母蜘蛛寂寞地独自卧在窗子前边。不只这样，而且过了好久，连脚也一动不动了。生了无数小蜘蛛的母蜘蛛，伴着洁白大厅的寂寞，以及那枯萎的月季花苞的味道，尽到了作母亲的天职，怀着无限的喜悦在不知不觉之间死去了。——这就是那只在酷暑之中，咬死蜜蜂，几乎是"恶"的化身的雌蜘蛛。

入浴——一幅水彩画

——［澳大利亚］H·H·理查逊

> 四个朝气蓬勃的少女，
> 叽叽喳喳像鸟儿般飞进了寂寞的浴室，
> 给浴室带来了朝气、带来了欢乐，
> 也带来了一幅动画的水彩画。

在一个炎热的下午：灼热的北风吹拂着天空，云彩被风吹成一条条的横道，带阳台的小巧的房子、闪闪发光的马路，甚至连空气本身，在炽热的阳光下和飞扬的尘土中都变成了一片白色。相比之下，浴室里显得很凉爽。浴室没有窗子，完全靠屋顶上的天窗透进光来；浴室很大，原本设计就是作洗澡房的，屋里不怕水，水泥地板略带倾斜，以便洗澡水进入渗水坑。浴室除掉一面挂着的大镜子和一张木桌子之外，没有其他东西。一个很大的用锌皮做成的旧式浴池，由于每次放水的深浅不同，在它的四周留下了一道道棕褐色的水纹的痕迹。在浴池靠墙一面装有一个淋浴用的莲蓬头。莲蓬头的开关密封较差，有些漏水，水滴逐渐变大，然后危险地悬在那里，最后落进澡盆，发出一声重浊的声音。浴盆上面那旧式龙头里流出的水也令人失望，简直和泥浆差不多，而且都是温吞吞的。不过流得倒很痛快，也许它想用水源的充足来弥补它的温吞和浑浊的缺点。

今天流出的水一片通红，因为昨天夜里降了一次暴风雨，把蓄水池的浑水给搅动了。

四个少女蹦蹦跳跳地走进了这浴室，八只手全不停地忙活着；嘴里也都大声叫着："快洗个澡！我们快洗个澡吧！"在水池子里的水哗哗流动着的时候，由于她们都想抛开裹在身上的一切东西，鞋扔得东一只、西一只，衣服也扔得满地都是。

最先准备好的是一个胖胖的金头发的小姑娘；可能因为她是四人中年纪最大的一个，她在脱衣服时比其他的人显得稍文静一些。在她们四人中有一个姑娘因为急于抢先下水，把一个结子给拉死了，一个长着棕红头发的姑娘正帮她解那个结子。

　　这时金发姑娘已经在浴池边坐下，摇晃着一条腿。她的皮肤非常的娇嫩，就像是透明一般，透过它可以看见勿忘草似的蓝色的血管。从她胸部往下有一道线条优美的浅沟，这沟到了下边便向两边分开，最后消失在她的雪白的胸脯上。在那里，少女的特征才不过刚刚露头。围绕着她的脖子有两道仿佛是用大拇指指甲在软泥上掐出的线条；在她的肋骨下面还有两条——坐美人的曲线——呈波纹状深陷下去，那样子很像海岸上的水波留下的痕迹。

　　那个死结终于被拉开了，红头发姑娘很快脱掉了她身上所有的衣服，她现在躬着背两手交叉抱着正向前走去。她站在那里等待着浴池里灌水，用一只脚的脚跟擦着另一条腿。相比之下，她使得她的那个棕头发的小伙伴——四人中最小的那个小姑娘，现在还像一个男孩子一样，干瘦得一点线条也没有——显得非常的黑；大家都说，红头发的姑娘一定长着一张带着雀斑的雪白的脸，而她也确实是这样：她全身的皮肤白得像雪一样，摸上去既富有弹性又像玫瑰花瓣一样的柔和。

　　那个拉结子的姑娘也下来了——她又高又瘦，长着一双棕色的眼睛，脸色有些蜡黄，但因为天气很热，加之她十分匆忙，脸上倒露出了一片红润。她长着一头金色的卷曲的头发，和别人相比，她的颜色显得非常丰富。她的皮肤是从淡淡的象牙色到琥珀似的颜色，在一切夹缝的地方又变得像赤金一样发红：比如像她的头发刚刚可以达到的后脖儿和她的隔肢窝下边。她那还很稚嫩的胸部，现在显得很平，现在她正把两手紧紧地交叉在脖子后边像小猫一样使劲舒展身子——只能看到一圈微带棕色的深蓝的颜色。

　　浴池的水终于放满了。但她们四个人还在那里磨磨蹭蹭、说说笑笑，由于浑身了无牵挂，她们不停地咯咯大笑。这时，门外过道里传来了一阵很重的脚步声，可这浴室的三个门却一个也没有锁上。吓！她们像一群受惊的小动物似地全都一起往水里钻，霎时，横七竖八好些条奶油色、白色和棕色的腿以难于想象的速度一起跳到水里去。琥珀色的那个情况最不妙：她个子太高，蹲在水里却露着上半身，她只好整个躺下去，其他几个便半倚半坐在她的身上，好把她压在水里。不过，脚步声很快走过去了，威胁解除了，这些洗澡的人又一次叽叽喳喳大笑大叫着站了起来。一颗颗水珠顺着她们的身体起起伏伏地流下，留下了清晰可见的痕迹，像一个很脏的脸上流着的泪痕一样。

　　接着有人打开了淋浴。玫瑰色和棕色的姑娘抢先站在莲蓬头底下举起头来接受由上自下喷洒而出的水珠的淋浴，琥珀色的举起一只胳膊挡着自己的眼睛，那个小个儿的只好把她的脸贴在她这伙伴的肋骨上。莲蓬头里的水由于水压较大，东滋一下西滋一下，有的横飞出去，滋得满屋都是。金头发和红头发钻来钻去地

蓦然回首

躲闪着。接着该她们去冲了。金发姑娘怕打湿她的头发；她把她的头和肩膀向后仰着，又伸长她那带道道儿的脖子，完全用她的胸脯接受从莲蓬头上冲下来的水；一会儿她又向前弯着身子，让水砸在她的脊梁上。

洗着洗着，她们忽然又同时都往水下面挤。结果引起了一片混乱。下面的一个使劲乱踢，弄得水花四溅，因为她想爬到上面来，便在那三个光溜溜的身体上乱滚着。她刚爬起来，金头发的脚又被其他的三个人给抓住，她们生硬地拖着她让她在水中沉浮。

一位年岁较大的妇女走了进来：那几个洗澡的姑娘一起朝她身上浇水，让她洗了一个从侧面来的淋浴。接着她们又开始跳水：先跑到浴室的尽头去，然后快步跑过来往水里跳，看谁能让水溅得最高。红头发的弄得最狼狈，她一滑，脸朝下倒在水里，后面跟着跳下的一个人压在她的身上，差点儿把她给淹死了。接着便因此发生了水战。她们使用的武器都是一些大大小小汲满了水的海绵，她们没有固定的目标，把它往别人身上任何可以砸到的地方砸去；两只不知疲倦的手不停地捞着、砸着，乱打乱拍。墙上也到处流着水，水泥地上水流成河了。

在这一片混战中，时钟敲了五下。那四个姑娘像黎明来临时受惊的鬼魂一样，马上全都跳出水池。争着去抢挂在门背后的浴巾。她们匆匆忙忙在身子的两旁和前面擦一擦，然后又在背上在腿弯里勒一勒，把脚指头扭动几下就算把脚擦干了。两手举起衣服，先高高举在空中飘动一下然后就往身上套去，这时衣服暂时掩盖住了她们的脸面。很快原来光着的身子现在除了四个湿淋淋的颜色各异的脑袋以外，什么也看不见了。墙上挂着的那面长镜子虽然清晰地反映了刚才在浴池里发生的那场混乱，但她们中却没有一个人有暇转过头去在镜子里欣赏一眼自己光着的身子。穿上衣服以后情况就不同了，姑娘们争先恐后地站在镜子前：镜子里反映出，有的整理头发，有的在摆弄发卷，有的用手在把自己的衣服抹平。

这时她们忽然听到叫喊声，那声音很急，不容她们再有任何延迟。她们谁也没有回头看一眼，便一个接一个朝着召唤的声音匆匆跑去。浴室的门开了又关了；最后屋子里完全空了。流着水的墙壁和地板直至人全部走完后，慢慢地静止了；浴池里的水咕嘟咕嘟地泛着水泡；那面镜子里什么也看不见了，四个朝气蓬勃的倩影，任再高明的镜子，也难以留下一丝痕迹。

幸福的红玫瑰

祖 母

——［丹麦］安徒生

> 祖母的圣诗集里夹着一朵又干又平的玫瑰花，
> 那是一个美貌的年轻人送给她的，祖母带着那段美好的回忆离开了人世。
> 看到她坟上绽放的玫瑰，
> 人们就会忆起那位有着一双美丽大眼睛的老祖母。

祖母已经很老了，有许多的皱纹，头发也很白。不过，她的那对眼睛却亮得像两颗星星，甚至比星星还要美丽，它们非常温和可爱。祖母穿着一件用厚绸子做的花长袍，走路时发出沙沙的声音。祖母知道许多事情，因为她在爸爸和妈妈没有生下她以前早就是活着的——这是毫无疑问的！祖母还能讲许多好听的故事。

祖母有一本圣诗集，上面有一个大银扣子，可以把它锁住，她常常读这本书。书里夹着一朵玫瑰花，玫瑰已经压得很平、很干了，它并没有像她玻璃瓶里的玫瑰那样美丽，但是只有这朵花才能让祖母露出她最温柔的微笑，眼里甚至还流出幸福的热泪。

为什么祖母要这样看着夹在一本旧书里的一朵枯萎了的玫瑰花呢？我不知道。你知道吗？每次祖母的眼泪滴到这朵花上的时候，它的颜色立刻就又变得鲜艳起来。这朵玫瑰张开了，于是整个房间就充满了香气，四面的墙都向下陷落，好像它们只不过是一层烟雾似的。祖母的周围出现了一片美丽的绿树林，阳光从树叶中间渗进来。这时祖母又变得年轻起来。她是一个美丽的小姑娘，长着一头金黄的长发，红红的圆脸庞，又好看，又秀气，她比任何玫瑰花都新鲜。她的那双温柔的、纯洁的眼睛，永远总是那样温柔和纯洁。在她旁边坐着一个男子，他送给她一朵玫瑰花，她微笑起来——祖母现在可不能露出那样的微笑了！是的，她微笑了。可是他已经不在了，许多思想，许多形象在她眼前浮过去了。现在那个美貌的年轻人不在了，只有那朵玫瑰花还躺在赞美诗集里。现在祖母已是一个老太婆，仍然坐在那儿，在望着那朵躺在书里的、枯萎了的玫瑰花。

蓦然回首

在祖母死前,她曾经坐在她的靠椅上,讲了一个很长很长的故事。"现在讲完了,"当她讲完时,说,"我也倦了。让我睡一会儿吧!"

于是,祖母把头向后靠着,吸了一口气。她慢慢地静下来,面上现出幸福和安静的表情,好像阳光照在她的脸上。于是人们就说她死了。

祖母被装进一具黑棺材里。她躺在那儿,全身裹了几层白布。她是那么美丽,虽然她的眼睛是闭着的,但她所有的皱纹都没有了,她的嘴角还浮着微笑。她的头发银白得是那么庄严。望着这位温柔和善的老祖母,你一点也不会害怕。赞美诗集放在她的头下,这是她的遗嘱。那朵玫瑰花仍然躺在这本旧书里面。人们就这样把祖母葬了。

人们在教堂墙边的一座坟上种了一株玫瑰花树,它开满了花朵。夜莺在花上唱着歌。教堂里的风琴奏出放在死者头下的那本诗集里的圣诗,这是最优美的圣诗。月光照在坟上,但是死者却不在这儿。每个孩子都可以安全地走到这儿,即使在深夜,他们也可以在墓地墙边摘下一朵玫瑰花。一个死了的人比我们活着的人知道的东西多。死者知道,如果我们看到他们出现,我们会有极大的恐怖。死者比我们大家都好,因此他们就不再出现了。棺材上堆满了土,棺材里塞满了土(按照西伯莱的说法,人是泥土做成的)。赞美诗集和它的书页也成了土,那朵充满了回忆的玫瑰花也成了土。不过,在这土上面,新的玫瑰又开出了花,夜莺在那上面唱歌,风琴奏出音乐。于是人们就忆起了那位有一对温和的、永远年轻的大眼睛的老祖母。眼睛是永远不会死的!我们的眼睛将会看到年轻美丽的祖母,像她第一次吻着那朵鲜红的、现在躺在坟里变成了土的玫瑰花时的样子。

幸福的红玫瑰

香　粉

——［奥地利］里尔克

> 我在与露西夫人谈起她亡故的哥哥时，
> 她伤心地哭了。我虽然知道她是别人的妻子，
> 但我还是用热吻去安慰了她。
> 不久，在园门边碰到她的丈夫时，我才发现……

一个人有时会产生种种见不得人的念头，就譬如说昨天吧。黄昏时分，我又和露西夫人并排坐在她家别墅前的小花园里。露西夫人很年轻，一头金发。此时她沉默无言，一双目光深沉的大眼睛仰望着锦缎般绚丽的天空，手里把一块布鲁塞尔花边手绢当做扇子轻轻地摇着。阵阵沁人肺腑的芳香向我袭来，但不知是来自这被摇动的手绢呢，还是来自那株丁香树？

"这株丁香可真美呀，真叫人……"我纯粹是无话找话。沉默是一条神秘的林间小道，在这条小道上，常会有各种莫名其妙的想法窜来窜去的，所以千万不能保持沉默。

夫人这会儿闭上了眼睛，头往后靠着椅背，夕阳的余辉静静地照在她那线条细腻的眼皮上。她的鼻翼微微颤动，宛如一只在鲜嫩的玫瑰上吮吸着花露的小小蝶儿的翅膀。不经意间，她的手搭在了我的椅子的扶手上，紧挨在我的手边。我的手指尖仿佛感到了她的手在轻轻颤抖。更准确地说，不仅仅是手指尖，我全身都流淌着这种感觉，而且一直涌进了我的脑子里，使我失去了全部思想，只剩惟一的想法慢慢成形，恰似山区暴风雨前骤然凝聚起来的乌云一般："她是别人的妻子呀！"

真见鬼！我早就知道这个，而且这个别人甚至还是我的朋友。然而，今天这个奇怪的想法仍一再出现在我的脑海里。我感觉自己仿佛是个乞儿，眼睁睁地盯着面前点心店橱窗中的精美糕点，可望而不可及。

"您在想什么呢，夫人？"我硬把自己从非分之想中拖出来。

她嫣然一笑："您真像他啊！"

蓦然回首

"像谁?"

她转过脸来望着我,坐直了身子:"像我已亡故的哥哥!"

"哦,他死时很年轻吗?"

她叹了口气:"是的。他饮弹自尽了。可怜的人!他生得多么英俊可爱啊。"

"您哥哥多大?"我岔开话题。

她却似乎没有听见,一对明亮的眸子静静地盯在我脸上,叫人心慌意乱。她的眼睛大得就像整个天空。"瞧这眼睛周围的线条,瞧这嘴……"她梦也似的说。

我努力使自己冷静地望着她的脸,可是做起来非常困难。她细细地看了我很久,然后把椅子移得更靠近我,讲起她的哥哥来,语调是那样亲切感人。她声音很低,头几乎挨着我的头,使我闻到了她金发的幽香。对昔日的幸福与痛苦的生动回忆,使她的眼睛闪闪发光,表情更加活泼。在激情的火光辉映下,我觉得她的容颜是那么熟悉,她所怀念的亲人仿佛真的是我了。

她的那双眼睛,那张嘴……不就是我自己的脸吗?只不过是更加高贵,更加细腻一些罢了。

最后,她讲不下去了,开始抽泣起来,把小巧玲珑的脑袋埋在布鲁塞尔花旁边。而我呢,便几乎喊出来:"我就是他!就是他!"我真幸福哟,还在生前就有这样一位女子为我痛哭流涕。于是,我不知不觉间伸出手去轻轻抚摩她那被晚霞映红了的头。她对此毫不表示反对。

后来,她抬起泪光晶莹的眸子,若有所思地说:"他要是还活着,我一辈子也不会嫁人的,我俩会永远地生活在一起。"

我听得出了神。她这时候完全控制不住自己的感情,哭得跟个泪人儿似的。

我望着西下的夕阳,心里嘀咕:"她是别人的妻子呀……"可是经她一哭,这想法就给冲跑了。

落日还没有完全隐没在紫色的山岗背后,她那娇小的脑袋已经贴在我胸前,蓬松的金发弄得我的下巴痒痒的。接着,我便吻去了露西夫人脸颊上露珠儿般莹洁的泪水。随着头几颗苍白的星星在黄昏的天空中显现,她的红唇也绽出了甜蜜的笑意……一小时以后,我在园门边碰上了她归来的丈夫。在他向我伸出手来的时候,我才发现自己的领带上粘着一粒该死的香粉啊!我目不转睛地盯着它。在急忙伸出一只手去与我朋友相握的同时,另一只手却努力想弹掉它。

骑桶者

——［奥地利］卡夫卡

> 空空的煤桶里连一点儿煤屑也没有了，
> 我于是决定骑煤桶去煤店老板那儿要一铲煤。
> 当煤店老板娘打开店门看到我时，
> 却回头对店里的老板说她什么也没看见，只听到钟敲六点……

煤全部烧光了，煤桶空了，煤铲也没有用了。火炉里透出寒气，灌得满屋冰凉。窗外的树木呆立在严霜中，天空成了一面银灰色的盾牌，把所有向苍天求助的人都给挡住了。我得弄些煤来烧，不然会被活活冻死。冷酷的火炉在我的背后，同样冷酷的天空在我的面前，因此我必须快马加鞭，在它们之间奔驰，在它们之间向煤店老板要求帮助。对于我来说，煤店老板是天空中的太阳。可是煤店老板对于我通常的请求已经麻木不仁了，我必须向他清楚地证明，我连一星半点煤屑都没有了。我这回去，必须像一个乞丐——由于饥饿难当，奄奄一息，快要倒毙在门槛上，女主人因此决定把最后残剩的咖啡倒给他。同样，煤店老板虽说非常生气，但在"十诫"之一"不可杀人"的光辉照耀下，也不得不把一铲煤投进我的煤桶。

此行的结果完全取决于我怎么去做。思考再三，我决定骑着空空的煤桶前去。我骑着煤桶，两手握着最简单的挽具——桶把，费劲地从楼梯上滚下去。到了楼下，我的煤桶就向上升起来了，妙哉，妙哉。平趴在地上的骆驼，在赶骆驼的人的棍下摇晃着身体站起来时，也不过如此。煤桶以均匀的速度穿过冰凉的街道。我时常被升到二层楼那么高，但是我从未下降到齐房屋大门那么低。我极不寻常地高高漂浮在煤店老板的地窖穹顶前，而煤店老板正伏在这地窖里的小桌上写字。地窖的门是开着的，是为了排出多余的热气。

"煤店老板！"我喊着，那急切的声音裹在呼出的热气里，在严寒中显得格外混浊，"求你给我一点煤吧，煤店老板，我的煤桶已经空了，因此我可以骑着它来到这里。行行好吧，我有了钱，就会给你的。"

煤店老板把一只手放在耳朵边上，喃喃地说："我没有听错吧？"然后，他

蓦然回首

又转过头去问坐在火炉旁边的长凳上织毛衣的妻子,"我没有听错吧?好像是一个顾客。"

"我什么也没听见。"妻子平静地说着,一面舒服地背靠着火炉取暖,一面编织毛衣。

"唉,是我啊!"我急切地喊道,"是我啊,一个向来守信用的老主顾,只是眼下没钱了。"

"是有人,"煤店老板说,"我的老伴,是的。我不会弄错的,一定是一个老主顾,一个有年头的老主顾,他知道怎样来打动我的心。"

"你怎么啦,当家的?"妻子说,她把毛衣搁在胸前,暂时歇息片刻,"街上空空的,根本没有人。更何况我们已经给所有的顾客供应了煤。我们可以歇业几天,休息一下。"

"可是我正坐在这儿的桶上,"我喊道,寒冷所引起的没有感情的眼泪模糊了我的眼睛,"请你们抬头看看,你们就会发现我的。你们确实给所有别的顾客都供应过了,但我请求你们给我一铲子煤。如果你们给我两铲,那我就喜出望外了。啊,煤块在这只桶里滚动的响声多么灵敏。但愿我能听到!"

"我马上就来。"煤店老板边说,边要运动短腿迈上地窖的台阶。不过,他的妻子却已经走到他的身边,拉住他的手臂说:"如果你固执己见的话,那就让我上去。你呆在这儿吧,想想你昨天夜里咳嗽得多么厉害。只为一件凭空想象出来的买卖,你就忘记了你的妻儿,要让你的肺遭殃。还是我去吧。"

"那么你就告诉他我们库房里所有煤的品种,我来给你报价格。"

"好。"他的妻子说。她走上了台阶,来到街上。她当然马上看到了我。

"我衷心地向您问好!"我惊喜地喊道,"老板娘,我只要一铲子煤,放进这个空空的桶里就行了,我自己把它运回家去,一铲最次的煤也行。钱我当然是要全数照付的,不过我不能马上付,不能马上。"

"不能马上"多么像钟声啊,它们和刚才听到的附近教堂尖塔上晚钟的声响混合在一起,又是怎样地使人产生了错觉啊!

"他要买什么?"煤店老板喊道。

"什么也不买,"他的妻子大声应着,"外面什么也没有。我什么也没有看到,只是听到钟敲六点,我们关门吧。真是冷得要命,看来明天我们又该忙了。"

煤店老板娘什么也没有看见,什么也没有听见,但她把围裙解了下来,要用围裙把我扇走。遗憾的是,她真把我扇走了。我的煤桶虽然有着一匹良种坐骑所具有的一切优点,但它没有抵抗力。它太轻了,一条妇女的围裙就能把它从地上驱赶起来。

"你这个坏女人!"当她半是蔑视半是满足地在空中挥动着手转身向店铺走去时,我还回头喊着,"你这个坏女人!我求你给我一铲最次的煤你都不肯。"就这样,我浮升在冰山区域,永远消失,不复再见。

看不见的眼泪

夫妻二人热情地招待客人,
在客人眼里,军事长官是世上最幸福的人。
其实为了拿到地窖和橱柜的钥匙,
军事长官在妻子面前又是下跪,
又是说好话,有说不出的辛酸。

寒 宵

—— [中国] 郁达夫

飘雪的寒夜,酒席已散,
我答应柳卿半点钟后必去的条件,才将她送走。
不知过了多久后,我与逸生乘车来到他家门口时,
我心里突然激动了起来,便与逸生一同去了韩家潭柳卿的家。

没有法子,只好教她先回去一步,再过半个钟头,答应她一定仍复上她那里去。

酒也喝得差不多了。左右几间屋子里的客人早已散去,伙计们把灰黄的电灯都灭黑了。火炉里的红煤也已经七零八落,炉门下的一块透明的小门,本来是烧得红红的,渐渐地带起白色来了。

几天来连夜的不眠,和成日的喝酒,弄得头脑总是昏昏的。和逸生讲话讲得起劲,又兼她老在边上挨着,所以熬得好久,连小解都不曾出去解。

好容易说服了她答应了她半点钟后必去的条件,把她送出门来的时候,因为迎吸了一阵冷风,忽而打了一个寒噤。房门开后,从屋内射出来的红蒙的电灯光里,看出了许多飞舞的雪片。

"啊!又下雪了,下雪了我可不能来呀!"

一半是说笑,一半真想回家去看看,这一礼拜内有没有重要信札。

"嗯哼!那可不成,那我就不走了。"

把斗篷张开,围抱住我的身体,冰凉地、光腻地、香嫩地贴上来的,是她的脸,柔和的软薄的呼吸和嘴唇,紧紧地贴了我一贴。

"酒气!怪难受的!"

假装似怒地又对我瞧了一眼。第二次又要贴上来的时候,屋内的逸生,却叫了起来:

"不行不行,柳卿!在院子里干这玩意儿!罚十块钱!"

"偏要干,偏要……"

嘴唇又贴上来了，嗤地笑了一声。

和她包在一个斗篷中间，从微滑灰黑的院子里，慢慢走到中门口，掌柜的叫了一声"打车"，我才骇了一跳，滚出她的斗篷来，又迎吸了一阵冷风，打了一个寒噤。

她回转头来重说了一遍：

"半点钟之后，别忘了！"

便自顾自地去了。

忍着寒冷走了几步，在墙角黑暗的地方完了小解，走回来的时候，脸上又打来了许多冰凉的雪片。仰起头来看看天空，只是混茫黝黑，看不出什么东西来。把头放低了一点，才看见了一排冷淡的、模糊的和出气的啤酒似的屋瓦。

进屋子里来一看，逸生已经在炕上躺下了。背后房门开响，伙计拿了一块热手巾和一张帐来。

"你忙什么？想睡了么！再拿一盒烟来！"

伙计的心里虽然不舒服，但因是熟客，也无可奈何的样子，笑了一脸，答应了一个是，就跑了出去。

在逸生对面的炕上，不知躺了多久，伙计才摇我醒来，嗫嚅地说：

"外面雪大得很，别着凉啦，我给你打电话到飞龙去叫汽车去吧？"

"好！"

叫醒了逸生，擦了一擦手脸，吸了一支烟，等汽车来的时候，两个人的倦颓，还没有恢复，都不愿意说话。

忽而沉寂的空气里有勃勃的响声听见了，穿了外套和逸生走出房门来，见院子里已经湿滑得不堪，脸上又打来了几片雪片。

"这样下雪，怕明天又走不成了。"

我自家也觉得说话的声气有点奇怪，好像蒙上了一层布在那里敲打的皮鼓。

大街两旁的店家都已经关上门睡了。路上只听见自家的汽车轮子沙沙冲破泥浆的声音。身体尽在上下颠簸。来往遇见的车子行人也很少。汽车篷下的一盏电灯好像破了，车座里黑得很。车头两条灯光的线里照出来的雪片，溟溟濛濛，很远很远，像梦里似地看得出来。

蒲蒲地叫了几声，车头的灯光投射在一道白墙壁上，车转弯了。将到逸生家的门口的时候，我心里忽然地激动了起来。好像有一锅沸水，直从肚子里冲上来的样子，两只眼睛也觉得有点热。

"逸生！你别回去吧！我们还是回韩家潭去！上柳卿房里去谈它一宵！"

我破了沉默，从车座里举起上半身来，一边这样地央告逸生，一边在打着前面的玻璃窗，命汽车夫开向韩家潭去。

马蜂的毒刺

——［中国］郁达夫

> 我看了他那双冒火的眼光，
> 觉得知觉也没有了，神致也昏乱了。

这几年来，自己因为不能应时豹变，顺合潮流的结果，所以弄得失去了职业，失去了朋友亲人，失去了一切的一切，只成了孤苦零丁的一个，落在时代的后面浮沉着。人家要我没落，但肉体却仍旧在维持着它的旧日的作用，不肯好好儿的消亡下去。人家劝我自杀，但穷得连买一点药买一支手枪的余裕都没有，而坠落颓废的我的意志也连竖直耳朵，听一听人家的劝告的毅力都决拿不起来。在这无可奈何的楚歌声里，自然而然，我便成了一个与猪狗一样的一点儿自决心责任心也没有的行尸走肉了，对这样一个行尸，人家还在说是什么"运命论者"。

运命论者也好，颓废堕落也没有法子，可是象猪一样的这一块走肉中间，有时候还不能完全把知觉感情等稍为高尚一点的感觉杀死，于是突然之间，就同癫痫病者的发作一样，亦有一种很深沉很悲痛的孤寂之感袭上身来。

有一天，也是在这一种发作之后，我忽而想起了一位不相识的青年写给我的几封信。这一位好奇的青年，大约也同我一样的在感到孤独罢，他写来的几封满贮着热情的信上，说无论如何总想看一看我这一块走肉。想起了他，那一天早晨，我就借得了几个零用钱，飘然坐上了车，走到了上海最热闹的一个地方去拜访了一次。

两人见到了面，不消说是各有一种欢喜之情感的。我也一时破了长久沉默的戒，滔滔谈了许多前后不接的闲天，他也全身抖擞了起来，似乎是喜欢得不得了的样子。谈了一会，我觉得饿了，就和他一同出来去吃了一点点心，吃饱了之后又同他走了一圈，谈了半天。

他怎么也不肯和我别去，一定要邀我回到他的旅馆去和他同吃午饭。但可怜的我那时候心里头又起了别的作用了，一时就想去看一回好久没有见到而相约已经有好几次的一位书店里的熟人。我就告诉他说，吃饭是不能同他在一道吃的。

看不见的眼泪

他问为什么？我说因为今天是有人约我吃饭的。他问在什么地方？我说在某处某地的书店楼上。他问几点钟？我说正午十二点。因此他就很悲哀地和我在马路上分开了手，我回头来看了几眼，看见他老远的还立在那里目送我。

和他分开之后去会到了那位书店的熟人，不幸吃饭的地点临时改变了。我们吃完饭后，坐到了两点多钟才走下楼来。正走到了一处宽广的野道上的时候，我看见前面路上向着我们，太阳光下有一位横行阔步，好象是兴奋得很的青年在走。走近来一看却正是午前我去访他和他在马路上别去的那位纯直的少年朋友。

他立在我的面前，面色涨得通红，眉毛竖了起来，眼睛里同喷火山似的放出了两道异样的光，全身和两颚骨似乎在咯咯地发抖，盯视住了我的颜面，半晌说不出话来，两只手是捏紧了拳头垂在肩下的。我也同做了一次窃贼，被抓着了赃证者一样，一时急得什么话也想不出来。两人对头呆立了一阵，终究还是我先破口说，"你上什么地方去？"

他又默默地毒视了我一阵，才大声地喝着说，"你为什么要骗我？你为什么要撒谎？"我看了他那双冒火的眼光，觉得知觉也没有了，神致也昏乱了，不晓得回答了他几句什么样的支吾言语，就匆匆逃开了他的面前。但同时在我的脑门的正中，仿佛是感到了一种隐隐的痛楚，仿佛是被一只马蜂放了一针毒刺似的。我觉得这正是一只马蜂的毒刺，因为我在这一次偶然的失言之中，所感到的苦痛不过是暂时的罢了，而在他的洁白的灵魂之上，怕不得不印上一个极深刻的永也消不去的毒印。听说马蜂尾上的毒刺是只有一次好用的，这是它最后的一件自卫武器，这一次的他岂不也同马蜂一样，受了我的永久的害毒了么？我现在当一个人感到孤独的时候，每要想起这一件事情来，所以近来弄得连无论什么人的信札都不敢开读，无论什么人的地方都不敢去走动了。这一针小小的毒刺，大约是可以把我的孤独钉住，使它随伴我到我的坟墓里去的，细细玩味起来，倒也能够感到一点痛定之后的宽怀情绪，可是那只马蜂，那只已经被我解除了武装的马蜂，却太可怜了，我在此地还只想诚恳地乞求它的饶恕。

一九二九年四月作

老 黄

——［中国台湾］席慕蓉

> 老黄是一只流浪狗，由于它外表可人，性情温顺，懂得察言观色，所以赢得了女儿的心，与我们一家相处得也很和谐。
> 后来，在一次找回丢失的猫咪后，它成了我们家的一员。

前几年，我们这个位于淡水山坡上的社区，野狗为患。居民委员会特别为这件事开了一次会，决定择期请人来捕捉野狗，还写了一张大大的公告张贴在社区入口的地方。

日期到了，约好的捕犬车也来了。可是，那天整个山坡上却是鸟喧花静，空无一"犬"。除了被主人特别禁闭在院中的家犬之外，平日那些在巷子里熙来攘往，携儿带女的流浪族群却一只也不见。最后，捕犬车也只好空车回去了。

事后，我们的主任委员只好开玩笑地说：

"不该在大门口贴公告的啦！人会看，狗也说不定会看啊！这不就一只只都去避难了吗？我们又抓得到谁？"

不过，后来在大家全力防卫之下，社区里的流浪狗倒真的是越来越少，只偶尔零星地出现两三只，也就构不成什么威胁了。

"老黄"应该就是其中的一只。它开始只是在东家或西家的门口安静地站一站，摇着尾巴要点儿东西吃。后来和中间巷子C妈妈家养的黑狗"快乐"有了交情，就总在快乐吃饭的时间里准时出现，C妈妈心软，就会多喂它一些。平常老黄好像是隐居在什么角落里，不吵也不闹的，社区里的邻居也就睁一眼闭一眼了。

寒假，我女儿在家，常常往C妈妈家去逗快乐玩，玩着玩着，老黄就出现了。它其实长得很可爱，一身蓬松的黄毛，两只又黑又深情的眼睛，紧紧注视着你。这下就把我女儿的心给抓住了，有事没事就会从家里拿点东西去喂它。有时候晚上从台北回来，她还会从书包里变出一条温热的热狗，先不进家门，非要去给快乐和老黄吃点宵夜不可。

快乐是家犬,有它自己的责任,走不开,最多只是在它家门口陪我们女儿玩玩而已。老黄可不同,它是自由身,所以宵夜吃完之后,这只满心感激的狗就开始睡到我们家门口来了。

我们家院子很小,家里又有两只老泰国猫和一只年轻力壮的大黄猫,已经够热闹了,我可不想再收留一条莫名其妙的流浪狗,所以就常常赶它走。它也很知趣,只要我一出现,马上安静地夹着尾巴走开了,一直要等到晚上女儿回来,它才又假装着忘记了似的,兴高采烈地跟着跑过来。

我拿它没什么办法。这只狗好像知道我并不是真的不喜欢它,只是不能随便收留它而已。于是,一方面小心翼翼地尽量不触怒我,一方面它也在安全距离之外静静地观察着我们这一家的生活。

春天来了。太阳好的时候,三只猫都会闹着要出去,好在,它们也只是在近处走走,只要我们一开口呼叫,这三只胖猫都会乖乖地走回来。

听说老黄对社区里的野猫深恶痛绝,总是会吠叫追赶绝不容情,可是对我们家这三只猫在草地树丛间的散步,却一点儿也不表示意见,只远远地蹲伏在墙角,冷眼旁观。

有天早上,丈夫赶着要去学校上课,放出去的老猫都叫回来了,独独还有那只年轻的大黄猫不见踪影。

家里没人,上课时间又快到了,丈夫有点儿着急,一眼看见老黄跟在身后好像很关心的样子,灵机一动,就转身对它发出指令:

"猫咪!去找猫咪!"

我们家老爷本来是抱着姑且一试的心情,想不到,指令刚下,老黄马上开始在草丛和花池间嗅闻起来,然后就对着屋子后面的方向,像箭矢一样飞奔前行。(我们后来都猜想,在那个时候,它一定在心里暗暗欢呼:"好啊!机会终于来了!")五秒钟之后,就从那片邻近沼泽边缘的荒地上,草长得最深最密的地方把大黄猫赶了出来。

大黄猫并不情愿,所以,老黄几乎是以牧羊犬的身段和技术,左驱右赶地把猫咪赶进家门,然后,它就很知进退地守在门外一尺的地方,一面向我丈夫摇尾示意,一面还微微地喘着气。

丈夫后来对我说,他就是从那一刻开始,深深地爱上了老黄的。

那几天我刚好出国。等我回来,老黄已经洗好澡,打好预防针,戴好了项圈,微笑着坐在大门口了。

丈夫说:

"它好可怜,医生推测应该有五岁,可是恐怕从来也没人照顾过它,身上连

蓦然回首

小狗时的乳毛还在,真不知道它这五年的日子是怎么混过来的!"

好一出"苦儿流浪记"!也许就是这样的五年,才造就出这么一只既懂得察言观色,又能够把握机会的狗儿来的吧。

如今,老黄已经在我们家住了三年,可是,每次去看兽医的时候,我还是常常向医生解释说这是我们收养的"流浪狗"。女儿有一次纠正我,不应该再把它看待成流浪狗,它应该早就是我们的家犬了。

可是,我想,我这样的称呼也许有点儿道理。一方面是因为它五岁之前的生活状况也许会影响它的健康,有必要向医生说明;而另外,我心里确实是有点儿尊敬它的意思。

这是一只流浪了多年的小狗,终于凭借着自己的努力得到了一处还算温暖的栖身之地。它是比所谓的家犬还要更好上那么一点儿的吧,对不对,老黄?

心 与 手

——[美国] 欧·亨利

> 警长在送罪犯去内林维茨监狱的途中，
> 埃斯顿与老朋友费尔吉德小姐相遇。
> 自称警长的埃斯顿的右手却与所谓罪犯的左手铐在一起。

在丹佛车站，开往东部方向的BM公司的快车车厢又拥进一帮旅客。在其中一节车厢里坐着一位衣着华丽的年轻女子，身边摆满了只有经验丰富的旅行者才会携带的豪华物品。在新上车的旅客中有两个较特别的人。一位年轻英俊，神态举止显得果敢而又坦率；另一位则脸色阴沉，行动拖沓。

两个人穿过车厢过道，在正对着那位迷人的女人的地方有一张位子，而且是惟一空着的。他们就在这张空位子上坐了下来。年轻的女子看到他们，即刻脸上浮现出妩媚的笑颜，圆润的双颊也有些发红，接着只见她伸出那戴着灰色手套的手来与来客握手。

她说道："噢，怎么，埃斯顿先生，他乡异地连老朋友也不认识了？"

年轻女子的声音甜美而又舒缓，让人感到她是一位爱好交谈的人。

英俊的年轻人听到她的声音，突然一怔，立刻显得局促不安起来，然后用左手握住了她的手。

"费尔吉德小姐，"他笑着说，"请您原谅我不能用另一只手来握手，因为它现在正派上用场呢。"

年轻人微微地提起右手，只见一副闪亮的"手铐"正把他的右手腕和同伴的左手腕扣在一起。年轻姑娘眼中的兴奋神情渐渐地变成一种惶惑的恐惧，脸颊上的红色也消退了。她不解地张开双唇，力图缓解难过的心情。不知是因为这位小姐的样子，还是因为其他原因，埃斯顿微微地笑了。他似乎想要开口解释，但他的同伴抢先说话了。这位脸色阴沉的人一直用他那锐利机敏的眼睛偷偷地察看着姑娘的表情。

"请允许我说句话，小姐。我看得出您和这位警长一定很熟悉，如果您让他

蓦然回首

在判罪的时候替我说几句好话,那我的处境一定会好多了。我因为伪造罪被判处七年徒刑,他正送我去内林维茨监狱。"

"噢,"姑娘舒了口气,脸色又恢复了自然,她开口说道,"那么,这就是你现在做的差事,当个警长?"

"亲爱的费尔吉德小姐,"埃斯顿平静地说道,"我想你也很清楚,在华盛顿要有钱才能和别人一样地生活,而钱总是流水般地流出口袋。因此我不得不找个差事来做。我发现西部有个赚钱的好去处,所以……当然警长的地位自然比不上大使,但是……"

"大使,"年轻的小姐兴奋地说道,"你可别再提大使了,大使可不需要做这种事情,这点你应该知道的。你现在既然成了一名勇敢的西部英雄,骑马,打枪,经历各种危险,那么生活也一定和在华盛顿时不大一样。你已经很特别了。"

那副亮闪闪的手铐再次吸引住姑娘的眼光,她睁大了眼睛。

"请别在意,小姐,"年轻先生的同伴又说道,"警长把自己和犯人铐在一起,这样可以防止犯人逃跑。埃斯顿先生更是非常清楚这一点。"

"我们要过多久才能在华盛顿见面?"姑娘问。

"可能还需要一段时间,"埃斯顿回答,"我想恐怕我是不会有轻松自在的日子过了。"

"我喜爱西部。"姑娘不在意地说着,眼光温柔地闪动着。看着车窗外,她坦率自然、毫不掩饰地告诉他说,"整个夏天,妈妈和我都是在西部度过的,因为父亲生病。她一星期前回去了。我在西部过得很愉快,我想这儿的空气适合于我。金钱可代表不了一切,但人们常在这点上出差错,执迷不悟地……"

"这太不公平了,我说警长先生,"脸色阴沉的那位粗声地说道,"我需要喝点酒,而且我也一天没抽烟了。你们谈够了吗?现在带我去抽烟室好吗?我真想过过瘾。"

于是,这两位被手铐铐在一起的旅客站起身来,埃斯顿脸上依旧挂着迟钝的微笑。

"我可不能拖延一位不走运朋友的一个抽烟的请求。"他轻声说,"再见,费尔吉德小姐,工作需要,您能理解。"他伸手来握别。

"你现在去不了东部真是太遗憾了。"她一面说着,一面重新整理好衣裳,恢复起仪态,"但我想你一定会继续旅行到内林维茨的。"

"是的,"埃斯顿回答,"我要去内林维茨。"

两位乘客小心翼翼地穿过车厢过道,进入吸烟室。

另外两个坐在一旁的旅客几乎听到他们的全部谈话,其中一个说道:"那个警长真是条好汉,很多西部人都这样棒。"

"如此年轻的小伙子就担任一个这么大的职务,是吗?"另一个问道。

"年轻!"第一个人大叫道,"为什么……噢!你真地看准了吗?我的意思是说,你见过哪个警官把犯人铐在自己的右手上吗?"

蓦然回首
MoRanHuiShou

椭圆形肖像

——［美国］爱伦·坡

好心的跟班将身受重创的我安顿在城堡的塔楼中过夜，
一幅栩栩如生的椭圆形少女肖像打动了我的心，
于是，我从一卷书上知道了一个凄美故事。

我身受重创，跟班眼见我伤势严重，不忍让我露宿，竟冒然闯入一座城堡。这些城堡耸立在亚平宁山脉峰峦间已有多年，气势雄伟而阴森。其实，拉德克利夫夫人笔下凭空臆造的正是这种城堡。这座城堡的主人已经外出，但看来不久前才人去楼空。

我们主仆俩在城堡一个偏僻的塔楼里的一间屋里安顿下来，这是一间面积最小、陈设最差的房子。屋内原本富丽的装饰已破败陈旧。四壁悬挂着花毡和多种多样的帷帐一类战利品。此外还琳琅满目地挂着大批的现代绘画，都画得生机勃勃，还有镶着精美花纹的金色画框。不仅四壁的大块壁面挂满了画，而且凡是城堡这种稀奇古怪的建筑式样因势构成的许多角落都塞满了画。

也许是因为伤重而引起了初期谵妄吧，这些画竟然引起我浓厚的兴趣。此时天色已晚，我便吩咐佩德罗将屋里几扇厚墩墩的百叶窗统统关上，然后把我床头那具落地高烛台上的蜡烛统统点亮，再将我卧床周围所有镶着流苏的黑丝绒帷帐统统敞开。我希望这一切摆布停当了，即使不能入睡，至少也可以静静观赏这些画。当佩德罗在整理卧床时，在枕边找到一卷小书，据称书上有关于这些画的评述分析。

我诚心诚意地对着画观赏不已，而且在不知不觉中沉迷其中了。时间过得飞快，转眼就到了深夜。烛台的位置放得不称我的心，我不愿唤醒睡得正香的跟班，费了很大劲才伸出手去挪动烛台，让烛光更充分地照亮书本。

这一挪动，谁知竟出现了出人意料的情境。烛台上有很多蜡烛，经过挪动，无数烛光这会儿竟照到屋内一个壁龛里。原先这个壁龛一直被一根床柱遮住，给明亮的烛光这么一照，我看见了一幅刚才根本没注意到的画。画中人是个正值豆蔻年华的少女。

开头，我对着这画只是匆匆瞥了一眼，然后闭上双眼。不过在我闭上眼睛的这段时间里，我匆匆找了一下闭上眼睛的理由。原来这只是出于一时冲动，无非是为了趁此机会好好想想，摸准我的视觉是否在欺骗我，此外，也好让胡思乱想的头脑冷静下来，清醒清醒，以便更加镇定地看个分明。不消片刻，我开始目不转睛地盯着这幅画像了。这次再也不容怀疑，也不会怀疑了；因为当我再次注视画面时，刚才使我神志恍惚的那种梦幻感觉烟消云散了。

画中人是个少女，只画了头部和双肩。用的是术语上所谓"半身晕映画像法"，与萨利得意杰作的头部像那种风格颇为相似。双臂、胸脯，乃至光艳照人的发丝，都纤毫入微，和形成整个画面背景的那种朦胧幽深的阴影融为一体。椭圆形的画框，镀着金，盘着金银丝，装饰得富丽堂皇，纯系摩尔式。

作为一件艺术品来说，这幅画的本身可以说令人叹为观止了。但是，无论是作品的精湛技巧，还是画中人的绝色佳姿，都决不会如此突然而且如此强烈地打动我的心弦。虽然刚才我是在似睡非睡间蓦地醒来，但我决不会胡思乱想把画中人错当成真人。我思考的是，这幅画的构思设计，以及画框格式等等特色。我一边认真地思忖这些细小问题，一边半坐半倚，两眼盯住画像不放。就这样，过了约一个小时，我终于领会到这幅画感人至深的真正奥秘。我在床上仰面躺下。我在人物神情的惟妙惟肖、栩栩如生中看出来了这画的魅力。正是由于这一点，乍一看让我吓了一跳，继而又使我感到糊涂、哑然，终至大惊失色。我怀着深深的敬畏心情，将烛台移回原先的位置。这样一来，眼睛就看不到那幅使我深为激动的画像了。

随后，我又殷切地找出那卷书来，翻到标明椭圆形画像的那一篇，就看到这么一段措辞含糊而古怪的字句：

"她是个举世无双的美人儿，原来过得快快乐乐，无忧无虑，成天嘻嘻哈哈，像幼鹿一般爱淘气；画家为人热情奔放，勤奋有为，不苟言笑，早已在艺术中有了成就。她热爱一切，珍视一切。心里只恨视为情敌的艺术，怕就怕那些调色板、画笔和其他令人烦恼的画具夺去了她爱人的朱颜。她和画家一见钟情，不料结为夫妇三日，竟然大祸临头。当新娘听到画家竟然想替她画像的时候，不觉五雷轰顶。但是她生性温顺，毫无怨言地在塔楼顶上一间幽暗的画室里乖乖地接连坐上好几个星期，室内仅有一丝光线从当头洒落在灰白的画布上。画家为人热情洋溢，放荡不羁，喜怒无常，一旦陷入幻想就忘乎所以。他时时刻刻、日日夜夜沉湎在画中，画得正得意呢！因此他竟不知投进孤楼那缕阴凄凄的光线已把新娘的身心都摧残了。然而她却照样一直满脸笑容，因为她看出这位早负盛名的画家夜以继日地精心绘制她的肖像，对自己工作感到的乐趣竟如醉如痴。但很显然的

蓦然回首

是，她已日见萎靡消瘦了。

"凡是看见这幅画的人无不低声惊叹其神似，誉之为一个惊人的奇迹，他们认为，此画不仅是画家功力深厚的明证，也是他对自己妻子那份深情挚爱的明证。谁知，正当画稿即将告成之际，他竟然不准外人进入塔楼；原来画家已经发狂了，他两眼始终盯着画布，只热心于绘画了，连妻子的容貌都顾不得看上一眼。他哪里知道，自己在画布上涂抹的色彩就蘸自坐在身边的妻子的红颜。过了好几个星期，除了樱唇一笔未涂和眼睛尚未点色以外，其他部分都画好了。这时，画家妻子的精神也回光返照了，眼睛更加明亮，樱唇更加诱人。借此，樱唇涂上色了，眼睛也点上色彩。画家站在自己精心创作的画像前，一时看得出了神，开头一味呆呆地看，转眼间竟浑身战栗，脸色十分苍白，大声惊呼：'这简直是活的呀！'说罢，猛回头看他心爱的新娘，可怜的她已经魂飘香散了。"

忠心不二的公牛

——［美国］海明威

一头公牛酷爱角斗，而且所向无敌。
他对情人的忠心不二让主人很为难。
最后，主人只好将他与另外五头公牛一齐送到角斗场。

很久以前，有一头公牛，他的名字不是费迪南德，他对鲜花没有丝毫兴趣，他只酷爱角斗。他与所有同龄的或者不同龄的公牛角斗，一直所向无敌。

这头公牛随时处于角斗状态。他的毛皮乌黑油亮，双目清澈透明。他的双角像硬木一样坚挺，像豪猪的毛刺一般尖锐。角斗时，他们的腰部顶得他发疼，但他并不在意。他的颈部肌肉鼓起一大块肉团，在他准备角斗时，这块肉团高耸如山。

一旦他被什么原因给挑动了，就会不顾死活地角斗，非要拼个你死我活不可，那股子认真劲儿恰如有些人对待吃饭、读书或者上教堂一样。不过，其他公牛并不怕他，但他们不愿惹他，也不愿同他角斗，因为他们出身高贵。

他并不是心地邪恶或者恃强凌弱之辈，他无非喜欢角斗而已，好比人们喜欢唱歌或者当个国王、总统什么的。他从来不思考。角斗是他的职责，他的义务，他的欢乐。

他在多石的高地上角斗，他在傍河的绿茵茵的牧场上角斗，他在软木树下角斗。

他每天从河边走十五里路去多石的高地，跟所有正视他的公牛角斗。即使如此，他却从来不发火。

他最后的命运又如何呢？主人心里总在犯愁：这头公牛与其他公牛角斗耗去了他大量金钱。每头公牛价值一千多元，可是，与这头伟大的公牛角斗后，他们的价值落到二百元以下，有时甚至更低。

也许送去斗牛场是个很好的办法，但主人并不认为这是最好的办法，主人决定让自己所有的牲畜承袭这头公牛的血统。于是，他被选为种牛。

蓦然回首

于是，这头古怪的公牛，被主人迁到牧场，与育种的母牛一起生活。他一眼看中一头年轻、漂亮的母牛。与其他母牛相比，她更加苗条，身体均匀，皮毛闪亮，活泼可爱。既然他无法角斗，便索性爱上了她。他一心想跟她呆在一起，根本不屑与其余的母牛相处，甚至连看都不看一眼。

养牛场的主人希望公牛会学得乖点，回心转意。可是，这公牛始终如一地爱恋着自己的情人，情深意笃。他一心想跟她在一起。

为此，他和另外五头公牛被主人送去斗牛场处死。这样一来，公牛起码能角斗一场了。他的角斗非常精彩，人人都表示赞赏。角斗结束后，杀死他的、所谓的角斗士的汉子身上那件紧身短袄全湿透了，他十分口渴。

"这牛厉害极了！"斗牛士说道，顺手把剑递给掌剑者。他握剑时剑柄向上，勇猛的公牛心脏的血顺着剑刃往下淌。

任何烦恼都不会与这头公牛有关了，他的尸体正由四匹马拖出斗牛场。

"是啊。他就是维拉梅耶侯爵不得不干掉的那头公牛，因为他忠心不二。"无事不晓的掌剑者说。

"也许我们都应该忠心不二吧！"斗牛士说。

看不见的眼泪

外 国 佬

——［美国］弗郎西斯

> 我走出电影院时天正在下雨，
> 所以我拦了辆计程车送我回家。
> 不料，司机竟在三次走错路后与我发生争执，并闹到派出所。
> 结果，本来占理的我不得不付全部车资。

我从电影院出来时天正在下雨，否则我早就走路回家了。我住的公寓就在附近，路也很容易走——顺着大道一直走，过两条街，在第三条街右转就是格伦奈路，往前走一半就到家了。可是下雨了，所以我不得不拦了辆计程车，上去不到半分钟，我就感觉到这名司机——一个红光满面的老头子——好像有股乖僻与焦躁随时要发作似的。

"不对！不对！"看他开始往第一条街圣多明尼可路上转弯时，我叫了出来，"还有两条街呢！"

他口中咕哝了几声，又摇摇晃晃地朝大道驶去，不一会儿又转入了第二条街——凯沙斯路。

"不是！不对呀！"我又喊道，"下一条，拜托了！下一条才是我住的地方，格伦奈路！"

他转过头来，狠狠地瞪了我一眼，然后快速地向前行驶，根本没有转入我住的街道，却一去不返似的飞速驶上了大道。

"你看，现在你又开过头了！"我嚷道，"你应该按我说的，往右转呀！请掉头开到格伦奈路三十六号。"

让我意想不到的是，这老头子一个回转，车子吱的一声，驶上了湿滑的人行道，几乎猛地往后一倒，越过大马路，一个急刹车，停在我住的街角上。

"下去！"他几乎是吼了起来，满脸气得涨红，"立刻滚出我的汽车！我绝对拒绝再载你一步！三次了，你把我当做白痴！三次你毫不留情地侮辱我！我的汽车是不载外国佬的，我告诉你！立刻给我下去！"

蓦然回首

"这么大的雨?"我火气也上来了,大声喊道,"我才不下去呢。我一次也没侮辱你,怎么会有三次呢!先生,你心里有数,我只是拜托你载我回家。可是很显然我是白费功夫了。现在请你好好载我回去,我会给你小费的。"我又低声下气地加了一句:"大家好聚好散。"

我最后一个音节还在嘴边时,他又吼了起来:"下去!滚出去,我告诉你!你对我的侮辱太过分了,你非下去不可!"

我瞟了一眼外头的大雨,坚定地说:"我绝不下去。"

他阴险地平静了下来,镇定却嘶哑着嗓子说道:"要不你走出我的汽车,要不我把你带去派出所,要求你赔偿对我的羞辱。你自己选择吧!"

"在这样的天气下,"我答道,"我没有选择的余地。我们去派出所吧。"

他把我载到了派出所。

我对派出所并不太陌生,它离我住的地方隔了不过几户人家。我以前去过几次,为的都不是什么麻烦事。当我与计程车司机并肩走进空洞洞的派出所时,警官孤寂黯然地坐在办公桌后面,像熟人般地跟我打了招呼。

"午安,XX先生,"他称名道姓地对我说,"您有何贵干?有什么可以效劳的吗?"

可是,这个老头子——警官不过对他点了个头,他却根本没有给我说话的机会,他嚷道:"是我有贵干,警官!是我对这个外国佬有所抱怨!他三次把我当做白痴,三次他毫不留情地侮辱我!我要讨个公道,警官!"

警官只是瞪了他一眼,脸上并无表情。我觉得,他与我一样,正在怀疑这老头的神智到底处于什么样的状况。之后,他转过头问我是否不嫌麻烦愿意作个笔录。他取出一只蘸水钢笔,打开一本空白的大记事簿。于是,他行云流水般记下了我的陈述:我给司机我的住址,司机却两次转错弯,而且一再地抱怨,错过我住的街道,他发火,又下最后通牒。警官一直以法国人称记载下这一切,只是其间一、两次打断我的叙述,训诉这名计程车司机。在我作证的不同阶段,司机只是在一旁咕哝不已。我说完之后,警官继续写了一会儿,结尾处还特别华丽地挥了一笔,随即用吸墨纸在最后一行上蘸了一下,谢了我。然后他转身粗声大气地对司机说:"现在该你了。你也说说看,我好对这个烦人的问题下个结论。"

然而,这个老头子并没有陈述什么。"三次!"他那粗鲁、暴怒的嗓门所喊出的仍然是这句话,"三次呀!警官!他三次把我当成个白痴,我被这个外国佬毫不留情地羞辱三次!这是谁也不能容忍的,警官!"

警官将老头对我的指控一五一十地记下之后,略略看了一下,抬起头来对他说:"但是这都是在什么情况之下发生的呢?把你载这位先生时发生的一切详详细细地叙述一遍。如果他刚才陈述的有不实在的地方,你可以改正。"警官在说最后一句话时，带着歉意地看了我一眼。

可是，又来了。我的指控者能说的还是这句话："三次！"警官轻快地将钢笔放在桌上，语气十分明确地对我说："显而易见，先生，您是这个事件的受害者，我非常愿意作个决定，要求这个人不收任何车资将您送到您家门口。如果先生不嫌麻烦，大略看看这份笔录，这当然也是法定手续，然后我立刻把这件事情结案。先生，请给我看看您的身份证。"

身份证使我的心像块铅锤般地沉了下去。身份证是法国法律规定外籍居民必须随身携带的证件，然而，我把它放在家中书桌上了，忘了带出来。"由于天下大雨，先生，"我急中生智，也认为这是惟一的说词，"我把身份证件放在家中了，以免会被这种天气弄湿，说不定还会整个淋烂的。明天一早我就带给你，先生。我知道规定很严格，也是必要的，但我希望这能合乎你们的规定。"

但是，一切都完了，因为我已经犯了无可原谅的错。"这不合规定，"警官忽然像块石板严峻地说，"明天早上你固然可以把身份证件带来，但是以目前的情况来说，我别无选择，只有依法改正我对这次事件的裁决。由于现在雨还没停，我请这位先生载你回家，但是我要求你不仅要付他从头到尾的全程车资，而且要补偿他到派出所来所损失的时间。"他又转身对老头子说："我猜想，先生，你的车表仍然在跑吧？"司机点了点头。

于是警官站起来身来，不带笑容地说："那么，再会了，先生们。明天早上你不会忘记吧，先生。"与走进派出所一样，我们并肩走了出去。当裁决改变时，我注意到我的指控者的眼中闪出了一丝喜光，但除此之外他并未表露任何胜利的痕迹，就连此刻也始终都没有。他一言不发，稳稳地驾车送我回家。直到车抵家门。我仔细点算将车资如数拿给他时，他才开了口："您准是忘记了，先生，您答应过的要好好给点小费，我们好聚好散吧？"

美满的婚姻

——［美国］斯·麦克勒

布罗切将通过电脑挑选出来的邓菲尔德小姐介绍给富兰克·沃克作朋友，从资料上看，他们兴趣、爱好等相同，双方也很满意，愿意结为伴侣。九年后，他们生活幸福，但他们却要离婚了。

我走进办公室，和笑容可掬的布罗切先生握手。和他相比，我的穿着就显得太寒酸了。他匆忙推开一堆材料，好像它们是许多煎饼。

"我相信你会对她感到非常满意，"他说，"她是我们用兼容电脑从美国一亿一千万合格妇女中挑选出来的。我们的分类是按人种、宗教、民族和地区背景……"

我坐在那里，显得饶有兴趣，心里却想：来前洗个淋浴就好了。这间办公室非常漂亮，可我坐的椅子却不很舒服。

"那现在就……"他说着猛地打开了通向隔壁房间的门，像个魔术师，只是少了件斗篷。我正等着有兔子从里面跳出来，却吃了一惊。

漂亮！她真的很漂亮。

"沃克先生，这是来自蒙大拿拉芬湖城的邓菲尔德小姐。邓菲尔德小姐，这是来自纽约的富兰克林·沃克先生。"布罗切为双方引见。

"应该叫富兰克，和富兰克林不同。"我说。面对如此漂亮的女人，我感到有点紧张。

布罗切先生离开了，我们能够交谈了。我首先说："你好。"

"你好。"她说。

"我……我对这个选择非常满意。"我说，尽量显得和蔼可亲。也许她不喜欢被称为选择，于是我又说道："我的意思是说——我很高兴事情最终会这样。"

她笑了，笑得很甜，露出一口漂亮的牙齿。"谢谢，"她羞羞答答地说，"我也很满意。"

"我三十一岁。"我脱口而出。

看不见的眼泪

"是的,我知道了。"她说,"卡片上都写着。"

谈话似乎就要结束了。因为卡片上的资料非常详细、清楚,所以要谈的东西其实就不多了。

"要孩子吗?"她问。

"我想要三个,两男一女。"

"我也是想要两男一女,"她说,"档案的'未来计划'栏下有详细的资料。"

此时,我才注意到了自己手里的那份材料的第一页上贴有一张国际商用机器公司的卡片,上面是有关她的重要统计数字。很显然,她手里拿着的也是有关我的材料。

我开始翻阅起来,她也如此。翻动的纸页哗哗作响。

她在档案"爱好的习惯"一栏中,说自己喜欢古典音乐,于是我问她:"你喜欢古典音乐?"

"嗯……我最喜欢古典音乐。我还有弗兰克·莱恩的全部唱片。"

我继续翻阅她的档案,她亦不例外。她喜欢书、足球、看电影坐前排、开窗睡觉,喜欢狗、猫、金鱼、金枪鱼、色拉三明治,喜欢衣着简朴,孩子们(实际上是我们的孩子)上私立学校,生活在郊区,喜欢艺术博物馆……

她抬起头,说道:"似乎我们喜欢的东西都是相同的。"

"完全相同。"我说。

我看了"心理报告"这一栏。她较腼腆,不愿与他人争论什么,不喜欢直言,是她母亲的那种人。

"我很高兴你不喝酒也不抽烟。"她说。

"是的,我不喜欢。不过我有时喝点啤酒。"

"档案上可没注明。"

"噢,可能是我忘了写上。我希望你不会介意。"

我看完了关于她的报告,她也看完了关于我的报告。

"我们有许多共同点。"她说。

时间过得飞快,转眼间我和邓菲尔德已经结婚九年了。我们有了三个孩子——两男一女。我们住在郊区,经常听古典音乐和弗兰克·莱恩的唱片。我们上次发生的争吵已遥远得记不起来了。我们在任何事情上都没有分歧。她是个好妻子,我呢,如果可以这样说的话,是个好丈夫,我们的婚姻美满无比。

然而,下个月我们就要离婚了,因为我受不了了。

初　恋

——[美国] 约·沃尔特斯

小学五年级时，我与雷切尔便开始初恋了，
高中毕业后，我辍学从戎，她进了大学。
当我即将复员时，她已成了别人的新娘。
四十年后，我们再次相见，初恋时的感情升华了，爱的帷幕降落了。

我清楚地记得：在那间吵吵嚷嚷的五年级教室里，阳光透过窗户轻轻地触摸着她的秀发。她转过头来，我俩的目光相遇了。在那时，我的心底里好像不知被什么东西撞击了一下，爱慕之情油然而生。就这样，初恋开始了。

她叫雷切尔。在我稀里糊涂地读五年级和中学期间，只要见到她，我的心就躁动不安；有她在场，我就连说话都结结巴巴。曾几何时，在黄昏的阴影下，我像可怜的夏季昆虫那样，被她的窗户里淡淡的光线所吸引而驻足观望，流连忘返。过去那种如痴如狂的激情，虽非性爱，但却异常迫切，难以摆脱，并使我局促不安，张口结舌。今天，这一切像是一场难圆的梦。我明白我是在自作多情，但我实在无法抹去我固执的记忆。那的确是一种令人坐卧不宁、难以言表的煎熬。

通往学校的小路树木成荫，来来往往于那绿色的长廊之中，我总要瞅她几眼。日复一日，我变得神魂颠倒，不知所措。而她看上去却总是冷静自若，泰然处之。回到家里，我总要在脑海里重温与她每次相遇时的情景，一想到自己不善于交际，就深为苦恼。

随着我们跨进少年时代的门槛，我就察觉到她对我温情脉脉。

结成情侣关系即意味着成熟，可我们仍缺乏那种成熟。她的犹太教的教养和我的天主教徒的自责心，迫使我们惺惺作态，如同独身者连亲吻一下也成了一种奢望。在一次有成年人在场监护的舞会上，我设法拥抱了她，我们紧紧地拥抱着，她咯咯地笑出声来，那笑声是那么纯正，我真后悔当时我都在胡思乱想些什么呀！总之，我一直还是单相思。

看不见的眼泪

高中毕业后,她进入高等学府继续深造,而我却穿上军装辍学从戎。第二次世界大战的爆发将我们无情地卷了进去,我被派往海外。很长一段时间里,我们鸿雁传书,互诉衷肠。在那烦闷而漫长的日子里,她的来信可真算得上特大喜讯。一次,她寄来一张身着泳装的快照,使我如醉如痴,想入非非。我立即给她回信,提出可能结婚的事。几乎是马上,她的来信就稀少了起来,更少了缠绵之辞。

我回国后所做的头一件事就是去看望雷切尔。然而,她母亲告诉我,雷切尔已不在那里住了,她与她大学时医学系的一位同学结婚了。"我还以为她写信告诉过你了。"她母亲说道。

在等待复员时,她的"绝情书"终于到了我的手里。她婉言解释,我们不能结婚。现在想起来,尽管在当时最初的几个月中我痛不欲生,但我很快就振作起来了。后来,我也找到了意中人,而且对她百般体贴,万般温存,我与她海誓山盟,牵手终生。

四十多年过去了,有关雷切尔的事我一直毫无所知。最近,我又收到她的来信,她丈夫死了。她路经此地,从一位朋友那里得知我的住址。我们约定见面。

我感到莫名其妙,这些年我并没有想到过她,但对这次约会却有些按捺不住。一天早晨,她突然打来电话,我如梦初醒。亲眼见到她时,我一下子惊呆了。难道餐桌边坐着的这位白发老姐就是我曾魂牵梦绕的雷切尔?难道她就是那张快照中体态柔和的美人鱼?

尽管如此,岁月仍然为我们提供了许多共同关心的话题。我们如同老朋友一般,互相敬重,融洽地交谈。交谈中我们发现,彼此都已经是有子有孙的人了。

"你还记得这个吗?"她把一张折叠得有些破损的纸条递给了我。这是我上中学时写给她的一首小诗。我仔细地看着那首缺乏节奏感、韵律死板的诗稿,她一眨也不眨地盯着我的脸,随后一把夺了过去,又放进她的皮包里,好像怕我毁掉它似的。

我也告诉她,在硝烟与战火中,我是如此地珍爱那张快照,并一直带在身边。

"你应该明白,"她接过话茬儿,"即使我们结了婚,也不会是幸福的婚姻。"

"你说得也太绝对了吧?"我反问她,"啊,姑娘,我有爱尔兰人的良心,你有犹太人的自欺心,也许我们的婚姻会非常美满。"

她和我都爽快地笑了,笑声引来邻桌的无数白眼。分手前,我们不敢正视对方。也许我们从对方身上看到了全然否定的我们一直保留在心中的印象。

我送她上计程车时,她转过身来说:"我只是想多看你一眼,告诉你一句话:谢谢你曾那样爱我。"此时,我俩的目光交织在一起。我们亲吻告别,她走了。

蓦然回首
MoRanHuiShou

　　随后，我站在一家店铺的玻璃窗前，凝视着我的影子——黄昏里，一位年迈的老人孑然而立，晚风吹拂着他那灰白的头发。她的亲吻还火辣辣地留在我的双唇上，我只觉得浑身无力，便一下子瘫坐在公园的长凳上。在梦幻般的晚霞中，周围的树木草坪闪闪发光。初恋时的衷情升华了，爱的帷幕降落了。我眼前的景色那么迷人，我深感快慰，我要欢呼，我要跳舞，我要歌唱。世间万事皆如过眼烟云，那种快意很快就消失了。

　　不一会儿，我支撑着站起身来，挪动双脚向家走去。

看不见的眼泪

——［俄国］契诃夫

> 夫妻二人热情地招待客人，在客人眼里，
> 军事长官是世上最幸福的人。
> 其实为了拿到地窖和橱柜的钥匙，军事长官在妻子面前又是下跪，
> 又是说好话，有说不出的辛酸。

在一个黑暗的八月的夜晚，军事长官列布罗捷索夫正和一伙人从俱乐部里走出来。他是个又高又瘦的人，像根电线杆子，职务是陆军中校。"这会儿，先生们，要是能吃顿晚餐就好了。"他说，"和别的城市相比，我们的城市是最差的。就拿萨拉托夫来说吧，那里的俱乐部总是随时备有晚餐，不像我们这个臭气熏天的切尔维扬斯克，除了伏特加酒和带苍蝇的茶水以外，别的什么也弄不到。再也没有比喝过酒后却什么也吃不上更糟糕的了！"

"是呀，要是这会儿能吃点什么就好了……"宗教学校学监伊万·伊万诺维奇·德沃耶托奇耶夫颇有同感地呼应道。为了挡风，他把自己紧紧裹在棕红色大衣里。"现在已是深夜两点钟，所有的饭馆都关门了，你们知道吗，要是能弄条鲜鱼……或者蘑菇……或者别的什么东西吃吃，就好了……"

学监用手指在空中比划着美味佳肴的形状，脸上现出一饱口福的神情，弄得那些正望着他的人都舔了舔嘴唇。于是这伙人都停下脚步，开始想像起来。他们想呀想呀，但任何想像的东西都不能兑现，到头来也只是画饼充饥，都只会增加饥饿感罢了。

"我曾在戈洛别索夫家吃过一只顶呱呱的熏火鸡！"县警察局长助理普鲁日纳·普鲁仁斯基叹了口气说，"顺便问一句……先生们，你们曾去过华沙吗？那里的人煎鱼时都采用这种方法……他们把几条普普通通的、活生生的、欢蹦乱跳的鲫鱼事先浸泡在牛奶里……这些鬼东西在牛奶里浸泡上一整天，还会游动呢，然后抹上一层酸奶油，把它们放在嗞嗞发响的煎锅里一炸，嘿，老兄，那味道就别提有多美了，凤梨？还是放到一旁去吧！真的……尤其是，要是你能再喝上一

两杯酒,那就更好了。你一边吃着鱼,一边感到自己……仿佛处于半睡眠状态……那种香味真能把人香死!"

"要是能再吃上几根腌黄瓜就会更好……"列布罗捷索夫以衷心同情的口吻补充道,"我们在波兰驻扎时,常常吃饺子,一次能吃它二百个,吃饱了还硬往肚子里填……你盛上满满一盘饺子,再往上面撒点胡椒粉和香芹菜,嘿……那种美味简直无法用语言来形容!"

军事长官突然停止了说话,陷入沉思。他回忆起一八五六年他曾在三圣一体大寺院喝过一次鲢鱼汤。一想起那种美味的鱼汤,列布罗捷索夫就感到一股鱼香扑鼻而来,不由地咀嚼起来,竟未留心一脚踩在水洼里,胶皮套靴里灌满了脏水。

"不,不行!"这位军事长官说,"我再也忍耐不下去了!我要马上回到自己家中饱餐一顿。这样吧,先生们,咱们走吧,你们都到我家去吧!真的!咱们再喝上一杯,随便吃点什么,拌黄瓜也罢,香肠也罢……咱们把茶炉生上……喂,怎么样?咱们一边吃,一边谈论谈论正在流行的霍乱,回忆回忆久远的往事……我妻子正在睡觉,不过咱们可以……悄悄地不去惊动她……好啦,咱们走吧!"

大家都愉快地接受了这一邀请,这里也就不必再多描写他们那种兴高采烈的劲头了。我只想说一句,列布罗捷索夫像今天晚上这样充满善意、殷勤好客还是第一次,以前从未有过。

当列布罗捷索夫领着客人走进昏暗的前厅时,大声地对勤务兵说:"我真想把你的耳朵揪下来,我对你说过一千次了,你这个混蛋,你在前厅里睡觉时要是想抽烟,就用带香味的纸去卷!混账东西,快去把茶炉生上,并告诉伊林娜,让她……让她到地窖里去拿点黄瓜和萝卜来……再拿条鲱鱼来,把它弄干净……煎鱼时要在上面撒点鲜绿的大葱和茴香,就这样撒……知道吗?再把土豆切成大小匀称的方块……甜菜也这样切……然后用醋和香油一拌,知道吗,再撒上点芥末……胡椒粉……总之一句话,这是做配菜……明白吗?"

军事长官伸出手指头,做了个混合在一起的动作,并用面部表情把他未能用语言表达出来的意思表达出来……客人们脱下胶皮套靴,走进昏暗的大厅。主人划着一根火柴,随着一股硫磺的气味,墙壁被照亮了,墙壁上挂着《田地》杂志的增刊画,威尼斯的风景画以及作家拉热奇尼科夫和一位将军的画像,画像上的那位将军瞪着一双惊诧不已的大眼睛。

"咱们马上就……"主人一边低声说,一边轻轻地把折叠桌的两侧支起来,"一摆上菜,咱们就可以坐下来吃饭啦……我妻子玛莎今天有点不舒服,请诸位不要见怪……女人嘛,不是这儿疼就是那儿疼……古辛大夫说,这都是因为总是吃素食的缘故……很可能是这样!我对她说:'亲爱的,问题并不在于吃什么食物！不在于往嘴里送进去的是什么，而在于从嘴里吐出来的是什么……你总是吃素食，可你照样容易发火动怒……这样下去你会把身体弄坏的，与其这样，你还不如别发火动怒，少说几句气话为好……'可她就是不听！她说：'我从小就有这个习惯。'"

勤务兵走进来，伸长脖子，趴在主人耳根上低声说了句什么。列布罗捷索夫耸动了一下眉毛……

"嗯……"他小声含糊地说，"嗯……原来是这样……不过，这问题不大。我马上就去，去去就回来……要知道，我的玛莎怕仆人偷吃东西，把地窖和橱柜都锁了起来，而钥匙她自己随身带着。我得去向她要钥匙……"

列布罗捷索夫站起来，踮着脚尖，轻轻地推开门，到他妻子那儿去了……他妻子正在睡觉。

"亲爱的玛莎！"他小心翼翼地走近床边说，"你醒醒，亲爱的玛莎，我只打扰你几秒钟！"

"谁呀？是你吗？你要干什么？"

"是我，亲爱的玛莎，是这么回事……我的天使，请把钥匙交给我，你不必起床为我们张罗……你就睡你的觉好啦……我自己去张罗，招待他们……我给他们每人弄根黄瓜吃吃就行了，别的什么也不需要花费……不然就让上帝惩罚我。要知道，只有德沃耶托奇耶夫、普鲁日纳·普鲁仁斯基和别的几个人……他们都是一些非常好的人，……很受大家的尊敬……普鲁仁斯基还得过一枚四级弗拉基米尔勋章哩……他非常尊敬你……"

"你又在哪儿喝醉了？"

"瞧，你又生气了吧……你这个人呀，也真是的……我只给他们每人弄根黄瓜吃吃就算完事……就打发他们走……一切由我自己去安排，你不必担心……你好好躺着睡吧，亲爱的……喂，你身体怎么样？我不在家时，古辛医生来过吗？瞧，我现在就要吻你的小手了……所有的客人都非常尊敬你……德沃耶托奇耶夫是个信教的人，你知道吗……普鲁日纳是个管财务的。他们对你都很……他们说：'玛丽娅·彼得罗夫娜可不是一般的女人，她是个令人难以理解的无价之宝……她是我们县上的一颗明星。'"

"别胡编乱造了！你躺下睡吧！在俱乐部里和你那些游手好闲的狐朋狗友喝足了酒，这会儿又彻夜大声喧闹！你也不感到害臊？你可是个有孩子的人呀！"

"我……我是有孩子，不过你也别发火动怒呀，亲爱的玛莎……你不要伤心……我尊重你，爱你……至于孩子嘛，上帝保佑，我会把他们安排好的。明天，我就把米佳送到学校去……况且，我又不能把他们赶走……那样做也不合适……他们会跟在我身后苦苦哀求：'爸爸，给我们弄点东西吃吧！'……德沃

蓦然回首

耶托奇耶夫，普鲁日纳·普鲁仁斯基……都是一些非常可爱的人……他们都很同情你，尊重你。我只让他们吃根黄瓜，喝杯酒，就……就让他们各自回家……我会安排好一切的……"

"这简直是对我的惩罚！你是不是疯了？这个时候还接待什么客人？这些不修边幅的家伙，半夜三更打搅别人，他们也不感到害臊！哪里见过深更半夜还要到别人家去做客的人？……难道这里是为他们开设的饭店旅馆不成？我要是给你钥匙，我才是个傻瓜呢！要是让他们吃饱喝足，醒过酒劲儿来，他们明天还会来的！"

"嗯……你既然说出了这种话……那我也就不在你面前低声下气苦苦哀求了……看来，你并不是我生活中的伴侣，因为你根本不能使自己的丈夫得到快慰，就像《圣经》上所说的，而是……用句难听的话来说……你简直是一条毒蛇，一条毒蛇……"

"天呀，你这个坏蛋，你居然敢张口骂人。"

夫人欠起身来，啪的一声扇了他一个耳光……军事长官揉揉自己的脸，接着说道：

"谢谢啦……我在一本杂志上看到过这么一句话，它说得真对：'妻子——并不是人间的天使，妻子在家里——是个恶魔。'……这句话简直是真理……你纯粹是个恶魔，一个恶魔……"

"我揪你的头发！"

"你揪吧，揪吧，把你惟一的丈夫打死好了！……好吧，我给你下跪……我求求你啦……亲爱的玛莎！……你就原谅我吧！……请把钥匙交给我！亲爱的玛莎！我的天使！你这个残暴的女人，你可千万别让我在大伙面前丢脸呀！你这个野蛮女人，你要把我折磨到什么时候才算是个够呀！你就揪吧……谢谢啦……我最后再求你一次！"

夫妻二人就以这种方式交谈了很久……列布罗捷索夫跪在那里，哭了两次，时而破口大骂，时而揉擦自己的面颊……待到最后，夫人从床上欠起身来，啐了一口，说道：

"看来，我这一辈子是非得受罪不可了！把椅上的衣服递给我，我的真主呀！"

列布罗捷索夫小心翼翼地把衣服递给她，理了理自己的头发，便到客人那里去了。客人们正站在将军画像前，望着他那双惊诧不已的眼睛，争论一个问题：在将军和作家拉热奇尼科夫两个人当中，谁的职位更高？德沃耶托奇耶夫坚持说是拉热奇尼科夫，主要强调他作品的不朽，而普鲁仁斯基却说："毫无疑问，他的确是一位很好的作家，是的……他的作品既滑稽可笑，又能引起人们的怜悯同情。不过，倘若派他去领兵打仗，他恐怕连一个连队也指挥不了。可是将军却能指挥整整一个军团，因此谁也……"

"我的玛莎马上就来……"走进来的军事长官打断了他们的争论，说，"马上就来了……"

"我们打扰您了，真的……费奥多尔·阿基莫维奇，您的脸怎么搞的？我的天哪，您眼睛下面还有一块青！您这是在哪儿碰的呀？"

"我的脸？我的脸在哪儿？"主人不好意思起来，"唉呀，可不是吗！是这么回事……刚才我悄悄地走到卧室，想吓唬她一下，可是屋里太黑了，一不小心碰在床上了！哈——哈……瞧，玛莎来了……哎呀呀，亲爱的，你的头发太乱了！看上去就跟路易莎·米歇尔一模一样！"

玛丽娅·彼得罗夫娜走了进来，她头发蓬乱，睡眼惺忪，但却神采奕奕，喜笑颜开。

"你们都很乐意到我家来，这真是太好了！"她开口说道，"多亏我丈夫殷勤好客，纵使你们白天不来，晚上也硬把你们拽来。刚才我正在睡觉，听见有人说话……这可能是谁呢？我就这么想……费佳让我躺着，别出来，嘿，可是我却忍不住……"

夫妻二人跑进厨房，晚餐开始了……

"做个结了婚的人真好啊！"一个钟头以后，一伙人从军事长官家里出来，普鲁日纳·普鲁仁斯基感慨颇深地说，"想吃什么就吃什么，想喝什么就喝什么……你心里知道，有个女人在爱着你呢……她还会在钢琴上弹奏美妙的曲子给你听……列布罗捷索夫真是太幸福啦！"

学监德沃耶托奇耶夫一声不响，他在想心事。回到家以后，他一边脱衣服，一边大声地叹了一口长气，于是妻子被弄醒了。

"你别把皮靴踩得咯咯响，笨蛋！"她粗声粗气地说，"你妨碍我睡觉了！在俱乐部里喝醉了酒，回到家还这么大声嚷嚷，瞧你那个丑八怪模样！"

"你就知道骂人，"学监叹息道，"你去看看人家列布罗捷索夫吧，瞧瞧人家是怎么过日子的！我的天哪！人家日子过得真幸福啊！看着别人那种幸福的生活，我真想痛哭一场。只有我一个人才这么不幸，你都快变成一个泼妇了。快挪开点地方！"

学监蒙上被子，一边在心里抱怨自己的不幸，一边就睡着了。

宽 恕

——［俄国］屠格涅夫

一位老朋友给我讲了一件往事，
他任军官时房东太太说勤务兵叶戈尔偷了她家的鸡，
叶戈尔没有申辩被司令官处以绞刑，
叶戈尔在临刑时宽恕了已经后悔的房东太太。
老朋友为叶戈尔的死再度伤心地流泪了。

"这件事发生在一八零五年，"一位老朋友告诉我说，"也就是在奥斯特里茨战役发生前不久。我在其间任军官的那个团驻扎在捷克的摩拉维亚。"

"上头严禁我们骚扰和欺压当地百姓。虽然我们也算作是他们的盟友，但是他们仍然对我们侧目而视。"

"我有一个勤务兵，名叫叶戈尔，原是我母亲的农奴。他为人诚实、温和。我从小就了解他，对他像朋友一样。"

"突然，有一天，我住的那家屋子里爆发出一阵哭骂声。原来房东太太的两只鸡被偷了，她咬定是我的勤务兵偷了鸡。他申辩一番后就把我叫去作证人……'他，叶戈尔·阿夫诺莫夫！他怎么会偷呢。'我劝说房东太太要相信叶戈尔说的话，但是她什么话也听不进去。"

"这时，齐整的马蹄声从街上传来，司令官带了手下的一班人马来了。"

"司令官身体虚弱，垂头丧气，带穗的肩章低垂到胸口，骑马走着慢步。房东太太一见到他，便奔向前去拦住了马头，扑通一声跪倒在地，似乎痛不欲生，头上什么也不戴，一面大声诉说我的勤务兵，一面用手指着他。"

"'将军！'她喊道，'大人！请评评理吧！帮帮我！救救我！这个士兵抢了我的东西！'"

"叶戈尔这时站在屋子的门口，双手下垂，身体挺直，手里拿着军帽，连胸也挺起来了，双脚并拢，俨然一个哨兵，可就是一句话也不说！他大概被站在马路中央的这位将军和手下的一班人吓懵了，或者面对灭顶之灾惊呆了。此时我的叶戈尔面如土色，只知道站着眨眼皮！"

"司令官漫不经心、郁郁不乐地瞥了他一眼，气呼呼、闷声闷气地说了一声：'嗯？……'"

"叶戈尔像个木偶般地站着，瞅着他。从旁边看去，他的样子像在笑。"

"'绞死他！'司令官往马的腰部推了一下，又继续走去了——开头还是慢步走，然后便快速小跑起来。一班人马都跟着他的节奏行动起来；只有一个副官掉转马头，向叶戈尔扫了一眼。"

"不服从命令是不可能的……叶戈尔当即被抓起来，送去执行死刑。"

"这时，叶戈尔完全呆了，只是吃力地大声喊了一两遍'老天！老天！'，然后轻声说道：'上帝看见——不是我！'"

"跟我告别时，他非常伤心地哭泣起来。"

"'叶戈尔！叶戈尔！'我绝望地喊道，'你怎么一句话也不对将军说呢！'"

"'上帝看见……不是我。'这个可怜人只能哽咽着重复这句话。"

"房东太太也吓坏了。她怎么也没有料到将军会有这么可怕的决定，这回轮到她大哭了。她开始央求所有人，向每个人恳求宽恕，要大家相信她的鸡都找回来了，说她愿意自己去把事情说清楚……"

"当然，这一切毫无用处。先生，军人的天职就是服从！房东太太越来越大声地号哭起来。"

"叶戈尔已向神甫作了忏悔并领了圣餐，对着我说：'长官，请告诉她，叫她别伤心……我已经宽恕了她。'"

我的老相识重复了他仆人的这句话，接着轻轻说道："叶戈尔·阿夫诺莫夫，亲爱的，真是一个好人啊！"

说着，泪水沿着他苍老的面孔滚落下来。

穷苦人

——［俄国］托尔斯泰

> 渔夫的妻子冉娜将死去的邻居西玛的两个孩子在寒夜抱回了家，她害怕丈夫责怪她，因为她们生活得太困难了，但出海的丈夫回来后，主动接受了两个孩子。

在一间茅屋里，渔夫的妻子冉娜坐在灯下缝补旧船帆。风在院子里呼啸、哀嚎，浪涛冲击着海岸，发出哗啦哗啦的声响……天气又黑又冷，但茅屋里却温暖如春，炉火还没有熄灭。在大海的咆哮声中，有五个小孩在挂着白蚊帐的床上熟睡。丈夫一大早就出海了，现在还没有回来。冉娜倾听着波涛的喧嚣和狂风的呼啸，心里忐忑不安。

旧式的木制钟嘶哑地敲过了十点、十一点……丈夫还是没有回来。冉娜更担心了。丈夫从不顾及自己的身体，时常冒着严寒在风浪中打鱼。他们从早忙到晚，又怎样呢？一家人勉强糊口而已。孩子们连鞋都穿不上，不管夏天还是冬天，都光着脚跑。吃的不是白面包，就是黑面包也不够吃；下饭的只有鱼。"咳，总算命好，孩子们没灾没病。没有什么可抱怨的。"冉娜这样想道，又留心听着风暴的呼啸。"他在哪儿呢？上帝保佑他，救救他，可怜他吧！"她一边说，一边划着十字。

睡觉还嫌太早。冉娜站了起来，往头上披了一块厚头巾，点着提灯，走出门外，看看大海是不是平静一些了，灯塔上的灯是不是还亮着，能不能看得见丈夫的小船。但是海上什么也看不见。风使劲地刮着她的头巾，一块掉下来的什么东西叩打着街坊西玛小屋的门，于是冉娜突然想起来，从傍晚起她就想去看望生病的西玛。"还没有人去照料过她呢！"冉娜想道，然后来到西玛门前，敲了敲房门，仔细听着……没有人应声。

"寡妇的处境真难啊！"冉娜站在门口想道，"孩子虽然并不多，只有两个，可是一切都得她一个人操心。而她自己又有病！唉，寡妇的处境真艰难啊！我进去看看她。"

冉娜又敲了敲门，还是没有人应声。

"哎，西玛！"冉娜喊了一声。

"出了什么事情了?!"她想道，推了一下门。门开了，冉娜提着灯，走进小木屋。首先映入眼帘的是正对着门的一张床，床上躺着街坊西玛。西玛安静地仰卧着，一动也不动。冉娜把提灯再靠近一些，不错，西玛已经咽气了，她脑袋向后仰着，在那冰凉发青的脸上呈现出死的安祥。死者一只苍白的手仿佛要去拿什么东西，落了下来，垂在草垫上。而就在死者的旁边，睡着两个胖脸蛋、黄头发的娃娃，身上盖着一件破衣，蜷着腿，两个黄头发的小脑袋紧紧地靠在一起。显然，母亲在临终前还曾来得及用旧头巾裹住他们的小腿，用自己的衣服把他们盖上。他们呼吸得匀称而平静，睡得香甜而酣畅。

冉娜不假思索地取下摇篮，用头巾把他们裹好，抱回自己的家里。她的心跳得很厉害，她自己不知道，她怎么会这样做，又为什么要这样做，但是她知道，她不能不做她已经做了的事。

回到家，她把没醒的孩子放在床上自己孩子的旁边，急忙把帐子拉好。她的脸色有点发白，似乎心里正受到巨大的折磨。"他会说些什么呢？"她自言自语道，"养活五个孩子已经够让他操心的了，现在又多了两个……是他回来了？不是，他还没有回来，为什么要把这两个孩子抱回来呢?!……他会揍我一顿？那也活该，我该挨揍。他回来了！不是！……唉，他怎么还不回来呢？"

门响了一下，仿佛有人进来了。冉娜颤抖了一下，从椅子上欠起身子。

"没人。还是一个人也没有！上帝啊！我干吗要做这件事？我现在应该怎么办呢？"冉娜惶恐不安地坐在床边，默不作声。

雨停了，但是风还在呼啸，海也在咆哮。

突然门开了，一股咸咸的海水味道冲了进来，一个身材高大面色黝黑的渔夫拖着湿漉漉的渔网走进小屋，说道：

"我回来了，冉娜！"

"哎，是你！"冉娜说道，没有勇气抬头看丈夫。

"嘿，夜真黑啊，可怕极了！"

"是呀，太可怕了！咳，打了多少鱼？"

"糟糕透了，什么也没有打着，渔网还被刮破了。真是太糟糕了！……我好像从来没碰见过这样的黑夜。能活着回来就算万幸了。得啦，我不在家的时候你都干了些什么？"

渔夫把网拖进屋里，坐在火炉旁。

"我？"冉娜的脸陡然变得苍白，断断续续地说，"我干了什么事……我在家缝补船帆……大风呼叫得我都有点害怕了。我真为你担心。"

"对，对，"丈夫低声说，"天气坏透了！有什么办法呢！"

两人沉默了一会儿。

"你知道吧，"冉娜说，"邻居西玛死了。"

"真的？"

"是的，不知是什么时候死的，大概是昨天吧，看来死时很心疼孩子。两个孩子还都是小不点呢……一个刚会说话，而另一个则刚刚会爬……"

冉娜沉默下来。渔夫皱起眉头，他的脸色变得严肃而忧虑。

"是呀，这倒是件事！"他说道，不时地搔搔后脑勺，"好吧，又有什么办法呢！得把他们抱过来，孩子们怎能同死人在一起呢！好吧，就这么办吧，咱们总能熬得过去。快去抱他们吧！"

可是，冉娜一动也没有动。

"你是怎么啦？不愿意吗？冉娜？"

"他们就在这儿。"冉娜说着，把蚊帐拉开了。

看不见的眼泪

柯 留 沙

——［前苏联］高尔基

柯留沙被商人阿诺兴的马踏伤了，他是故意的，因为这样可以拿到一点钱，减轻母亲的负担，让刚出狱而得了瘫病的父亲过得更好一点。

第二天，柯留沙死了，母亲痛不欲生。

"就是这么一回事，老爷。他的父亲盗用公款，被判了一年半的徒刑。在这期间，我们已经把我们的积蓄都吃光了。到我丈夫出监牢的时候，我已经在用辣菜根当柴烧了。一个种菜的人送给我一车没用的辣菜根。我把它晒干了以后跟干牛粪搀在一块儿烧。气味很不好闻，做出来的粥汤也有怪气味。柯留沙这时还在上学。他是个灵活的孩子……也懂得节省。他放学回家，路上捡到的木头、木板总要带回家来。是啊……春天来了，雪已经融化了，可是他还穿着毡靴。靴子常常湿透了，于是他把它们脱下来，他那双小脚全冻红了。就在这个时候，他们把他父亲从牢里放出来，用出租马车送回家来了。他在牢里得了瘫病。他就躺在那儿望着我苦笑，我站在床前，眼睛看着他，心里想：'我为什么还要养他这个害人精呢？最好是把他扔到街上泥水坑里去。'可是柯留沙看见了。他脸色完全白了，望着他父亲哭了，大滴大滴的眼泪顺着脸蛋落下来。他说：'好妈妈，他怎样了？'我说：'他已经不中用了。'

"……是啊，从这一天起，就这样过下去了。就这样过下去了，老爷。我一天像疯子一般地忙着，可是就是在运气好的时候，也不过收进二十戈比……我真情愿死掉……哪怕自尽也好。柯留沙看见了这一切……他脸色很难看……有一回我实在忍受不下去了……我说：这种该死的生活！能够死掉多好……哪怕你们死掉其中一个也行……我是指他们，指我的丈夫和儿子柯留沙……丈夫点点头，好像他想说：我快要死了，不要骂我，忍耐点吧。可是柯留沙……望了我一下，就走出去了。等到我清醒过来……啊，已经太晚了。是啊，太晚了。因为他，柯留沙出去以后还不到一个钟头，一位警察坐着马车来了。他说：'您是希谢尼娜太

蓦然回首

太吗?'我马上就猜到肯定有什么祸事了……'请您立刻就到医院去。'他说，'您儿子给商人阿诺兴的马踏伤了。'……我就坐车到医院去。在马车里，我就像坐在烧红的铁钉上面一样。我心里想：'你这该死的女人，该倒霉！'我们到了。柯留沙他躺在那儿，全身都给绷带包扎着。他对我微微一笑……眼泪从他眼睛里流出来了……他声音很小地对我说：'好妈妈，饶恕我！钱在巡官那儿。'我说：'柯留沙，上帝保佑你。你说什么钱呢？'他说：'街上那些人扔给我的，还有阿诺兴给的……'我问：'他们为什么给钱？'他说：'因为这个……'他发出了一声轻轻的……呻吟。他的眼睛睁得很大……我说：'柯留沙，好儿子，你怎么会没有看见马跑过来呢？'可是，啊，老爷，他清清楚楚地对我说：'我看见了它……马车……不过……我不愿意跑开。我想，要是我给压坏了，他们会给钱的。他们真的给了钱……'这就是他说的话……我明白其中的意思，我懂得他的心思，他真是个天使，可是晚了。第二天早晨他就死了……他临死还是很清醒的。他一直在说：'好妈妈，给爸爸买这个，买那个，也给你自己买……'好像有很多钱似的。钱，的确有四十七个卢布。我到阿诺兴家里去，可是他只给了我五个卢布……还骂人，他说：'大家全看见了，是小孩自己跑到马脚底下来的，你还来向我要钱。'我以后就没有再到他那里去过。老爷，就是这样一回事情。"

她不作声了，她又像先前那样地冷淡、呆板了。

公墓是清静的、荒凉的：十字架，耸立在十字架中间的长得不好的树木，坟堆，悲伤地坐在一座坟旁的毫无表情的女人——这一切使我想起了人的痛苦，想起了死。

然而，无云的天空是晴朗的，它在散布干燥的炎热。

我从衣袋里掏出一点钱来，把它们拿给这个还活着、心却让生活的不幸弄死了的女人。

她点了点头，声音特别慢地对我说：

"不要麻烦您了，老爷，我今天已经够了……我需要的实在不多，现在……就只有我一个人……孤零零地活在世界上……"

她深深地叹了一口气，又把她那两片给悲伤扭曲了的嘴唇紧紧地闭上了。

离家出走

——［前苏联］普罗特尼科娃

> 微拉契卡穿着单衣，提了一只小箱子离家出走了。
> 她很害怕，快速来到车站，可是车站没有一个人。
> 她想到丈夫，想到温暖的家，于是她几乎是跑回了家，
> 这时，在门口有一个黑影闪过，原来……

微拉契卡关上房门，自豪地摇了摇头，然后精神抖擞地朝车站走去。

"一切都结束了。"微拉契卡心想，"终于走出这个围城了……而且是我离他而去。在我们这个时代，这还有点意义呢。现在，我完全自由了。高兴的话，可以去看戏，还可以去看电影；再也没人会碍我的事了……"

她一刻不停地朝前走。

"再也不会有人追在我屁股后头一个劲地问：'上哪去？'……"突然，微拉契卡似乎听见背后有声音，尽管这声音并不很响。于是，她把皮箱换到另一只手里，凝神谛听。片刻，不知什么地方有只乌鸦在哇哇怪叫，微拉契卡赶忙加快了脚步。

"我顺小道走，不会碰到人的。手里这只皮箱虽说不大，但是谁都能看出来它挺贵重的。再说，如果碰上坏人抢劫，谁来保护我呢？最好碰到的是只野兽，而我的丈夫，对，现在已经不是我丈夫了，他一定知道我险遭不幸。没准儿，他还会后悔当初没留下我，或是后悔没悄悄跟在我后面呢……也许，我还会天天晚上去和他见面，久久地凝视着他，没有一句责备的话，尽管这事儿谁也没什么可说的。可我现在走了，孤单单的。谁都不来追赶我，谁都不来，谁都不想来……"

除了微拉契卡车站内没有一个人。她坐在箱子上。寒风卷起雪粉撒向这个孤零零的人。"家里这会儿一定暖烘烘的……"微拉契卡闭上眼睛想着，"每个电视频道都有节目。丈夫，噢，过去的丈夫，他已在温暖的屋子里欣赏电视节目。也许那些节目还挺带劲儿的呢。他还会理所当然地认为自己是一切财产、包括我

的工资的支配者。现在,我已经离家出走了,还有什么好说的呢?我谁都不需要。此刻,我坐在皮箱上,竟不知为什么在等火车。而他,我的丈夫,真遗憾,我过去的丈夫却在逍遥自在地看电视。可我呢?要知道我们还没有离婚呢。我不过就是离家出走嘛,是的,我只是出门瞧瞧而已。"

想到此,微拉契卡站起身来,伸手拎起皮箱,像来车站时一样,精神抖擞地往回走去。

"怎么还是一个人影也没有。我没感到歉疚不已,也没有感到后悔莫及,况且,我也不是永远离家,甚至不是真离家出走,不过出门看看嘛。这样离家出走,恐怕只有像我这样的傻瓜才干得出来。况且只穿一件单薄的衣裳,连皮外套都忘啦!忘在……肯定在丈夫那儿啦!我并没有跟他分手,我不会和他离婚,我不会去和他打官司的,我什么都不想分。多亏我们这儿什么野兽都没有,所以根本用不着担心它们会扑上来,只是别碰上坏人……"

微拉契卡几乎是跑着返回到家门口。蓦地,她发现一个人影闪过。

"别契卡!"她大喊一声,同时皮箱失手落地。

"我在这儿!"身旁响起了丈夫那极为熟悉的声音,"我一直跟在你身后……"

"帮我把箱子提进去,好吗?……"

看不见的眼泪

看　望

——［德国］海·格兰特

培德看着农民打扮的妈妈来寄宿学校看他，一点也兴奋不起来，他怕同宿舍工厂主的儿子齐姆森看到妈妈，于是催妈妈快点回去，可是齐姆森这时正好回宿舍，打个招呼后，培德匆匆将妈妈送走了。火车开动的瞬间，培德似有万语千言却未说出口。

上午最后一节课刚开始不久，教室外面有人高声喊道："培德·莱默斯，你妈妈看你来了！把东西收拾一下，今天别上课了。"

妈妈来了！培德血往上涌，耳朵都红了。他把数学本子收到一块儿，然后磕磕绊绊地离开了教室。

妈妈在接待室里，坐在最前排一把椅子的边上对他微笑，带着无限的爱怜。瘦瘦小小的妈妈满脸皱纹，穿着一件旧式大衣，灰色的头发上包着一条黑头巾。

"培德，我的儿子！"

培德感觉到妈妈是干粗活的农民：长着茧子的手指握住了自己的手，闻到了她那只有过节才穿的衣服上的樟脑味儿。他的心犹豫不决，既有感动，也有压抑。为什么她偏要在今天，在上课的日子里来？在这儿，同学们都会看见她。那些有钱的、傲慢的男孩子们，他们的父母都是开着小汽车到寄宿学校来的，把礼物、钱这么随便一撒。她根本无法想像，在这儿靠着他的奖学金有两套廉价制服和少得可怜的零用钱是多么不容易。

"校长先生说，你今天不用上课了，你还可以带我去看看你的寝室。这不是很好吗？"

亲爱的上帝，她就穿着这件不像样子的大衣，还戴着手套，到校长那儿去的！那么好吧，他抹了抹潮湿的额头，带着愤愤果断抓起那个古老的方格纹手提包。这种提包不装东西就已经很沉了，只有粗壮结实的农民才提它出门。

他飞快地跑上楼梯，走进那间小小的双人房间时，连气都喘不上来了，断断

蓦然回首

续续地说:"那就是我的床……那边……靠窗子的……是阿克桑德·齐姆森的。他爸爸是工厂主……富得要命……一辆汽车就像我们房间这么大!"

培德从妈妈的肩膀上看去,满意地发现妈妈几乎是虔诚地注视着那张床,她大概在惊讶齐姆森盖的竟然不是金被子。然后,她又转向他,并且打开那个方格纹手提包,带着幸福的微笑说:"我带来几件新衬衣,培德。是柔软的好料子做的,颜色也是时下流行的——这是女售货员告诉我的。这是一块你最喜爱吃的罂粟蛋糕,里面放了好多葡萄干呢!现在就吃一小块吧!这可是你白天黑夜都爱吃的东西!"

妈妈温存地笑着,愉快地走到他面前,但他不耐烦地拒绝了:"现在不吃,妈妈,就要下课了,一会儿所有的人就会都涌到这儿来。别让他们看见你。"

"怎么……"妈妈用疑惑的眼神看着培德,接着那张被太阳晒黑的脸庞一下子涨红了。在拉上手提包时,她的手微微地颤抖着。她有点黯然,但立刻又微笑着说:"是这样。好吧,那我们最好还是走吧。"

但这时过道里已经传来一阵响声,紧接着齐姆森就走进房间里来了。该死!正好是这个齐姆森!对于培德来说,齐姆森的友谊是至关重要的。齐姆森有一种苛求的、爱好挑剔的审美观。不见面是不可能了,不介绍更不可能。于是培德笨拙地、结结巴巴地向齐姆森介绍着:"这是我妈妈,她来给我送换洗衣服和蛋糕。"培德感到脑袋在发胀。齐姆森说着自己的名字,一面用培德一向羡慕极了的姿势动作优美地鞠着躬,一面彬彬有礼地微笑着:"这真是太好了。家里人来看望永远是最高兴的事。不是吗,莱默斯?"培德用乡下人惯有的猜疑心想道:这肯定只是一句客套话。但是妈妈却满面笑容地向齐姆森道谢:"是啊,我给他送新衬衣来了。我们刚刚麦收完,我要来看看他。"

随后,母子俩匆匆忙忙地下了楼梯,几乎没有一点声响,一直到大门口培德才舒了一口气。

"你知道,这些有钱男孩都是非常傲慢的,而且他们非常看重外表。对我倒无所谓,可是……"

"我知道了,培德,我知道你……"

培德和妈妈在"大熊"饭店喝了一碗汤。他热心地给她讲自己的班级,讲老师和同学;她默默地听着,浑浊而忧伤的眼睛注视着他的面孔。后来母子俩又到教堂里看了看。傍晚带点儿凉意,当培德挨着妈妈跪下时,忽然感觉到她又老了许多,背也驼了许多。

"你可以坐六点那趟火车走,"他没有把握地建议,"也许还能在候车室喝杯咖啡呢。"

妈妈疲倦地摇了摇头:"不了,就这样吧,我的儿子。他们都在等着我呢,在挤奶和喂牲口的时候，我不在家是不行的。况且，我现在知道你过得很好，也不那么想家了。"

培德还想随便说些什么，但喉咙像塞了一团棉花，什么也说不出来。这时列车员关上了门。他从窗口又一次看见母亲那刻着艰辛和忧虑的发灰的脸庞。"妈妈！"他喊道，可是火车已经开动了。

在他的房间的桌子上，那块罂粟蛋糕散发着芳香。可他一点也不饿。他走到窗子边，久久地呆望着外面，一直到天黑下来。他总感觉到咽喉异样疼痛。后来，齐姆森进来了，一眼看见还没动过的蛋糕，便问他是不是病了，他这当儿才默默地拿起一把刀切开蛋糕。

"为什么那么快就让你妈妈走了？"齐姆森突然严肃地，几乎是阴沉地问，"你呀！我要是有一个这样的妈妈就好了！"培德这才想起：齐姆森的父母已经离婚了。他愣在那里，他知道无可反驳，也无言反驳。瞬间，机灵的齐姆森又带着他惯有的明朗微笑，指着蛋糕："来来，动手啊，不然要发霉了。"

他们一起大嚼蛋糕的时候，培德喉咙的压迫感渐渐消失了。

风流人物

——[日本] 川端康成

> 八兵卫在旅游季节出租厕所赚了一大笔钱,于是,村里有个人眼红了,便盖了一间茶室式的豪华厕所,但租金很贵,让人望而却步。
> 他告诉妻子他有办法让钱袋鼓起来,第二天果然赚了很多钱,但妻子等回来的却是丈夫的遗体。

很久很久以前,在一个春天里,很多游客来到岗山之野观赏樱花,游客大多是京都大户人家的太太、小姐和花街柳巷的艺妓、妓女,她们身着华丽的服装。

在肮脏的农家门口,京都的女游客羞红了脸,微微欠欠身子问道:"打扰了,借用一下洗手间好吗?"然后,绕到屋后,上了一间又旧又脏的小茅厕……春风摇曳着草帘,孩子们哇哇的喧嚣声也随风传来,她的肌肤不由地拘挛起来。

目睹京都仕女的这副窘态,贫穷的农民八兵卫计上心来,修盖了一间干净的厕所,挂上一块告示牌,上面写着"租用厕所一次三文"几个黑油油的字。

赏花季节,游客蜂拥而至,出租厕所非常成功,转眼间八兵卫发了大财。村里有个人对此很眼红,便对妻子说:"近来八兵卫出租厕所,转眼间就赚了一笔钱。明年春天,咱们也盖一间出租,要赚得比八兵卫还多,怎么样?"

"这可不是一个好主意。即使咱们的出租厕所盖好了,可八兵卫是老字号,人家有老主顾。咱们是新字号,游客不光顾,岂不是鸡飞蛋打,穷上加穷吗?"

"别胡言乱语呀。这回我所设想的厕所决不像八兵卫的那样肮脏。据说目前茶道在京城很流行,俺打算盖个茶室式的厕所。四根柱子用吉野圆木不够气派,要用北山的杉木。天花板用香蒲草,钉上水蛭形钉子,使劲时用的绳索用悬挂上吊锅的锁链替代。这主意不错吧。窗户开落地窗,踏板用榉树,便池前挡用萨摩杉。用黑漆涂便池四周,墙壁涂两遍油漆,门户用白竹夹扁拍制成的长薄板,用杉树皮葺房顶,再用青竹子压住,系上蕨草绳,修成大和式的。用鞍马石做放鞋的石板,旁边围上中间栽有青竹子的方眼篱笆,洗手盆用桥桩式的,装饰用的松树也配以多姿的赤松。不论哪个流派，诸如千家、远州、有乐、逸见的精华，都兼收并蓄……"

妻子听呆了，最后问道："那么，收多少租费呢？"

经过一番艰苦的筹划，总算赶在第二年赏樱时节之前把漂亮的厕所修建好了，连告示牌也是拜托和尚制作的，典雅的牌子上有"租用厕所一次八文"几个龙飞凤舞般的大字。

就算是京都仕女，也觉得过分奢侈，钦佩之余，望而却步。见此情景，妻子敲着榻榻米说："你瞧见了吗？我早就叫你别盖，搭了这么多本钱，结局可怎么得了啊！"

"光知道唠叨。明天我只要到客人那儿去转一圈，保证光顾的人会像蚂蚁成群而来。我明儿要早起，给我准备好盒饭。只要转上一圈，保证乐得合不上嘴。"

丈夫非常沉着。可是，他第二天比平时更贪睡早觉，上午十点才醒过来，然后将后衣襟掖在腰带里，把饭盒挂在脖颈上，带着几分哀伤的神情，回头冲着妻子说："你这个婆娘，我这辈子干点什么事，你总是看不顺眼，说我傻瓜，说我做白日梦。今天要让你瞧瞧，我只要到客人中转上一圈，保你门庭若市。粪缸满了，你就挂上个'暂停使用'的牌子，然后托邻居次郎兵卫挑走一担两担。"

妻子对丈夫的言语行为感到万分不解，心里琢磨道：丈夫是否到京城去宣传出租厕所了呢？正当她一筹莫展的时候，一个姑娘往钱箱里投放了八文钱，租用了厕所。尔后进进出出租用的客人源源不断。妻子十分惊异，瞪大眼珠子看守着。不久，挂上"暂停使用"的牌子，忙着要把粪便挑走……到了天黑时分，粪便挑走五担多，厕所租金达八贯之多。

难道孩子他爹是菩萨转世？真令人琢磨不透，他所预测的事有生以来头一次变成了现实，真像做梦似的。喜形于色的妻子买来了酒等待着丈夫，不料最后等回来的却是丈夫的遗体。抬他尸体回来的人告诉他妻子："他长时间蹲在八兵卫家的厕所里，可能是被沼气熏死的。"

原来，丈夫走出家门以后，立即缴付三文走进了八兵卫家的厕所里，从里面上了锁，有人想推门进去，他就佯装咳嗽，最后咳得连声音都嘶哑了。春季白日长，他蹲得连腰都直不起来了。

这个人的事传到京都以后，人们议论纷纷：

"真是风流人物的沦落啊！"

"他是天下第一的茶道师啊！"

"真是闻所未闻的成年人自杀啊！"

"厕中成佛，南无阿弥陀佛。"

恶 作 剧

——［日本］芥川龙之介

> 候车室里，以野原为首的几个孩子搞恶作剧，
> 用尖刻的语言形容人或物的缺点。
> 最后，火车时刻表前的中年人成了他们的目标，
> 但只有我知道那是野原的父亲，
> 可野原却将他说成是伦敦街头的叫花子。

在我读中学四年级的时候，那年的秋天，我们年级参加学校组织的一次为期四天的集体旅行，旅行路线是从东京开始，沿着日光大道到足尾山地。按校方通知，我们必须在早晨六点半赶到上野火车站集合。我所讲的故事就发生在火车站的候车室里。

那天的天气不怎么好，是个阴天。我赶到火车站的时候，天还很早，我们班的同学只有两三位等在候车室里。我们彼此打过招呼，然后就像往常一样，开始唧唧喳喳地叫嚷起来。

十多岁正是喜欢表现自己的年龄。从大伙嘴里冒出的句子就像急流喷涌，每个人都认为自己很了不起，大谈自己对旅行的渴望，并对老师评头论足。

在这些同学当中，最为活跃的是一位名叫野原的男生。坐在野原旁边的一个人正在看报，这人脚上穿的皮鞋在脚趾处破了几个小洞。那时有种叫"麦克金利"的新款皮鞋，所以野原把那人的鞋子叫做"裂缝金利"。大伙顿时哄笑起来。

"'裂缝金利'，简直是太形象了！"

用形象刻薄的话语描写人或物的缺点确实很噱头。于是，大伙都来了兴致。进出候车室的人们便成了我们开玩笑的对象，说上一通东京中学的男生所能想到的任何刻薄话。当然，在我们中间说话最尖钻，也最有幽默感的，恐怕非野原莫属了。

"野原！看，店主的妻子在那儿！"

"她的脸犹如一条怀孕的河豚鱼。"

"守门人在那里,野原,你看他像什么?"

"那家伙的两条腿和圆规没什么区别。"

后来,我们中有人注意到火车时刻表前的一个人。那是一个长相奇特的男人,此刻正仔细地查看时刻表上面的数字。他穿着一件猪肝色的外套,一条灰色宽条的裤子里裹着两条纺锤形的细腿。他明显上了年纪,杂乱而黏糊糊的花白头发从宽边帽下露出来。他所有的装束和举止活脱脱像是从杂志上剪下来的漫画人物。

那个发现这个新笑料的同学高兴极了,耸起他的肩膀,笑着推了推野原的手臂。

"嗨,看那个家伙,怎么比喻?"

于是,我们班的同学都开始看那个男人。他站着,微微驼着背,正对照时刻表上的数字,不住地看着怀表。从他的轮廓,我马上认出那是野原的父亲。而除了我之外,我们班没有人知道这件事。他们都等着野原把这人丑化一番,好大笑一通。

我刚要开口告诉他们那是野原的父亲时,野原说话了:

"他?他就像伦敦街头的叫花子。"

于是,大伙又是一阵哄笑。有几个同学甚至开始夸张地模仿野原父亲的姿势。

"这个比喻简直太恰当不过了!"

"瞧!他那样子真是滑稽。"

每个人都大笑起来。

侮　辱

——[日本] 安部公房

> 极度疲劳的我决定在车间墙边的毯子里过一夜，
> 半夜里，我听见墙外被侮辱的女人和男人的对话，
> 但却没有给予帮助，当他们离开时，
> 我感到被侮辱的不是那女人而是我。

这天，因为极度疲劳，我决定在车间里过一夜。

我只用汽油洗了洗手就钻进墙边的几层毯子里，可是，只是昏昏沉沉地躺着，一时却难以入睡。货场一下子变得静悄悄的，成为人们穿行的一条近路。在这种寂静中，我感到一种莫名其妙的不安。时而传来过路人的脚步声，特别清晰刺耳，好像故意让我听见似的，一会出现，一会消失，我也就只得一次又一次地忍受着那脚步声的不断刺激。

突然，一阵奇怪的声音传来。声音越来越清晰，渐渐变成了女人的号哭声。虽然很清楚，可我还是有些怀疑，这半夜三更的，怎会有这样边走边大声号哭的女人呢？

毫无疑问，是女人在边哭边走，这不是在哭喊吗？是的。可又像是在呜咽，想忍又忍不住地在啜泣着。

女人走路的情形听不真切，可一会儿就明白了，好像不是一个人，而是被一个男人拖曳着的脚步声。女人是在挣扎反抗，好像几次要拼命挣脱。但即便如此，声音也还是越来越近了。不一会儿，挣扎揪拽声出现在车间前面。骤然，脚步声乱了，女的倒向车间这边，传来了墙壁的震动。

开始时，我感到那女人揪心般的号哭是如此可怜，继而感到气愤，可接着又多少有些淫乱的兴奋感，离得如此近，我不由地又感到怵然，觉得这两个人好像就要穿过墙壁进来一般，有些可怕。女的蹭着墙渐渐地蹲下了，我感到像是自己的身体在被蹂躏着。

"你哭，哭个够吧。"

男的喘息着、倦怠了的声音传过来。

女的犹如被套住的动物一样，继续哭泣着，哭声在四周震荡，我的呼吸愈来愈困难，像是要窒息了一般。

"有人……"男的嘀咕了一声。

这一说，我感到脚步声走近了，女的依然没有停止哭泣。

"很遗憾，没有人。"男的咕哝着，充满了嘲弄。

有那么一段时间，女人停住了哭泣，寂静中传来像是要慌忙逃走的脚步声。

"根本不会有人来帮你啦！"男人话音稍稍发抖，女的又哭起来。

"这时候哪有什么男人?!"他毫无生气地继续说着，"只有这样了，叫喊也没人听。有人也不能救你，全对着墙壁傻呆着呢！"

我想必须爬起来，可我的身体却犹如死人一般，直挺挺地好像不会动似的。

"奇怪，怎么没人救救你这号哭的女人？快起来，你想怎么样？快决定吧。"

女的依然在哭泣，但我想她只得顺从地委身于他了。

脚步声开始越来越远，不一会儿，哭声渐渐远去，消失了。

然而，我胸中却已满是女人的哭声，被侮辱的也许不是那个女人，而是我。

恋爱圈套

——[日本] 星新一

N氏一向规矩老实，但在他空虚之余也时常幻想婚外情。

一个偶然的机会让他爱上了一个女孩。

但N氏向她表白时，女孩却道出了自己是受他妻子委托调查他的事实，这令N氏目瞪口呆。

N氏才能平平，器量小，但却是个诚实的男人。自从进公司以来，他工作一直认真负责。他渐渐到了中年，已经有了妻子，他在公司中的地位还算可以。

在上下班的路上，他经常想："直到目前为止，我从未尝试过风流的生活，或许今后的日子仍是平平淡淡的了，婚外恋之类的可能与我无缘。但是，总感到有点空虚，这也许是件好事呢，像我这样性格的人，被笨拙地卷进花里胡哨的事，那是不会得到好结果的……"

可是有一天，一件出乎意料的事发生在他的身上。

事情是这样的。当N氏从茶馆里出来的时候，在收费处前，他看见一位显得很狼狈的女顾客，就问道："您怎么啦？"

那位女顾客几乎要哭出来了，说："我因为口干，就进来喝茶，等到结账的时候，才发现忘了带钱包。"

"这有什么使您感到为难的呢？不过是喝了一杯红茶而已，我来替您交费，好吗？"

"那真是太感谢您啦，我该如何报答你呢？我改日到您那还礼，请您把地址和姓名……"

"这怎么好意思呢！我叫……我在……"N氏不假思索地就把一切都告诉了她。可是前两天那个女人并没有来找N氏，因此他感到很遗憾。

可是到了第三天，那位姑娘找到公司来了。就这样，他们开始来往。

姑娘二十五岁左右，很漂亮，言谈举止都很优雅，衣着合身，打扮朴素大方，不像是个卖笑生涯的人。

看不见的眼泪

姑娘对N氏说，为了答谢他那日的破费，想请他吃晚饭。N氏着慌了，他对此表示感谢，但觉得那样做太过分了。话又说回来，如果冷漠地拒绝这么好的姑娘的邀请，N氏打心眼里不忍。但对他来说，请客又完全是意料之外。

经过深思熟虑，最后他提议：一人负担一半吧。话出口以后，N氏又认为这样做有点愚蠢，但姑娘对此却毫不在意。那位姑娘答应说："就这么办。"

晚饭吃得食不知味，有时候像驾着玫瑰色的云，做着美梦似的，自己究竟说了哪些话也完全记不得。第二天上班后许久，N氏才稍稍恢复常态。

过了两天，姑娘又来请他去吃饭。N氏这次当然一口答应，欣然赴约。那个姑娘喝酒时，目不转睛地凝视着他，从眼睛里透出迷人的魅力。

N氏并不是一个纵情玩乐、潇洒自信的男人，因此他琢磨道：她为什么对自己如此有好感呢？比我年轻、机灵、时髦的男子不有的是吗？现在有一种时髦的行业，那就是产业间谍，说不定她就是干这一行的呢。

继而他感到：女方邀我在茶馆约会，这手段就很高明。那样的话，就必须非常小心地加以提防。

N氏放弃了对那个女人的幻想，努力使自己冷静下来。但是，冷静考虑的结果是，他的公司似乎也没有什么机密；即使有的话，恐怕也轮不到他知道。

"自己怎么竟然变得多疑、无情无义起来？"N氏有点自责。

N氏时常接到姑娘的电话，邀请他外出。日子就这样一天一天过去了。

N氏这些天犹如神仙般快活，但他还是没有自信心：简直难以相信自己会有这样的艳福。如果不是别的公司的圈套，那也许是自己公司的头头脑脑想出来的考验职员是否会迷恋女色的一种方法，作为提升职员的参考。

于是，他不露声色地跟同事打听有没有这样的事。但是他们都说没有这种经历，好像也没有哪个头头脑脑想得出这样的高招。

N氏又想到：这莫非是作案犯科的人？看上去高贵、朴素大方的女人，后面跟着品质恶劣的男人，这种情况也很多。还可能有这种计划：当事情深入到某种程度时，男方就会出面进行恫吓。交不起钱的话，就强迫你给盗贼领路。这些好像是在哪本小说中看到过的。

不可能，她这么好的姑娘决不会是那种人。N氏为了相信她的爱情，又努力打消自己的疑虑。燃烧起来的爱情跟怀疑的惊惧交织在一起，他痛苦极了。结果，在某一天，他偷偷地跟在女人的后面观察，调查她住哪儿，过着一种什么样的生活。

调查结果表明：没有什么特别的问题，她过着正常的生活，无懈可击。左邻右舍对她的评价也挺好，似乎也从没有过跟奇奇怪怪的男人来往的事。

疑虑完全打消，N氏高兴得差点跳起来：她真是喜欢我的，不能再犹豫不决

蓦然回首

了，要信任人家。

于是在隔日见面时，N氏断然向那位姑娘提出："这个休假日，咱俩去旅行好吗？"

"这对您的妻子可不公平啊……"

"可管不了那么多了，我爱上你了，打心眼里爱你。我还是第一次产生这样的恋情呢！……"

N氏竭力说了许多亲密的私房话。但是，姑娘的回答却出乎意外："但是，我却一点也不喜欢你。"

形势急转直下，N氏用狼狈不堪的声调说："既然如此，你为什么一直跟我来往……"

"这是我的工作，我之所以这样干全是为了委托人。"

"委托人？谁会委托你干这种奇怪的事。"

"你的妻子呀！我的职业是调查丈夫对妻子的爱情是不是专一。很多人的妻子都来委托我们，这一行的生意很兴隆呢。这是我们这个时代最尖端的职业，不是吗？……"说完，那个女人很快从他面前走开了。

N氏目瞪口呆，心里却在嘀咕着：果然是圈套！而且是最厉害的圈套！不管怎么说，她决没有替我说好话的可能。哎呀呀，连这样的职业都出现……

马术表演

——［奥地利］卡夫卡

> 在马术表演场上，正进行着惊心动魄的绝技表演，经理及演员都很紧张。演出成功了，赢得了观众的阵阵喝彩，演员伸开双臂，仰着头享受着成功的幸福。一个年轻观众却不知不觉地哭了。

假如有这样一个场景：在马术表演场上，在不知疲倦的观众面前，有那么一个瘦弱的、患肺病的马术演员，骑着一匹瘦骨嶙峋摇摇晃晃的马，心肠冷酷的老板手里甩着马鞭，拼命地没完没了地驱赶着，身穿紧身衣的马术女演员，骑在马上无奈地转着圈，她上下颠簸着，并把一个个飞吻抛向观众。在乐队和通风机的无休止的咆哮声中，如果这场游戏一直延续到她灰暗的未来，伴随着一阵过去一阵又来的掌声。那么，这时可能会有一人，就是坐在顶层楼座的年轻观众，就会沿着各层楼座的台阶一直跑下来，冲进马戏场，抓住配合得很好的乐队的军号，高声呼喊：停下！

但是实际情况并不是这样。马术演员是一个美丽的姑娘，她的脸白皙而红润，自豪地穿着演出服的人掀开幕布，她便飞了进来。经理先生怀着为她效劳的心情搜寻着她的眼睛，手里牵着圆斑灰白马，气喘吁吁地迎上前来；他小心翼翼地把她抱上马，犹如他最心爱的小孙女就要开始一次危险的旅行一样，他实在不忍心扬鞭催马；最后，他努力地克制着自己，叭地用响了一鞭；他张着大嘴跟在马旁跑着，眼睛却紧盯着马术女演员颠簸的躯体；他简直不能理解她那娴熟的骑术；他用英语大声提醒她要千万小心；他生气地提醒拿跳马圈的小厮要特别集中精力。

在做极为惊险的翻斤斗绝技前，他高高地举起双手要乐队停止演奏；表演完毕，他把小姑娘从马上抱下来，亲吻她的双颊。在他心目中，即使没有观众的狂热崇拜，他也心满意足了。她自己则由他扶着，高高踮起脚，身边飘散着灰尘，伸开双臂，头微微向后仰着，想让马戏场内全体的人员都来分享她的幸福。因为情形是这个样子，坐在顶层楼座的年轻观众并没有跑下来，而是把脸靠在栏杆上。退场的时候，他像沉溺于沉重的梦境里一样，不知不觉地哭了。

卖火柴的小女孩

——［丹麦］安徒生

寒冷的除夕夜，卖火柴的小女孩瑟缩在墙角里，燃了火柴取暖。在火柴的火焰里，她看到了温暖的火炉、喷香的烤鹅、美丽的圣诞树，还有她慈祥的祖母，然而她却在除夕夜永远地离开了人世。

天正下着雪，夜幕开始垂下来了。这是一年中最后的一夜——新年的前夕。天冷得可怕。在这样的寒冷和黑暗中，有一个衣衫褴褛的小女孩正光着脚，在街上走着。是的，她离开家的时候还穿着一双拖鞋，但那又有什么用呢？那双拖鞋是那么大，以前一直是她妈妈穿着的。在她越过街道的时候，两辆马车飞快地闯过来，匆忙之中她把鞋子都跑丢了。有一只鞋，她怎样也找不到，另一只又被一个男孩抢跑了。他还说，等他将来有了孩子的时候，他可以把它当做一个摇篮来使用。

于是，小女孩只好赤着脚走路。这双脚已经冻得又红又青。她的旧围裙里兜着许多火柴，手中也拿着一束火柴。这一整天她没有卖出去一根火柴；她当然没有一个铜板。

可怜的小姑娘！她又饿又冷，哆嗦着向前走。这幅悲惨的画面令人惨不忍睹。雪花落在她的金黄色的长发上——这头发鬈曲地散在她的肩上，看起来非常美丽。不过她并没有心思考虑这些。所有的窗子都射出光来，街上飘着一股烤鹅肉的香味，因为今天是除夕。是的，今天是除夕。

她在两座房子———座比另一座更向街心凸出一点——所构成的一个墙角里坐下来，缩做一团。她把她的一双小脚也缩了进去，不过她感到更冷了。她不敢回家去，因为她没有卖掉一根火柴，没有赚到一个铜板。她的父亲一定会打她，而且家里也是一样冷。除了一个屋顶，家里什么都没有，风可以从四壁吹进来，尽管最大的裂口已经用草和破布堵起来了。

她的一双小手几乎冻僵了。唉！哪怕一根小火柴对她也是有好处的。只要她

看不见的眼泪

抽出一根来,在墙上擦亮,暖一暖手就好了!她终于抽出了一根。哧!火柴燃起来了,冒出火来了,它便成了一朵温暖的、光明的火焰,活像一根小小的蜡烛。虽然这是一道小小的微光,但小姑娘觉得自己像坐在一个发亮的暖暖的铁火炉面前。火烧得多么旺,多么温暖,多么美好啊!嗳,这是怎么一回事呀?小姑娘刚刚伸出她的一双脚,打算暖和一下。火焰忽然熄灭了,火炉也不见了!她坐在那儿,手中只有一根烧过的火柴。

她又擦了一根。火柴燃起来了,发出光来了。墙上那块火光照亮的地方,现在忽然变得像一片薄纱一样透明,她可以看到房间里的东西:桌上铺着雪白的台布,上面放着精致的盘碗,盘子里填满了梅子和苹果,还有冒着香气的烤鹅。更美妙的是:这只鹅从盘子里跳下来,背上插着刀叉,蹒跚地向着这个可怜的小女孩走来。这时火柴熄灭了,她面前又只剩下一堵又厚又冷的墙。

她又擦了一根火柴。她看到了一棵美丽的圣诞树。这株树比她上次过圣诞节时透过一个富有的商人家的玻璃门所看到的那一株还要大,还要美。它的绿枝上燃着几千支蜡烛;一些跟挂在商店橱窗里一样美丽的彩色图画在向她眨眼。小姑娘把她的两只手伸过去,于是火柴就熄灭了。圣诞树的烛光越升越高,瞬间,它们变成了一颗颗明亮的星星。而且其中一颗落下来,在天上划过了一道长长的弧线。

"现在又有一个什么人死去了。"小姑娘说,因为她的老祖母——那是惟一待她好的人,但是现在已经死去了——曾经说过:天上每落下一颗星,地上就有一个灵魂升到上帝那儿去。

她在墙上又擦燃一根火柴,火柴把四周都照亮了。在这亮光中,老祖母出现了。她显得那么光明,那么温柔,那么和蔼。

"啊!祖母!"小姑娘叫起来,"请把我带走吧!我知道,这火柴一灭掉,您就会不见的,就像那个温暖的火炉,那只喷香的烤鹅,那棵美丽的圣诞树一样!"

小女孩非常想把祖母留住,于是她急忙把所有剩下的火柴都擦亮了。这些火柴发出强烈的光芒,照得比大白天还要明亮。祖母这次显得特别美丽和高大。她把小姑娘抱起来,搂在怀里。她们俩人在光明和快乐中飞走了,越飞越高,飞到没有寒冷,没有饥饿,也没有忧愁的地方去了。她们是到上帝那里去了!

在第二天寒冷的清晨,这个小姑娘坐在一个墙角里;她的双颊通红,嘴唇上带着微笑,她已经死了——在除夕夜里冻死了。新年的太阳升起来了,照着她小小的尸体。

她坐在那儿,手中还捏着火柴——其中有一束几乎都烧光了。

"她想给自己暖和一下。"人们说。但谁也不知道:她曾经看到过多么美丽的东西,她曾经多么幸福地跟着她的祖母一起走到新年的幸福中去。

彩 气

——［西班牙］加斯基尔

双狮酒店的老板赫南多买了一套一百美元的彩票，可他那泼辣的妻子却让他将彩票卖掉，结果他们失去了中五千万比塞塔的机会。但是，赫南多一点也不觉得可惜，因为他赢得了大多数男人花钱却买不到的东西。

在西班牙，如果说斗牛和足球是数一数二的热门活动，那么接下来最热门的就数彩票了，几乎每星期都有抽奖。圣诞节前开彩的那种彩票则是历史最悠久的，一等奖为五千万比塞塔，折合一百二十五万美元。而且，这种彩票不用交税。

在西班牙，全国各地每时每刻都出售这种彩票，每个号码分为一百份，每份价值为一美元。大多数人都只买一份。中奖号码公布时，西班牙人全都停止工作，专心致志地对彩票，没有心思考虑其他事情。

五十年代的一天，我沿着马德里的普拉多大街行走，路过一家咖啡馆时，看见人们正在心情紧张地围观公布的中奖号码。像绝大多数西班牙人一样，我当时也买了一份彩票。当我掏出钱包看自己那张彩票时，手不禁颤抖起来。我的号码是141415，而头奖号码是141414。我以前也买过彩票，可从来没中过奖，更何况这次的号码如此接近……就是我这一份，也可得美金一万元。

随后，我开始回忆是在什么地方买的这张彩票。当我想起时，兴奋异常，我几乎就像自己中了奖一样。

那是当年夏天，我到巴利亚利群岛度假时的事。有一天晚上，我偶然去马约卡岛的帕尔马市的"双狮酒家"去喝酒。帕尔马的许多居民都喜欢到那里去，我也很喜欢那个地方。因为店里凉爽舒适，酒美价廉；更主要的原因是，年轻的店主赫南多很受大家喜欢。

店主虽是赫南多，但他老婆却掌握着实权，就连赫南多本人也被管得很严。

看不见的眼泪

我不知道玛丽娅是不是真的比赫南多力气大,但她给人的印象却是如此。她嗓音尖利,酒馆里的一切都休想逃过她那双锐利的黑眼睛。要是赫南多向一位瑞典金发女郎笑上两次,或想让一位手头拮据的老朋友赊帐,玛丽娅就会说出刻薄的话,或者是狠狠地瞪他。赫南多便会立刻屈服,低声地说:"是,亲爱的。"

有一天晚上,玛丽娅回乡探望母亲去了。她一走开,赫南多马上就变成了另外一个人。他抱着吉他自弹自唱时,眼睛更加明亮了,声音也更加浑厚深沉了。这时,店里走进一个卖彩票的小贩,赫南多便说要看看圣诞彩票还有哪些号码,他迅速地翻阅了一遍,取出一叠套票惊喜地叫道:"好兆头!天上来的好兆头!"

他抓住我的胳臂,兴奋地说:"我的美国朋友,你瞧!我是14日出生的,而这个号码重复了我的生日三次——141414!"

小贩微笑着,准备像往常一样把那张占百分之一的彩票撕下来。

"不要撕!"赫南多制止道,"这是上帝赐给我的机会,聪明人是不会错过机会的。我把这套一百张全买下来!"

店内立刻安静下来,都直直地盯着赫南多。一套要一百美元的,对一个小酒店来说,这可不是一个小的数目。有人在私下议论:"玛丽娅会说什么呢?"

听见这话,赫南多怔了一下,紧接着忿忿地、大声地说:"我想做什么就做什么,决不受任何人的控制。"

他说到做到,把钱匣中的钱全都倒了出来,可还不够,他又回家去取了些,总算把钱凑足了。那天晚上,差不多每个人都买了一种彩票,我也像往常一样买了百分之一,号码比他大一号:141415。

现在,我一面在普拉多大街上漫步,一面琢磨着:赫南多拿了这笔钱会干些什么呢?他是否会离开他那泼辣的妻子,卖掉酒馆去过奢华的生活?

几个月后,我才有时间再次到帕尔马去。在下午三时,飞机降落在帕尔马机场。走出飞机场,我径直向"双狮酒家"奔去。来到小酒店门前细心打量,但并未发现它与以往有什么不同。

当我走进小酒店的时候,赫南多正独自坐在桌旁看报。看见我他立刻满面春风地站起来,"欢迎,先生,好久没到小店来了!"他连问也没问,便去拿了一瓶我喜欢喝的白葡萄酒来。

"恭喜啊!"我举杯向他道贺,"恭喜幸运的百万富翁!"我告诉赫南多,我因见到这里依然如故感到喜悦。他笑了,而且笑得很不自然。

"不,先生,"他说,"还是有很大变化的。你还记得当时有人问我,要是玛丽娅知道了我花那么多钱买彩票会怎么样吗?"我点了点头,表示记得。而他却惋惜地摇头叹息:"那人说得真对!"

原来玛丽娅像野猫一样,又吵又闹,非让他卖掉彩票,收回钱来不可。

"最后我只得让步，先生。"赫南多耸耸肩膀说，"一个人在狂风暴雨中生活一个小时可以，但不可能成天生活在那种境况下。可是把那么多彩票脱手，谈何容易呀！幸亏我有朋友，有些顾客也是朋友，他们都来帮助我。最后只剩下了一张，其余全都卖了。她允许我保留一张。"

"要是我碰上了这种事，"我说，"开奖后想到放弃的那些彩票，会后悔死的。"

"当时我的心情正是这样，先生。但反过来想想，持有其他九十九张中奖彩票的是谁？都是我的朋友。他们要感谢的是谁？是我赫南多。他们是托我的福发的财，而且我的小店的生意也从来没有像现在这样兴隆过。再说，我虽只有一张彩票，也还得了五十万比塞塔。我买了一辆车，买了新衣服，还存了点款。"

"挺不错的，"我说，"可是，难道你没想过其余那些钱会给你带来什么吗？"

他又笑了，很诚恳地说："说真的，先生，如果真有了那么多钱，我很可能会做出傻事的。就目前的情况来看，我现在得到的东西，即使一亿比塞塔也未必能买得到。"

听他说完，我感到莫名其妙，脸上肯定也露出了这种表情。

"你是问我失去了那么多钱有什么感想？"他说，"难道你没想到我老婆会有什么感想吗？是她逼我卖掉彩票的，她的感受你可想而知了。"

"现在，"他在椅子里往后靠了靠，接着说，"情形完全不同了，每逢玛丽娅要吵嚷的时候，我就对她说'141414'。这样，她马上便会想起因她而失去的那份财富，于是就什么也不说了。"他把瓶中剩下的酒倒进我的杯子，继续说，"所以，先生，我已得到了大多数男人花钱而买不到的东西。我赢得了安静、婚姻幸福和听话的妻子。"

说完，赫南多在椅子中稍稍转了一下身，呼唤了一声妻子的名字，声调一点都不厉害，但却有着和平的指挥力量。里面那道门的门帘掀开了，玛丽娅走了出来。

她与从前不一样了，似乎有了什么微妙的变化，身材似乎小了些，但看上去她变得更快活，更温柔，更有女人的风韵了。

"玛丽娅，"赫南多平和地说，"请给我们拿点酒来。"

她面带笑容地朝酒橱走去，一面轻柔地说："这就拿来，亲爱的。"

看不见的眼泪

一支红玫瑰

——［保加利亚］玛·帕弗洛娃

明卡太太在常去的花店里遇到了过去的学生——小提琴家扬科夫，但他却没有认出她。于是，她盼望再次见到扬科夫。有一天，她收到了他送的一支红玫瑰。

　　老妇人体质衰弱，身材矮小，穿着一身旧衣服，头发在脑后盘成一个小发髻。在苍白的面孔衬托下，她那双蓝眼睛更显得纯朴了。每逢天气暖和的时候，这位老妇人总是到街心公园去，而且在那里一直待到天黑。而每逢天气寒冷时她便到花店去。在花店有一个可以作她孙女的卖花姑娘，她总是高高兴兴地接待她。因为有老妇人在店里，她也可以离开一下，去喝上一杯咖啡。而能为他们看花店，又使她感到莫大欣慰。每当这个时候，她的两只手一反往常，异乎寻常地敏捷，两眼闪着亮光，苍白的脸颊上又泛出了一丝血色。也许是因为她那认真的态度，也许是因为她那颤巍巍的动作，人们觉得，不买上一束花就离开那个花店真是太过意不去了。

　　一天傍晚，天很冷，老妇人坐在花店的小椅子上，凝视着水汽在窗玻璃上汇成的水流。突然，门开了，一位身材高大、气宇轩昂、头发灰白的男子走进店来，专心致志地观看鲜花。老妇人怔了一下，随即一丝拘谨的微笑浮现脸庞，眼睛也湿润了。这不是著名的小提琴家扬科夫吗？已经多年没见过他了，只经常在报纸上看见他的照片。她怎么也想不到，她曾亲自教会他认字的那个支棱着耳朵的瘦孩子，竟出落成一个这么魁梧的人。瞧，他就要扭过头来……天哪，真巧！

　　老妇人下意识地用手整了整衣领，理了一下自己那稀疏的头发，呼吸也紧张、急促起来，好像哮喘病发作了似的。她的目光紧紧跟随着那男子的每一个动作，可是他没回过头来。他挑了一束包在玻璃纸里的鲜花，漫不经心地把钱放下就出去了。老妇人仍然在追寻着中年男人的背影，尽管他早已消失在来往的行人中了。

　　"你怎么啦，明卡奶奶？"卖花姑娘走进来，惊讶地问。

蓦然回首

"噢,没什么。"老妇人惊醒过来。话虽这么说,但她那温柔的蓝眼睛却泄了密,那里流露着毫不掩饰的喜悦和自豪,流露出慈母般的深情。

"扬科夫,是小提琴家扬科夫,彼得·扬科夫。听说过他吗?"

姑娘摇了摇头。

"他是最著名的小提琴家。他周游世界,从前是我的学生,在班里……"老人像忙着解释,又像在自言自语,"这么多年过去了……"说到这,她发现姑娘已经扭过头去,解开一束石竹花。她知道姑娘没听她讲话,于是老人不说话了,轻声道别后就走了。

第二天,她又来到花店,而且带来一张有点褪色的旧照片。

"看,"她指着照片对姑娘说,"这儿,我左边这个瘦瘦的,支棱着耳朵的,就是彼得·扬科夫。"

姑娘扫了一眼照片,继续忙手里的活。

老妇人却继续说着:"上面一排这个长卷发的,是外科教授斯托扬诺夫博士。你也没听说过他吗?"

"委员会管分房的那人在哪儿呢?"姑娘挖苦地取笑说。

老妇人并不介意,看着照片,指着坐在前排一个圆脸的小孩子说:"这就是他。"

"你教了这么多人,可是谁也没想着你。你孤独地过日子,住在狭小阴暗的房子里,也不去找找委员会里的那个人。"

老妇人不说话了,继续看照片,所有的往事一下子都涌现在她眼前了。她笑了,不说话了,慢慢地,眼中噙满了泪水。因为她想回忆起所有人的名字,可是没能办到,所以她自己心里感到痛苦。

其实她也糊涂,谁能记住这么多的名字呢?但她记得他们的容貌。他们经常进入她的梦境。她把他们挂在自己的心里。他们是些很好的孩子,或许她并不是对所有的孩子都那么公道。事实也的确如此,她对其中一些人有些偏爱,小彼得·扬科夫就是其中的一个。他总是像个小姑娘似的,那么细心、温顺。昨天,他没有认出她来……

"明卡奶奶,你为什么不去求他们当中哪一位帮帮忙呢?"年轻姑娘又在质问她了,"你在这儿赞扬他们,可他们却不惦记你……"

"为什么?这些对于孤身一人的我已经足够了,我毫无怨言。我的退休金是不多,可一个老人能需要多少呢?我为什么还要另外的房子呢?我在那所小房里住得很舒服!我的学生们都是很好的孩子,而且都长大成人了,有的如今知识渊博,学有成就。当然也有个别的一事无成,但他们都长大成人了。你还记得那件事吗?我对你讲过的那个开出租汽车的司机。说实在的,我倒真把他忘了,对他没有丝毫印象了。可他把车停住，对另外一些人说：'这是我的启蒙老师，我可以把她带上吗？'那些人非但没有反对，而且还很受感动，我却感到不好意思，因为我记不起他的名字了……"

"是啊，是啊，你总是为别人着想。"姑娘轻蔑地摆了摆手，转身裁玻璃纸去了。

"你年纪轻轻，火气可不小呀！"老妇人毫不介意地微笑着，拍了拍姑娘的肩膀。

姑娘是根本不可能理解她的。因为在漫长的岁月中，流行着不同的风尚和感情，她们是完完全全的两种人。老妇人是属于过去那种有点可笑的人，她习惯于发现人的善良，而且天真地相信，善良迟早总会胜利的。她感到幸福的是，她为千百个幼小的心灵打开了通向世界的窗子，并用自己的爱在千百个心灵中播下了善和美的种子。如果说她心里感到过有什么遗憾的话，那就是，她觉得自己已经很老了，不能再去帮助年轻人了。

不知不觉秋天过去了，冬天来了。寒风追逐着街上的行人，催促他们奔跑着躲进避风的地方。花店里暖和而舒适，老妇人几乎每天都裹着单薄的旧大衣来到这里。卖花姑娘常常这样想："她能不能活过这个冬天？"在她眼里，她就像个要燃尽的蜡烛，一天比一天衰老。这使姑娘感到不安。她请她常来，她也乐于常来，因为她喜欢这个地方，她需要跟别人聊聊天，她除了喜欢孩子们以外，还喜欢花……门还在不断地被打开着，但她已经不感到激动，因为她那个著名于世的学生再也没来过。

命运有时也会捉弄人。一个冬天的傍晚，卖花姑娘到药店去，老妇人坐在花店里的椅子上，透过蒙着水汽的玻璃窗注视着川流不息的人群和漫天飞舞的雪花。门开了，……您想必已经猜到了吧？

一个男子用手抖落着帽子上的雪花，摘下手套，两眼寻找着卖花姑娘。

"您要点什么？"因为激动，老人的声音拖得很长，断断续续。

男子看了看她。老妇人的呼吸都停住了。他就要认出她来了，一定会认出她来的！

有那么一瞬间，他那敏锐的目光和老妇人那兴奋的蓝眼睛相遇了。男子现出紧张的神情，好像正极力回忆着什么。后来他又把目光移到鲜花上。

"有没有玫瑰花？"

"玫瑰花？当然有。可在哪儿呢？"

老妇人不知所措地四下搜寻。过度的激动已使她看不见，忘了在哪放着了。她的脑海里不断地浮现着他那双极力回忆着往事的眼睛……

她心慌意乱，竟没注意到卖花姑娘什么时候回来的。那男子看她摆弄着花

蓦然回首

束，觉得应该说点什么，于是走上前去："我想对您说……您是……"

男子到底从她脸上看出了什么，老妇人是不会知道的，连递给他花的卖花姑娘也不会知道。

男子接过花，然后抽出一支最漂亮的玫瑰花递给老妇人。

"给我？"老妇人惊讶地喊道，突然的喜悦和幸福感使她的眼睛模糊了。她还想说点什么，可是喉咙哽咽，一个字也说不上来。她只是在心中不断地翻腾着："他认出我来了！小彼得……他没有忘记我！"

老妇人像一片落叶，慢慢地坐回椅子上，脸上露出宽慰的微笑，自豪的目光深情地盯着手里握着的那枝美丽的红玫瑰……

脆弱的心

——［新西兰］凯瑟林·曼斯菲尔德

> 艾迪与亲人们永别了，
> 她的琴声依然留在人们的记忆里，
> 深爱着艾迪的罗迪在她下葬时终于忍受不住失去她的痛苦而奔出墓地。

春光明媚，在本奇尔的院子里，门边的紫罗兰枝上挂满了蓝紫色的小花。那钢琴一年到头地响，有时清晨六点半便响，有时晚上十点半还在响。来往的过路人由于这琴声而停止交谈，放缓脚步，停了下来。男人脸上会陡然露出阴郁甚至僵冷的神色，女人则会突然现出恍惚甚至悲哀的神色。

春天里，特兰娜街很漂亮：每一幢房屋的前后都有花园、树木和名副其实的草坪。沿着特兰娜街漫步而过，你可以隔着那涂漆的矮栅栏看见这家盛开的黄水仙，那家凋谢的野雪莲花，另一家有最大的风信子，粉红中嵌着白色，就像椰汁糖块似的。但是，本奇尔家有那种春天里生长茂盛、芳香四溢的紫罗兰。难道她家的紫罗兰真的有那么香吗？难道是因为艾迪·本奇尔的钢琴的缘故，人们才闭上眼睛依在矮栅栏上？

春天的微风，像兴高采烈地寻找最美丽的花儿的手，摩挲着树叶。钢琴声听来也温柔、欢愉，并且带着笑意。一朵浮云像只天鹅掠过太阳，紫罗兰像水似的闪烁着冷光。艾迪·本奇尔的钢琴传出一声突如其来的疑问。

呵，假如生命须是如此短暂，却为什么鲜花是如此的芬芳？美妙的渴望，甜蜜的烦恼，稍纵即逝的欢乐，这些感受却又是什么意思？再见！永别了！修长的蒲公英上停落着半醉的小蜜蜂；雏菊那粉红、箭状的花瓣泛着银白；嫩嫩的青草在阳光里微微地颤动。万物复苏，美妙如前。

艾迪的钢琴发出阵阵急切的恳求声："留下我吧！让我留下吧！"

下午，阳光依然明媚，依然寂静无声。前屋的百叶窗放了下来，这样可以保护地毯；楼上的百叶窗却开着。金色的阳光里，矮小的本奇尔太太正探手往床下摸索盛帽子的方盒。她脸带红晕，像姑娘似的觉得兴奋而又怯生生的。她打开锡纸，捧出她那最得意的、顶上缀着只黑蝴蝶的软帽，仔细地掸去灰尘，动作是那样庄重。

在镜子前，本奇尔太太俯下身来，用颤抖的手戴上帽子。接着，她扯了扯瘦削的肩膀上的披肩外套，扣上钱包。走出卧室之前，又在地上跪了一会儿，祈求上帝祝福她的"外出"。她跪在那儿，颤颤巍巍的，活像一只蝴蝶，在她的上帝面前扑扇着翅膀。房门开着时，从那间寂静的屋子里传来几乎令人恐惧的钢琴声。那琴声从艾迪指下滚滚而出，是那样满不在乎，是那样毫无顾忌，又是那样具有挑衅性。起居室里，艾迪是和一个陌生人在一起，一个虚幻的，只在书中出现的人，一个坏蛋。这想法在本奇尔太太的脑子里一闪即逝。这太荒唐了。

本奇尔太太以轻盈的快步穿过大厅，拉开起居室的门，和她女儿打了个照面。艾迪脸上泛着红晕，从琴键上滑落下来的双手紧紧地夹在两膝间，头上的卷发覆盖着脸庞。她凝视着她母亲，眼光十分奇异，水汪汪的眼睛隐含着痛苦。起居室里光线微暗，钢琴盖开着，艾迪一直在凭记忆演奏，叮咚的琴声似乎仍然在空气中回响着。

"亲爱的，我要出门。"本奇尔太太柔声道，声音轻如微微的叹息。

"好的，妈妈。"艾迪回答。

"我很快就会回来。"

本奇尔太太并未挪动半步。在出门前，她渴望着听到一两句表示同情或是理解的话语来叫她高兴，即使这话是出自艾迪之口。

可是，艾迪却慌慌张张地说："半个小时以后我一定会把水壶放到炉子上去。"

"好的，亲爱的！"就是这样一句喏喏之语，本奇尔太太听来也觉得欣然，她的唇上浮现出惴惴的微笑，"我想我会赶回来喝茶的。"

艾迪再没有说什么。她皱着眉头，伸出一只手，很快地旋下一枝竖在钢琴上的烛台，取下一个粉红色的瓷环，然后又将烛台旋紧。这粉红的瓷环一直在轧轧地响。当前门在她母亲身后轻轻关上时，艾迪和她的钢琴便坠入了深不可测的水中，坠入了没顶的波涛之中。她绝望地弹着，直到鼻子发白，心脏剧跳方才罢手。她常常是这样摆脱不安的，也常常以这种方式来祈祷。她们允许她加入吗？父母会让她去吗？一星期后，她是否能成为法默尔小姐的一名学生，戴着饰有红蓝相间的缎带的帽子，跑上那通往一幢漆成灰色的、终日可闻嗡嗡声的大屋子的宽阔阶梯？艾迪家在教堂里的位子正好对着法默尔小姐的学生们。她会知道那些她常常见到的女孩们的名字吗？她会结识那个满头红发、脸色苍白的漂亮女孩吗？那个皮肤黝黑、留着刘海的小姑娘呢？那个在牧师布道的当儿，拉着法默尔小姐的手的雪白皮肤的小姑娘又叫什么名字？

但是……终究……

看不见的眼泪

在艾迪过十四岁生日的时候,她父亲送给她一枚银胸针。那胸针上镌刻着一小节乐谱:有两个四分音符,两个八分音符,一个二分音符,领头的则是一个歪歪扭扭的高音谱号。她母亲给她许多蓝色的缎子手套和两个分别用来盛手套和手帕的盒子:手绘着一个扎着一枚金色玫瑰的大写字母 G 的是盛手套的盒子,手绘着一个大写的 H 的是盛手帕的盒子,上面颤巍巍地停着一只活灵活现的蝴蝶。

在特兰娜街和梅伊街相交的拐角,有一棵树。它长在人行道的近旁,枝繁叶茂,已经伸展到人行道的上空。于是,树下的人行道上总是落满了小枝小杈。

在薄薄的暮色中,情人们犹如列队进入帐篷似的来到树荫下。在那里,不管以前呆在一起的时间有多长,他们总是紧紧拥抱,长吻不休。那紧紧的拥抱是甜蜜的折磨,是必须忍受、终会结束的巨大痛苦。

艾迪从不知道罗迪会"喜欢"那棵树,罗迪也从不知道那树对艾迪来说多么意味深长。

罗迪衣着整洁,头发梳洗一新,推着他的新自行车,一颠一颠地走下木台阶,出了大门。他是去兜风的。在黄昏的微光里,紧紧地望着那黑黑的大树,他觉得那树也在盯着他。他想创造奇迹,让那棵树感到吃惊,感到惊愕,感到震惊。

在这个特殊场合,罗迪穿着全黑的毛哔叽外套,系着黑领带,戴着饰有一条宽宽的黑锻带的银光熠熠的白草帽。帽上还饰着一条让人觉得是粗钓丝的玩意儿,帽沿上的小钓则像一只苍蝇。……他站在坟墓旁,两脚叉开,双臂轻轻地互抱着,看着艾迪被慢慢地放入墓穴之中,就像个半大的男孩看着一个大人工作,看一起自行车车祸,或是看一个人清洗装有避震弹簧的马车轮子一样。当人们往后退时,他突然猛地一震,转过身来对他父亲低声说了几句什么,然后很快地跑开了。他穿过墓地,沿着两旁堆有潮土的通道跑进特兰娜街,急匆匆地往家里奔去。跑得快极了,路上的人对他的行为感到惊骇和诧异。他的外套很紧,热烘烘地裹在身上。这像是个梦。他低着头,双手握着拳。他不敢抬头,也没有任何东西可以使他抬起头来,他的视线也决不会超过矮栅栏顶,并一直向那奔去。他在想些什么?他一直奔啊,跑啊,跑到了大门,奔上了阶梯,进了前门,穿过了大厅,最后到了起居室。

"艾迪!"罗迪大声叫喊,"艾迪,心肝儿!"

他发出一声奇怪的、粗野的叫声,又喊了几声"艾迪!"之后,他径直盯着对面艾迪的钢琴。好像冰冻了似的钢琴也冷酷地紧盯着他。然后,它代表它自己,代表那房子,代表那紫罗兰花圃,代表那棵耸立在梅伊街角、天鹅绒般的大树,以及所有一切可爱的事物,冰冷冷地回答道:"这儿没人叫那个名字,年轻人!"

真难过的烦恼

彼得用一张照片勒索了我五千元，
随后又去找我妻子媚黛的麻烦，
我开枪杀了他之后才发现，
那张照片上的男女并不是我和妻子的表妹，
而是媚黛和罗登。

余 辉

——［中国］石评梅

> 深夜，十几个女郎在落日的余辉中打球的情景，勾起苏斐的伤心事，并在写给钟明的信中寄托哀思，一吐心声。

日落了，金黄的残辉映照着碧绿的柳丝，像恋人初别时眼中的泪光一样，含蓄着不尽的余恋。垂杨荫深处，显露出一层红楼，铁栏杆内是一个平坦的球场，这时候有十几个活泼可爱的女郎，在那里打球。白的球飞跃传送于红的网上，她们灵活的黑眼睛随着球上下转动，轻捷的身体不时地蹲屈跑跳，苹果小脸上浮泛着内心热烈的火焰和生命舒畅健康的微笑！

苏斐这时正在楼上伏案写信，忽然听见一阵笑语声，她停笔从窗口下望，看见这一群忘忧的天使时，她清瘦的脸上露出一丝寂寞的笑纹。她的信不能往下写了，她呆呆地站在窗口沉思。天边晚霞，像鲜红的绮罗笼罩着这诗情画意的黄昏，一缕余辉正射到苏斐的脸上，她望着天空惨笑了，惨笑那灿烂的阳光已剩了最后一瞬，陨落埋葬一切光荣和青春的时候到了！

一个球高跃到天空中，她们都抬起头来，看见了楼窗上沉思的苏斐，她们一起欢跃着笑道："苏先生，来，下来和我们玩，和我们玩！我们欢迎了！"说着都鼓起掌来，最小的一个伸起两只白藕似的玉臂说："先生！就这样跳下来罢，我们接着，摔不了先生的。"接着又是一阵笑声！苏斐摇了摇头，她这时被她们那天真活泼的精神所迷眩，反而不知说什么好，一个个小头仰着，小嘴张着，不时用手绢擦额上的汗珠，这怎忍拒绝呢！她们还是顽皮涎脸笑容可掬地要求苏斐下楼来玩。

苏斐走进了铁栏时，她们都跑来牵住她的衣袂，连推带拥地走到球场中心，她们要求苏斐念她自己的诗给她们听，苏斐拣了一首她最得意的诗念给她们，抑扬幽咽，婉转悲怨，她忘其所以的形容发泄尽心中的琴弦，念完时，她的头低在地下不能起来，把眼泪偷偷咽下后，才携着她们的手回到校舍。这时暮霭苍茫，黑翼已渐渐张开，一切都被其包没于昏暗中去了。

那夜夜深时，苏斐又倚在窗口望着森森黑影的球场，她想到黄昏时那一幅晚景和那些可爱的女郎们，也许是上帝特赐给她的恩惠，在她百战归来、创痛满身的时候，给她这样一个快乐的环境安慰她养息她惨伤的心灵。她向着那黑暗中的孤星祷告，愿这群忘忧的天使，永远不要知道人间的愁苦和罪恶。

这时，她忽然心海澄静，万念俱灰，一切宇宙中的事物都在她心头冷寂了，不能再令她沉醉和兴奋！一阵峭寒的夜风，吹熄她胸中的火焰，觉仆仆风尘中二十余年，醒来只是一番空漠无痕的噩梦。她闭上窗，回到案旁，写那封未完的信，她说：

钟明：

自从我在前线随着红十字会做看护以来，才知道我所梦想的那个园地，实际并不能令我满意如愿。三年来，诸友相继战死，我眼中看见的尽是横尸残骸，血泊刀光，原只想在他们牺牲的鲜血白骨中，完成建设了我们理想的事业。谁料到在尚未成功时，便私见纷争，自图自利，到如今依然是陷溺同胞于水火之中，不能拯救。其他令我灰心的事很多，我又何忍再言呢！因之，钟明，我失望了，失望后我就回来看我病危的老母，幸上帝福佑，母亲病已好了，不过我再无兄弟姊妹可依托，我不忍弃暮年老亲而他去。我真倦了，我再不愿在荒草沙场上去救护那些自残自害，替人做工具的伤兵和腐尸了。请你转告云玲等不必在那边等我，允许我暂时休息，愿我们后会有期。

苏斐写完后，又觉自己太懦弱了，这样岂是当年慷慨激昂投笔从戎的初志。但她为这般忘忧的天使系恋住她英雄的前程，她想人间的光明和热爱，就在她们天真的童心里。宇宙呢？只是无穷罪恶无穷黑暗的渊薮。

私 情

——[中国] 李健吾

> 我与叶子爹同在老爷庙殿阶下摆估衣摊子,是同行又是紧邻,平时与叶子很要好。因叶子爹借钱不还,我在茶馆打了他,出来在胡同口又遇叶子,并说要娶她为妻。

我跳过去,冷不防给了他一个锅贴,又退回来,骂道:

"你?王八羔子!这话是你讲的?他妈的有钱还账,难道赖我一辈子?老蚰蜒——"我转过身向茶馆里劝架的人们道,"诸位试评一评这理,去年腊月欠的债,到而今说话也有一年了,他妈的谁见过一个钱,刚才催紧了,老蚰蜒学会了血口喷人,说我同他女儿不干不净,要他妈的赔偿名誉——"

"前天你自个儿跟我——"老头子嘟哝着。

"我?别装孙子了!"我抡起拳头要跳过去,幸亏人多给拦住,不然怕打不毁那老同行,"就是你那位街头卖骚的千金,鼻头发红,一脸黑雀斑,小名叫做叶子的?别臭美了,大爷娶上十个八个的,也轮不到她!闲言少叙,他妈的还账!"

"看我们大家面子,宽他两天——"

"不行!血口喷人!他妈的非打官司不成,有他老头子玩儿乐的日子!"

"看你们多年老街坊的面子——"

"街坊?他妈的造咱家谣言,说我偷他姑娘?这官司吃定了!"大家推推搡搡,做好做歹,把我从茶馆劝出来。"妈的他姑娘,那阎婆媳,问我正眼看过没有——"茶馆里头有一个喊倒好的;要不是大家拦住,我真要进去,问:"谁?"但是我仍然嚷道,"好小子,要帮场就出来,别躲在里头唱小旦——妈的我宁可偷他姑娘,也不要你!"

我悻悻然,摇摆到后街小胡同口,靠在拐弯处的石头上。

不瞒众位说,我和那老头子都在老爷庙摆估衣摊子。他的在殿阶下的左面,我的在右面。我们是老同行，又是紧邻，时常斗嘴是免不掉的；可是我的生意一天旺似一天，招上老骨头的窄心眼，暗地里不知自己捣了多少鬼。可是要不是——话又说回来了，他有一个十七八岁的女儿，叫做叶子，往来给他送取货色，总要从我的摊子前过来过去。小风骚样子，说坏罢，也还有三分妩媚，流水有意地向着我时笑时怒。对天盟誓，小子我他妈的要从来看上她一眼，算我泄了气。自然我们常要说话，高兴起来我也许开她个玩笑——这又算什么：人非草木，孰能无情？过了眼前的新年，我才二十三岁，自己也攒了点儿体己钱，正是成家立业的好时光。

我家里还有一位老娘，早就盼我娶一房亲，给她老人家抱孙子，然而那如何能行。咱虽说不上文明哪，自由结婚哪，可总也得经过咱的亲眼挑剔，弄个好相知——话又说回来了，我所见过的只有他这个女儿；稍为中我意的，您别笑话，也只有这黑里透俏的叶子！我心里也早明白她不会不愿意，瞧她那份儿神情，眉来眼去的，也就猜得出；不过咱究竟男儿汉，话岂是轻易开得口？我也明白她爹那老糊涂的小心眼儿，愿意让他女儿搭上我，好把两家买卖并成一处，让他来个独占鳌头。瞧，我也不糊涂；他试着向咱借钱，三两吊算什么，我立即扔做给他；瞧，我老催他，他老不还，活像诸葛斗周郎——今天在茶馆里，妈的他居然会说出那样不要脸的话，真亏他！让人想着怎能不生气，我偷他女儿，好像他在装腔作势地现招驸马。别丢他三代的阴德了，有了那么一个活宝贝……

不过，有人在背后向我笑哪，他妈的是谁？——一团糟！刚说曹操，曹操便到。

我抬头望着天：今天怪，一个在东，一个在西，月亮跟太阳会了面。

"喂，怎么不睬人，从哪儿学来了大爷气？"她跳到我面前上斜着小蛤蟆的眼睛，嘴圈上还留着笑了半截的笑劲儿。

"不怎么，走你娘的路！"

"好呵，我偏不走，不走，不走定了！"

"少厌气，回家找你爹卖俏去，这儿用不着。"

"放屁，什么话！就因为你用不着，我才不走。得啦，你不是刚同我爹吵过嘴吗？哼，你真英雄，我还看见你打了他一个耳刮子，打得他半天喘不上气，听你在茶馆里吹嘴——嘿，多么英雄呀！"

我从石头上站起来，向她打了一个"匪仔"，傲然道："对不起，鸡不与狗斗，咱不与你斗！你不走，我走！"

"不行，今天我替爹报定了仇！"她伸出一对白胳膊，跳跳蹦蹦拦住我，眼睛露出凶光，向四旁闪着。"随便你罢！要不我叫巡警，就说你——"

"说我怎么？"

蓦然回首

"我知道什么!"她的脸墨中透血,那娇样子真像要吞了天,吞了地,妈的要吞了我!

"哈哈,我却知道哩!哈哈,我却知道哩!"

她扭身贴在墙角,脸藏在胳肢窝,抽抽噎噎哭起来。小狐狸精布天罗地网——唉,什么我不明白呀!可是我这时也真迷了,把几年的心事倾筐都倒在她跟前了。

"妈的别哭了,听我说。"

"走开!少厌气!"

"不,听我说。"成天成夜在心头滚来滚去地盘算,我真奇怪这样一句话能说得尽,"我决定要娶你做老婆——"

她的泪眼睁得活赛龙睛鱼。

"听我说!这是真的,我早就这样打算。你看,我现在已经攒了三十串钱,娶你总行了——"

"嘻!嘻!嘻!刚才还打老丈人!"

"你也爱我——"

"别乱拉扯!嘻!嘻!嘻!"

"什么?"

"昨天我给爹讲,决不嫁你贩估衣的,宁可嫁给——"

"宁可嫁给——"胡同口外走过一个老头子,"宁可嫁给他!"

"孟掌柜那老家伙?你给他做三姨太太?"

"比嫁估衣郎强!"

"我攒了三十串钱——"

"你?"

"你爹我娘也不会不愿意,咱们又——"

"少拉扯!哎呀,天黑了,我得回家——是呀,看我爹让你打掉多少虎牙!"

这时天真黑了,胡同里也没有人来往,我向前一跳,冷不防伸手向她腰下一搂——你看,他妈的我真爱她!但是出乎意外的意外,她猛地抽出右手,照准我脸蛋上给了一个锅贴,向我笑骂道:

"你?王八羔子!"

真难过的烦恼

爱的墓园

——［中国］丛维熙

制革厂的孟老师傅发现经常在伞槐下与男友约会
的女孩是扮演忠贞的白素贞的女演员后，
从此便绕道而行。

　　冬天，它被冷风吹得端肩缩脖，那疙疙瘩瘩的藤条，就像是僵死的老人一条条外露的青筋。夏天，这枯树又活了过来，捧出一串串翡翠色叶片。这些叶片编织成一把大绿伞：就像姑娘的长长筒裙，一直快拂到了地面。

　　这棵伞槐究竟有多大的树龄了，这无关紧要。但它有着很高的实用价值。有一天，制革厂的孟老师傅下中班时，赶上了一场雷暴。他忙不迭地跑进这棵伞槐里去躲雨，他"啊"地惊叫了一声，又立刻钻了出来。借着雷暴闪光的一霎，他看见一张漂亮秀气的脸蛋，他究竟在哪部电视剧里见过她，孟老师傅记不清了，反正她是个不无名气的女演员；至于那个男人，当时正好背对着他，孟老师傅没看清他的面孔。他冒雨往家里跑，边跑边骂着自己是"老糊涂"了。

　　虽说是人老珠黄，孟老师傅凡心并没褪尽。他每次下中班经过这棵伞槐时，都情不自禁地向伞槐下扫视两眼。不看不要紧，一看还真有收获：那姑娘总穿着的那双白皮凉鞋，出自于他们制革厂，他不觉着惊奇；那男人穿着的皮鞋，每次都更换款式。棕色的、米色的、黑色的；带盖儿的、带漏眼儿的、三接头的……他娘的，这小子是鞋店经理的儿子吧！不然怎么会不断更换鞋子穿呢！马科斯夫人伊梅尔达才有二百多双皇后鞋，孟老师傅已经在伞槐下发现过18双不同式样的男人皮鞋了；虽说这数字远不及"夫人"鞋数的十分之一，在中国已经是非常可观了。

　　孟老师傅觉得这是偷艺的最好契机，便常常坐在伞槐对面的长椅上，偷偷画下这些皮鞋的式样，以便带回厂子去，增强厂内皮鞋在市场上的竞争能力。可是他画了几张鞋样之后，发现了一个奇迹：这个男人穿的皮鞋型号有大有小，鞋帮有宽有窄，鞋底有肥有瘦。他娘的，难道这鞋店经理的崽子，多肥多瘦，多宽多

蓦然回首

窄，多长多短的皮鞋他都能穿？

三周之后，他失去了对皮鞋描样的兴致，开始琢磨躲在伞槐下露出的白皮凉鞋。她是个什么电视剧里的演员？她名儿叫什么来着？孟老师傅暗骂自己记忆力衰竭得太早，无论如何也回忆不起她叫啥样的一个名儿。

终于有一天，电视屏幕为孟老师傅恢复了记忆功能——电视台重播了神话剧《白蛇传》，他一眼就认出来她就是扮演对爱情忠贞不渝的白娘子——白素贞的演员。他"叭"地一下子把电视关闭了，心里又苦又涩。

"唉！好一个坚贞的白素贞！"

孟老师傅从此绕路而行，躲开伞槐里的另一个舞台……

真难过的烦恼

最后的牵手

——［中国］雷抒雁

从青年到老年，他牵着她的手从苦难走向幸福，
从挫折走向成功。
如今，这双手枯萎了，无力了，
她紧紧地抓住贴在自己的唇边。

这一次，是他的手握在她的手里。

这是一双被岁月的牙齿啃得干瘦的手：灰黄的皮肤，像是陈年的黄纸，上边满是水渍一般的斑点；不安分的筋，暴露着，略略使皮与指骨间有了一点点空隙。那些曾经使这手变得健壮和有力的肌肉消失了。这是长年疾病的折磨所雕凿出来的作品。不恭敬地说，几乎可以用"爪子"类的词来形容那手。

可是，她仍然紧紧地握着这手。一个钟头，又一个钟头，坐在他躺着的床边，看着他瘦削失形的脸，看着氧气从炮筒一样的钢瓶里出来，咕咕嘟嘟穿过水的过滤，从细细的、蓝色的管子里，经过鼻腔慢慢流进那两片已被癌细胞吞噬殆尽的肺叶里，样子有些木然。

很久都是相对无言。突然，她感到那手在自己手心里动了一下，便放松了它。那手立即像渴望自由的鸟，轻轻地转动一下，反握住她的手。

"要喝水吗？"她贴近他的脸低声地问。

他不回答，只是无力地拉着她的手。她知道，他实在是没有力量了，从那手上她已感到生命准备从这个肉体上撤离的速度。不过依着对五十多年来夫妻生活的理解，她随着那手的意愿，追寻着那手细微的指向，轻轻地向他身边移动着。到了胸前，她感觉到他的手指还在动。又移到颈边，那手指似乎还在命令：前进！不要停下来！

一切都明白了，她全力握紧那干枯的手，连同自己的手，一齐放在他的唇上。那干枯的手指不动了，只有嘴唇在轻轻嚅动。有一滴混浊的泪从他灰黄多皱的脸颊上滚落下来。

蓦然回首

许多记忆一下子涌向她的心头。

从这两双手第一次牵在一起的时候,他就这样大胆而放肆地,把她纤细的手拉到自己的唇边。那时,他的手健壮、红润而有力量。她想挣脱他的手,但像关在笼子里的鸟,冲不破那手指的门,直到她心甘情愿地让自己的手停留在他的唇边。

习惯是从第一次养成的。这两双手相牵着,走过一年又一年,直到他们的子女一个个长大,飞离他们身边。贫困的时候,他们坐在床边,他拉过她的手放在自己的唇边;苦难的时候,他拉起她的手放在自己的唇边。手指好像是一些有灵性、会说话的独立生命,只要握在一起加上轻轻的一吻,就如同魔术师神奇地吹了一口气,什么就都有了。信心、勇气、财富,一切都有了。

他们有时奇怪地问对方,什么叫爱情,难道就是这两双手相牵,加上轻轻的一吻?或许这只是他们自己独特的方式,短暂的离别也罢,突然的重逢也罢,甚至化解任何一个家庭都绝不可少的为生活而起的争执,都是这一个程式化了的动作。

可是,他们彼此听得懂这手的语言:关切、思念、幽怨、歉意、鼓励、安慰,甚至,关于夫妇间性爱的一点点请求和暗示,都是通过手指彼此而告知和理解的。

现在,生命就要首先从他的一双手走到尽头了。曾经有过的青春、爱情,曾经有过的共同的幸福记忆,都将从这一双手首先远去了。

她的手在他的唇上只停留了短暂的一瞬,便感到那只干枯的手不再动了,失去了温度。屋子里突然一片静寂,原来那咕咕作响的氧气的滤瓶不再作声了。时间到了!

她没有落泪,站起身来,看着那一张曾经无比熟悉、突然变得陌生的脸,慢慢抓起他的手,轻轻地贴在自己唇边。她觉得沿着手臂的桥,那个人的生命跑了过来,融会在自己身上。

她相信自己不会孤单,明天,依然会是两个生命、两个灵魂面对这同一世界。

真难过的烦恼

一毛不拔的情人

——［美国］欧·亨利

百万富翁欧文·卡特在陪母亲买雕像时爱上了漂亮的女营业员梅希。于是，他在与她第三次约会时向她求婚，而梅希却在听到他们的蜜月旅行的地点时，断然拒绝了卡特。

这是一家最大的商场，光女职员就有三千人，梅希是男士手套柜上的售货员。在这里，她熟悉了两种类型的顾客——一种是来商场给自己买手套的男士，一种是给不幸的男士们买手套的妇女。除了对这两种人已经有了广泛的了解以外，梅希还学到了别的东西。在她那隐秘而机警的脑袋里，藏着她从商场的两千九百九十九个姐妹那里听来的种种经验之谈。这也许是造物主早就预料到的：由于她长大后得不到聪明人指点，因而，在赋予她美丽的同时，又赋予她狡黠的性格作为补救，犹如在赋予了银狐以珍贵毛皮的同时，又给了它超出其他动物的机敏的禀性。

梅希是个天生的美人，皮肤白皙，金发碧眼，举止神态安详，和橱窗招贴画上烤奶油蛋糕的厨娘一样。她站在商场的手套柜台后面，当你看她第一眼时，不禁会想到青春女神赫柏；而你再看她一眼后，又会觉得奇怪，她怎么生了一双智慧女神密涅瓦的眼睛？

在商场的铺面巡视员不注意的时候，梅希嘴里嚼着什锦果脯。一旦他的目光扫视过来，她便抬起眼皮，像凝望天上的云彩似的，脸上带着遐想的微笑。

这便是一个女营业员的微笑。见到这样的微笑，除非你久经考验，心上已磨出老茧，或是备足了耐嚼的卡拉梅尔奶糖，或是像丘比特那样天生喜欢逢场作戏，否则，我劝你还是避开的好。对于梅希来说，这种微笑只是在娱乐时才会挂在脸上，跟商场的工作不相干。然而巡视员的微笑则不同，他是商场里夏洛克式的人物。他探头探脑，四下里张望，以便寻找罚款的机会捞钱。瞅见漂亮的妞儿时，眼睛里喷射出色欲的火焰，或愣怔着眼像只木鸡。当然啦，并不是所有的商场巡视员都是这副德性，就在前几天，报纸上还表扬过一位年过八旬的老巡

蓦然回首

视员。

欧文·卡特，是一个集画家、诗人、旅行家、驾车能手于一身的百万富翁。有一天，他碰巧走进了这家最大的商场，但并不是他自己想要买什么东西——我有责任替他补充说明，他陪同母亲来看看这里卖的青铜和陶瓷的小雕像，完全是出于一片孝心。

为了打发时间，卡特逛到了对面的手套柜台。他倒是真的需要一副手套，因为他出门时忘记带了。他也从来没有听说过手套柜台上可以调情取乐，所以他也完全用不着为自己的行为辩解什么。

走近他的命运女神的时候，卡特迟疑了，突然意识到自己不知不觉地中了丘比特的圈套。

三四个穿得花里胡哨的花花公子，正伏在柜台上翻来覆去地摆弄几副样品手套；姑娘们咯咯地傻笑着，你一言我一语露骨地跟他们卖弄风情。卡特见状想转回头，但已来不及了。梅希从柜台后面向他投来询问的目光。她那双蓝眼睛晶莹发亮，像夏日的阳光照射在南海的浮冰上一样，显得冷峻、美丽而又热情。

荣誉众多的欧文·卡特此时感到他那贵族式苍白的脸上热辣辣地升起了红晕。他脸红并不是因为腼腆，而是出于一种理性的觉醒。他即刻就意识到，自己已经成为那些站在别的柜台前向嘻嘻哈哈的女营业员求爱的纨绔子弟的行列之中的一员。他自己也靠在丘比特设下的幽会处——那橡木柜台上，想赢得一个卖手套的女营业员的欢心。他突然发现与比尔、杰克、米基他们相比，他并不高明。接着，他又突然觉得他们的行为完全可以容忍，他自己头脑中从小养成的传统观念才是最应该蔑视的。于是，他毫不犹豫地下定决心——把这个美人占为己有。

手套付了钱并包好以后，卡特没有马上离开。梅希的嫣然一笑使那粉红色的嘴角的两个小酒窝变得更深了，所有来买手套的男士们都想多逗留一会儿，卡特当然也不例外。她弯起一只胳膊，露出衣袖下面洁白的少女手臂，将胳膊肘支在玻璃柜台边上。

卡特从来没有遇到过他驾驭不了的场面，可是这会儿，他发现自己比比尔、杰克、米基他们显得更尴尬，远不及他们那样应付自如。在正式的社交场合，他没有机会见到这个漂亮的姑娘。他竭力思索着，想从以往读到过或听说过的商店女郎的故事里找到有关她的性格和习惯的记忆。也不知是什么原因，他头脑中一直有这么一种印象——这些女孩子并不总是固执地坚要通过正式的渠道才可以介绍相识。于是，他想打破常规，直接提出跟这位纯洁可爱的姑娘约会。想到这里，他的一颗心不禁怦怦直跳，然而内心的激动却没有打消他的希望，反而增添了勇气。

彼此客套了几句以后，卡特便将自己的名片递到柜台上她的手边。

真难过的烦恼

"请原谅我的冒昧,"他说,"但我真心诚意地希望您给我一个再次与您见面的机会。这是我的名片。请相信,我是怀着极其敬重的心情,请求做您的朋友——希望能认识您。您可以满足我这样的奢望吗?"

梅希了解男人,特别是来买手套的男人。她没有丝毫犹豫,瞅着他坦然一笑说:

"当然,我想可以。虽然我通常不跟陌生的先生一道出去,因为那样有失女士身份。您想什么时候再跟我见面呢?"

"希望越早越好,"卡特说,"如果您同意我去府上拜访的话,我……"

梅希笑出了声,也打断了他的话。"哎哟哟,那可不行!"她随即认真地说,"您可没有见过我们住的是什么样的单元房呢!我们五口人住三个房间。我要是把尊贵的男朋友带回家的话,我妈肯定会给我脸色看的!"

"那就随您指定个什么地方吧!"痴情的卡特说,"只要您觉得方便就行。"

"这样吧,"梅希建议说,得意的神情挂上那张白里透红的脸,"看来这个星期四晚上我大概有时间。你七点半钟到第八大道跟四十八街的拐角处等我。我住在那拐角附近。不过我得在十一点之前回家,如果我十一点以后还呆在外面,妈妈会非常生气的。"

卡特感激地答应说他一定信守约定,然后赶紧朝母亲的方向走去。他母亲正在四下里张望,等他来决定是否买个黛安娜铜像。

一个细眼睛、塌鼻子的女售货员友好地瞥了梅希一眼,并悄悄走到她身边。

"那阔佬迷上你了吗?"她亲热地问梅希。

"那位先生请求准予拜访。"梅希以洋洋得意的口气回答道,同时将卡特的名片塞进衬衫口袋。

"准予拜访!"细眼睛忍不住扑哧一笑,鹦鹉学舌似地重复了一遍,颇有点嫉妒地说,"他有没有还要请你去沃尔多夫饭店用餐,然后还要亲自开车带你兜一圈?"

"嗨,别唠叨了好不好!"梅希有些不耐烦地说,"我看你还没有真正懂得怎么才叫摆阔气、讲时髦呢!自从那个消防队的驾驶员带你去过一次中国馆子,你就自以为了不得了。没有,他可没提去沃尔夫饭店,不过他名片上的地址是第五大道,他要是请我吃饭,上菜的服务员脑后决不会有辫子。"

卡特驾驶着他那电动的敞篷小轿车带着母亲离开商场时,他心里觉得很痛苦,下意识地咬住嘴唇。他已经度过二十九个春秋,却有生以来第一次懂得爱情已经来到身边。而他爱上的人竟然如此爽快地提出跟他在街角约会。虽然说这是实现愿望的第一步,疑虑却将他苦苦折磨着。

卡特不认识这个女售货员,也不知道她家里究竟是因为房子小不够住,还是

蓦然回首

因为亲戚朋友多才常常显得拥挤。但无论基于什么原因，附近的那个街角是她的会客室，公园是她的客厅，第八大道则是她散步的园中小径；她宛然成为这些地方神圣不可侵犯的主人，就像我将来的太太是她那绣房的主人一样。

第一次约会以后，又过去了两个星期。一天傍晚，卡特和梅希手挽着手，逛进了梅希那光线幽暗的客厅——小公园。在僻静的树荫下，他们发现一张长椅，便在那里坐了下来。

在这里，卡特第一次伸出手臂，轻轻地搂住梅希的腰，她一头金发舒舒服服地滑上他的肩头。

"唉，"梅希感激地叹了口气说，"你以前怎么没想到这样啊？"

"梅希，"卡特郑重其事地说，"我是多么爱你呀，这你肯定知道。我向你求婚，是真心诚意的。你现在已经对我有了足够的了解，没有什么可怀疑的了。我要娶你，我一定要娶你为妻。我不在乎我俩身份上的差别。"

"什么差别呀？"梅希好奇地问。

"其实也没什么，"卡特连忙改口，"这只不过是那些可笑之人的愚蠢想法。我是说我有能力让你过上非常舒适的生活。我有无可置疑的社会地位，我还拥有大量的财产。"

"和他们说的没什么差别，"梅希说，"全都是骗人的鬼话。我看，你实际上也只不过是个在熟食店或赛马场干活的伙计。别以为我年轻幼稚，好欺负。"

"你需要什么证据，我全都可以提供给你。"卡特耐心解释说，"我要娶你，梅希。我第一次看见你的那天就爱上你了。"

"你们怎么都用同一个腔调说话呀。"梅希忍不住笑了，"要是能碰上个人，看见我三次以后还仍然缠住我不放的话，我恐怕真的会迷上他呢。"

"请别这样说，亲爱的。"卡特央求道，"你要相信我。自从我第一次见到你的眼睛，你在我心目中就成了这世界上惟一的女人了。"

"哦，你真是个骗子精！"梅希笑着说，"这话你已经跟多少个女孩子说过了？"

卡特毫不放松。深藏在这个女售货员可爱的胸脯里的那颗脆弱而骚动不安的小小的心终于被他触及到了。她的心扉终于被他的话语打开了，因为轻信恰恰是她最后的一道防线。她抬起头，深情地注视着他，冷冰冰的脸颊上泛出温暖的红晕。她像只蝴蝶，战战兢兢地收拢起双翅，似乎决心要栖息在爱情的花朵上了。从她的脸上已经隐隐约约看到对美好生活的向往，及其在手套柜台之外实现的可能性。这个微妙的变化被卡特感觉到了，他决定赶紧抓住机会。

"嫁给我吧，梅希。"他凑近她的耳朵悄声说，"我们离开这个丑陋的城市，到美丽的地方去。让我们忘掉工作和事业，把生活变成一个永久的假期。我知道

真难过的烦恼

应该带你去哪些地方,那些地方我经常去。想像一下吧,一个四季如夏的海滩,海浪昼夜不停地在可爱的沙滩上荡漾,大人们像孩子一样快乐、无拘无束。我们乘船去那些海滨,你高兴住多久就住多久。在那遥远的城市里,有许多雄伟漂亮的宫殿和钟楼,里面到处都是精美的图画和雕像。那个城市的街道全在水上,你要逛街就得坐……"

"我知道,"梅希蓦地直起身,接着卡特的话说,"你要逛街就得坐凤尾船。"

"是的。"卡特脸上露出微笑。

"这个我已听说过不止一次了。"梅希说。

"接下来,"卡特接着又说,"我们将继续旅行。想去世界上什么地方观光就去什么地方观光。游览完欧洲的城市以后,我们就去印度,看看那里的古都,骑在大象上参观印度教和婆罗门教的那些金碧辉煌的庙宇。还有日本的花园,波斯的驼队和马车大赛,以及所有外国的奇观。梅希,你会喜欢这些的,是吗?"

"我想我该回家了,"梅希蓦地站起身,冷冷地说,"时候不早啦。"

卡特对她这种喜怒无常、轻口薄舌的个性已经有所了解,知道反对是没有用的,只好顺着她,不过,他还是感到了一种成功的满足,因为毕竟有那么一会儿,他抓住了这个任性的蝴蝶的心,她曾一度收拢起双翅,把他的手紧紧握在她那冰凉的手里,虽不牢固,但希望增加了。

第二天上班时,梅希的同事露露把她拦在柜台的一个角落里,低声问道:"跟你的那个阔佬朋友谈得怎么样啦?"

"哦,你问他呀?"梅希拍了拍鬓角两边的头发说,"我不跟他谈了。喂,露露,你知道这家伙要我干什么吗?"

"要你登台演戏?"露露屏住气,小声地猜测道。

"不是,他才舍不得花那么多钱呢!他提出要我跟他结婚,而蜜月旅行却只是到科尼岛海滩上玩一趟!小气鬼!"

桥畔的老人

——［美国］海明威

> 我执行任务回来,看见浮桥边那个因战火而背井离乡的老人仍坐在桥畔,疲惫的他念念不忘他养的牲畜。
> 那天,因天气不好敌机无法上天,这就是老人碰上的全部好运了。

这是一座浮桥。桥畔上坐着一位老人,他戴着一副钢边眼镜,满身尘土。

此时此刻,桥上车水马龙,汽车、卡车、男人、女人,还有小孩,蜂拥地渡过河去。一辆辆骡拉的车子靠着士兵推转车轮,在浮桥陡岸上摇摇晃晃地爬动着。而这个老人却一直坐在那里,犹如一尊雕像,一动不动。他已经没有一丝气力了,挪动一步也是不可能的了。

我去执行任务:过桥了解桥头周围的情况,摸清敌人的动向。

完成这项任务以后,我又回到了桥畔。这时,桥上的车辆已经不多了,行人也稀稀落落。而这个老人还是坐在那里。

"你从哪里来?"我走上前问他。

"从桑·卡洛斯来的。"他说到这个地名时,脸上露出了一丝笑意。

显然,桑·卡洛斯是他的家乡,所以一提到家乡的名字,他就感到快慰,露出了笑容。

"我一直在照管家畜。"他解释着。

"喔。"我并没有完全听懂他这句话。

"是呀,"他继续说,"你要知道,我在那里一直照管家畜。我是最后一个离开桑·卡洛斯的!"

老人看上去既不像放牧的,也不像管理家畜的。我看了看他那满是尘土的黑衣服,看了看他那满面泥灰的脸颊,和他那副钢边眼镜,问道:

"是些什么家畜呢?"

"好几种,"他一边说一边摇着头,"没有办法,我和它们分开是迫不得已的。"

真难过的烦恼

我一面留神地听着是否有不测事件发出的联络信号声,一面注视着这座浮桥和这块看上去像是非洲土地的埃布罗三角洲,心里揣摩着还有多久敌人会出现在眼前。而这个老人仍然坐在那里。

"是些什么家畜呢?"我又问他。

"共有三种家畜,"他解释说,"两只山羊、一只猫,还有四对鸽子。"

"你一定要同它们分开吗?"

"是呀,因为炮火呀!队长通知我离开,因为炮火呀!"

"你没有家吗?"我问的时候,向浮桥的尽头望去,现在最后几辆车子也正沿着河岸的下坡,疾驰而去。

"我没有家,"他回答说,"我与我刚才说过的那些家畜相互陪伴。当然,那只猫不用我担心,它会照管自己的,可是,其他的牲畜怎么办呢?"

"你的政见怎样?"我问他。

"我毫无政见,"他说,"我今年七十六岁,刚才走了十二公里,现在已经精疲力尽了,再也无法迈动脚步了。"

"在这个地方歇脚可不怎么安全。"我说,"要是你还能走的话,你就到托尔萨的叉路口公路上去,那里还有卡车。"

"我等会再去。那些卡车往哪里去呀?"

"去巴塞罗那方向的。"我告诉他。

"那个方向我没有熟人。"他说,"谢谢你,非常感谢你。"

老人面容憔悴,望着我的目光是那样呆滞,似乎要谁分担他内心的焦虑似的,然后说:"那只猫不用担心,我心中有数,它没有问题。但鸽子和山羊呢,你说它们该怎么办呢?"

"嗯,它们可能会安然脱险的。"

"你这样想吗?"

"当然。"我说时,又举目眺望浮桥的尽头,现在连车影也没有了。

"因为炮火,我才不得不离开。可它们,在炮火中如何生存?"

"你是否把鸽子笼打开了?"我问。

"打开了。"

"那它们会飞出去的。"

"对,对,它们会飞的。……但那两只山羊呢?唉,最好还是不去想它们吧。"

"要是你已经恢复了气力,应该走了。"我劝着他,"站起来,走走试试吧!"

"谢谢!"他边说边挣扎着站起来,但身子一个摇晃,朝后一仰,又跌倒在尘土中了。

蓦然回首

"我一直在照管这些家畜,我一直就是照管家畜的。"这时,他也许不是在对我说,他说话的声音是那样单调、刻板。

此时此刻,我对他已经无能为力了。

那是复活节后的星期天,法西斯军队正朝埃布罗推进。阴霾的天空中,云幕低垂,一片灰暗,连敌人的飞机也无法上天。

猫儿也会照管自己,飞机没有上天,这就是那个老人能碰上的全部好运了。

真难过的烦恼

告密的心

——[美国] 爱伦·坡

有些神经质的我因惧怕老头那双如秃鹰的眼睛，
因而在午夜杀死了他，并将尸体肢解后藏在地板下。
警官来调查时，我开始还若无其事，
最后心底的恐惧驱使我承认了一切。

确实，我是非常神经质的，即使现在也依然如此！

但是，你们为什么说我疯了呢？我的神经质并没有毁灭或迟钝了我的感觉，反而使我的感觉更加灵敏，特别是听觉更加灵敏了。我听见天上地上所有的一切，我还听见地狱里的许多东西。那么，我何以会是疯子呢？你们仔细地听我把整个事件的原委都讲出来，看我是怎样从容不迫地干这件事的。

关于这个思想最初是怎样进到我的脑子里来的，我无可奉告。但一旦有了之后，便日夜在我心中萦绕。我并没有什么目的和冲动。我本来是爱那个老头子的。他从没有做过对不起我的事，也没有侮辱过我。至于他的金子，我毫无贪婪之心。在我看来，主要是因为他那眼睛的缘故。是的，就是他的那只眼，他有一只好像秃鹰的眼——灰蓝色，上面盖着一层膜。每当我瞥见那眼的时候，全身的血便好像都冷了。久而久之，我渐渐有了置他于死地的决心。只有这样，我才可以永远不再看见那只眼睛。

在我杀这老头子前的一星期当中，我待他好得不得了。每晚大约到半夜的时候，我便转着他房间的门钮，轻轻地打开。开的宽度可以容纳我的头的时候，我便伸入一盏四周紧闭一点不露光的灯笼，然后我把头伸入。你们看了我伸入时那种异常小心的态度，一定会觉得可笑。我慢慢地，慢慢地移动，以免惊动了那老头子，打扰了他的睡眠。我花了一个小时的功夫，才把头伸入，恰好可以看到他睡在床上的情形。

哼！一个疯子能如此机警吗？等我的头都伸入之后，由于灯笼的轴钮处转动时有响声，所以我便非常小心地，非常小心地把灯笼揭开一个小孔，射出一线小

小的灯光,刚好照在他那如秃鹰的眼睛上。

像这样我接连做了七夜之久,而且每夜都是在半夜的时候,但每次我发觉他那只眼睛总是闭着的,所以我不能动手,因为令我日夜不安的,并非是他本人,而是他那只可恶的眼睛。为了避免老头子怀疑我,等到每天清早的时候,我便大胆地走到他房里去,泰然地和他讲话,很亲热地叫他的名字,并问他睡得怎么样。如果他还疑心我每晚在半夜十二点去偷看他,那他一定是一个城府很深的人。

第八个夜里,我又去开门,比以往更加小心了。我缓慢,比一只表上的分针还要慢些。在这晚之前,我自己也不知我有这样大的本领,这样的机警,这种胜利的感觉差一点就让我忍不住雀跃起来。你们想:我一点一点地开着门,而他做梦也没有梦到我这种秘密的行为和念头。他似乎被惊动了,在床上翻身。你想我会退缩么?决不可能,四周的窗子都紧闭着,房里是漆黑的,所以他不会看见我开门,而我仍继续慢慢地前进着。

我的头伸入了,正预备打开灯的时候,忽然我的大拇指挂在灯笼的轴钮上,那老头子便从床上爬起来,喊着:"谁在这里?"

我静默着,一言不发。整整有一小时之久,我连一下子都没有动,但同时我没有听见他躺下去。他一直坐在床上静听,正如我每晚在墙边守候一样。

忽然,我听见一声小小的叹息,我听了马上就晓得这是一种极度恐怖的叹声。这并不是一种痛苦或忧愁的呻吟,而是因为一种非常的恐怖从心灵的深处发出的一种生硬的低声。我很清楚这种声音。常常在半夜到处寂静的时候,我也从心灵的深处听见这种声音,同时使我的惧怕更加深沉。因为我很明白这种声音,所以我晓得那老头子有怎样的感觉。虽然此时我骨子里是很开心的,但我也很可怜他。我晓得他最初在床上翻动的时候,便一直都醒着。从那时候起,他的惧怕便逐渐增长。他迫使自己放弃这种惧怕,但却办不到。他对自己说:"不过是烟囱吹进来的风罢了,不过是老鼠在地板上跑过,或是蟋蟀叫了一声罢了。"是的,他想用这些假定来安慰自己,但却不能,因为死亡走近他时,已经有黑影在他面前把他包围住了。就是这种黑影的影响,他"感觉"到伸入他房里的头,尽管他并没有看见或听见。

我耐心地等了许久,仍然未听见他躺下来,我便决心把灯打开一点,只打开一点点。于是我一点点地、偷偷地打开,直到一条好像蛛丝一样的光线,从灯笼里发出来。

那光线正射在他那秃鹰似的眼睛上。那眼睛是开着的,大大地开着的。我注视那眼睛的时候,不禁义愤填膺。我看得非常之清楚,全是苍灰色,盖着一层可怕的薄膜,令我看了冷入骨髓。除此之外,我看不见那老头子的脸或身体,因为

真难过的烦恼

我刚巧把那一线光射在那眼珠上。

我不是对你们说过，我是神经过于敏锐，而你们误以为我是疯了么？而现在，我听到了一种低钝而短促的声音，正如一只包在棉花里的表所发出的声音一样。我对这声音也是再熟悉没有了。那是这老头子心跳的声音。这声音更增加了我的愤怒，正如军队的鼓声更增加了士兵的勇气一样。

尽管如此，我还是保持着耐心，毫不移动。我抑着气息，稳持着灯笼，一点也不动。我要看我把这线光射在他眼上能保持多久。同时，那可怕的心跳声继续增强。那声音愈来愈快，愈来愈大。那老头子的惧怕一定是到了极点了！那声音愈来愈大，愈来愈大，你们听清楚了么？我说过我的神经是非常敏锐的。而现在，在半夜，在这可怕的寂静之中，这种声音实在令我感到一种难耐的恐怖。即使这样，我还是又保持了几分钟的镇静。而那声音愈来愈大，恐怕他的心要裂了。

忽然，一种新的恐惧捉住了我，恐怕邻居也听见了这声音：这老头子的末日到了！我大叫一声，把整个灯笼打开，跳入房中。他叫了一声，只叫了一声。我立刻把他拖到地上，把床罩在他身上。然后我开心地笑着，我要干的事已经干到这个程度了。但是那心跳声还是继续了一段时间。这时我并不怕什么，这声音并不会透出墙外。最后，那声音停止了。这老头子死了。我把床移开查看他的尸首。他的确是死了，像石头一样。我把手放在他心上，按了好几分钟。他的心不再跳了，他确实是死了。那令我恼怒的眼睛再也不会出现了。

现在，你们该相信我不是疯了吧！什么？还以为我疯了，只要你们听我讲述我是如何小心地藏匿尸首，那你们就不会再以为我是疯子了。

天快亮了，我必须赶快工作，而且不能弄出半点声音。首先，我把他分割开来。我把他的头和四肢都割下来，然后把地板揭起来三块，把肢体都存放进去。我再把板子好好地盖上，盖得丝毫不露痕迹，任何人的眼睛都看不出什么毛病来，即使是那老头子的眼珠。没有什么要洗刷的，没有什么污迹。我对干这类的事是太聪明了。用一个盆子就把这些都弄好了，哈哈！

四点钟的时候，我把一切的一切都做完了。此时，到处还是像半夜一样黑暗。等到敲钟的时候，我听见有人敲大门的声音。我心里很轻快地下去开了门，因为现在我还怕什么呢？当时进来了三个人，很客气，自称是警署的官员。他们说这里有一个邻居在半夜听见叫声，恐怕有人遇到不测，便通知了警署，于是他们（那些警官）被派到这里来搜查。

我没有什么好怕的，所以我笑着，我对那三位警官表示欢迎。我说，那叫声乃是在梦中呓语喊出来的。对于那老头子，我说是往乡间去了。我带那三位在全屋各处查看，请他们细心地检查。最后我带他们到那老头子房里。我把他的财物

蓦然回首

给他们看,并未有人动过。在我这种自信的热心中,我还拿几把椅子进房来,请他们三位休息一下。至于我自己,则大胆地把自己的座位放在那尸首的上面。

我显出一幅若无其事的样子。那些警官觉得很满意了,因为我的态度使他们相信我了。他们坐着,我很高兴地答他们的话,他们也交谈着。但不久,我觉得自己的脸色有些发白,只希望他们赶快走了。我的头疼痛,觉得耳里轰轰作声,但他们还是坐着,还是谈着话。我耳里的声音更清楚了——它继续下去而且愈加明白起来。我还是很自然地谈话,以赶走这种声音,但那声音愈来愈清楚,直到最后我发觉那声音并不在我自己的耳朵里面。

于是,我的脸色更加苍白了,而我的谈话不知不觉地也加快起来,甚至发出一种不自然的高声。然而那种声音还是继续扩大——我怎样办呢?那是一种低钝而短促的声音,正如一只包在棉花里的表所发出的声音一样。我喘着气,但那些警官似乎还没有听见。我谈话更快,更热烈,但那声音还是继续扩大。他们为什么还不走呢?我在地板上重重地走来走去,好像因为那班警官而发怒一样。那声音仍继续增大。呵,上帝!我怎样办呢?我鼓着嘴,我愤怒,我发狂!我拿着我坐的椅子在地板上推动,但怎么也赶不走那声音,它超过了一切,而且还在继续扩大,更大,更大起来!警官还是谈话,笑着。他们还没有听见么?不,不!他们听见了。他们怀疑,他们知道了。他们是在讥讽我的惧怕。我起初这样猜想着,现在更是这样想着。无论什么别的都比这种痛苦要好些!无论什么别的都要比讥笑可忍受些。我再也受不了那种冷笑了。我要喊叫起来,否则就死去罢!现在,又来了,那声音愈来愈大,愈来愈大,愈来愈大,愈大……

"可鄙的,"我喊着,"不要再对我装聋作哑啦!我承认是我干的!你们揭开板子!这个可怕的心跳声,就是由这里发出来的,是的,这里!"

真难过的烦恼

瞎 子

——［美国］坎 特

一个瞎子小贩向走出旅馆的帕森斯兜售打火机,
然后向他滔滔不绝地讲起韦斯特伯里化学爆炸事件,
当他歪曲事实的时候,帕森斯揭穿了他。

当帕森斯先生跨出旅馆时,一个乞丐正沿着大马路走过来。

这个乞丐是一个瞎子,一只大手拄着一根斑斑驳驳的旧拐棍,小心翼翼地敲打着路面,小心翼翼地向前迈着步子。乞丐的脖子很粗,长着绒毛,衣领和口袋上满是油腻,肩上搭着一条褡裢。显然,他还卖点什么东西。

空气里满含着春意,金色的阳光洒在柏油路面上,暖暖的。帕森斯站在旅馆门前,听着瞎眼乞丐用拐棍敲打地面的声音,心里突然升腾起一股对所有盲人的怜悯之情。

帕森斯想,自己活着真是幸运。几年前,他只不过是一名普通的技工。现在,他获得了成功,受到尊敬,被人羡慕……这都是他在无人援助的情况下,冲破层层障碍,艰苦奋斗的结果……他还年轻啊!春天清新的空气,还有对吹皱的池水和葱绿的灌木丛清晰的记忆,使他热血沸腾。

瞎眼乞丐刚从帕森斯面前喀喀喀走过去,他就迈动步子。衣衫褴褛的乞丐立即转过身来说:"等一等,先生,耽搁你一点时间。"

帕森斯说:"对不起,我有约会,已经迟了。你想让我给你点东西吗?"

"我不是乞丐,先生,我的确不是。我这儿有些小玩意儿。"他说着,同时摸索着,把一个小物件塞进帕森斯先生的手掌,接着说,"挺精巧的打火机,只要一元。"

帕森斯先生站在那儿,略略感到有些烦恼和尴尬。他是一个俊雅的男人,身着整洁的灰色衣服,头戴灰色宽边礼帽,手握一根棕榈木手杖。当然,兜售打火机的瞎眼乞丐不会看到这些。

"我不抽烟。"帕森斯说。

蓦然回首

"别过早地拒绝。我想你肯定认识许多抽烟的人,买一个送人的小礼物吧。"乞丐谄媚地说,"你不会反对帮助一个可怜人吧,先生?"瞎眼乞丐紧紧地抓住帕森斯先生的袖子。

帕森斯先生叹了口气,用手在内衣口袋里摸出两张五角票来,放进乞丐手中:"当然,我会帮你的。你说得对,我可以把这东西送人。或许司机会……"他犹豫了一下,不想显得粗鄙好奇,即使是同一个瞎眼小贩在一起,"你是不是完全失明了?"

乞丐把钱装进口袋,"十四年了,先生,"接着,又加了一句,带着一种神经质的自豪,"韦斯特伯里,先生,我过去也是其中一员。"

"韦斯特伯里,"帕森斯先生重复了一遍这个名字,"噢,是的,那次化学爆炸……报纸多年都不提它了。当时它被认为是最大的一次灾难。"

"人们都把它忘记了,"乞丐疲乏地动了动双脚,"我讲给你听,先生,尽管他们已把它忘记了,但一个曾在韦斯特伯里呆过的人不会忘记它。我看到最后的一幕是化学药品商店里腾起一股浓烟,那些他妈的毒气从破窗户口直往外涌。"

帕森斯先生咳嗽了一声,但这个瞎眼小贩似乎没有觉察到,他被自己戏剧性的回忆扣住了心弦,而且,他想帕森斯先生口袋里或许还有不少五角票子。

"想一想,先生,死了一百八十个人,大约二百人受伤,五十多个人失去双眼,像蝙蝠一样看不见东西……"他向前探摸着,用脏手抓住帕森斯先生的上衣,接着说,"我讲给你听,先生,没有什么事比战争中发生的事更糟糕的了。可是,如果我是在战争中失去双眼,那倒好了,我会受到很好的照顾。但我只不过是个工人,和化学药品打交道。我受伤了,你他妈的也能看见我受伤了,而资本家还在发他们的财!他们入了保险,什么也不愁,他们……"

"入了保险,"帕森斯先生重复了一句,"是的,那正是……"

"你想知道我是怎样瞎的吗?"帕森斯先生尚未说完,乞丐喊道,"喂,听听吧!"他用满含着痛苦的口气在述说,但又带着一种讲故事的人时常有的夸张味道,"当时,在化学药品店里,我是最后一个跑出去的。楼房在不断爆炸,跑出去就有了活的希望。许多人都安全地冲出门,跑远了。当我冲到门口,正在那些大铁桶之间爬动时,后边有人揪住我的腿,说:'让我过去,你……'他也许是个疯子,可也说不清。我试图从心里宽恕他,先生。他比我壮得多,他把我拉了回去,从我身上爬了过去,我被他践踏进尘埃里。他出去了。我躺在那儿,四周充斥着毒气,还有火在燃烧,药品在……"

瞎眼小贩咽下一口唾液,颇为熟练地抽动一下鼻子,然后满含着期望,默默无语地站着。他或许还会讲出下面的话来:"太不幸了,伙计,不幸极了,那么,我想……这就是那个故事,先生。"

春风从他们身上拂过,温润,刺骨。

"不完全是。"帕森斯先生却斩钉截铁地说。

瞎眼的小贩发疯似地颤抖起来,他的话语也满含着颤抖,"不完全是?你这是什么意思,你……"

"确实有这样一个故事,"帕森斯先生说,"但必须把你信口胡编的成分剔除。"

"信口胡编?"他粗野地哇哇叫着,"哎呀,先生……"

"我也知道这个故事。"帕森斯先生镇静地说,"可事实和你讲的不一样,是你把我拉回去,并从我身上爬过去的,是你比我壮,马克沃德特。"

很长一段时间,瞎子小贩站在那儿一动不动,只是一个劲地狠狠咽着唾液。最后,他友好地说:"帕森斯,上帝明智,上帝明智呀!我还以为你……"接着,他又似受了侮辱一样嚷叫起来,"是的,可能,可能,但我却失去了双眼,我是瞎子了,你一直站在这儿让我滔滔不绝地讲,你一直在嘲笑我!我真是瞎了眼啊!"

街上的行人都扭过头来瞪着他。

"你走开,我瞎了!你听见没有?我是……"

"好啦,马克沃德特!"帕森斯先生心平气和地说,"别这样吵吵啦……我也是个瞎子。"

黄 手 绢

——［美国］彼·哈米尔

在长途汽车上,一个好奇的女孩与一直沉默不语的温葛搭讪,于是温葛便讲了他的身世。
于是,车里的年轻人便守着车窗期盼黄手绢的出现,最后他们看到了满树的黄手绢。

　　三个姑娘和三个小伙子一行六人,在第三十四街搭上了长途汽车。他们准备去佛罗里达州的海滨小城贾克逊威尔度假,他们的纸袋里装着三明治和酒,纽约城阴冷的春天在他们身后悄然隐去。现在,他们正对金色的沙滩和滚滚的海潮,充满了无穷的渴望。
　　车过新泽西时,他们发现车上有个人像尊雕像似的,一动不动。这个人叫温葛,坐在这帮年轻人面前,风尘仆仆的脸像张面罩,叫人猜不透他的真实年龄。他穿着一套不合身的朴素的棕色衣服,手指被烟熏得黄黄的,坐在那儿一声不吭。
　　深夜,长途汽车在一家名叫霍华特·琼森的饭馆门口停下了。除了温葛,大家都下了车。这几个年轻人很想知道他是什么人,纷纷猜测他的身份:也许是个船长?也许是抛弃了妻子溜出来的?当然也有可能是退伍回家的。
　　汽车再次出发,有个女孩坐到了温葛身边,跟他搭讪起来。
　　"我们去佛罗里达。"姑娘朗声说,"您也去那儿吧?"
　　"我不知道。"温葛说。
　　"我从没去过那地方,"她说,"据说那儿很美?"
　　"很美。"他低声说,同时脸上的表情发生了变化,使人觉得似乎有一件他一直想尽力忘怀的事袭上心头。
　　"你在那儿住过?"
　　"我曾在贾克逊威尔当过海军。"
　　"来口酒?"女孩把酒瓶递到温葛面前问。他笑了笑,接过酒瓶猛喝了一口。谢过她,他又一声不吭了。

真难过的烦恼

过了一会儿，温葛入睡了，于是女孩回到同伴那里。

第二天清晨，当几个年轻人被吵醒时，发现汽车又停在一家名叫霍华特·琼森饭店前了。这次温葛下车进了饭馆。那姑娘一再请他跟他们一起用餐。年轻人兴致勃勃地讨论着如何在海滩上露营，而他却显得毫无兴趣。他只点了一杯黑咖啡，神经质地抽着烟。回到车上，那姑娘又坐在温葛旁边。过了一会儿，他开始痛苦地、缓慢地对她说起了自己的身世。原来，温葛刚从监狱里放出来，他在纽约坐了四年牢，现在他正回家去。

"您有妻子吗?"

"不知道。"

"怎么会不知道?"她疑惑不解地问道。

"唉，怎么对您说呢。我在牢里写信给妻子，告诉她，如果她不能等我，我非常理解。我说我将离家很久，要是她无法忍受，要是孩子们经常问她为什么没有了爸爸——那会刺痛她的心的，那么，她可以将我忘却而另找一个丈夫。真的，她算得上是个好女人。我告诉她不用给我回信，什么都不用，而她后来也的确没有给我写回信。三年半了，一直音信全无。"

"现在你在回家的路上，这她也不知道么?"

"是这么回事，"他难为情地说，"上个星期，当我确知我将提前出狱时，我写信告诉她：如果她已改嫁，我能原谅她，不过要是她仍然独身一人，要是她还没有嫁人，那她应该让我知道。我们一直住在布朗斯威克镇，就在贾克逊威尔的前一站。一进镇，就可看到一棵大橡树。我告诉她，如果她希望我回家，就在树上挂一条黄手绢，我看到了就下车回家。假如她已经忘记了我，那她完全可以忘记此事，也不必挂黄手绢，我将自奔前程——前面的路还长着呢。"

"呀，原来是这么回事!"姑娘感到十分惊奇，于是把事情告诉了伙伴们。温葛还拿出他妻子和三个孩子的照片给他们看。

距布朗斯威克镇只有二十里了，车里的年轻人赶忙坐到右边靠窗的座位上，等待那大橡树扑入眼帘，渴望出现黄手绢。而温葛却很心怯，他不敢再向窗外观望。他重新板起一张木然的脸，似乎正努力使自己在又一次的失望中昂起头。只差十里了……五里了。车上静悄悄的，只有紧张急促的呼吸声。

突然，晴天一声霹雳，几个年青人一下子都站起身，爆发出一阵欢呼！他们一个个欣喜若狂，手舞足蹈。

只有温葛被窗外的景象惊得呆若木鸡。那橡树上挂满了黄手绢，二十条、三十条，兴许有几百条吧，好像微风中飘扬着一面面欢迎他的旗帜。在年轻人的呼喊声中，温葛慢慢地从座位上站起身，下了车，腰杆挺得直直的，迈出了回家的步子……

绿色的小秘密

——［美国］玛丽·迪拉姆

> 蒲丹丝的父亲为了帮助女儿找回自信，亲自制作了一张匿名情人卡。蒲在收到情人卡后恢复了自信，开始与杰克约会，从此父母也放心了。

自从收到那张情人卡之后，一切全都改观了。对她而言，以前的一切从来没有发生过如此的作用。

她的父母都曾绞尽脑汁，想出各种方法试图改变她。爸爸搬出他待人接物的那一套，苦口婆心地劝她："女儿啊，爸爸的十六岁还没有列入历史呢！不管你有没有自尊心，请你把头抬高，绑起那一头俏丽的红发，我保证你会替自己骄傲的！"

慈祥和蔼的母亲则满怀希望地说服她搁下书本和一身孤傲的怪脾气："蒲，下个周末邀一些同学到家里来玩吧！让我做些拿手的好菜来招待他们。……就这么说定了！好吗？"

然而，在这个情人节以前，不管父母如何劝说，蒲丹丝就是不按照双亲的指示去进行她的"社交生活"。

确实，父母做得都没有错，可是他们怎么晓得现在年轻人"社交"的那一套呢？

蒲丹丝快十六岁了，一个高中三年级的学生，怎么会不了解时下的那些"社交条件"呢？你要么长得像金发碧眼的苏珊一样标致，至少也要像小美人洁西，不然就得像柏丝那样聪明伶俐。此外，还要有交男朋友的手腕，父母根本不知道那些女孩们是怎么做的。蒲丹丝每次一看到自己的雀斑脸和那一头又红又干的头发，便认为不会有人喜欢，更别说接触男孩了，就连男孩子普通的一声"嗨"她都不知要如何招呼，总是弄得面红耳赤，张口结舌。

在二月十四日那天早上，信箱里竟然出现了一张情人卡。"给你的，蒲！"

真难过的烦恼

妈妈把那张情人卡递到她手里，信封上面写着绿色而干净的字迹。

蒲丹丝接过信，盯着信封上的地址，几乎没有勇气去接受里面的情谊。犹豫了很长时间，她终于拆了。

里面有一张很漂亮的情人卡！上面印着一颗红心，一支银色的箭穿心而过，四周用纸做的彩带装饰着。她曾经在学校附近的文具店里见过这种很贵的卡片。

可是卡片里面却没有签名，只写了一个问句，同样用绿色墨水写着："身为联合中学的一分子，你不能给我们一些机会吗？蒲。"

是谁寄的呢？杰克，那个曾经住在附近，也是惟一她相处比较自在的男孩子？不可能！别傻了！杰克虽然向来对她友善，可是他怎么会想到男女之间的那种关系呢？而且人家在学校里人缘那么好，好多女孩子都把他当做"白马王子"呢！在他眼中，蒲只不过是小时候一起玩耍的那个小娃娃罢了！可这也说不定，很有可能就是他呢！

蒲开始陶醉在眼前的猜疑之中，谁说不可能呢！只要是联合中学的男孩子，每个人都有可能。她突然对这封信感到无限的欢喜。

"是一张情人卡，"她对妈妈说，"匿名的。"

妈妈从未看见过蒲如此兴奋过，于是微笑着说："嗯，一定是很棒的！"然后很善解人意地没有追问下去。

上学之前，蒲特地在镜子前检查了一下。镜子里面的那个人好像第一次不再让她那么讨厌。她的头发看起来似乎还不坏，也许把它削成现在流行的那种短发，会变得更迷人呢！

随后，她又读了一遍卡片上的字，心里又开始琢磨：谁用过绿墨水呢？以前曾看过类似的笔迹吗？

蒲始终无法确定答案，甚至到了学校以后也没有找到答案。她几乎查遍了学校里所有的男孩子，却没有一个用绿墨水的。

早上，在礼堂开早会的时候，蒲丹丝一直盯着坐在对面的杰克，看他的手指是否有绿色的墨渍，或者是报告、笔记上有没有用过绿色的墨水？

当杰克发现那双盯着自己的眼睛后，便开始注视着她。这时，她不但不觉得害羞，反而向他绽开了灿烂的微笑。她突然忘掉了自己一向的腼腆，心里暗自度量着杰克：果真是他?！如果真的是他，他的眼睛里应该会流露些痕迹。看到对方再一次投来惊鸿一瞥，她不禁又笑了。

"满面春风呀，蒲！"踏出礼堂的时候，杰克调侃着她。

"怎么会呢！嗯，也许有一点吧！"她让杰克替她抱着书，然后二人很自然地一起走过走廊。

"但不管怎么说，它一定是个好消息，"杰克说，"我看到你的绿眼睛里面有

蓦然回首

两只调皮的小精灵在跳舞呢！"

绿眼睛？蒲想自己回家后一定要好好检查检查那双眸子。她以前老是认为自己的眼睛灰濛濛的。绿眼睛——绿墨水——她又笑了，恐怕一整天都要沉醉于奇妙的喜悦之中。

"你仍然还是溜冰池里的旋风腿吗，杰克？"她问道。

"噢！"他停下脚步，以一种深获赏识的眼神注视着她，"你怎么知道的？"

"哦，学校里大家都这么说啊！"蒲轻声地回答，好像她对所有的消息也都一样灵通似的。事实上，这刚好是她昨天不小心听来的新闻。她到橱柜去取书的时候，一堆女孩子恰好在谈论着杰克如何如何在一个星期之内赢得三次溜冰赛跑等等。蒲虽然也喜欢溜冰，自己却从来没有到过溜冰场。因为经常会有一大堆的同学去那儿，而且是成双成对的，她不想一个人落单。

走到蒲的教室前面，杰克把书还给她，但根本没有离开的意思。

"你最近溜得怎么样，蒲？"他问，"小时候你一直很棒，可是现在我似乎从来没在溜冰场看过你。"

"哦，我啊——马马虎虎，还算可以啦！"她说。

上课的铃声响起了，杰克紧张地盯着蒲说："听好，我快迟到了，但我可以请你放学以后一起去溜冰吗？然后再一起去吃热巧克力，你会来吗，蒲？"

"嗯——好，我会去！"蒲说完，开始担心起来：我说话的声音是不是像第一次和男孩子约会呢？他会不会看穿我的心事呢？

"太棒了！"杰克却高兴地说，"我三点半到你家去接你，就这样说定了！"铃声停止了，他一溜烟地飞奔去上课。

蒲回到家已经三点钟了。她急匆匆地冲到楼上，妈妈却看到她，唤她道："来啊！乖女儿，跟爸妈打声招呼。爸爸今天提早下班了。"

蒲又匆忙跑下楼，上气不接下气地跑到客厅跟父母打声招呼："嗨！我不能坐下来，因为我要赶快，杰克快要来接我了，我们要一起去溜冰。"

"赶快去换衣服吧，亲爱的！"母亲高兴地说，"那我们不耽搁你了！"

当蒲拉开大衣橱，正在找她的溜冰夹克时，听到妈妈对爸爸说："不知道我们的女儿今天是怎么了，自从早上收到一张匿名的情人卡以后，整个人就像变了一个人似的，现在又要和杰克去约会！我想，那张卡片会不会是杰克寄的？"

蒲抿嘴笑了，差点忍不住笑出声来。她把溜冰夹克披在肩上，一面向楼上走去，一面在心里向妈妈宣告。当然是杰克了，妈妈！不然他怎么会又接着约我去溜冰呢？一定是他……

"也许是杰克吧！"客厅里，爸爸一面缓缓地走近书桌，一面对妻子说，"不过，是谁写的都无所谓，最重要的是女儿终于找到了自信心，那才是她最需要的，也是我们最渴望的。"

说着，蒲的父亲已站在书桌前，悄悄地把一瓶绿色的墨水放进最上面的抽屉里。

幸福的女人

——［前苏联］玛·乌斯宾斯卡娅

> 我在家庭的重压下知道丈夫有新的爱情后决定离开。
> 可是没多久，丈夫的"新欢"找到我，
> 向我诉说了我走后家里发生的一切。
> 于是我带上礼物再次踏进了家门。

所有认识我的人都说我是个幸福的女人：有毕业文凭，又在大学工作，还嫁了位称心如意的丈夫，我们有两个男孩儿、一个女孩儿。大儿子已经上一年级了，小儿子尚在托儿所，女儿则在幼儿园。

我与丈夫憧憬着美好的未来。我们的日子过得红红火火，蒸蒸日上，一家人天天沉寂在欢乐的海洋里。我俩一起洗衣服，熨裙褴，跑商店，一起操劳，一起散心……每年夏天都要外出旅游。

眼瞅着孩子们都要长大了。突然间，晴天一声霹雳，我丈夫回到家来对我说：

"请原谅！作为一个诚实正直的人，我不得不告诉你，我又有新的爱情了……她是我所教授的一名大学生……这件事情太复杂了。可是，我非常喜欢自己的孩子们，他们的养育费将由我来负担！你可能也想常常见到孩子们，那么，你不妨同他们还保持目前这种关系……"

瞧，这就是一个幸福女人的幸福！

或许是因为痛苦，或许是因为感到自我遗憾，我竟然连一句话也说不出来了，甚至连一滴眼泪也没有。我整夜都没有睡觉，通宵达旦地凝视着孩子们，想啊，想啊……我悄悄地往提包里装了些最需要的东西，吻过了孩子们，便走出门来，离开了这个家。临行前，我给丈夫留下了一个字条："我实在喜欢自己的孩子们！他们的养育费将由我来负担！"

丈夫到处寻找也没有找到我的踪迹。我没有向任何人倾诉我的苦楚，让亲朋故友们留下最完美的印象——我依然是个幸福的女人。我确实是幸福的，如果能

真难过的烦恼

看见丈夫清晨用雪橇将小儿子送进托儿所,将女儿送到幼儿园,我简直有这样的冲动——跟他回家去,照顾大儿子吃完饭并在上班的路上顺便将他送进学校。晚上,丈夫竟把这一切搞得乱了套。我极力地想像着:他们正在上楼梯,丈夫习惯性地从手提包里寻找钥匙,翻来覆去地找了好久,到底房门还是开着的,孩子们大声嚷着;"少不了是一团糟",他们向父亲涌过去……吵吵闹闹,尖声喊叫,嘤嘤啜泣,好不热闹! 然而,这一切都是我不在场的情况下所发生的! 折腾吧!

有一天,我逗留在上层楼梯的平台上,听到了女儿说话的声音:

"爸爸,爸爸! 我妈妈出差怎么这么长时间呢? 她已经成宇航员了吗?"

我暗自感谢丈夫对孩子们说的那善意的谎言。

然而,他为什么一句话也不说? 他的爱情在哪里? 来自教研室的是爱情吗? 女大学生……

然而,有一天,我居然出乎意外地同她邂逅了。她正在大街上等候着我。她的确漂亮,真可谓国色天香! 她的衣着服饰艳丽夺目。走过她的身边,要不注意她是很困难的。一股浓烈的法国香水味向我迎面袭来。她有点惶惑不安地说:

"我想和您谈谈。"

"谈什么?"

"关于您的孩子们……在您走了以后,您的丈夫给我打电话说,您采取了正确的态度! 可是……他又不让我到家里去。他在电话中答应,待我上完课以后同我会面。然而,还离着老远他就冲我高声喊道:'约会不成了! 小女儿嗓子痛,我必须把她从幼儿园接回来!'后来的一次约会又让小儿子给搅了:托儿所里通知正在检疫,于是给了爸爸一张《看护病儿》的病情证明书。然后,大儿子的记分册中又出现了不及格的成绩……自您走后,孩子们就像商量好了似的,发生了连锁反应,意外的事情天天都有,一件一件接踵而至:牙痛了——爸爸就赶快带上大儿子跑诊疗所,靴底开线了——又去跑皮鞋作坊……跑商店买食品……他经常是那么忙忙乱乱的……手套也是每天不等到您女儿说话不会洗的,您女儿说:'妈妈为了不让它们跑掉,总是把它们拴到一条小绳上……'他们散步游玩,我却站得远远的! 我着实忍耐不住了,便抱怨道:

'孩子,孩子! 天天总是孩子! 我呢?'

'你最好永远别给别人的孩子当妈妈!'他没有安慰我,却恶狠狠地塞给了我这么一句。

'孩子们应该由亲生母亲来培养,'我脱口便说,'他们需要母爱,需要母亲的关怀。'

'为什么就不需要亲生父亲的培养?'他扬声嚷道,'孩子们需要父亲的智慧、力量、经验……'"

蓦然回首

他不能继续说下去了。我也明白了过来：结局竟然是以我的惨败而告终。我的幻想破灭了，我的希望也成了泡影……同我有关的一切，从他的心里早已经消逝得干干净净。在他的心里留下来的只有您的孩子，您的家庭，您的温暖……""

她还说了些什么，我已经听不见了。尽管我外表上是那么和缓平静，然而脑海里却激烈地思索着："我既然是去出差的，这就是说，应该带礼物回来！"

于是，我带上了各式各样的玩具、糖果——应有尽有，把商店里所陈列的一切几乎全带上了。我打开了可爱的家门，我的孩子们都喊着朝我扑过来：

"妈妈呀！亲爱的妈妈呀！妈妈！您可回来啦！"

"不是回来了，而是着陆了！"

"爸爸！爸爸！我们的妈妈已经回到家了！可是为什么你们俩都哭呀！你们不高兴吗？"

"我们高兴，非常，非常……"

真难过的烦恼

未 婚 夫

——［俄国］彼·安·巴甫连科

> 瓦里娅因事要离开七天，未婚夫彼佳前来送行，
> 依依惜别之时，彼佳托瓦里娅将欠穆拉科夫的二十五卢布还给他，
> 在火车启动之时，彼佳让瓦里娅给他打个收条，
> 然而，一切都晚了……彼佳后悔不已。

一个鼻头发青的人走到车站的大钟前，例行公事地敲了起来。在此之前，旅客们一直不慌不忙。现在，突然匆匆地跑动和忙碌起来……站台上运送行李的小推车发出轧轧的响声；车厢顶上有人开始吵吵嚷嚷地拉扯绳索……火车头鸣着汽笛，向车厢这边驰来。火车头和车厢挂在了一起。不知什么地方，有人忙乱中打碎一个瓶子……到处是告别声，呜呜咽咽的抽泣声，女人的喊叫声……

在一个二等车厢旁，站着一位小伙子和一位年轻姑娘。他们正挥泪惜别。

"再见啦，亲爱的！"小伙子一边吻那位浅发姑娘的脑袋，一边说，"再见啦！对于一个正在恋爱的人来说，我是多么不幸啊！你把我撇在了这里，得等整整一个星期我们才能见面！这段时间太长久了！再见吧……请你把眼泪擦干……不要哭……"

姑娘听见这些话，蓄满泪水的眼里扑簌簌地滚出几滴泪珠，一滴泪珠正好落在小伙子的嘴唇上。

"再见啦，瓦里娅！请替我向所有的人问好……唉，是的！顺便还有一件事……你要是见到穆拉科夫，请把这些……这些钱交给他……不要哭啦，我的心肝……请把这二十五卢布交给他……"

小伙子一边说，一边从衣袋里掏出一张面值二十五卢布的票子，递给瓦里娅。

"拜托你一定交给他……这是我欠他的钱……唉，我心里可真难受呀！"

"你别哭啦，彼佳。礼拜天我一定……回来……你可别忘了我呀……"浅发姑娘偎靠在彼佳胸前，哽咽着说。

蓦然回首

"忘了你？忘了你？！这怎么可能呢？"

第二遍钟声敲响了。彼佳紧紧地把瓦里娅抱在怀里，他眨巴着眼睛，像个孩子似的大声哭起来，瓦里娅把一只胳膊搭在他脖子上。两个人一齐走进车厢。

"再见啦，亲爱的！我的心上人！一个星期以后再见！"

在车厢里，小伙子最后一次吻了吻瓦里娅，便从车厢里走出来。他站在车厢窗口旁，从衣袋里掏出手帕，开始挥动起来……隔着车窗，瓦里娅那双泪汪汪的眼睛死死地盯着他的脸……

"请大家赶快进车厢！"列车员命令道，"马上就要敲第三遍钟了！"

第三遍钟声敲响了。彼佳挥动着手帕。可不知为什么，他突然沉下脸来……朝自己脑门上拍了一下，像个疯子似的钻进车厢。

"瓦里娅！"他气喘吁吁地说，"我把二十五卢布交给你，让你交给穆拉科夫……亲爱的……请你给我打个收条吧！快点！亲爱的，请你给我打个收条吧！我怎么这么糊涂，竟然把这件事给忘啦。"

"已经晚了，彼佳！哎呀！火车开动了！"

火车已经开动。小伙子转身跑出车厢，从火车上跳下来，不禁失声痛哭，一边挥动手帕，一面冲着正向他点头的浅发姑娘喊了一声：

"你写个收条，瓦里娅，通过邮局寄来也行！"火车从视线中消失了。

"我真是傻透了！"彼佳望着这两条在远处似乎连在一起的铁轨，心里这样想，"给了别人钱，却没有要收条！啊！我太粗心大意了，我办事怎么这样轻率呀！哎！现在火车大概快要到站了……亲爱的！"

真难过的烦恼

——[英国] 拉·鲍威尔

彼得用一张照片勒索了我五千元，
随后又去找我妻子媚黛的麻烦，
我开枪杀了他之后才发现，
那张照片上的男女并不是我和妻子的表妹，而是媚黛和罗登。

每逢探监日，我便感到万分烦恼。我希望媚黛待在家里，但我也知道，她将一如往昔按时前来监狱，而后隔着纱屏，勇敢地摆出笑容，唱着那句老调："他们待你还好，亲爱的？"

哎，这是监狱，她以为他们会怎样待我？像白金汉宫的贵宾吗？我落得今天这个下场，难道还不都是因为她吗？当然，我自己的一时糊涂也不能说与此无关。不过，追根究底，真正应该负责的还是她。

她每次探监，总是装模作样地坐在那里。她一生都是如此。我最初和她相识时，她才刚入社会，便在报纸上引起过一番骚动。几年后，她以一个富家女的身份，不顾家庭的反对，选择了爱情，嫁给一个不名一文的马球员，因而风头十足。

如今，在她丈夫倒霉，蹲监狱的时候，她又装作一个敢于面对现实的妻子，故意显示她的坚贞。

在她的亲朋好友当中，没有一个人不认为我是为了她的财富才娶她的。其实，这种想法根本没在我的脑海里浮现过。

婚后第二年，她的表妹嘉梯在我家小住。嘉梯长得也实在不错，而且较媚黛热情。在短短的八个星期中，我与嘉梯相处得非常融洽，而且从未引起过媚黛的疑心。在她心目中，以为一个男人已有一个年轻富有和美丽可爱的妻子，只有糊涂虫才会另觅新欢。很遗憾的是，偏偏我就是糊涂虫。

嘉梯表妹像霞光一闪，照耀了我阴暗的生命的一角。她离去后，我又回到活受罪的日子中——每周和她那些高不可攀的家人共餐一次；又无休止地参加那些

蓦然回首

高不可攀的朋友们的宴会,她们全家把我当做敌人的间谍来看待。

有一天下午,我和罗登玩完手球,从球场出来,撞在一个彪形大汉身上。

"韩米顿先生,我想和你谈谈。"彪形大汉低声说,同时将一张肮脏的名片塞到我手里。

我根本不认识他,也想不起有什么可谈的。我望望名片,上面写着:职业摄影师彼得士。地址是市郊一个很窝囊的地区。彼得士不断地左右顾盼,惟恐随时会有人对他偷袭似的。"此地不便说话,回头和我联络,约定个会面的地方。"彼得士说完,转身匆匆地走了。

我不想拍照,所以把他忘得一干二净。可是,他可没有忘记我。第三天晚上,他打电话来了。"你没有和我联络,"话筒里传来他那略带责备口吻的说话声,"我这里有一张照片,韩先生,你一定会发生兴趣的。"

"什么照片?"

"我没有在电话里谈生意的兴趣,一小时后到四十五街的胡克酒吧会面好了。"

我开始忐忑不安,悄悄地拨个电话给一个报馆的朋友:"你听到过一个名叫彼得士的摄影师吗?"

"缩骨彼得士吗?你怎么知道这种人?他常在一些下等夜总会里混饭食,警方认为他是一个靠勒索过日子的家伙。"

我觉得衣领忽地缩紧起来:"警察为何那样想?"

"噢,他们有他们的理由,但是还没有抓到他犯罪的证据。举个例子来说,他在夜总会里拣上些不愿意让床头人知道夜生活情形的冤大头,偷拍些他(她)们不愿公开的照片,拿来向她(他)们兜售。朋友,你不会招惹上他了吧?"

"不,不是我,"我有气无力地说,"是我的一个朋友。"

那张照片是彼得士在夜总会停车场中偷拍的,我认得我的车子,我没有吻嘉梯。嘉梯倒亲了我一下。她的热情当时令我飘飘若仙,如今想来,还有点热辣辣的。

"代价是多少?"

彼得士猛地喝下了一大口啤酒,然后现出他两天前的那种鬼鬼祟祟的态度,咧嘴而笑:"底片的价钱是一万元。"

我打了个寒颤,说:"我还以为你是做小生意的呢!"

"那要看和谁打交道了,我是依人而沽价的。"他仍然笑容满面,"别想告诉我这张照片没有什么。如果尊夫人看了,她会怎么想?"

"很可惜,就算你将蒙娜丽莎卖给我,我也没有一万元给你。别看我一副财神相,实际上我是个穷光蛋。"

真难过的烦恼

"你自己决定，我把照片拿给尊夫人也不难，"彼得士提醒我，"你休想杀我的价钱，你的车子有游艇那么长，你的朋友是罗登之类的银行家，还说自己没有钱，你骗鬼哪！"

"与其说罗登是我的朋友，倒不如说是我太太的朋友，我太太才有钱。我父亲多年前就已破产，他留给我的是一屁股的烂债。"我很不愿意地将我的家世告诉彼得士，但我此时实在无计可施，"我连身上这套行头都是黛媚付的钱，但她每给我一个子儿，便追问清楚我是怎样花的。我若向她要这么大的一笔钱，又不能找个好借口，后果是可想而知的，你休想拿到一个子儿。"

彼得士咧嘴一笑，说："好罢，这有点出乎我的意料，我还以为你和尊夫人一样阔气。这样吧，五千好了，一个子儿也不能少。明晚付款，否则，我便和尊夫人直接打交道了。"

第二天早晨，我将银行的存款悉数提出，才三千多元。彼得士肯不肯先行收下，很难说。罗登是我惟一可以求援的人，于是我向他借了两千元，并求他千万保密。

循着名片上的地址，我来到一幢龌龊的公寓。门上贴着一张同样肮脏的名片。这家伙显然是个吝啬鬼。我去敲门，无人答应。走廊的另一端出来一位染红发的女人，她嫣然一笑，说："彼得士日夜外勤，在家的时间很少。你可以到我这里来等他，我的咖啡是有名的。"

彼得士回来了，我随他进了房间。他的房间脏极了，至少有一个月未曾打扫。一张破旧的沙发，旁边一张桌子上面堆着一叠邮寄照片用的棕色信封。他从中捡出一封，丢过来给我。我将信封打开，检查一下，里面是一张十英寸的照片和那张底片。于是，我将钞票交给他，他又笑了。"你很喜欢你的工作，是不是？"我说。

"遇到像阁下这种人的时候，是的，"他愈来愈开心，"欢迎下次惠顾。"他似乎言外有意。

次日，媚黛从街上购物归来，无意中将钱袋掉在地上，口红和钥匙等物散落满地——还有一张脏兮兮的名片，上面印着"彼得士"三个字。

"这张名片你从哪里得来的？"我问她。

"一个男人递给我的。他说要和我谈谈，但我没理他，我才懒得和那副德性的男人打交道呢。"

我顿时明白了一切，彼得士将那张照片多印一张"副本"或底片，拿了我的钱，便转过头来动媚黛的脑筋。

当我再来到彼得士的公寓时，他一见我便露出惊讶之色，但仍强作镇定。等我将手枪掏出来时，他才开始紧张起来。

蓦然回首

"你想把钱拿回去吗？"

"别再耍花招了，彼得士先生。"

"另外那张照片，你是说尊夫人告诉了你？哟，我真想不到。"

"快把那张照片和底片拿来，别耍把戏了！"

彼得士将一个信封丢过来。我俯身去捡时，他猛地扑过来，用他的双臂将我紧紧钳住，嘴里怒吼着："居然敢到太岁头上动土！快将枪丢掉！"

他强壮如牛，我双臂无法施展，肋骨剧痛，我一挣扎，便撞到沙发里，我们一起跌倒，手枪砰然一响。他当场死了。我将信封拾起，狂奔而出，在走廊中和那位红发女郎撞了个满怀。后来在警察面前指证我的便是她。媚黛以高价聘请的一大群名律师也无法从牢中将我解救出去……

媚黛隔着纱屏笑道："他们待你可好？"

"很好。"

往事在脑海中再度浮现，我又想起当我打开那只信封，看到那张照片的感觉。照片上的那对男女竟然不是嘉梯和我，而是媚黛和罗登。

"你可以原谅我吗，亲爱的？"她的眼睛湿润了，她恳求道，"我知道你之所以冒着生命危险，全是为了使我不受那个卑劣的家伙的勒索，而现在自己却身陷狱中。这让我多么难过啊！"

真难过的烦恼

被遗忘在角落的人

——［德国］布·克罗瑙埃

> 我去买苹果蛋糕,
> 女面包师却用小动作提醒我蛋糕是昨天的,
> 我很感激她,但她要被老板辞退。
> 她为什么要这样做呢?

女面包师的举动突如其来,我当时毫无思想准备,回家的路上我才想起事情发生的经过。

我首先想起了一次晚班火车。在一个小站上,一群年纪大的妇女也不管有无座位,蜂拥挤上车厢。她们个个显得异常激动,衣着随便,穿着褪了色的套裤和大衣。体形与衣着一样,看上去也很不顺眼,但她们根本就无所谓。有几个穿得好一点的,可也吓人,衣服紧绷在身上,恐怕也不太舒服。车厢里顿时一片喧闹,犹如年轻人的宿舍。

这些来自小县城的妇女,身体健壮,此刻没有丈夫的陪同,马上就混入一群活泼的小姑娘中间,她们老是"我们……我们……"地唠叨个不停,还不时地跑到女导游那儿去撒娇。她们相互指点和寻找货物发送站的表册,就像在上演精彩的木偶戏。其中有一个妇女还向别人讲述,在夜间如何将座位摆成卧铺。

我想,女面包师也会在她们中间的。不过,即使在她们中间,她也不会自在。她或许还是不引人注目为好,就像小老太婆一样。她根本不能和她们相提并论,她是个孤独的人,是个安分守己的人,是个从一开始就被遗忘在角落里的人。

的确如此,在周末里,她在家里磨磨蹭蹭。可她总弄不明白,平时的街上怎么可能有这么多的人,真是川流不息,有的匆匆忙忙,有的慢慢腾腾,尔后便都消失了。而她一定要待在自己那间与世隔绝的房间里,有时还要将百叶窗放下,自个儿就这样打发日子。如果她星期一不露面,不按常规走出家门加入到人流中去,不向这个人那个人问好,她或许就被人们遗忘了。

蓦然回首

这是一家洁净的、生意繁忙的面包铺子。在这里，人们总是那么生气勃勃、精力充沛。她在里面当然会很受排挤。她呀，简直称不上面包师，在我看来，她只是个面包铺子的职工，或者只能算是个辅助工。我暗自给她取了个绰号叫"倒霉鬼"，这是我第一次见到她时取的，就像叫那个身体魁伟、面色红润的老板娘为"守护神"一样。

这儿所有的面包，一天两次送往市内各销售点出售，卖不掉的大小面包晚上再送回来。由于一切都经过仔细计算，准确核算，又通过电话落实当天的销售额，所以面包往往销售一空。碰上意外的好生意，准会使她们高兴。这儿的工作是两班制，售货员换班不规则，什么活儿都得干。有那么三四个人组成一个固定的营业点，对那些算账不够快，不能很准确、利索地分切大蛋糕，不能对繁忙的工作应付自如的年轻姑娘常常要调换。而手脚熟练的同事，总是冷眼旁观。所以在我看来，这个铺子如同修道院的修女跑到街头去做买卖一样。售货员接待顾客的态度，时好时坏，变化无常，令人难以捉摸。有时她们热情地招呼你，服务也很周到；有时则冷若冰霜，使个眼色算是在问你"要什么"，到最后才很不乐意地把价格从牙缝里挤出来。在这种情况下，店里所有人员的做法总是一致的，如果有哪个人违背了这个规则，那么他根本没有在此长期工作的可能。

一天，"倒霉鬼"站在那儿，个头要比其他的人都高，灰褐色的皮肤就像干瘪的面包，瘦骨嶙峋，没有一点儿精神，还有那厚厚的嘴唇更显得厌烦，怏怏不乐。她压根儿就不知道面包的售价，不得不一再向同伴们发问。在顾客面前，其他同事可随意支使她。显然是出于"守护神"和她的棍棒的威慑，大伙儿才将注意力集中到顾客身上。她们就像老相识似的同我打招呼，我刚一开口，她们就猜到我要什么了。

今天，她是新手，其他人，不论是站在柜台前还是站在柜台后的我都认识。当然，面包铺伙计们这种热情的劲儿不会维持很久的。不过，只要"倒霉鬼"站在一旁，这些有经验的售货员就比以往更饶舌，她们俨然以行家自居，将新来的排挤在一边。她们能见机行事，处事利索，忙而不乱，和颜悦色，不费吹灰之力便把"倒霉鬼"的生意招揽过去了，当然也包括我的生意在内。顾客们就因为她们态度好，所以都喜欢到她们那儿买小面包。假如有人到她们那儿去选购，"倒霉鬼"也是挺乐意的。店堂里一旦有什么笑话出现，她也鼓起勇气一起笑，不过笑得太晚了，只是人笑她也笑罢了。另外，别人算账，总是在人不经意的当儿，一眨眼就算好了；而她每次都得绞尽脑汁，总是吃不准似的嘟起了嘴巴。

有时，她也可能被安置在指定的营业岗位上。她们故意让她一个人到前面去站柜台，其他人干些记账、整理工作。她站在那儿被人监视，觉得十分难堪。她们眨巴着眼，倒好像有义务来检查她似的。与这些相比，她还是较适合搞搞手工和面。

一次，她碰到接待三个年轻学生的机会。他们不要马上把面包切开，而是要一只只地切，并且要切得一样。女面包师认为别人可能是想让她出丑，她必须一连三次切开各个小面包，中间夹上巧克力威化。她夹起面包来很不稳，摇摇晃晃地把夹心面包从柜台里递给他们，年轻人用脏手伸到她那沮丧的面孔前，做了个示范动作：该怎样用力一夹，面包正好夹扁，这样才恰到好处，可直接往嘴里送。三个年轻人故意全部用分尼，各自付了账。

在这期间，一位先生走了进来。他一头银发，身穿笔挺的驼毛服装。女面包师动作迟缓，一直让他久等着。作为一个顾客，他认为这是对他的一种侮辱。最后直到另一个售货员迈着轻盈的步子迎上前去，招呼了那位有身份的先生，这才避免了铺子的声誉受损。

夏季，那灰蒙蒙的七月天，所有的东西都沾满了灰尘，人们对此早已习以为常。各个角落和花园里，不时地传来孩子们的声音，这一切就像树叶长在树上那样为人所熟知。而"倒霉鬼"就关注着这些变化。我被人流挤到了她的面前，想买四块苹果蛋糕。她很自然地去规定她取货的地段拿面包，她的特点就是能干其他售货员所不愿干的事，明显的差别就在于此。

她很熟练地拿起托盘，将一块圆蛋糕放在上面。突然，她停住了，紧张地扫了我一眼，厚厚的嘴唇蠕动着，嘀咕着什么，像是警告我有危险，但我并没有很快理解她的用意。

"什么？"我大声地问，想让她也大声些，起码能让人听得到。她避开我的目光，提高嗓门，用做生意人的口吻反问我是不是要樱桃蛋糕，而眼睛里却流露出焦急和恳求的目光。

"不，"我很坚定地说，"为什么不能买苹果蛋糕呢？"她后退了两步，走到货架边，小心翼翼地往两边瞅了瞅，又低声对我重复说了一下。我觉得周围的一切确实有些蹊跷，我看到顾客们嘲笑的神情。她突然抓起一只装有蛋糕的纸袋，在上面涂了几个字，幸好这时大家都很忙碌，她的这一举动没有被别的售货员注意到。她像是很偶然的样子，将食品袋放到玻璃台面上，故作镇静，只差一点没有哼唱起来罢了。可我还看不清是什么字，我猜不出女面包师到底在警告什么危险。她默不作声，用责备的眼光看了我一眼就算是回答了。

难道我该压低嗓门不成，我太笨了，她好不容易才忍住了，没有作出不要声张的手势。接着，令人难以相信的事出现了，她的脸色刷地一下变得通红，血红血红的。她到里面取了奶油蛋糕，然后又走到我的跟前，说："是否还要点什么？"我这时才恍然大悟，她想要我跟她一起去，我马上跟她去了。她弯下身子，又嘀嘀咕咕着什么。不过，这次我竭尽全力终于听清了她说的话："别买苹果蛋

蓦然回首

糕,那是昨天的,是昨天的!"很显然,她不希望有人听到她这几句从她牙缝里迸出来的话,也没人偷听她说话,很好!然后她惊恐地用手捂住那不断颤抖和抽搐着的嘴,急忙把纸袋从面前拿开,她在玩弄这一手法时,也顾不得外面等待的顾客了。她再一次指着纸袋给我看,并读着上面写的字:"昨天。"

"我不能把此情况泄露出去!"她轻轻地补充说,并当着我的面将纸袋揉成一团,撕碎,将纸屑塞进工作服的口袋里。当然,我这回买的是四块奶油蛋糕。我怀着感激的心情向她表示谢意,她也带着一种胜利的微笑目送我走出店门,好像我们经历了一次冒险活动。

走在回家的路上,我仔细回想起这件事的经过。对我来说,至少是有愧于她的。因为"守护神"老板娘会把女面包师私下辞退的,这个结局是必然的,也是无法改变的。

生日礼物

——［日本］森瑶子

在我三十二岁生日那天，我与玛立欧一见钟情。

过三十三岁生日时，他将海边的萤火虫送给我作为生日礼物。

在我三十四岁生日那天，我得到了雪地上的"I LOVE YOU"。

今天是我三十五岁生日，

我得到了无名氏送来的三十五枝深红的蔷薇。

马上就要过三十五岁的生日了，胸口却觉得隐隐作痛。

并非因为快三十五岁了而惆怅。如从这层意思来讲，过三十岁生日那天，才真叫人觉得心寒呢。

在此以前的三次生日令人终生难忘，那是既美丽又哀婉动人的往事。每当回忆起这些事，我便忘却了痛楚。然而，那已完完全全是属于过去的了。那些日子已一去不复返，哦，玛立欧。

玛立欧和我一见钟情，现在已记不清是在哪儿遇到的，可能是六本木拐角处的书店，或许是那书店附近的杂货店内，或许是卖烟店的前面。

在彼此视线相遇的一瞬间，我全身僵住了，心口一阵刺痛。他目不转睛地看着我，微微抿了抿嘴角，脸上浮出一丝笑容。我心里有股冲动——得留住他，虽说是个不曾见过、又不曾属于过自己的男人，但仿佛觉得这一别将会永远失去他似的。那是一种难以抑制的冲动。尽管是个初次碰上的男人，试想他一旦离我而去的话，自己会何等地孤独，那滋味如同被抛弃了一样。

"等等，"我脱口而出，"别撇下我。"

他并不显得惊讶，只是久久地打量着我，接着意外地自报了姓名：玛立欧。就这样，我们相恋了。

"怎么叫玛立欧？"以后我问起他。

"过去在一部法国电影中，有个叫玛立欧的角色很像我。当时的女友就这么叫开了。"玛立欧流露出留恋的神色，接着说道，"其实，我一点儿都算不上英俊。"

蓦然回首

我没考虑或审视他英俊与否,心里想的完全是另一回事,想着和他一块儿看法国电影的女人的事,并暗自嫉妒起那个不相识的女人。

我和玛立欧在六本木相遇的那天恰是我三十二岁的生日,拂晓分手时,我忍不住把这事吐露给了玛立欧。

"为什么不早点儿说呢?"他满脸遗憾地说,"不然可以买件礼物。"

"你本身就是一件礼物。"在微白的晨空下,寒冷加上感动,我颤抖着说。

玛立欧将手搭在我的肩头,用手指着西边天角上的一个亮点儿说道:

"你看那颗星,把它送给你,作为我的礼物。"

"把那颗星?"我出神地眺望着那金色的星星。天上仅剩下这一颗星了,孤零零地闪烁着。

我们告别了使我们心心相印的一夜。

最幸福的要数三十三岁生日那天,我们在马来西亚,一个环抱着小海湾的迷人的村庄。

那是个不见月亮的夜晚,炎热潮湿的空气中,弥漫着海腥味和浓厚的热带花香,另外似乎还掺和了一股星夜中独有的、放纵的肉欲味。

在浅滩边,我们一丝不挂,任凭海浪扑打……

"又忘了买生日礼物。"玛立欧像个赖皮的少年,毫无顾忌地说,"对不起。"

"别放在心上。"我嘴上虽这么讲,心里多少有点寂寞。

就在那时,月亮从云间钻了出来。

"作为弥补,"玛立欧说,"瞧,这一片萤火虫。"

月亮出来后,漆黑的海面上一闪一闪的,像一颗颗足有5克拉的宝石般的萤火虫。

"真像宝石!"我惊叹道。

"统统给你,"玛立欧边说边用双手捧起海水放入我的手中,并深情地说,"生日快乐。"

寂寞顿时烟消云散,世上可有如此珍贵的礼物,又可曾有得到如此珍贵礼物的女人?黑暗中,我的双眼布上了一层水雾。

在我三十四岁生日时,我们在我父亲的别墅度过。外面积了厚厚的雪。再过一会儿,我三十四岁的第一天就将结束。望着火炉中的火,我以苦涩的语调说:

"你千万别说又忘了买生日礼物。"

玛立欧站起来,脸贴近窗户。细雪无声地飘舞着。

"不至于说把那雪送给我吧。"我以挖苦的口吻又说了一句。

玛立欧一句话也不说,默默地注视着窗外。他的神态是那样不知所措,又是那样迷人。

就为那副模样,我足足负担了他三年。

"女人呢,玛立欧,哪怕有一枝蔷薇花也好,曾多么希望从自己喜欢的男人那儿得到类似的爱的信物。"

"曾多么希望得到爱的信物",我们两人都意识到这句话用了过去式。玛立欧仍沉默不语。

第二天早上醒来,身边空荡荡的,整幢别墅里也找不到玛立欧的影子。

打开窗帘,俯视白雪皑皑的花园,冬日的晨光中,玛立欧在雪地上留下的字显得格外耀眼——I LOVE YOU。

自从那个冰天雪地的清晨以来,我再也没见过玛立欧。

今天,是我三十五岁的生日,这意味着我走完了人生的一半,这也是女人的转折点,然而我依旧单身一人。忽然,一阵敲门声打断我的沉思,出去一看,门口站着花店的小伙子。三十五枝深红的蔷薇——来自无名氏,拥入我的怀抱。

殉　情

——［日本］立原正秋

> 宏子与第四个恋人决定在海边殉情，他们服下药后，在凌晨被人送到医院抢救。医生告诉宏子，她服的是超过致死量的巴比妥粉末，而她的恋人服用的是药店出售的布罗巴林，只要睡两天就可自然醒来。宏子听后……

今天是满月。

宏子不时地望着身旁的男子。他从刚才就猛抽香烟，显得心神不定。

一句话也不说，夜晚的海没有焦点。宏子一面望着海，一面心想：为什么会没有一点感伤呢？死亡应该是很悲伤的，可是此刻她却没觉得有一丝悲伤。不过，思绪也没有持续下去。

在背后的散步用的道路上，每隔五分钟就有汽车经过，车前灯直射到他们两人所在的低低的沙地上。

他默默地递出药包，宏子默默接过。他接着打开凤梨汁罐。宏子拿着药包和果汁罐，等他说话。

他没有看宏子，先服下了药。

"为什么一句话也不说？"宏子觉得他的动作有点怄气的样子，望着他问。

"根本没有什么好说的。"他望着海回答。

"后悔了？"

"不是我提议要一起死吗？"他以充满着怒气的语调反问道。

宏子弄不清楚他为什么发怒，于是又说："是啊。不过，我倒觉得你有点勉强！"

可是，他又默默无语。

药粉份量很多，宏子分两次吃下。吃完药，宏子又望着他。月光下，他脸色苍白至极。宏子心想：自己到底是不是爱他？不过，他提议一起殉情时，宏子毫

真难过的烦恼

不犹豫地答应了。宏子内心已疲倦至极，七年的女侍生涯，五年之中被三个男人抛弃，第六年，相爱的第四个男人却已有妻子。宏子的第三个男人以轻蔑的口气对宏子说："你只能用身体看东西，最好自制点！"说完，掉头而去。尽管这三个男人抛弃了宏子，不过，宏子并不恨他们。

三个男人都很狡猾。宏子太正直了，总是吃亏。不过，他们只要有一点长处，宏子就会爱上。她看见同伴个个天生机灵，常常很羡慕地想道："我难道不能再机灵一点吗？"

凤梨汁总计有六罐。天气并不热，但男子却喝了四罐，他为什么猛喝果汁呢？宏子对此很困惑。他把报纸垫在头下，躺下去。

一小时后，徒步区上，车辆减少了。宏子很想睡，但仍坐着望海。宏子觉得晚上没有焦点的大海很像自己的人生。为什么不觉得悲伤？她又想了一想，仍然不清楚。没有肉体上的疼痛，我现在不会真的死了吧？

突然，男子粗鲁地把宏子推倒在地。宏子竟忘记他也在这里。宏子觉得自己在遥远的地方跟他相好。她张着眼睛任由男的抚弄身体。宏子仿佛失去了意志，她的身子随对方之意而动。她却清楚地听到他的询问声："为什么张开眼睛？"是啊，为什么？以前在这种时候都闭上眼睛啊！可是，没有说出来。她仍然张着眼睛。睡意比刚才更浓，她闭上眼睛，同时觉得男的正替自己整理衣裳。"你还不想睡？我先睡了，亲亲我好吗……"舒适的睡眠似乎来临了。

再一次睁开眼，宏子最先看见一位穿白衣服的年轻女人的笑容。那女人问："醒来啦？"宏子已经意识到这女人可能是护士。接着，宏子觉得脑袋有点麻木。她想动动手，手也麻木，动弹不得。她顿时明白了，自己昏睡将死的时候，被人发现送到医院急救。护士让她喝下果汁。她想：不知道他怎么样啦？不过，她没有问。为什么呢？她自己也不知道。右边的窗子放下了百叶窗，也许是白天。

宏子胃很痛。护士走出病房。一会儿，护士又走进来，在宏子的左臂上打了一针。随后，宏子就睡了。

宏子再次醒来，暮色已降临。意识比先前清楚多了。百叶窗打开一半，隔着纱窗，可以看到前方的建筑物，也许是医院的机关，可以看到那建筑物的高处有一块写着"德田外科"的大看板。宏子心想，这儿大概是一楼。机关对面可能是人潮汹涌的马路。机关旁有三棵喜马拉雅杉，一辆黑轿车。宏子像听音乐一样听着外面传来的杂音，不久又昏然欲睡。她觉得有人走进来，将针头刺入右臂。

又一次醒来，已到次日清晨了。

一个老护士进来打开百叶窗和玻璃窗，放下纱窗。在碧蓝的天空衬托下，宏子又看到了"德田外科"的看板。护士把装果汁的瓶子放在床边桌上，告诉她想喝就喝，然后便转身走出去。

蓦然回首

过了一会儿，走进来一个穿白衣的中年男子和一个年轻护士。宏子知道那是医生。

"能说话吗？"医生以沉稳的语调问道。

"可以。"宏子说着，挺起上半身，坐在床上，这才发觉自己身上穿着淡蓝的浴衣。医生要护士离开。护士出去后，医生坐在床边圆椅上。宏子突然涌现泪水，轻声说："是不是他已经死了，我却活着？"

宏子低声哭泣。

"比你醒来得早，在对面的病房，要不要见他？"

医生说完后，宏子不知道自己为什么会认为他已死。她蓦然止住哭泣，隔着纱窗，用茫然的目光眺望夏日上午的阳光。白漆的木篱内侧有大理花和向日葵的花坛，一个穿白短裤打着赤膊的少年正在洒水。

"他是我的儿子。"医生颇为骄傲地说。

宏子觉得医生很亲切。医生从椅子上站起来，走到窗边，打开纱窗，问道："小鬼，今天也要到海边去吗？"那少年回过头，眼睛很大，说："不准到海上去！"也许是模仿父母的说辞。医生笑着回到圆椅，又问一次："要不要见他？"

"不想见。"宏子干脆地回答道。

"你以前吃过安眠药吗？"

"没有，这是第一次吃。"

"真的？其实是我的一位年轻朋友首先发现你们的。我这个朋友常因失眠到处行走。昨天清晨四点，他在走步区散步时，发现了你们，就到附近认识的人家借用电话打给我。我问他为什么不先通知警方，他说两人都还有气息，最好不要成为媒体的焦点。于是，我亲自开车到现场，和朋友合力把你们送到这里来。当然，如果救不了，我一定马上通知警方。我觉得最好先把我那失眠朋友当时说的话告诉你。他当时很怀疑地说：他们既然要自杀，为什么会选择这样容易被发现的地方呢？"

"能知道你这位朋友的年龄吗？"

"三十三岁，比我小十岁，是围棋朋友，为人很好。在护士的协助下，我把橡皮管从你们两个的嘴巴插到胃囊，让你们吐出安眠药。你们吐得可真狼狈。"

医生停了一下。狼狈相！也许是这样。宏子想像自己当时的表情，不禁觉得自己一定很讨厌。

"老实说，吐过后，经过化验才知道你服下的是巴比妥粉末，而且超过致死量；而对方服用的是布罗巴林，只需要连续睡两天就可以自然醒来。再稍微解释一下，布罗巴林在药店可以公开发售，而巴比妥是用来配药才研成粉末，只有医生或药剂师可以使用。我处理过许多吃安眠药自杀的，但从来没有遇到过男女双

真难过的烦恼

方服用不同药剂的情形。本来应该通知警察,但我想起年轻朋友说最好不要让你们成为媒体采访的对象,才搁下未报案。对方昨天已经完全好了。我不知道你们的关系,也没有知道的必要。你认为如何?"

"通知警察的事吗?"

"是的。"

"他是否知道这件事?"

"不知道,我没有告诉他。"

"他说要见我吗?"

"他也说不想见你,只说要尽快离开。"

"就让他走吧。我来支付这里的费用。"

"那就这么办啦。"

医生从椅子上站起来。

"我今天也可以出院了吧?"

"可以。恕我多言,通常殉情未死的人都不会想立刻再去死。先让他回去吧!"

医生向宏子点点头,走出病房。

不久,进来一个护士,她告诉宏子说,那男子要一千元搭电车回去。宏子点点头,打开枕边的手提包,拿出一张千元钞递给护士。

宏子简直不敢相信。不久,就从敞开的窗口看到那家伙站在医院机关前,他走出医院大门,环视左右,然后以稳稳的步伐挺身走去。宏子觉得爱他竟是这么空虚。她想:难道我竟然缠得他想要杀我吗?难道一切都是这么可恨?

宏子想尽快回到公寓,然后把沾有他味道的东西全部处理掉。她付清医疗费,向医生和护士道完谢,走出了医院。

在医院门口,她买了三个西瓜,请水果店员送给医院的护士。再过去不远就是巴士站牌,穿泳装的男女从巴士车道走过去。宏子想起了医生儿子晒黑的脸,她突然觉得白色的东西很刺眼,走在自己前面的男人的白衬衫、自己所提的白手提包以及自己所穿的白高跟鞋,甚至包括阳光,一切都白得刺眼。

宏子坐巴士抵达电车站,买了车票走上月台,刚好下行的电车抵达,来做海水浴的人随着热气一起被吐到月台上。宏子坐在空空的长椅上。铁道那边立着百货公司和电影的广告牌。电影看板画出了法兰莎·阿努尔阴暗的表情。看板那边是住宅区,闪耀在明亮的阳光下。宏子想道:"我还活着。"宏子感到有点头晕目眩,于是用右手拇指和中指按住太阳穴,左右摇了好几次头。

手指离开太阳穴的时候,宏子看见那家伙正倚着楼梯栏杆站立。他左边侧脸对着这边。宏子陡然涌起一股厌恶感。而且,也说不清理由,这股厌恶感竟变成

蓦然回首

想冲喉而出的不快。宏子几乎忍受不住。随着厌恶感的高涨，她对他涌起了一种深深憎恨的感觉。

宏子不想看他，可目光却未从他的侧脸离开。真不敢相信，他穿的白衬衫在前天以前是我亲手替他洗，亲自用熨斗烫的；我曾被他拥抱过，曾在枕边互述衷情。宏子仿佛被人用什么粗糙的东西倒刮着肌肤一般痛心。他转过头来，目光忽然与宏子的目光相遇，刹那间神情变得紧张丑恶，随即离开栏杆，往月台后方走去。直到他的背影消失在人群中，宏子想道："这种厌恶感大概会一直持续下去吧！"

真难过的烦恼

吻

——［瑞典］雅·瑟德尔贝里

> 他与市长的女儿在湖岬的石板上静静地坐着，
> 看着西沉的落日，各自揣摩着心事，
> 想接吻又顾虑重重，直到夜色降临，他才鼓起勇气吻了她。

有一天，两个非常年轻的人——一个姑娘和一个小伙子——坐在一直伸进水里的湖岬的石板上，湖水汩汩地拍打着他们的双脚。他们静静地坐在那儿，一动也不动，两人都瞧着西沉的落日，陷入沉思。

小伙子想："我真想吻她。"他抬头看看她的嘴唇，立刻就使他想到那嘴唇的样儿就像是意味着要他去吻。当然，他在和别的姑娘恋爱，而且，她也并不是他见过的最漂亮的姑娘。但是像眼前这样一位姑娘，他确实从来没有吻过，因为她是一个理想的化身，一颗天上的明星。对一位可望而不可及的女性，又能怎么办呢？

姑娘想："我真想要他吻。这样一来，我也许就有机会给他一点颜色看看。让他知道我对他根本不屑一顾。我会站起来，把身上的裙子裹得紧紧的，非常冷淡地、轻蔑地白他一眼，然后挺起腰杆，镇静地走开，而且并不显示任何不必要的慌张。不过眼下为了不让他猜出自己的思想活动，所以我应轻声慢语地问他一声：'你认为，这以后生活就与从前不一样了么？'"

他想："如果我回答一声符合她的心意，她也许就更容易让我吻她了。"但是他不能肯定地记得，过去在另一种情况之下，对于同一个问题，他是怎么回答的，他生怕自相矛盾。因此，他注视着她的眼睛，回答说："我有时候这么想。"

她对这样的回答很高兴。

她想："最低限度，我喜欢他的头发，也喜欢他的前额。颇有点美中不足的是，首先，他的鼻子长得太丑了，其次，他没有社会地位，他只是个学生，只是一个为通过毕业考试而读书的学生。总体来说，他并不是使我的女友们感到烦恼的那一类人物。"

蓦然回首

他想:"这会儿我肯定可以吻她了。"尽管如此,他还是怕得要命,因为他从来没有吻过官宦之家的千金小姐。他也不知道这一吻是否带有危险性,因为她父亲是这个小城市的市长,而且她父亲就在离这儿不远地方的吊床上睡觉。

她想:"要是他吻我,我想我最好是给他一记响亮的耳光。"

接着她又想:"可是他干吗不吻我呢?难道说我是个丑八怪,根本不讨男人喜欢?"

她朝水面上探着身子,想看看自个儿映在水中的形象,但是她一无所获,荡漾的微波把她在水中的影子打得粉碎。

她又想:"要是他吻我,我真不知道是什么滋味。"

事实上,她只被男人吻过一次,那是在城市大饭店舞会以后,被一位酒气熏天、烟臭扑鼻的中尉吻的。在接吻时,她几乎没有什么快感,尽管他是一位中尉。要是他不是中尉的话,她真不情愿让他吻她。除此以外,她恨他。因为从那以后,他就没有向她献过殷勤,也根本没有对她表示感兴趣。

他们两人就这样坐着,各自揣摩着自己的心事。

最后一缕光线也消失在山那边,天色渐暗。

他想:"尽管夕阳夕下,夜色降临,而她仍然愿意和我坐在一起,这表明她也许不会太反对我吻她。"

于是,他用一只胳膊轻轻地搂着她的脖子。

对这样的轻举妄动,她压根儿就没有想到。她原先以为他仅仅是吻她,不会动手动脚,那样一来,她就给他一记响亮的耳光,然后就像公主似的抽身就走。但是对他这个举动,她却不知道如何是好了。当然,她也想对他生气,但是她又不想失去这次被吻的机会。因此,她就这样一动不动地坐着。

紧接着,他吻了她。

这一吻比她原先想像中的还要微妙。她觉得自己渐渐脸色发白,周身无力。这当儿,她根本没想到要给他一记耳光,她根本也不记得他只是一个为了毕业考试而读书的学生。她的脑海里一片空白。

但是,他却想起一位笃信宗教的医生所写的一本《女性的性生活》书中的一段文字:"必须预防夫妻之间的拥抱受色欲的支配。"因此,他想,这个预防很难实施,因为即使是一次亲吻,就使人感到灵魂的颤动。

皓月东升,两个年轻人仍旧坐在那儿,相互吻着。

她在他的耳边悄悄地说:"我一看见你,就爱上你了。"

于是他回答说:"在这个世界上,你是我惟一的爱人。"

真难过的烦恼

小 杜 果

——［土耳其］苏·得尔威希

在工厂爆炸时，小杜果的妈妈被炸死了，不知情的小杜果此时受到了人们的关注，尤其是阿依色奶奶和玛丽阿姨的关怀。工厂再次发生了爆炸，一直没见到妈妈的小杜果突然明白了一切。

老婆婆弯下腰，温柔地对小杜果说："到我家去吧，小宝贝，你可以在花园里玩，那儿有的是李子，想吃多少就吃多少。"

小杜果惊讶地看着这个老婆婆。

这是阿依色奶奶，她就住在隔壁的那所小白房子里，房子前边有个小小的花园，花园当中有颗大大的李子树。

阿依色奶奶不喜欢小孩，孩子们一走近李子树，她就冲着他们大声嚷嚷，要不就用那根老不离手的大棍子吓唬他们，把他们轰走。小杜果对这一切知道得一清二楚。可是今天她怎么啦？变得这么温柔，几乎是慈爱了。

这是为什么呢？小杜果想着。今天，从爆炸发生以后，一切事都跟平常不一样了。

爆炸以后，军火工厂的汽笛长鸣着。人们都从家里跑出来，涌到工厂的大门口。在平常这个时候，这条街道上很少有人影，现在却忽然出现了很大的骚动。

家里来了好多陌生人，他们的脸都是很苍白而又很难过的样子，有些女人甚至在啜泣着。对于这一切，小杜果怎么也想不出原因来。

阿依色奶奶把小杜果的小手握在她的手里。对这个举动，小杜果觉得不大舒服。当他和阿依色奶奶开始走下台阶的时候，他喃喃地自语："干吗还领着我？我已经够大了，能自己下去。妈妈从来不这样，她知道我已经长大了。"

啊，妈妈！小杜果想，我要把阿依色奶奶请去玩、去吃李子的这件事告诉妈妈……妈妈一定会因为我这件了不起的事而骄傲的。

小杜果也因为这个邀请感到骄傲，尤其是他忽然间变成一个惹人注意的目标

蓦然回首

了。所有挤在房子里和小路上的人都那么注意他,有的抚摸他的长头发,有的轻轻地拍拍他的小脸蛋,有的还拥抱他,路拐角那个卖杂货的还给他一大块巧克力糖。对于自己突然受关注的显要地位,小杜果感到十分满意。

阿依色奶奶把小杜果一个人留在花园里。他站在墙角落里,挺老实,挺安静,几乎是一动不动的。他是不是害怕阿依色奶奶,因为她这个老婆婆只温柔地请他一个人到花园里来玩,而绝对不许别的孩子进来。可是,她已经不在花园里了。那只常常同小杜果一起在街上玩的小狗也在花园里,快活地向他摇着尾巴;可是,小杜果对什么也不感兴趣,他不想玩也不想吃李子。他想:妈妈下工回来的时候,我要向妈妈要钱去买个西瓜,那个圆圆的像个大皮球似的西瓜,那花花绿绿的瓜皮真好看,那香甜的汁液真好吃。

妈妈……他是多么爱她呀!今天早晨去上工的时候,妈妈穿着一件绿色的衣服,她的嘴唇多么红,她总是那么笑嘻嘻的,总是那么美丽。

想到美丽的妈妈,小杜果忽然打了个冷战,有点想哭了。

太阳已经老高了,阿依色奶奶才回来。她手里拿着一块黄油面包,慈爱地说:"来呀,小乖乖!把这个吃了吧。上边有黄油,还有蜜。"

"谢谢,阿依色奶奶。"

小杜果平时非常喜欢吃蜜,可是,这块黄油面包上的蜜一点也不香!他现在只有一个愿望,那就是离开这里,回到家里去找妈妈。可是他很懂事,知道自己应该待在这儿,并且把那块黄油面包吃掉。

花园的门又打开了。小杜果还在原来的地方,但他不再是站着,而是躺在地上睡着了。一只抚摸着他的脸蛋的手把他弄醒了,他突然喊出一声:"妈妈……"不,那不是妈妈,是和妈妈长得很像的玛丽阿姨。听到"妈妈"的叫声,玛丽阿姨那只抚摸他的手缩了回去,小杜果用两只小手捂着脸呜咽起来了。阿依色奶奶喃喃地说:

"瞧你,怎么啦……安静下来吧,我的孩子!这孩子……"

玛丽阿姨重新俯下身,把小杜果抱起来,擦干他满脸的泪水,搂在怀里,并且亲吻着他苍白的小脸,轻柔地说:"来吧,小宝贝,咱们回家去吧。"

每当小杜果被别人抱着的时候,他便觉得好像是受了侮辱似的,奋力地反抗。可是,今天,他没有反抗,他疲乏地把小脑袋靠在玛丽阿姨的肩膀上,闭上了眼睛。

小杜果被带到了玛丽阿姨家里,他没有问她:"为什么把我带到您这儿来!妈妈在哪儿呢?……"他默然不语。

几个月过去了,小杜果从来没有哭喊着找妈妈,也没有提起过妈妈,用安静和漠然来对待妈妈的不在。

真难过的烦恼

可是,有一天,当工人们的小房子再一次被工厂里的爆炸震撼,空中再次激荡起工厂汽笛的长鸣声时,小杜果突然脸色苍白,放下了手里的玩具,站起来,迟缓地走近玛丽阿姨,用一种沉重的声音说:"我知道,妈妈死了……就是在爆炸声音以后,工厂汽笛响起来的那天,像今天一样……"

在很短的时间里,小杜果显然很想控制住自己,可是,他的嘴唇颤抖了。在玛丽阿姨还没有来得及回答他之前,眼泪从他的眼睛里涌出来了。他好像忽然从某种重担下解脱了出来似的,哭泣了,嘴里凄惨地呻吟着:"妈妈!……妈妈……"

别难过，妈妈

——［加拿大］莫·卡拉汉

阿尔弗雷多在卡尔先生的杂货铺里偷了一个粉盒、一支口红和两支牙膏，因此，卡尔先生叫来了他的母亲。母亲婉转地解决了这件事。回到家后，阿尔弗雷多看到母亲伤心的样子，突然觉得自己长大了。

下班的时间就要到了，杂货铺就要关门了，阿尔弗雷多·希金斯穿上外套正准备回家，刚出门就撞上了老板卡尔先生。卡尔先生上下打量了阿尔弗雷多几眼，用极低的声调说："等等，阿尔弗雷多，就一会儿。"

他说得那么小声，这反倒让阿尔弗雷多不知所措了。

"怎么了，卡尔先生？"

"我想你最好还是把兜里的东西留下再走。"卡尔先生说。

阿尔弗雷多开始有一丝慌乱，但随即很惊讶地说："东西？！……什么东西？我不明白您在说些什么。"

"一个粉盒、一支口红，还有至少两支牙膏。阿尔弗雷多，还要我说得更清楚些吗？"卡尔先生冷冷地说。

"我真不明白您是什么意思。"阿尔弗雷多回答道，"您要不就是说我疯了吧……"他的脸腾地一下子红了。

阿尔弗雷多在卡尔先生冷峻的目光注视下，已不知所措，根本不敢正视老板。又过了一会儿，阿尔弗雷多把手伸进口袋交出了东西。

"小偷，嗯？阿尔弗雷多。"卡尔先生说话了，"好吧，小伙子，现在告诉我，你干这种勾当有多久了？"

"头一回，卡尔先生，我发誓。我以前从没从店里拿过任何东西……"

卡尔先生没等他说完，就插话道："还想撒谎，嗯？难道我看上去就那么傻吗？难道我连自己店里的事都糊里糊涂吗？我知道你这样干已经很久了。"卡尔先生脸上的笑容古怪极了。"我不喜欢警察，但我要叫警察。"他说，"不过在此之前我想打电话给你的父亲，告诉他我要把他的宝贝儿子交给警察。"

真难过的烦恼

"我爸爸不在家。他是印刷工,晚上上班。"

"那么谁在家?"卡尔先生问。

"我妈妈在家。"

卡尔先生向电话走去。

阿尔弗雷多越害怕,他嗓门就越高,好像是在显示自己无所畏惧似的,这是他多年来的习惯。尽管阿尔弗雷多在大声说话,但是,他的声音却完全憋在喉咙里:"请等一会儿,卡尔先生。这事跟别人没关系,您用不着告诉她。"阿尔弗雷多的声音小得可怜,他盼着家里快来人把他救出去。卡尔先生已经在跟他母亲通话了。他通知她赶快到杂货铺来。

阿尔弗雷多完全可以想像待会儿的情景:妈妈迫不及待地闯进门来,怒气冲冲,眼里噙着泪花。他想上前解释,可她一把推开了他。噢,那太难堪了!

尽管如此,阿尔弗雷多还是盼着妈妈快来,好在卡尔先生叫警察之前把他接回去。

屋里两个人相互看着,一句话也不说。终于,有人敲门了,卡尔先生开了门。

"请进,您是希金斯太太吧?"他脸上毫无表情。

"我是希金斯太太,阿尔弗雷多的母亲。"阿尔弗雷多的母亲大大方方地做着自我介绍,笑容可掬地和卡尔先生握手。

见此情景,卡尔先生一下子怔住了,他怎么也没想到她会那样从容不迫,落落大方。

"阿尔弗雷多遇到麻烦了,是吗?"她很从容地问。

"是的,太太。您儿子从我店里偷东西,不过,都是些牙膏、口红之类的小玩艺儿。"

"是这样吗,阿尔弗雷多?"她以略带伤感的口吻问儿子,并平静地看着他。

"是的,妈妈。"

"你干吗要干这种事?"她继续问。

"我需要钱,妈妈。"

"钱?你要钱有什么用?跟坏孩子学坏吗?"

希金斯太太在阿尔弗雷多肩上轻轻拍了拍,就像她非常理解他那样,然后说:"要是您愿意听我一句话的话……"语气坚定,但突然又停住了,她把头转到了一边,好像不该再往下说了。

"您打算怎么处理这件事呢,卡尔先生?"希金斯太太转过身来,依然笑容可掬地望着卡尔先生说。

"我?我本应该叫警察,那才是我该做的。"

蓦然回首

"叫警察?"她反问道。

"是的,是应该这样的,希金斯太太。"卡尔先生说。

"我本来无权过问您如何处理这件事,不过,我总觉得对于一个男孩来说,有时候给他点忠告比惩罚更有必要。"

在阿尔弗雷多眼里,今晚妈妈好像完全是个陌生人。瞧,她笑得那么自然,神情那么和蔼可亲。

"我不知道您是否介意让我把阿尔弗雷多带回去,"她补充道,"他看上去个头儿倒不小,可像他这么大的孩子有头脑的没几个。"

卡尔先生原以为阿尔弗雷的母亲会被吓得六神无主,一边流着泪,一边为她儿子求情。然而,事实上却与此完全相反。她的沉着反倒使他自己感到很内疚,他心里暗暗佩服起这个女人。

"当然可以,"他想了一会儿,说,"我不想太不近情理。现在我告诉您我的决定:告诉您儿子别再上这儿来了,至于今晚的事嘛……就让它过去吧。您看这样行吗,希金斯太太?"

"那真是谢谢您了,我不会忘记您是个好人的。"

离开时卡尔先生激动地握着希金斯太太的手说:"认识您很高兴,非常遗憾我们只能以这种方式见面,请相信我这么做都是为了阿尔弗雷多好。"

"这总比永远不认识好。"她说,"晚安,先生!"

他们的手紧紧地握在一起,就像交情深厚的老朋友一样。

"晚安,希金斯太太。非常抱歉。"

阿尔弗雷多和母亲走出了杂货铺。他们沿着大街走着。希金斯太太迈着大步,眼睛直勾勾地盯着前方。两人谁也不开口说话。过了一会儿,阿尔弗雷多终于忍不住开口了:"感谢上帝,结果是这样!"

"求你安静一会儿,别说话,阿尔弗雷多。"

到了家,希金斯太太脱了外套,看也不看儿子一眼。

"你不是好孩子,阿尔弗雷多,你为什么总是没完没了地闯祸呢?上帝饶恕他吧!你还傻愣着干什么?快睡去吧。听着,今晚的事别告诉你爸爸。"说完她进了厨房。

"妈妈太伟大了!"阿尔弗雷多躺在床上,自言自语道。他觉得应该立即去对她说她有多么了不起。

他起身走向厨房,妈妈正在喝茶。但那情景,让他大吃一惊。妈妈失魂落魄地坐在那儿,神态糟糕透了,根本不是在杂货铺里那个沉着冷静的妈妈。她颤抖地端起茶杯,茶溅到了桌上;嘴唇紧张地抿着,似乎一下子老了许多。

阿尔弗雷多站在那里默默地看着,一声也不吭。他突然有股想哭的冲动。从那双颤巍巍的手上,那一条条刻在她脸上的皱纹里,他仿佛看到了妈妈内心所有的痛苦。他忽然意识到自己长大了。

今晚,阿尔弗雷多第一次认识了妈妈。

修 女

——［新西兰］凯瑟林·曼斯菲尔德

> 自从埃德娜在看戏时爱上了那位名演员后，
> 她就与未婚夫吉米分手进了修道院。
> 在一个冬天的夜里，她发高烧了，她做了一个梦。
> 梦醒后她决定回到吉米身边。

早晨的天气简直好极了。在这么好的天气里，除了自己，看来没有谁会不快活，埃德娜这样断定。屋子的窗户敞开着，钢琴声从这里传出来，一双小手时而互相追逐，时而躲得远远的，是在练指法呢。花园里阳光和煦，树枝轻摇，春花怒放。男孩们在街上吹口哨，一条小狗在汪汪叫；行人步履轻快，迅捷而过，像随时要拔腿飞跑似的。而在远处，她瞧见一把粉红色的阳伞。这是她今年看到的第一把阳伞。

事实上，埃德娜看上去并不如她所感觉的那样不快活。十八岁的少女，长得花容月貌，腮帮、嘴唇和亮闪闪的眼睛都显示出十足的健康。身上还穿了一件法国式蓝罩衫，新买的春装帽子上还插着矢车菊。很显然，这种年龄，这种装束，想表现出不快活是很困难的。不错，是有一本讨厌的黑皮书夹在她的腋下，这本书可能带有一层忧郁色彩，但这又能说明什么呢？也许只是巧合而已。因为它是图书馆里那种普通的装帧。埃德娜借口上图书馆去，实际上是想出来想一想，弄清楚究竟出了什么事，以决定现在该怎么办才好。

一件挺麻烦的事情出现了，而且来得异常突然。昨天晚上，她和吉米并排坐在戏院的花楼里。她刚吃下一颗杏仁巧克力，再把盒子递给吉米时，在没有任何预兆下，她就爱上了一位演员，并坠入了情网。

埃德娜压根儿没料到会产生这样的感情。一点儿不叫人高兴，也说不上激动人心，除非激动人心代表那种无尽的苦难、绝望、悲伤和惨痛所造成的最可怕的感觉。她毫不怀疑，如果后来吉米喊马车时，那位演员在人行道上碰见她，只要他点个头，打个手势，她就会毫不犹豫地把吉米、父母、幸福的家庭和数不清的

真难过的烦恼

朋友抛在脑后，跟着他去天涯海角……

那场戏的开头还算轻松愉快。那时埃德娜还在嚼杏仁巧克力。之后，可怕的时刻来了，主人公的眼睛瞎了。她哭得非常伤心，只好借用了吉米叠得方方正正、摸上去又平又滑的手绢。哭倒并不能说明什么。一排排的观众都哭成了泪人儿，甚至有些男人们也在大声地擤鼻子。大家都不敢朝戏台上看，而是泪眼朦胧地低头瞧着节目单。谢天谢地，吉米没掉眼泪。否则，没有他的手绢她可怎么办呢？吉米捏捏她没拿手绢的那只手，低声说："别难过，小宝贝！"当时，为了让吉米放心，她吃下最后一颗杏仁巧克力，把盒子递了过去。

接下来，那可怖的一幕出现了：夜幕时分，一间空荡荡的屋子里，主人公只有他自己的影子相伴。外面，一支乐队在奏乐，人们发出了阵阵欢呼声。他举步维艰——啊！多痛苦、多可怜哟！——摸索着走向窗口。终于，他走到了。他站在窗口，手拉窗帘。这时，一束光，就只那么一束光照到他仰起的、双目失明的脸上，乐声在远方渐渐消失了。

千真万确，就是从那一刻起，埃德娜明白到，生活从此对她来说再也不会是老样子了。她从吉米手中抽出手来，身子往后一靠，盖上了巧克力盒子——永远地盖上啦。这才是真正的爱情啊！

埃德娜已经和吉米订了婚。从他们宣布订婚到现在也已经有一年了。而且，一年半以前，她就盘起了头发。他们的结合是顺理成章的事。他们俩打从由保姆领着去植物园散步，在草地上各自拿着一块酒心饼干和一块麦芽糖吃茶点那时起，他们心里就明白，有朝一日他们将结为夫妻。上小学时，埃德娜就戴起了一枚彩色爆竹里取出的逼真的仿制订婚戒。他们彼此向来忠贞不贰。

然而，现在一切的一切都成为了过去式。埃德娜甚至难以相信，吉米会对此一无所知。她脸上带着睿智而又伤心的微笑，转身进了圣心修道院的花园，沿着上希尔街的马路走去。与其等到结婚以后才知道，还不如现在就知道！现在，吉米可能熬一熬就挺过来了。她根本没有必要自欺欺人。吉米也许会受不了，也许他的一生就这样给毁了，彻底地给毁了，可这又有什么办法。惟一值得欣慰的是，他还年轻。人们都说，时间老人会带来一些小变化，但只是一些小小的变化而已。四十年后，等他成了一个老头，想起她时也就心平气和了。时间老人能带来很大的变化。可是她呢，将来等着她的又是什么？

埃德娜走到路的尽头。那里有一棵长了新叶的树，上面挂着小束小束的白花。她在树下的一张绿凳上坐下来，望着对面修道院里的花坛。离她最近的一个花坛里种了花苗，旁边是一些蓝蓝的、贝壳形状的三色紫罗兰，角落里有一丛奶白色的小苍兰，轻柔的绿梢儿交错叉在花上。修道院的鸽子在空中高高地栽着跟斗。她听见了艾格尼丝嬷嬷教唱歌曲的声音："啊——咪"，那是嬷嬷低沉的嗓

蓦然回首

门，"啊——咪"，应声不绝……

埃德娜头脑非常清醒，她清楚一切。假如她不跟吉米结婚，她自然也不会和别人结婚。她自己也知道，她根本不可能和她爱上的那位名演员结婚。非常奇怪，她甚至不愿意和他结婚。她的爱太炽烈了，只能默默地忍受；她只能受其煎熬。她觉得，爱，就是这样的嘛。

"可是，埃德娜，"吉米高声说道，"你就铁了心啦！我就永远没有指望了吗？"

"是的，吉米，我铁了心了。"这句话既伤人，又很难说出口，但却又非说不可。

埃德娜头一低，一朵小花落到了膝上。突然，艾格尼丝嬷嬷高声唱道："啊——不。"传来应声："啊——不。"

在这一刻，埃德娜把露出端倪的未来看得十分分明。她吃了一惊，一时憋得喘不过气来。可难道这不是再自然不过的事情吗？她可以进修道院，她父母一定会极力劝阻，然而只能是徒劳的。至于吉米，想想他的心情都叫人受不了。可是，他们为什么不理解？他们为什么要这样一个劲儿地加重她的痛苦？这世界真残酷，太残酷了！

最后，她把自己的珠宝之类的东西送给最要好的朋友，然后神情自若地走进了修道院，朋友们都悲痛欲绝。等等，还有呢：在她进修道院之前的那天晚上，那位演员在惠灵顿做了白花，但没写名字，也没留名片。花下面只有一方白手帕，里面有一张埃德娜的近照，下面附了一行字：

世人正在忘却，已被世人遗忘。

埃德娜坐在树下，一动也不动。她只是像捧着一本祈祷书一样紧捧着那本黑皮书。

进了修道院，她取名安琪儿嬷嬷。她的一头秀发也给剪了下来。她可以送一束给吉米吗？她想了一个办法送去了。安琪儿身着蓝色修女服，头扎白巾，从修道院走到教堂，又从教堂回到修道院。她的表情，她那忧郁的眼睛，小孩跑近时她脸上的微笑，都带有一种超凡脱俗的韵味。走过冷冰冰的、散发着蜡味的走廊时，她听见有人在交头接耳。上教堂的人都听见别人在谈论那位祈祷声比别人高的修女，谈她的年轻貌美，谈她的爱情悲剧，谈城里那个一生全给这位圣女毁掉的男人……

一朵小苍兰里钻进了一只毛茸茸的金色大头蜂，纤弱的小花弯下身子，不停地摇晃起来。蜜蜂飞走了，花还晃个不停，好像在哈哈大笑似的。快活的、无忧无虑的花哟！

安琪儿看着花儿，说道："冬天来了。"一天夜里，她躺在冰凉的小房间里，

真难过的烦恼

听见一声小动物的叫声。花园里有一头迷了路的动物,也许是只小猫,要不就是一只羔羊,要不就是……不管是什么小动物,这位失眠的修女下了床。她一身素白,浑身瑟瑟发抖,但仍然无所畏惧地走出了屋子,把小动物抱进房间。第二天清晨,祈祷的钟声响了,教堂里少了一位高声祈祷的修女。后来别人发现她正在发高烧,辗转反侧,神志不清……她再也没有醒过来。三天后,一切都结束了。教堂里举行过仪式,她被葬在修女墓地的一角,那里插着一些简易的小木十字架。安琪儿修女,安息吧!

又是一个晚上。安琪儿墓前来了两位互相搀扶的老人,眼里透着极度的悲伤,喃喃地低语:"我们的女儿!我们的独生女儿呀!"这时,一个戴着黑帽子的人缓步走了过来。他走近墓边,脱下了黑帽。埃德娜吓坏了:白发苍苍。他是吉米!太迟了,太迟了!他失声痛哭,泪水顺着他的面颊流了下来,太迟了,太迟了!

埃德娜紧捧着的那本黑封皮的书"啪嗒"一声掉到了花园的马路上。她一跃而起,心在扑扑直跳。我的吉米!不,还不算太迟。这完全是一场误会,一场恶梦。唉,那一头白发!她怎么能干这种事呢?上帝保佑!她并没有干。噢,多幸福啊!她是自由的,她还年轻,没人知道她的秘密。什么好运都还可能降临到她和吉米头上。他们设计的房子会造起来,他们也会生下来一个背着手、一本正经地看他们种长茎玫瑰的男孩。埃德娜望着花园,望着树上白色的小枝条,望着蓝天下翱翔的美丽的白鸽,望着修道院,她生平第一次——她从来没想到竟然会有这种感情——尝到坠入情网的滋味,她终于坠入了情网!

获得爱的磨难

乔和迪莉娅婚后便把身上的钱全部花光了。
于是,学音乐的迪莉娅便去做了家教,
而学绘画的乔说有主顾去买他的画。
两周后,他们的谎言都被对方揭穿了。

吹胰子泡

——［中国］徐志摩

小粲和哥哥迸着气吹了一个大大的胰子泡，
上面有仙女、图画、蝴蝶……
可看着看着我就哭了！

　　小粲粉嫩的脸上，流着两道沟，走来对他娘说："所有的好东西全没有了，全破了。我方才同大哥一起吹胰子泡。他吹一个小的，我也吹一个小的，他吹一个大的，我也吹一个大的，有的飞了上去，有的闪下地去，有的吹得太大了，涨破了。大哥说他们是白天的萤火虫，一会儿见，一会儿不见。我说他们是仙人球，上面有仙女在那里画花，你看，红的，绿的，青的，白的，多么好看，但是仙女的命多是很短，所以一会儿就不见了。后来我们想吹一个顶大的，顶大顶圆顶好看的球，上面要有许多画花的仙女，十个，二十个，还不够，吹成功了，慢慢的放上天去，（那时候天上刚有一大块好看的红云，那便是仙女的家，）岂不是好？我们，我同大哥，就慢慢的吹，慢慢的换气，手也顶小心的，拿着麦管子一动也不敢动。我几乎笑了，大哥也快笑了，球也慢慢的大了，像圆的鸽蛋，像圆的鸡蛋，像圆的鸭蛋，像圆的鹅蛋，（妈，鹅蛋不是比鸭蛋大吗？）像妹妹的那个大皮球；球大了，花也慢慢多了，仙女到得也多了，那球老是轻轻的动着，像发抖，我想一定是那些仙女看了我们迸着气，板着脸，鼓着腮帮子，太可笑的样子，在那里笑话我们，像妹妹一样的傻笑，可没有声音。后来奶妈在旁边说好了，再吹就破了，我们就轻轻的把嘴唇移开了麦管口，手发抖，脚也不敢动，好容易把那麦管口挂着的好宝贝举起来——真是宝贝，我们乐极了，我们就轻轻的把那满是仙女的球往空中一掷，赶快仰起一双嘴，尽吹，可是妈呀，你不能张着口吹，直吹球就破，你得把你那口回成一个小圆洞儿再吹，那就不破了，大哥吹得比我更好。他吹，我也吹，他又吹，吹得那盏五彩的灯儿摇摇摆摆的，上上下下的，尽在空中飞着，像个大花蝶。我呀，又着急，又乐，又要笑，又不敢笑开口，开口一吹球儿就破。奶妈看得也笑了。妹子奶妈抱着，也乐疯了，尽伸着一双小手想去抓那球,——她老爱抓花蝶——可没有抓到。竹子也笑了,笑得摇头弯腰的。

"球飞到了竹子旁边险得很,差一点让扎破了。那在太阳光里溜着,真美,真好看。那些仙女画好了,都在那里拉着手儿跳舞。跳的是仙女舞,真好看。我们正吹得浑身都痛,想把他吹上天去,哪儿知道出乱子了,我们的花厅前面不是有个燕子窝,他们不是早晚尽闹,那只尾巴又细又白的,真不知趣,早不飞,晚不飞,谁都不愿意飞,他倒飞了出来,一飞呀就捣乱,他开着口,一面叫,一面飞,他那张贫嘴,刚好撞着快飞上天的球儿,一撞呀,什么球呀,蛋呀,蝴蝶呀,画呀,仙女呀,笑呀,全没有了,全不见了,全让那白燕的贫嘴吞了下去,连仙女都吞了!妈呀,你看可气不可气,我就哭了!"

灯

——［中国］鲁　彦

> 我在母亲的怀中痛苦地挣扎，
> 我怨忿、绝望，我将心还给了母亲并给了她一个安慰，
> 让她看到了希望，这一切只有灯知道……

　　我愤怒地躺在母亲的怀中。母亲紧紧地搂着我，呜咽地哭泣着，她的泪纷纷地落在我的颈上，我只是愤怒地躺着。
　　"你不生我不好吗，母亲？"我怨忿地问。
　　母亲没有回答，母亲的脸色极其苍白。
　　我愤怒地伸出右手，竭力地撕我胸上地衣服。
　　"为了母亲，孩子……"母亲按住我的手，呜咽地说。
　　"咳咳……"我哭了。
　　风凄凄地摇荡着窗外的枇杷树，雨萧萧地滴在我心上。母亲的脸色是那样的苍白。我悲苦地挽住了她的颈，她的颈如柴一般的消瘦。
　　"让我死了罢，母亲……"我哭着说，紧紧地挽着她的颈。
　　"不能，不能，孩子，我的孩子……"她的泪纷纷地落在我的脸上。
　　灯光黯淡地照着她的头发，她的头发如丝一般的乱，如霜一般的白。
　　静寂，静寂，世界上除了我和母亲外，没有一个人影；除了风和雨的哭声外，没有半点响声。
　　"罢了，罢了，母亲。我还你这颗心，我还你这颗心！你生我时不该给我这颗心，这在世界上没有用处！"说着，我用两手竭力地撕我胸上的衣服，怨忿而且悲伤。
　　"啊，孩子！……"母亲号啕地哭了。她紧紧地按住了我的手，我竭力地挣扎着。
　　风凄凄地摇荡着窗外的枇杷树，雨萧萧地滴在我的心上。灯光黯淡地照着母亲的头发，母亲的头发如丝一般的乱，如霜一般的白，母亲的泪如潮一般地流

着，我抱住她的消瘦的颈，也号啕地大哭了。

有一滴泪，从母亲的眼中落了下来，滴在我的眼上，和我的泪融合在一处，渐渐地汇成了一道河。

我溯着河流走去，进了母亲的眼帘，一直到了母亲的心坎上。

在那里，我看见母亲的心萎枯了。

"母亲，为了你的孩子，你将你自己的心萎枯了。然而你分给你孩子的那颗心，在世界上只是受人家的诅咒，不曾受人家的祝福，只能增加你孩子的悲哀，不能增加你孩子的欢乐。现在，取出来还了你罢，母亲！"我哭着说，跪倒在母亲的心旁。解开胸衣，用指甲划开胸皮，我伸手进去从自己的腔中挖出一颗鲜血淋淋的心，放在母亲的心上。母亲的心和我的心合成一个，热血沸腾了。

我急忙合上自己的胸皮，扣上了胸衣，忽忽地离开了母亲的心，出了母亲的眼帘，由原路回到了母亲的膝上。

母亲不知道。

"母亲，我不再灰心了，我愿意做'人'了。"我拭着眼泪对母亲说。

母亲微笑了。母亲的心中充满了无限的欢乐，母亲的眼前露出了无限的希望。

只有灯，只有站在壁上的灯，他知道我在母亲心中所做的什么，不忍见那微笑，渐渐地惨淡了下去……

老 爱 情

——[中国] 苏 童

"在天愿做比翼鸟,在地愿做连理枝。"
你一定以为这是一个天荒地老的故事,其实不是的。
它就发生在七十年代,它就发生我在家乡。

我这里说的爱情故事也许让一些读者失望,但是当我说完这个故事后,相信也有一些读者会感到一丝震动。

话说七十年代,我们香椿树街有一对老夫妇,当时大约是六七十岁的样子,妻子身材高挑,白皮肤,大眼睛,看得出来年轻时候是个美人,丈夫虽然长得不丑,却是一个矮子。他们出现在街上,乍一看,不配,仔细一看,却是天造地设的一对。为什么这么说呢?这对老夫妻彼此之间是镜子,除了性别不同,他们的眼神相似,表情相似,甚至两人脸上的黑痣,一个在左脸颊,一个在右脸颊,也是配合得天衣无缝。他们到煤店买煤,一只箩筐,一根扁担,丈夫在前面,妻子在后面,这与别人家夫妇扛煤的位置不同,没有办法,不是他们别出心裁,是因为那丈夫矮,力气小,做妻子的反串了男角。

他们有个女儿,嫁出去了。女儿把自己的孩子丢在父亲那里,也不知是为了父母,还是为了自己。她自己大概一个星期回一次娘家。

这是一个星期天的下午,女儿在外面"通通通"敲门,里面立即响起一阵杂沓的脚步声,老夫妇同时出现在门边,两张苍老而欢乐的笑脸,笑起来两个人的嘴角居然都向右边歪着。

但女儿回家不是来向父母微笑的,她的任务似乎是为埋怨和教训她的双亲。她高声地列举出父母所干的糊涂事,包括拖把在地板上留下太多的积水,包括他们对孩子的溺爱,给他吃得太多,穿得也太多。她一边喝着老人给她做的红枣汤,一边说:"唉,对你们说了多少遍也没用,我看你们是老糊涂了!"

老夫妻一听,忙走过去给外孙脱去多余的衣服,他们面带愧色,不敢争辩,似乎默认这么一个事实,他们是老了,是有点老糊涂了。

获得爱的磨难

过会儿，那老妇人给女儿收拾着汤碗，突然捂着胸口，迎然倒了下来，死了，据说死因是心肌梗塞。死者人缘好，邻居们听说了都去吊唁。他们看见平时不太孝顺的女儿这会儿哭成了泪人儿了，都不觉奇怪，这么好的母亲死了，她不哭才奇怪呢！他们奇怪的是那老头，他面无表情，坐在亡妻的身边，看上去很平静。外孙不懂事，就问："外公，你怎么不哭？"

老人说："外公不会哭。外婆死了，外公也会死的，外公今天也会死的。"

孩子说："你骗人，你什么病也没有，不会死的。"

老人摇摇头，说："外公不骗人，外公今天也要死了。你看外婆临死不肯闭眼，她丢不下我，我也丢不下她。我要陪着你外婆哩。"

大人们听见老人的话，都多了心眼，小心地看着他。但老人并没有任何自寻短见的端倪，他一直静静地守在亡妻的身边，坐在一张椅子上。他一直坐在椅子上。夜深了，守夜的人们听见老人喉咙里响起一阵痰声，未及人们做出反应，老人就歪倒在亡妻的灵床下面了。这时就听见堂屋自鸣钟"当当当"连着响了起来，人们一看，正是夜十二点！

正如他宣布的那样，那矮个子的老人心想事成，陪着妻子一起去了。如果不是人们亲眼所见，谁会相信这样的事情？但这个故事是真实的，那对生死相守的老人确有其人，他们是我的邻居，死于七十年代末的同一个夜晚。那座老自鸣钟后来就定格在十二点，就如上了锈一样，任人们怎么拨转就是一动也不动。

这个故事叙述起来就这么简单，不知道你怎么看，我一直认为这是我一生能说的最动人的爱情故事。

蓦然回首
MoRanHuiShou

制　服

——［中国台湾］陈克华

> 她与他约会的第一夜，
> 她看到了他笔挺制服下那裸着的身体上的刺青及伤疤的印迹，
> 不禁为之吃惊。多年后，她始终忘不了那一夜。

　　等她一切都明白过来时，便知道所有都是制服的错了。

　　当钟敲十二下，男人开始卸解下一身衣物，先是眼镜、戒指、手表、领带——大概就从解下领带开始吧，原来存在的高潮几乎纯粹是欲望的催化氛围，马上为之一变，就像这家旅舍房间的冷气流一般强劲地当头罩下，使她由头顶到脚底板一度一度地冷下去。

　　他领带松开后，颈下露出一颗硕大的突兀的喉结，大得像会割人。敞开的衬衫领口露出苍白的，甚至些微病态青黄的单薄的胸肋，卷起的袖口隐隐露出手臂上一块褪色的刺青。

　　她好奇地多瞄了两眼——好像是一朵玫瑰图案外加一行"永远……爱你……爱死"的歪斜小字，仿佛标志着一段甚为不堪的少年往事——天啊，他还会继续往下脱……

　　她不知道一个男人一旦穿起那钉着两排金属钮扣的制服、崭新闪亮的领章肩章，蓄个中规中矩的发脚整齐的短发，胸前配挂着号码名牌的模样，竟有如此不可抗拒的扭力——今晚当他为她拉开了晚餐的高背椅时，她简直以为自己是中世纪城堡里的郡主，而他是她高大英挺、身怀绝艺的贴身侍卫长。

　　她望着他被宽皮带与垫肩所塑勒成倒三角形的上半身，那样熨贴的绒质布料，绒布所紧紧包裹的紧硬骨骼与肌肉，简直含蕴了所有对中产阶级拘谨而贫乏的想像力的无限魅惑……

　　然而现在钟敲了十二下，她的心情陡地由盛装赴宴的公主一下子跌回成为灰暗沮丧的辛德蕾拉——更糟糕的是，她已经脱好了衣服正裹在被单里等他，而这一切到目前为止，并没有任何被动的成分……

获得爱的磨难

而他还在继续往下脱——她冷冷地盯着他渐渐裸裎出来的馒头似的肥凸小肚、瘦似两枝火柴棒的大腿、股骨上深深浅浅的淡紫色发亮的疤……老天,她想:少了那套制服他简直就还是个乱七八糟的发育中的孩子……

终于他没有什么可以再脱了——她抓紧了床单把身子转过背对着他,感觉到一股男人身上暖呼呼的燥热靠了过来。弹簧床陷了过去,她紧闭起眼假想这将是一次强暴——而这才是她和他约会的第一夜。天哪……怎么会演变到这般田地?当他压在她身上热烈地做那件事时,她双眼一直盯着那件金光闪闪、两排钮扣的绒质制服整齐地披挂在椅背上,上头还有阶级、名牌,她所不明白的领章的意义……都在浓浓的黑夜里闪着坚定的明锐的幽光,连那张椅子也仿佛有了生命,像一副没有长头的肩膀,以无比的虚空静定地回望她。

多年后她始终忘不了这一夜。

获得爱的磨难

——[美国] 欧·亨利

乔和迪莉娅婚后便把身上的钱全部花光了。
于是，学音乐的迪莉娅便去做了家教，
而学绘画的乔说有主顾去买他的画。
两周后，他们的谎言都被对方揭穿了。

中西部的乔来纽约求绘画，南部的迪莉娅来纽约求音乐，二人在一画室不期而遇，不久以后，他们成了好朋友，并且结了婚。

婚后，二人租了一间狭小的房子。尽管房子很小，但二人居住得很开心。他们互敬互爱，而且双方都热衷于艺术。直到有一天，他们在发现已经花完了所有的钱之前，他们生活中的每一件事都是顺心满意的。

迪莉娅决定去做家庭音乐教师了。一天下午，她对丈夫说：

"乔，亲爱的，我给一个将军的女儿作音乐家庭教师。她是位性情温柔的姑娘。一星期我教三节课，一节课五元。"

但是，乔并不高兴。

"我也要找事做。"他说，"你以为我可以眼睁睁地看着你工作而自己却轻松地搞自己的艺术吗？不，我也要工作。"

"亲爱的，不要固执。"迪莉娅说，"你必须继续练习绘画。我们一周有十五元钱，会生活得很幸福的。"

"也许我可以在我的画上做些文章。"乔说。

每天，他们早晨分手，晚上相见。一星期过去了，迪莉娅带回家十五元钱，但身子透出少许疲惫。

"克莱门提娜有时使我感到烦恼。恐怕她不会下苦功夫练习的。但是，那位将军真是一位最可爱的老人！我多么想你能见他一面呀，乔。"

这时，乔从口袋里摸出十八元钱。

"一个来自皮奥里亚的人相中了我的一幅画。"他说，"他还定购了另外一张。"

"太棒了。"迪莉娅说,"三十三元!以前我们从没有这么多的钱去花费。今晚我们将吃一顿丰盛的晚餐了。"

第二个星期,乔比迪莉娅早回家,他又带回了十八元钱。过了半小时,迪莉娅回来了,她的右手缠着绷带。

"你的手怎么了?"乔大惊。

迪莉娅笑着说:"噢,发生了一件滑稽事儿!克莱门提娜递给我一盆汤时,一些汤溅洒到我手上。对此她感到很抱歉,老将军也觉得过意不去。乔,亲爱的,你不相信吗?你为什么用这种眼神盯着我?"

"你今天什么时间烫着手的,迪莉娅?"

"我大约下午五点钟吧。那把烙铁——我的意思是说那盆汤——是在五点左右备好的。你问这个干嘛?"

"迪莉娅,来,坐在这儿。"乔说着把她拉到长沙发上,并且坐在她身边。

"亲爱的,不要骗我,说你每天在干什么工作,你真的在做家教吗?告诉我实话。"

迪莉娅哭了起来。

"亲爱的,我撒了谎。"她诉说道,"我在一个洗衣坊熨衬衣。今天下午,一个女孩偶然间把一把烙铁放在了我的手上,把我重重地烫了一下。但是,告诉我,乔,你是如何知道我不是在做家庭音乐教师的呢?"

"很简单。"乔说,"我知道关于你的绷带的所有来历,因为是我把它们送给楼下洗衣坊里一个小女孩的,她用热烙铁烫坏了一个人的手。你明白了吧,我是你工作的洗衣坊里的动力机房里的一名临时工。"

"那么,你画的画呢?你的那位来自皮奥里亚的主顾呢?"

"算了吧!你的将军和他的克莱门提娜是无中生有的,那么,我那位来自皮奥里亚的人当然也是梦中人物。"

说完,两个人对视半天,忽然一下子大笑起来,并拥抱在一起。

约 会

——［美国］欧·亨利

老朋友鲍勃和吉米相约二十年后在纽约分手的小饭馆再相见。二十年后的今天，他们都没有违约，但却没有相认。后来，鲍勃接收到了一张便条，他读着读着，开始颤抖起来。

夜已很深了，纽约一条大街上的人已经很少了，有些商店正准备关门。一个警察正朝着这条街大步走来。

在一家小店铺的门口，昏暗的灯光下站着一个男子。他的嘴里叼着一枝没有点燃的雪茄烟。警察放慢了脚步，仔细地打量了这个男人一会儿，然后，向那个男子走了过去。

"我没干什么违法的事，大人。"看见警察向自己走来，那个男子很快地说，"我只是在这儿等一位朋友罢了。这是二十年前定下的一个约会。你听了觉得稀奇，是吗？好吧，如果有兴致的话，你听我讲个故事，那还是二十年前，这个店铺现在所占的地方，原来是一家餐馆……"

"我知道，那餐馆五年前就被拆除了。"警察接上去说。

男子划了根火柴，点燃了叼在嘴上的雪茄。借着火柴的亮光，警察发现这个男子脸色苍白，右眼角附近有一块小小的白色的伤疤。

"大人，您听我说，我有个最好的朋友，他叫吉米·维尔斯，二十年前的今天晚上，我们在五年前被拆除的那家餐馆吃晚饭，当时，我正准备第二天早上就动身到西部去谋生。那天夜晚临分手的时候，我们俩约定：二十年后的同一日期、同一时间，我们到这里再次相会。然后我们就分开了。"

"这听起来倒挺有意思。"警察说，"你们分手以后，你就没有收到过你那位朋友的信吗？"

"哦，收到过他的信。有一段时间，我们曾相互通信。"那男子说，"可是一两年之后，我们就中断了联系。你知道，西部是个很大的地方。我又由于生计的

获得爱的磨难

关系居无定所,所以我们已经有好多年未曾联系了。但是二十年的承诺我们还要遵守,吉米一定会来这儿和我相会的。他是我最信得过的朋友啦。"

说完,男人从口袋里掏出一块小巧玲珑的金表。表上的宝石在黑暗中闪闪发光。"还有三分钟十点了。"他说,"我们上一次是十点整在这儿的餐馆分手的。"

"这二十年来你在西部发展得怎么样?"警察问道。

"很风光!吉米的光景要是能赶上我的一半就好了。啊,实在不容易啊!这些年来,我付出了很多东西……"

一阵冷冷的风穿街而过。接着,一片沉寂。他们俩谁也没有说话。过了一会儿,警察准备离开这里。

"我得走了,"他对那个男子说,"我希望你的朋友很快就会到来。假如他不准时赶来,你会离开这儿吗?"

"噢!不,我最低也要十点半才能走,如果吉米他还活在人间,他到时候一定会来到这儿的。就说这些吧,再见,大人,祝你好运!"

"再见,先生。"警察一边说着,一边沿街走去,街上已经没有行人了,空荡荡的。

男子又在这店铺的门前等了大约二十分钟的光景,正当他又掏出那块金表准备看时间之时,一个身材高大的人急匆匆地径直走来。他穿着一件黑色的大衣,衣领向上翻着,盖住了耳朵。

"你是鲍勃吗?"来人问道。

"你是吉米·维尔斯?"站在门口的男子大声地说,显然,他很激动。

来人紧走两步,一把抱住男人:"鲍勃,我是吉米,终于见到你了,我太高兴了!二十年是个不短的时间啊!你看,鲍勃!原来的那个餐厅已经不在啦!要是它没有被拆除,我们再一块儿在这里面共进晚餐该多好啊!鲍勃,这些年你过得怎么样?"

"我已经设法获得了我所需要的一切东西。你的变化不小啊,吉米。你长得这么高,真出乎我的意料。"

"哦,你走了以后,我是长高了一点儿。"

"吉米,你在纽约生活得怎么样?"

"怎么说呢?很一般。我在市政府的一个部门里上班,坐办公室。来,鲍勃,咱们去转转,找个地方好好叙叙往事。"

此时,已经接近深夜了,大多数商家都已关门,只有拐角处的一家商店还亮着灯,他们来到亮光处,都不约而同地转过身来看了看对方的脸。

突然间,那个从西部来的男子停住了脚步。

"你不是吉米·维尔斯。"他说,"虽然我和吉米二十年没有见面,但一个人

209

蓦然回首

不可能变化这么大，我敢肯定你不是我的朋友吉米。"从他说话的声调中可以听出，他在怀疑对方。

"不错，我不是你的朋友吉米，但我知道二十年来你已由一个好人变成一个恶棍了。"高个子说，"你被捕了，鲍勃。芝加哥的警方猜到你会到这个城市来的，于是，派我来跟你联络一下。就这样，在我们还没有去警察局之前，先给你看一张条子，是你的朋友写给你的。"

鲍勃接过便条。读着读着，他微微地颤抖起来。便条上写着：

鲍勃：

　　我没有失约，刚才我们已见过面了，当你划着火柴点烟时，我发现你正是那个被芝加哥警方通缉的人。由于我们曾是朋友，我不忍自己亲自逮捕你，只得找了个便衣警察来做这件事。

吉米

获得爱的磨难

古老的戒指

—— [美国] 霍　桑

> 埃塞克斯伯爵被处死刑的前夜，伯爵托为报复而来探监的什鲁斯伯里伯爵夫人把一枚魔戒送到女王面前。最后，伯爵夫人因违背誓言，遭到精灵的惩罚。

"这钻石亮得就像星星，镶嵌得也很巧妙。"克拉拉·彭伯顿小姐与未婚夫一番甜言蜜语之后，细细地看着他送给她的那只古老戒指，"只差一样就十全十美了。"

"差什么？"爱德华·卡里尔先生暗暗盼望礼物得到称许，"是不是差个摩登底座？"

"哦，不是！如果那样，这个东西的魅力就被破坏无疑了。"克拉拉回答，"什么装饰也不缺，只缺一个故事。真想知道这东西充当情人间爱的信物已有多少次，并且随它而来的那些誓言是得到遵守，还是时常遭践踏。我倒不是特别看重事实，你要是对这戒指的真正历史不了解，反而更好。说不定它曾在哪位女王的手指上闪耀过光彩呢？没准儿波斯特休莫斯从伊莫金手里得到的正是它呢？一句话，你一定得用这颗钻石的光华点燃你的想像力，编出个故事来。"

"要民歌还是要叙事诗？"爱德华将戒指拿在手中，转来转去，捕捉那耀眼的光芒，仿佛照克拉拉建议的一般，指望着能用它星星一般的闪光，点燃自己的想像力，"富于魔力的戒指常常在古老的英诗中光彩照人，我想这个题材还能用。不过韵文比散文更合适。"

"不，不，"彭伯顿小姐道，"这戒指上有一句题诗就足够了。你就用明白的散义来写这个故事吧。等你写完，我就开个小茶会，请大家来听你朗读。"

青年绅士答应照办。他上床躺下，满脑子都是缠住戒指、怀表、剑鞘之类不放的精灵鬼怪。他运气不错，总能在梦中得到某种启发，将这梦中启示与自己碰巧了解到的关于这戒指的一些真实历史凑到一起，便大功告成。于是，克拉拉·彭伯顿请来几位最要好的朋友——大家对爱德华的天才深信不疑。所以，这位大

蓦然回首

作家就得到了一些即便算不上最公正的评论家,也堪称最友好的听众。

爱德华·卡里尔把椅子拉近一盏太阳灯,打开一卷光滑的纸,开始朗读:

今夜,埃塞克斯伯爵接到死刑判决书,明天他将被推上断头台。这时,什鲁斯伯里伯爵夫人前来探监,发现伯爵大人孩子似地把玩着一只戒指。戒指上的钻石散射着小星般的光芒,不过发出的只有红光。伦敦塔内阴森森的牢房,四面石壁上高而狭小的窗户,便是伯爵大人拥有的全部人间景象,也难怪他对世间欺人的辉煌发上一通道德高论。人遭到毁灭性的打击、身处绝境之时,往往如此。伯爵夫人目光锐利,装作埃塞克斯的朋友,但此行真正的目的却是为了报复伯爵早已忘却的一次轻蔑。她精明地发现这只钻戒不同凡响,甚至伯爵为她还记得一位遭到毁灭的受宠者,一名被判死刑的罪犯,而表示感激之时,目光也不曾离开那戒指片刻,好像时间与世事存留的一切都集中在那个小玩意儿上了。

"亲爱的伯爵,"伯爵夫人道,"这戒指如此迷你的心,肯定特别重要,是哪个漂亮女人送的爱情信物吧?——唉,可怜的女人,占有过这样一颗心,该是多么富有!她是谁啊?你打算把这东西还给她么?"

"女王!女王!这是女王陛下亲自送给我的礼物,"伯爵仍目不转睛地盯着那只戒指,"她从自己手指上取下来,微笑着对我说,这是她都铎祖先的一件传家宝,曾为不列颠法力无边的巫师墨林所有,他将它送给了心爱的女人。墨林施展魔法,把一个精灵困在这颗钻石里面。这精灵虽属妖孽,却被魔法约束,只要戒指作为赠送与接受的双方爱情与忠实的信物,它就只会做好事。但如果爱情遭到背叛,不再忠实,邪恶的精灵就会任性作乱,直到这戒指再度成为某种善良高尚行为的工具,成为忠实爱情的信物。然而不久,巫师本人就被得到他戒指的女人谋杀了。"

"无稽之谈!"伯爵夫人道。

"不错。"埃塞克斯忧伤地一笑,"不过,这戒指既象征着女王的宠信,又证明它是我的祸根。大限临头,人只好跟梦境、鬼魂交谈。我一直盯着这只戒指看,心想没准儿能看到住在里头的精灵。你也许会笑话我,但你注意这红光了么?——在这亮晃晃的光芒中,它有点儿发暗,这说明精灵就在里头。甚至此刻,我看这光也变得越来越红,越来越深,活像愤怒的落日。"

然而,伯爵的神态却显示出他对戒指的魔力并不以为然。人在绝望之时,都会有些玩世不恭,因为彻底感受到不幸的现实将立刻粉碎自己的灵魂。此刻,什鲁斯伯里伯爵夫人幸灾乐祸,盯住伯爵不放。

"这个戒指,"伯爵换了口气接着说,"是我的女王情人对她的奴仆滥施恩宠的惟一存证。我的运气曾灿烂如宝石,如今黑暗却笼罩我全身,我看这钻石的光芒——这牢房中惟一的光——很快就熄灭也不足为怪。它是我在人世的最后一线希望啦。"

"伯爵大人，你感觉如何？"什鲁斯伯里伯爵夫人假惺惺地问，"宝石光辉灿烂，要是它还能使你心存希望，在这悲惨的时刻就该具有奇妙的魔力呀。可惜哟！伦敦塔这些铁栏杆的石头堡垒好像不理会这种魔力。"

埃塞克斯不自觉地抬起头，因为伯爵夫人的口气令他颇有些不安，虽然他并未怀疑一名仇敌已闯入他牢房的神圣领地，对他一度灿若晨星的好运的彻底毁灭而心生快感。他注视着她的面孔许久，却没发现任何令人生疑之处。要读懂一张面孔，除非你有一双比塞西尔更锐利的眼睛。而且，这张面孔处于宫廷虚伪的显赫之中已如此长久，如今几乎等同面具，除了实情什么都表现得出来。被判死刑的贵人再次低头看他的戒指，接着说：

"这颗明亮的钻石具有魔力，这魔力属于伟大女王宠信的护身法宝。她吩咐过我，假若有一天我失宠于她，不论程度多深，罪过多大，只要把这只戒指带给她看，她都会毫无条件地宽恕我。毫无疑问，她目光敏锐，当初就已发觉我生性鲁莽，料到我会因此而招来杀身之祸。而且她知道——也许她有意如此，在我最需要的时候，她血脉里带来的严峻，会因过去温柔亲切的时光而为我化作柔肠。我怀疑过——不相信过——可谁知道，即使现在，这戒指会带来什么令人欢欣的影响？"

"你耽搁太久啦，早该送上这只戒指，请求陛下宽恕。"伯爵夫人道，"眼下事已至此，恐怕无法挽回了。"

"的确，我不愿请求女王宽恕。"伯爵道，"本来至少可以在法律面前留条性命。要是贵族们审判我时，宣布我并未犯有图谋加害陛下神圣生命的大罪，当时我就会跪倒在她脚下，献上这只戒指，祈求她以最严厉的手段考验我的爱与忠诚。可如今，仅仅以被陛下认为是我伪装的柔情为理由，去乞求保留我性命的悲惨赏赐——太露骨啦——太卑贱啦！"

"可这是你惟一的希望。"伯爵夫人道。

"况且，"埃塞克斯循着自己的思路，"这个女人感情的象征又有多大功效？国家法律的铁定律条，廷臣们五花八门的阴谋诡计，均欲置我于死地而后快。就算她并不具有她父亲的精神，塞西尔与罗利能听任她感情用事么？希望恐怕也和肥皂泡一样渺茫。"

尽管如此，埃塞克斯仍全神贯注地盯着那戒指，表明他乐观自信的个性全都集中于此。茫茫人世，除却这只金色小圆环之外，他已一无所有。与尘世的火焰相比，钻石闪烁的光芒更强烈，正是他毕生事业灿烂的回忆。它并未因情人宠信之光的暗淡而变得苍白。恰恰相反，它发出比任何时候都更为明亮、更为引人注目的暗红色光芒。它犹如欢乐火把的光芒，散发芳香的明灯，为他点燃堆堆篝

蓦然回首

火。想当初,他曾是百姓拥戴的大人物,是王室宫廷的辉煌明星——这一切一切的荣耀仿佛统统集于这颗钻石身上,点染着未来的光辉,集聚着往日的璀璨。这辉煌也许还会再度闪耀,照亮伦敦塔阴暗的牢房,然后越来越大,越来越大,直到照亮整个英格兰的国土及它四周悬崖峭壁下的所有海域。通常,这种热烈的狂喜紧跟在长久沮丧之后,而且它所预告的正是凡人最凄惨的末日。伯爵把戒指紧贴胸口,仿佛真把它看作护身的法宝,精灵的居所,照女王向他开玩笑保证的那样——不过这精灵具有的魔力比女王所讲的要令人愉快得多。

"哦,但愿我能再次来到她的垫脚凳前!"他在牢房的石地上急躁地踱着,把手高高扬起,"我会跪下去,我这个马上就被杀头的人还有什么尊严?可我如何重新崛起?如何再度成为伊丽莎白的宠臣?——英格兰最得意的贵族!——我应重振雄心实现自己的无限前途!我不能在这令人恶心的牢房中长期呆下去,这戒指具有让我自由的力量!朝廷需要我!喂,看守,打开牢门!"

但他忽然想到,要见那位已形同路人的情人,验证自以为仍拥有的对她感情的影响,几乎是不可能。只要能走出牢房的禁锢一步,世界就充满阳光。但关在里头,就只有黑暗与死亡,"唉!"他喟然长叹,头一垂,把脸埋在手掌里,"就因为少一句可恨的话,我只有一死!"

什鲁斯伯里伯爵夫人已经忘记了自己此行的目的,完全沉浸于伯爵扑朔迷离的幻想中了。任何一个人也不会疑心她深表关切的面容,除非她目睹死到临头的慷慨汉子那大起大落的情绪,还能保持无动于衷。她走到他身旁。

"我的好伯爵,"她说,"你打算怎么办?"

"什么也不办——全完了!"伯爵心灰意冷地说,"假若我这已经坐牢的人还有什么朋友,我想请他把这戒指送到女王的手上,除此之外,毫无希望。它也许能使陛下想起可怜的埃塞克斯往日所受的恩宠,免除对他的惩罚。"

"我愿做这位朋友,"伯爵夫人道,"机不可失,把这宝贵的戒指交给我吧。今夜我就能把它转到女王的手中,无须我苦苦求情,它自会起作用的。"

伯爵几乎毫不迟疑地想交出戒指,但其间他打量一番弯腰来接戒指的伯爵夫人,他感到戒指的红光映红了她的脸,往事历历涌上心头,使这面孔带上不祥的神情。也许人之将死之时,会拥有异乎寻常的洞察力,身处此情此景使他不禁对她的行为有所怀疑。

"伯爵夫人,"他道,"我不知为何犹豫不决,既然已身处绝境,又简直无法选择朋友。可你审视过自己内心么?你能完成这使命么?能实话实说——恳切热诚,甚至流下眼泪,痛苦万状——用这些来恳求陛下赐给一个人宝贵的生命么?要是你接受这使命却对我背信弃义,上帝会惩罚你的!看在你灵魂的份上,想想你临死前的安宁,我劝你慎重考虑一下再接受这只戒指!"

获得爱的磨难

伯爵夫人没有退缩。

"伯爵！我善良的伯爵大人！"她叫道，"请你不要冤枉一个女人的心。你可以选择另一个信使，可除了陛下卧房的女侍，谁这么晚了还能接近女王？这可是为了你的性命，不然我才不会再次提出帮忙。"

"把戒指拿去吧！"伯爵道。

"相信我，再过一个钟头，这东西就会送到女王的手中。"伯爵夫人接过性命攸关的神圣信物，"明天一早等我的好消息吧。"

她走了，伯爵重新燃起了希望之火，以致入睡后好梦不断，再也不用担心塔院中可怕的断头台，取而代之的是堂皇的华盖，谄媚的大臣。女王的微笑再度温柔可亲，魔法的钻石发出光芒，他的前程再度闪闪发光。

历史记录了故事的结局。在埃塞克斯最困难的时刻，什鲁斯伯里伯爵夫人辜负了他的重托，无耻地背信弃义。她那夜确实侍立在女王面前，却自己留下了戒指，没有为那位往日的宠臣说上一句好话，以打动女王陛下那冷酷的心肠。第二天，伯爵高贵的头颅滚落在断头台上。歹毒的伯爵夫人在临死之前，自己灵魂被沉重的罪恶所折磨，于是派人请来女王，说出了戒指的事情，乞求陛下宽恕她欺君之罪。女王虽然对往事懊悔痛心，却也无法追究她的责任，她摇撼着那躺在床上快要咽气的女人，仿佛欲与死神争夺报仇雪恨的权利。伯爵夫人灵魂出壳，去接受另一个世界的处罚或怜悯。据说人们在她胸口发现那只不吉利的戒指，它已在那儿烙上了一个深深的红印，像是滚烫的东西灼烧而成。殡殓尸体的人为之心惊肉跳，相互窃窃私语，说这戒指一定是被地狱之火烧得滚热。人们就让它留在死者胸口，盛入棺材。于是这枚戒指与这个罪孽的女人一道埋入坟墓。

多年之后，收容什鲁斯伯里家族遗骨的教堂遭到克伦威尔士兵的洗劫。他们闯入这家祖先的墓窖，从长眠此地的贵人们身上抄走了一切值钱的东西。于是墨林的古老戒指落入铁甲军一位粗壮的军士手中。结果这位军士又成为深居钻石的精灵邪恶魔法的牺牲品——很快，他便丧生沙场。而戒指未经任何合法遗嘱又落入一名寻欢作乐的保王党手中。此人立刻把它当掉，把钱用于喝酒作乐，结果很快地使自己一命呜呼。后来，这只魔法戒指又在查理二世王朝不同的人手里辗转了许多年。但不论这只邪恶的戒指落到谁手里，不论它戴在何人指上，也不论男人与男人之间，男人与女人之间尔虞我诈，违背誓言，还是亵渎感情；亦或它落入老爷太太还是村姑之手——有时它竟变得十分卑贱——给人们带来的都只有悲伤与耻辱——厄运始终伴随着它。没有任何洗清罪恶的行为能驱赶这颗明亮的小星星里隐藏的邪恶精灵。后来，罗伯特·沃波尔伯爵当政时期，它再次出现在人们的视野。沃波尔伯爵从众多贵重的珠宝中把它挑出来，赠给了一位英国议员夫人，企图暗中破坏议员的政治名誉。岁月沧桑，它不祥的暗红色愈来愈深，愈来

蓦然回首

愈黑，直到有一天把它放到白纸上，它会露出黑红色的色彩，奇妙地光芒四射，把周围一切都照亮。这一点使得它愈发显得贵重无比。

可悲哟，祸水似的戒指！何时它骇人的秘密才能昭然天下？一个又一个得到它的人的厄运何时方能消除？

故事如今越过大西洋，来到我们美洲人的时代。不久之前的一个夜晚，在咱们这儿的一座教堂里，慈善组织正在举办一次募捐活动。热情洋溢的传教士滔滔不绝，进行着声情并茂的动人演讲，许多听众潸然泪下。唱诗班歌声甜蜜，风琴倾泄着如雷的旋律。执事们背着乌木箱，在通道与楼座之间来回走动，人人都朝里头放心地丢着献给上帝的钱，以拯救人间苦难。只听一片人声——一阵骚动——人们纷纷把手伸进自己口袋，慈善之心赫然可闻——叮当、叮当、叮当——接二连三坠入钱箱。时不时会有一块迷路的钱币滚到地板上，滚跑了，一路发出回声，溜进哪个不可知的角落。

最后，所有的人都奉献了他们的爱心。两位执事将钱箱放到圣餐台上，礼拜完毕又搬进法衣室。两位善良的老执事就在这里坐下来，清点募集到的钱财。

"呸，呸，蒂尔顿老兄，"特罗特执事看着蒂尔顿执事的钱箱，"瞧你弄到多大一堆铜板！说实话，我们这么大岁数，抱着它还真有点吃力呢。铜板！铜板！铜板！这些人肯定认为捐几个铜板就能进天堂吧？"

"别冤枉人家，老弟，"蒂尔顿执事朴实厚道，"有时候铜板比金币给人的好处更大咧。我是在楼座传钱箱，我碰到的人不像坐在宽敞厅堂里的体面人那样有钱，他们都是些穷手艺人、劳工、水手、女裁缝、女佣人，中间还混着一群顽皮的小学生。"

"不要说了，"特罗特执事道，"蒂尔顿老兄，传递奉献箱学问大着哩，要么生来就有道行，要么一窍不通。"

二人动手点起钱来。先从特罗特的箱子开始。说真的，这个人收获非常丰厚，看他那得意洋洋的样子，就好像每块钱都是从他自己腰包贡献出来的一样。若按捐款的数量计算，即使这位执事打算横贯全国，到得克萨斯玩上一趟，这乌木箱里的钱也够他开开心心地挥霍一番。虽然捐款者捐的都是钱包中最小的面额，但集中起来数目却很可观。其中最大一笔捐款是一张一百美元的支票，签着一位名声显赫的商人的大名。不过，他这一百美金也不会白花，明天的报纸上肯定又会颂扬一番此公的慷慨解囊。一大堆相似的银币中还有七块五元金币，外加一块英格兰金印，这些钱在箱子中闪闪发光。当然，这箱子没被铜板弄脏，除了一块崭新的分币，这可是一次了不起的善举。

"了不起！真了不起！"特罗特执事自夸自赞，"一晚上就募集这么多！好啦，蒂尔顿老兄，瞧瞧你的好么？"

获得爱的磨难

伤心的对比！蒂尔顿把装着募集款的箱子往桌上一倒，真好像这个国家所有的铜板，加上一大堆小店主的小毫子，英格兰、爱尔兰的半便士，只要是贱金属，统统跑到这箱子里来聚会了。倒有只模样周正的铅笔盒，却是锌白铜的；还有块颇像先令的钱币，可细细一看，是锡作的。可气的是，还有一只镀金铜钮扣冒充金币，一张双折的帐单假装银币。不过蒂尔顿执事并不气馁，因为他发现了一张簇新响脆的纸币，有着美丽的水印，还毫不含糊地印着黑体大字"二十"。然而仔细一看，却是张假币。一句话，可怜的老执事并不比那些与仙人做交易的人有运气。这些人到手的钱一下子就变成了枯叶、卵石和诸如此类不值钱的东西。

"干得不错，蒂尔顿老兄！"特罗特哈哈大笑，"你可以用铜板给自己造一座雕像了。"

"甭担心，老弟，"诚实的执事心平气和，"我从自己口袋掏十块钱好了，愿上帝的祝福与它同在。嘿，你瞧！这是什么？"

在这堆铜板下头，静静地躺着一只古老的戒指！这只戒指上还镶着一粒钻石，钻石在箱底放射出最洁白的光芒。它耀眼的光彩，仿佛哪位魔法师摘下了天上的明星，将它缩了又缩嵌入戒指。

"怎么回事？"特罗特翻来覆去地看，原以为这东西跟它的同伙一样不值钱。但仔细观察后，他不由地大叫道："咦，我敢发誓，这是颗真钻石，而且水色纯净。但它是哪儿来的呢？"

"我也毫不知情。"蒂尔顿道，"我的眼镜模模糊糊，所有人的脸看起来都差不多。现在我想起来了，是有道光掉进箱子，可好像是暗红色，不是这颗宝石的纯白色呀。好啦，这戒指能补上铜板的价值。不过，真希望捐献者把它的历史也一道扔进了这只箱子。"

这就是那只罪恶的戒指。从不列颠的墨林巫师开始，这戒指就不断转手易人。最后，伊丽莎白女王给埃塞克斯伯爵的这件赠物，终于被丢进新英格兰的一只教会奉献箱。两位执事把它存入一位时髦珠宝商的玻璃柜，而朗读本故事的鄙人，则从珠宝商手中买下了它，但愿它能在彭伯顿小姐的手上闪烁光芒。由于戒指的主人把贪婪的私欲变成了捐赠的善行，所以戒指上长期盘踞的邪恶精灵已被驱除，如今它变成了忠实爱情的信物。新主人温柔的胸怀从此不必再为它担惊受怕。

"太妙了！——美极了！——真是独出心裁！——写得太棒了！多好的哲理！——多出色的想像力！——真有力！——真动人！——真幽默！"爱德华·卡里尔慷慨厚道的听众们，听完故事后连声赞美。

"故事不错，"彭伯顿小姐心里明白，她的赞语与其他人的相差甚远，所以没那么慷慨大方。"的确不错，登上哪份年鉴都合适。不过，爱德华，你的哲理

蓦然回首

还不尽人意,你想以这戒指体现什么思想呢?"

"哦,克拉拉,我是这样想的,"爱德华说,"你知道我绝不会把思想与体现这思想的象征割裂开来。咱们不妨这样考虑,这颗钻石就好比人心,而邪恶的精灵则代表虚伪。它不论以什么面目出现,都是给人间带来悲伤烦恼的万恶之源。不知你对这个解释是否感到满意。"

"好吧,"克拉拉宽宏大量,"相信我,不论世人对这个故事如何评说,我会把它的寓意看得比钻石本身更加宝贵。"

获得爱的磨难

波茨和利诺

——［美国］西·汤姆斯

波茨每天忙于上下班，还要照顾胸口常莫名其妙疼痛的妻子，
在去礼堂做礼拜时，
总有小狗利诺陪伴他并听他说心里话。

见过波茨的人，心中都会油然生起一种自豪感，因为波茨是个身材矮小、无足轻重的家伙，系了一根弯弯扭扭的领带，帽子太小而外套却又太大。他在邮局工作，每天上下班提的那只棕色帆布公事包全然不像是一只办事员的提包，倒极像一个逃课学生的书包，翻翻囊囊，让人怀疑里面一定藏着苹果核和面包屑。再说，他脚上穿的靴子也有些怪，不是吗？系鞋带的地方露出了他那双绚丽的袜子。这家伙把靴舌头究竟弄到哪儿去了呢？"炸了吃了。"切斯尼公共汽车上的人打趣道。也有人有不同看法："不！可能是埋在他家花园里了。"他腋下夹了一把伞。下雨天伞打开后，他却完全消失了。伞已经把他包围住了，走在大街上人们都会误以为那是一把自己会走动的伞。

切斯尼住宅区的一所矮平房就是波茨先生的居所。房子边上那鼓出的水箱使它给人以一种悲伤压抑的感觉，就像是一所患有牙疼的矮平房。房子周围光秃秃的，前边有条通向院子大门的小路，准备辟为前草坪的地方已开出了两个花圃，一个圆的，一个长方形的。每天上午八点半，波茨准时从家出来，直奔切斯尼公共汽车站；每天傍晚，波茨踏着这条小径回家，而那大茶壶似的公共汽车隆隆地继续向前驶去。天快黑时，当他慢慢吞吞走近院门急切地想拿出烟斗吸口烟时——进了院门他是不准吸烟的——他的样子显得十分卑微和滑稽，令人觉得既可怜又可笑，连一颗颗欢快闪烁的星星也似乎在互相挤眉弄眼地取笑他，说："瞧他那模样！真像一只正在求偶的烂虾！"

波茨在消防站下了电车，准备换乘切斯尼公共汽车时，他发现有事发生了。车倒还是大茶壶样儿，一点没变，司机却离开了，他脸朝下趴在地上，一半身子在发动机底下。售票员帽子也没有戴，坐在踏板上卷着烟，不知在想些什么。一

蓦然回首
MoRanHuiShou

小帮车站的工作人员边谈笑着，边看着司机修车。司机摇动什么东西的时候，那辆车侧向一边，微微颤抖着，这种情景看了着实使人悲哀。就像一个出了事故被撞伤的人，极不愿让别人碰他，好像一碰就会伤他筋骨似的。

实际上，这件事已不算什么新鲜事了，人们对此并没表现出多大的关注与热情。他们中有些人只是等着想碰碰运气。其实，当波茨走过来的时候，已有两三个人决定走回家去了。但是，不到一定程度，波茨是不想走路的。他累了。昨天夜里他忙碌了半夜，给他妻子揉胸口，他妻子胸口有一种莫名其妙的疼痛。另外，昨晚他家的女佣也不知是怎么回事，一直叫不醒，而那些如煮茶烧水等工作也是由他代劳的。当他最后带着一双冰凉的脚躺下睡觉时，窗外已蒙蒙发亮，公鸡也已开始叫了。这些事也不是第一次发生了。

波茨感觉那只棕色帆布包今天特别重，需要两手交换着拿，他手没闲着，脑也没闲着，脑子里开始追忆起前一天晚上的事。不过印象有些模糊了。他看见自己像只螃蟹一样沿着过道爬到冰冷的厨房，又爬回来。黑黑的五斗橱上，两支蜡烛一闪一闪的。当他准备为妻子揉胸口时，妻子突然睁大那双大眼睛，大声叫着说：

"没有人同情我——没有人。你来料理我，只是出于无奈。不要回嘴，我能看出来你不想照料我。"

波茨没有理妻子，他知道一旦安抚妻子，她会越闹越凶，最后坐起身，举起手，一本正经地说："没关系，现在反正这种日子不会太长了。"但是，这句话的声音把她自己吓了一大跳，她倒在枕头上，不断说道："罗伯特！罗伯特！"罗伯特是好多年以前跟她订婚的一位青年的名字，那时她与波茨还未相识。这时，波茨反而会微笑起来，以往的经验使他知道，最难忍耐的时刻已经过去，她会开始安静下来……

波茨已经穿过街道，走在人行道的另一边了，这边的人行道边有一个栅栏，一叶小草钻出了木栅栏，还有几株纤弱细柔的雏菊。突然，波茨注意到一只蜜蜂落在其中的一朵雏菊花上，在那只小蜜蜂抓住花晃动的时候，那朵花垂了下来，摇晃着、颤抖着。蜜蜂飞走以后，花瓣摇曳了几下，像是不胜喜悦。……波茨边走边回忆，一丝笑容渐渐浮现在嘴边，但笑容中夹杂着少许苦涩和怯懦。现在，除了一位少女站在空车旁读书之外，其余的人都已经不见了。

走在礼拜行列末尾的波茨穿了一件黑长袍，对他来说，这长袍如同睡衣一样宽松，而且你还会觉得，他的手里不应该捧着赞美诗与祈祷书，而应该拿着一支蜡烛。他的声音是一种非常微弱而悲哀的男高音。这声音很怪异，怪异到使在场的每个人都吃惊，包括他自己。那声音又包含着诸多悲哀，所以当他唱到"让我，让我安上一副白鸽的翅膀"的时候，参加礼拜的妇女真想一起凑钱给他买一副。

利诺的眼神中充满了无助、卑怯，身子在不断擅抖，鼻翼有节奏地耸动。波茨心里不禁感到一阵悲痛。不过，他当然不会把这种感情表露出来。"好吧，"他严厉地说，"我想你该回家了。"说着，他从长凳上站起来。利诺也站了起来，但只是一动不动地站着，举起一只爪子。

"利诺，有件事我要在回家前必须跟你讲清楚，"波茨突然转过身用手指指着利诺说，利诺吓了一跳，像是感到要给枪毙了一般。但是它那双迷茫而又渴望的眼睛却一直盯着它的主人，"别再装出那副斗狗的架势，"波茨神情更为严肃，语调更为冷漠，"你不是一条斗狗，你是一条看门狗。那才是你自己。好了，是什么就是什么。你那种装腔作势狐假虎威的样子真叫我恶心，你知道吗？叫我恶心！"

利诺更加迷茫，一动不动地看着主人，而波茨也停止了说话，也盯着利诺。说也奇怪，这时他们两个是多么的相像。半晌，波茨转过身，向家里走去。利诺急急忙忙跟了上去。

幼稚

——［美国］克莱奥尔

在他的记忆中，父亲是高大魁梧的，他与父亲摔跤时，总是以失败告终。

渐渐地，他长大了，终于，在一次摔跤时，他将父亲压在了身下，而此时，他并没有胜利者的喜悦，他流泪了。

  在他的记忆中，他时常被父亲举过头顶，而他挥着两只小手乱抓，快活得咯咯直笑，母亲瞧着父子俩，也乐得合不拢嘴。父亲身材很高，因此他可以俯瞰一切，甚少可以清清楚楚地看清母亲扬起的脸，父亲棕色的浓密头发和宽宽的肩膀。

  接着，他就会高兴地尖叫，要父亲把他放下来。其实，在父亲强壮有力的手臂里，他感到安全极了。他认为，父亲是这个世界上最棒、最了不起的人。

  有一次，父亲与母亲合力抬一架钢琴，他们的手挨在一起，扶住乌亮的琴架。他注意观察了一下，他看到妈妈的手雪白、纤细、小巧，爸爸的手宽大、厚实、有力。这对比竟如此鲜明。

  他大一点的时候就开始玩"捉狗熊"游戏，每到晚饭时分，他就埋伏在门背后，一听到父亲关车库门的声音，便屏住呼吸，紧张地贴在门背后。一会儿，父亲出现在门口，两条长腿一碰，笑哈哈地问："小家伙呢？"

  这时，他就会瞥一眼正作怪相的母亲，然后，猛地从门后跳出，上前一把搂住爸爸的双膝。爸爸赶紧弯下腰来看，一边大叫："嘿，这是什么——一只小狗熊？一只小老虎！"

  到了上学的年龄，他走进了学校，在交往中，他学会了忍住眼泪，也学会了摔倒欺骗他的同学。回到家里，他就在爸爸身上演习白天所学的摔跤功夫。可是，无论他怎样用劲，怎样施展所学的技巧，父亲仍坐在安乐椅里看报，纹丝不动，只是偶尔瞟他几眼，故作吃惊地柔声问："孩子，有什么事吗？"

  他在与父亲的"摔跤"中又长大了些，瘦瘦的身材倒也十分结实，他像刚刚长出角的小公牛，什么都想尝试一下，想与同伴们角斗，试试自己的锋芒。他鼓起手臂上的二头肌，用母亲的软尺量一量臂围，得意地伸到爸爸面前："看！怎么样？"爸爸用大拇指按他隆起的肌肉，稍一用力，他就忍不住大叫："啊！快松手！"

有时，他和父亲在地板上摔跤。妈妈一边把椅子往后拖，一边叮嘱："查尔斯，注意点别摔坏了他！"

他还不是父亲的对手，父亲把他摔倒后，自己坐在椅子里，朝他伸出长长的两条腿。他爬到父亲身上，拼命摇着两只小拳头，怪父亲没拿他当一回事了。

"哼，等着吧，总有一天，我会摔倒你。"他这样说。

进了中学，踢球、跑步，他样样都练。他的变化之快，连他自己也感到吃惊。他现在可以俯视母亲了。

这期间，他和父亲的摔跤不断进行，母亲一直以来对父子俩之间"争斗"不支持，也不明白。不过回回摔跤都是他输——四脚朝天躺在地板上，直喘粗气。父亲低头瞧着他，柔声问："投降吗？""投降。"他点点头，爬起来。

"我真希望你们不要再斗了。"母亲不安地说，"这有什么必要呢？会把自己弄伤的。"

此后，他有一年多没和父亲摔跤。一天晚上，他突然想起这事，便仔细地瞧了瞧父亲。结果却让他很吃惊，父亲不再像以前那样魁梧，高大的肩膀也不如以前那般宽厚，他现在甚至可以平视爸爸的眼睛。

"父亲，你有多少磅？"

父亲慈爱地看着他，说："跟以前一样，190多磅吧。孩子，你问这干吗？"

他咧咧嘴，说："随便问问。"

父亲诧异地抬起头，不解地看着他。碰到儿子挑战的目光，父亲眯缝起眼睛，柔声问："想较量一下？""是的，父亲，来吧。"

父亲脱下外套，解着衬衫扣子，说："是你自找的啊。"

母亲闻声赶紧从厨房跑了出来，一边跑一边喊："哎，你们父子怎么又要摔跤？天哪！这可怎么办？"但父子俩全不理会。他们光着膀子，摆好架势，眼睛牢牢盯着对方，伺机动手。他们转了几个圈，同时抓住对方的膀子，然后各自使出自己的高招与技巧，企图绊倒、扭倒、推倒对方。室内只有他们的脚在地毯上的摩擦声和他们的喘息声。偶尔个时咧开嘴，显出一副痛苦的样子，母亲站在一边，双手捂着脸颊，哆嗦着嘴唇，一声也不敢出。

他终于把爸爸压在身下。"投降！"他命令道。

"做梦！"父亲说着，猛一使劲推开他，争斗又开始了。

但最终父亲还是被儿子重新摔倒在地，父亲显得很疲惫，儿子那冷酷的手牢

蓦然回首

牢地钳住了父亲，父亲绝望地挣扎了几下，停止了反抗，胸脯一起一伏，喘着粗气。

他问："投降？"

父亲停了停，然后坚定地摇摇头。

他的膝头仍压在爸爸身上。"投降！"他说着，又加了点劲。

突然，爸爸大笑起来。他感到妈妈的手指头疯狂地拉扯着他的肩膀。"快松开，别弄伤了你父亲！"

他俯视着父亲，问："投降吗？"

父亲止住了笑，湿润着眼，说："好吧，我输了。"

他站起身，朝父亲伸出一只手。但妈妈已抢先双手搂住父亲的膀子，把他扶了起来，父亲咧咧嘴，对儿子一笑。他想笑，可又止住了，问："父亲，没弄伤吧？"

"没事，孩子，下次——"

"是的，也许，下次——"

妈妈这次什么也没说。她知道这下一次不会再有了。

他先是看了看一脸慈祥的母亲，又看了看高大的父亲，然后转身向门外跑去，他穿过房门——以前常骑在父亲肩头钻进钻出的房门；他奔向厨房门——自己曾埋伏在那后面，与父亲说"捉狗熊"的门，冲出屋外。

外面黑黑的。他站在台阶上，仰头望着夜空，满天星斗。他不禁流下眼泪，眼泪咸咸的，苦苦的，他不知是高兴，还是悲伤。

获得爱的磨难

邮局内外

——［美国］托·R·蔡斯

> 一个年轻人想取回自己早上寄出的信，邮递员利用职务之便横加刁难，引起了在邮局等候取信人的不满。最后，年轻人不得不把写给情人的诗背给大家听，才拿回了信。

天异常闷热，偏又没有一丝风，这更增加了人的烦躁。西边的天空已聚拢了一些乌云。

邮局窗前，人们早已排成长队，站在那里眼巴巴地等着。他们中，有来领取社会保险支票的老人，有来领取从家里寄来的包裹、手里持着粉红色卡片的学生，有商人、秘书，还有家庭主妇。

队伍中每个人都已汗流浃背，他们眼巴巴盯着那紧闭的邮局窗口，等得十分心焦，他们中有的在慢吞吞地走，有的在唉声叹气，有的你一句我一句地在谈天论地，但话题却总离不开眼下这令人烦躁的天气。

邮局的窗终于打开了，排队的人立即向前拥挤。

"我今天清早寄了一封信。"排在队伍最前的那个年轻人说，"寄出去了吗？"

"还没有，怎么了？"邮递员回答道。

"我可以把信件要回吗？"年轻人问。

年轻人脚上穿着凉鞋，身穿蓝色的牛仔裤。他的头发虽然留的不像某些年轻人那样长，但蓬松着，看样子也不短，估计是艺术院校的学生，他们多作此打扮。

邮递员怀疑地打量着他，问道："为什么呢？"

"我想加几句话。"年轻人应道。他说话时，神情有些激动，显然要加进去的话很重要。

"那你可以写一封信再寄去。"邮递员建议道。

"因为我还想把信中的一些话删掉。"年轻人说。

"那同样可以在另一封信里进行。"

蓦然回首

"那怎么可以。"年轻人说,"这是写给我情人的信。"

后面排队的人群中传来了不耐烦的抱怨声。年轻人急得满头大汗。

"你一定是第一次给别人写情书,是不是?一切都要讲求完美。"邮递员不无幽默地说。

后面排队的人中有几个人听了,偷偷地笑起来。

"你不会明白的。"年轻人争辩说,"这是一首诗,一首只有她才能懂的爱情诗。我可以把信要回来吧?"

这下,许多人都忍不住嗤嗤地笑起来,年轻人的脸腾地一下红了。

"只有她才能懂?这爱情诗是关于你们未来的吗?"邮递员说,"这下你不想寄了?"

"不,要寄。"年轻人强调说,"但在寄出之前,我要改其中一行,实际上要改的只是一个字——因为这个字可以改变这行诗,改变这节诗的面貌!"

邮递员皱着眉头,不高兴地说:"你的意思是说,你的这首诗会因你改了某一个字而面貌不同?"

"哦……对,从某种意义上说来,是这样的。"

"不过,你想过没有,就为了这一个字,就要我翻遍今早邮寄的全部邮件吗?"

"倘若你愿意……就请帮个忙吧!"

"我不愿意!"邮递员说。

"可这是你的义务!"年轻人大声地说,"我知道有这些规定。我是在法规中行使我的权利!"

年轻人的衬衣——从肩胛以下,全都被汗水湿透了。

"把名字和地址写下来!"邮递员板起面孔,一边说,一边把一支铅笔和一本便笺推到年轻人的面前。

这个年轻人急忙在裤子上擦了擦手,潇洒地在便笺上留下名字和地址。邮递员把这一页从便笺本上撕下来,慢吞吞地走开了。年轻人转过身来,他很抱歉地对大家说:

"实在不好意思,我原来不知道这事竟会如此麻烦。"

年轻人很难为情地又转过身子。这时,邮递员拿着一个信封和一个表格来了。

"把这个表填好,然后签名盖章。"邮递员说。

年轻人把表填好,交给了邮递员。

"身份证拿来!或者驾驶证也行?"邮递员要求。

"我有我们大学的卡片。"年轻人说。

获得爱的磨难

"那有什么用。"邮递员说,"我需要的是官方的证明。需要的是能够证明你是什么人的证件——证明这封信确确实实是你的。"

"但是,你可以从这表格和信上看出这信是我寄的。"年轻人说,"两个名字是一样的。"

"可是,我仍然不能肯定这信是你投寄的,"邮递员说,"又没有来回的地址。"

排在后面的人听了这话,都认定了邮递员公报私仇,故意为难。便七嘴八舌地指责他。

"如果你没有身份证,那我就只有把信打开,看里面写的内容了。"

"可是,我不是已经告诉你了吗?"年轻人争辩道,"里面写的是一首诗,一首写给我情人的诗。"

"我只有亲见,才能相信那是真的,"邮递员坚持己见,反驳道,"里面写的可能是一首诗,但有可能不是你写的,而是他人写给你情人的,你就想从中获利。甚至还可能是份秘密文件,因而你就想阴谋窃取它。"

这下,又引起了后面的人对邮递员的指责。

"我是把信封打开好,还是不打开好呢?"邮递员问。

"假如你一定要这样的话,你就打开吧。"年轻人无可奈何地说。

邮递员得意洋洋,笑嘻嘻地把信封撕开。

"不错,这是一首爱情诗。"他大声地向大家宣布,"但怎么让我相信它出自你手?"

大家听了,纷纷拥到前面来,指责邮递员的无礼。邮递员站在柜台后面,恼怒地向人们瞪了一眼,仍然蛮不讲理,毫不退让。

"它确确实实是我投寄的。"年轻人肯定地说。

"那么,拿出证明来。"邮递员强词夺理地说,"这样吧,你把这首诗背出来吧!"

这下,大家被激怒了。"不背!""毫无职业道德,告他去!"愤慨的叫声,不绝于耳。

邮递员不得不让了步:"只背最后几行吧。"

年轻人的脸涨得通红。他目不转睛地凝视着远方,好像他的正前方就是宽广无垠的旷野,好像站在他面前的邮递员、那邮局的墙壁,根本不在他的视野之内。

"我梦见遥远的地方,
有一个多情的姑娘,
她的笑声宛如银铃,
她的摩挲好似沙沙细雨的温馨。"

蓦然回首

人们听得那样仔细,虽然他们不太懂诗。

当年轻人深情地背完爱情诗,人们以热烈的掌声表达了祝愿与支持。邮递员呆呆地站着,脸白得就像周围的墙。他愣愣地没有把信交给年轻人。年轻人一把从他手上抢过那封信,就急急忙忙地走了。

这时,风刮过人们的脸庞。起风了,雨也下来了。

沃夫卡和祖母

——［前苏联］阿·阿克谢诺娃

> 九岁的沃夫卡被父亲送到乡下祖母那里去度假，祖母每天让他劳动，一点也不宠爱他，所以他不喜欢祖母。后来他从维佳口中得知祖母的为人便喜欢上了祖母，度假结束时，沃夫卡流泪了。

沃夫卡的母亲三年前因病去世了，他和当船长的父亲生活在北部的摩尔曼斯克。由于父亲常年出海，小沃夫卡多寄居在邻居家，后来父亲决定把他送到乡下祖母那里去度假。

刚开始，小沃夫卡不太喜欢祖母。沃夫卡已习惯于所有亲朋好友都娇宠他，可这位祖母却并不溺爱他。

就在第一天，沃夫卡扭伤了脚，他极需要祖母来安慰他，但祖母却平静地说："别哭啦！你又不是小孩子！"这还不算，还让他去商店买面包。沃夫卡委屈极了，但也只得照办。

沃夫卡一瘸一拐地从商店回来，把面包往桌上一扔，说：

"给你面包。"

"你这是干什么，这是什么态度？"祖母生气地说。

沃夫卡也不答话，扭头就去睡觉。他嘴上说不想吃饭了，心里却希望祖母来哄他，并拉他去吃饭，但祖母什么也没问，也没叫他去吃晚饭。早晨起来，沃夫卡还得打水、买面包，然后到地里帮祖母干活。沃夫卡感觉祖母很没人情味。

有一次，他对祖母说："您写信让父亲来接我回去吧！"

"为什么？你会慢慢适应这儿的。"祖母答道。

"我要把这一切都告诉父亲。你让我整天劳动，我现在是放假，我应该休息，是你剥夺了我休息的权利。"

"别人都在干活嘛，你又不是小孩子。"

"可我才上二年级！我不过才九岁。"

蓦然回首

"九岁怎么了？我九岁的时候，早就下地劳动了。"

沃夫卡采取消极怠工的方式对付祖母，他认为这样一来就可以不干活了。有一天，他没去商店买面包，晚上祖母说："今天我们不吃晚饭了。因为没有面包吃。"结果沃夫卡只得饿着肚子去睡觉。事后，祖母对他说："孩子，那样做是没有用的，要知道，你还要住在这里，而且也会喜欢我的。"

沃夫卡生气地瞪着祖母，一言不发。

有一天，沃夫卡跟他的好朋友维佳谈起了他的祖母。可维佳却对他说：

"你误会了你祖母，你祖母在村里非常受人爱戴。她是个好人，而且她懂很多，甚至还会治病。我们有个邻居有一次头疼得厉害，吃什么药都不管用，而你的祖母很快就用草药把他治好了。"

"她真懂那么多吗？"沃夫卡兴致勃勃地问道。

"一点不错，"维佳答道，"她能识别所有的草木，她还特别善于洞察人们的内心世界。"

"这我相信。"沃夫卡说，"她总能知道我在想什么。"

有一次沃夫卡和祖母一起到大森林里去。祖母在森林里如入家门：每一棵小草、每一棵树木都成了她的老相识。祖母告诉沃夫卡各种各样的小草：瞧，这棵小草专治头痛病，那棵小草专治心脏病。

"你是如何掌握这些知识的？"沃夫卡问。

"我在乡下住了一辈子，我的母亲特别熟悉这些草木，是她告诉我的。"

"奶奶，你是如何治好那个人的头疼病的？"沃夫卡决心问个明白。

"哪一个？"

"你们村上的，他头疼得很厉害，吃什么药都不管用。"

"我已经记不得了，"祖母说，"噢！我记不太清楚了。怎么治好的？你看到了吧，我知道头疼时吃那种草药管用。"

"那为什么吃那些管头疼的药就不管用呢？"

"因为他并不相信那些药能令他好起来。"

"那他相信你吗？"

"是的，我把草药给他，并告诉他，过三天就会好的。果然三天后他就好了。"

现在，沃夫卡已经喜欢上了祖母，他决心要做一个像祖母一样的人。从此，祖母让他干什么，他都乐意去干。他明白祖母为什么不像别的亲友那样娇惯他。

一天，从摩尔曼斯克拍来一封电报，祖母看了电报后说："嘿，这下你该高兴了！"

"父亲要来吗？"

"不，是你要回去啦！"

"为什么？"沃夫卡问道。

"因为你父亲希望你回去。"

"那您一个人多孤单！"

"如果你愿意，还可以到我这儿来；如果不愿意，说明你不爱你祖母。"

沃夫卡想对祖母说，他非常爱她，但终究说不出口，眼泪却禁不住流了下来。

节　日

——［俄国］谢·阿·沃罗宁

> 娜季卡被丈夫抛弃后，终日酗酒成性。最后，年迈的母亲跪着求她戒酒，她答应了，从此一家人幸福而快乐地生活着，每天都像过节一样。

阿列弗季娜·尼科拉耶弗娜正在家陪着孩子们玩，邻居的小孩慌忙地跑了进来，怯生生地说：

"阿列弗季娜太太，您的娜季卡喝醉了。倒在面包房旁边的水沟里。"说完就跑开了。

笨重虚胖的老太婆阿列弗季娜·尼科拉耶弗娜慌忙走出了家门，不出声地颤动着嘴唇。走了没多会她就气喘起来，于是她放慢了脚步，艰难地、每走一步都点头般地晃动着脑袋。

面包房离她的家不算太远，不过都是上坡路，因此阿列弗季娜不时停下来，喘一会儿气再走。

路上车辆很多，大车、小车不时从她身边驶过，卷起一阵阵尘土。身后突然响起大车的声音，阿列弗季娜仿佛被车轮的轧轧声唤醒，她向车夫招了招手让他把车停下来。她认识车夫，这是一个很老的老头，长着一双小手，还有一双很有生气的眼睛。他给食品摊运货，有时运面包，有时运汽水，有时运其他食品。

"斯捷潘·瓦西里伊奇，"阿列弗季娜用袖子擦着脑门上的汗，上气不接下气地说，"行个好吧！拉……拉我去面包房，我有事！"

"好吧，上来吧。这么急有什么事？"

阿列弗季娜把事情告诉了他。

"这很糟糕，"斯捷潘·瓦西里伊奇摇着头，以一副教训的口气说，"男人酗酒，尚可有救。女人一旦迷恋上酒来，无可救药。你为什么让她喝酒呢？"

"她不听呀。"

"噢！这不能全怪你，怪这个社会，男女为什么要平等，真不知道会走到哪一步。"他拉了一下细绳,把车向面包房赶去。

面包房的水沟里斜躺着一个身穿连衣裙的女人,她的脸朝着地,一条腿蜷曲在肚子下面,另一条白白的腿却不知羞地一直露到大腿根,她就是阿列弗季娜太太的女儿娜季卡。老太太叹了口气,把女儿的衣裙摆弄整齐。然后呼哧呼哧地喘着气和老头一起把她拖到大车旁,开始往车上抬,可是抬不动。

于是,阿列弗季娜向两个路过的留着大胡子、穿着短裤、戴着墨镜的小伙子求助。两个小伙子走了过来,其中一个还看了看老太婆,用指头在自己的太阳穴上转了几下。

面包房的女工们围了过来,出于同情,她们迅速地帮老太太把娜季卡抬上大车,然后议论着自己的事情,向库房走去。

斯捷潘·瓦西里伊奇对于拉这么个醉鬼颇感不痛快,但是他可怜老太婆,一面念叨着:"五罪皆赎。"一面把马往下坡赶去。

他们费了吃奶的力气才把娜季卡经篱笆门抬到院子,然后拖到屋里。没有把她放到床上,而是撂在地板上。为了防止她着凉,母亲把一个枕头塞到她的头下,又给她盖上了一床毯子,想要给身下再垫上点什么,却已力不从心了。

娜季卡的孩子们忧郁地、痛苦地看着喝醉的母亲。娜季卡忽而像男人般地打着呼噜,忽而在酣睡中嘟嘟囔囔地说些什么。

"是什么让妈妈变成了这样?"男孩子问。

"罪魁祸首就是你们的爸爸,这一切都是他抛弃你妈妈造成的。她多痛苦呀!可她不明白,这样既害了自己,又使我们不得安宁。上帝啊!救救我们吧!"阿列弗季娜哭了起来。

阿列弗季娜已经跪了大半夜,看着窗外黑夜的星空,她祷祈上帝拯救一下身入迷途的女儿,帮助她解脱因遭遗弃而产生的痛苦和耻辱,祈求上帝怜悯孩子们……她祷告得很虔诚,可并不熟练,因为她忘掉了所有的祷告词。

天快亮的时候,老太太才上床休息。之后,女儿的尖叫声又使她惊坐而起。她下了床,把枕头放到娜季卡的脑袋下面,使她安静下来。可是阿列弗季娜却再也睡不着了,躺了一会儿就起床了,忙开了家务。天大亮的时候,她把孩子们都叫了起来,并让他们跪在母亲的面前,自己站在一旁。

"叫醒妈妈。"她告诉孩子们。

孩子们互相看了一眼,开始小心地摇着母亲的肩膀。

"快,叫啊。"

"妈妈,起来吧,妈妈!"

娜季卡哼哼着推开他们的手。

"妈妈,妈……妈妈……"

蓦然回首

娜季卡终于动了动眼睛，然后慢慢睁开。她不明白，是谁在她面前，模模糊糊。最后她认清了，她坐了起来。

"你们这是干什么呀？"她不知所措地说。

阿列弗季娜这时也正跪倒在她的脚下。

"娜季卡，看在上帝的面子上，可怜可怜我们吧！不要再喝酒啦！"说着说着，老太婆号啕大哭起来。

"妈妈，妈妈……"孩子们向她伸出了手，女孩子把头埋在她的怀里，男孩子以颤抖的声音哀求道："妈妈，求您了，不要再喝酒啦，好妈妈，不要……"

"你们……你们……！"娜季卡几乎有点害怕地叫起来，这时她看到跪在脚下的满头白发的母亲和泪流满面的孩子们。她急忙去扶母亲，可是阿列弗季娜却更加牢牢地伏在地上。

"你要以上帝的名义发誓，从此不再喝酒，否则我就跪在这儿！"

"我戒！我一定戒！只要你们起来！这是干什么？好啦，妈妈，列涅契卡、卡佳……"

娜季卡一把搂过孩子痛哭起来，孩子们也泪流不止。娜季卡发誓说，以后一滴酒也不喝了，一切都会变得好起来。

"孩子们，我用你们的生命发誓！"

"哎，女儿，你可发了这样的誓啦。不守誓言，可是会折磨死他们的。"

"妈妈，这次我是认真的，你放心吧！"

果真，娜季卡真的像她发誓的那样滴酒不沾。从那一天起，她们家每天都像过节一样。老太太越来越放心了，但有时候听到外面有女人响亮的嗓门，仍不免要留心地细听，并从厨房的窗户向街上望一望。令她高兴的是，那里面再也没有女儿了。娜季卡每次下工后都急忙回家。孩子们总是迎着她跑来——是姥姥叫他们这样做的，为的是高高兴兴地迎接自己的妈妈。

"妈妈回来啦，妈妈回来啦！"他们喊叫着，然后分开走在她的两旁，而他们的妈妈——娜季卡则幸福、快乐、满足地领着他们往家走。幸福、温馨的节日终于来到了。

获得爱的磨难

斯焦普卡

——［俄国］费·亚·阿勃拉莫夫

叶甫格拉福夫夫妇从猫头鹰口中救下了小灰兔斯焦普卡，
并给它治好了伤，把它当宠物养在家里，
可淘气的斯焦普卡将帕维尔大厨的靴子咬破了，使他因迟到而挨了批评。
于是帕维尔决定吃它的肉，但最终不忍下手，将它放走了。

可以说叶甫格拉福夫夫妇是斯焦普卡的救命恩人，虽然那是偶然事件。那年春天，叶甫格拉福夫夫妇到沼泽地去游玩。酸果蔓上的浆果经过一冬的冰雪浸渍，现在甜丝丝的。正当二人采集浆果时，忽听不远处传来恐怖的叫声。

夫妻俩很是震惊，但没有犹豫，急忙爬上长着几棵云杉的小山岗，山岗上铺满了白色地衣，一片银光。走上山后，发现一只凶猛的大耳朵猫头鹰用它那两只利爪正死死地抓着一只小灰兔，而那呼救声是小灰兔发出的。

夫妻俩急忙上前吓跑大耳朵猫头鹰，解救下小灰兔。小灰兔的腿已被猫头鹰的利爪抓断。夫妻二人又匆匆忙忙往家赶。一到家连忙抢救。他们严格按照医学上的要求操作：先用高锰酸钾给它洗净身上的大小伤口，涂上碘酒，又给那只折断的小腿绑上根小拐杖。最后，还用胶合板糖果盒给它做了个小兔窝。

在养伤阶段，斯焦普卡非常乖，终日呆在它屋里。后来它也不要旁人帮助，自己从盒子里爬出来，一瘸一拐地四处乱跑，闻闻男主人的脚，嗅嗅女主人的腿。夫妻俩心里乐得不得了，都把它当做一个特别心爱的宠物看待。由于夫妻俩还没有孩子，因此把所有的爱都施与了它。

又过了一段时间，斯焦普卡解掉了小木拐，小家伙就施展起它的能耐来啦！桌子也好，窗台也好，一蹦就上去。来了客人，它也往人家膝盖上跳。这无伤大雅，小东西，开开心吧！

斯焦普卡又长了能耐——牙齿上的功夫，它用一周时间使每个房间的墙壁都变成了沼洼地，把贵重的小餐具橱咬了个洞，女主人的那双漆皮鞋也被它咬成了碎片。算了，这也没什么！既然你这个小兔子心里高兴，就玩吧！虽然遭受点损

蓦然回首

失,但还不至于承受不了。

但有一次,斯焦普卡惹了大祸,他把男主人帕维尔那双军靴给咬破了。要知道,帕维尔是个大尉,他们的部队驻扎在大森林边上的一个小镇里。他有个老习惯:头天晚上把靴子擦好放在床前。这天早上起床,他把脚往靴子里一蹬,真怪了:脚尖钻了出来。

他大吃一惊,忙拿起鞋,发现鞋被咬破了,他十分恼火。但由于要去部队报到,他只好把旧靴子找出来,再擦油、蹭亮。这耽误了他约一个小时的时间。一向模范遵守纪律的帕维尔上尉这天早晨第一次挨了批评。

帕维尔大尉怒火中烧,他一回到家就命令妻子:

"买酒去,今天咱们吃兔肉。"

妻子皱了皱眉头,没敢说什么。帕维尔提起兔子就到柴棚去了。

"把头放在断头台上,你这只可恶的兔子,"他冲兔子说,"你的日子到头了。"

令大尉没想到的是,斯焦普卡一下跳到那个劈柴用的大木墩上,乖乖地躺在了上面。

大尉长叹一声,扔下手中的斧头。

这时一个同事来到柴棚。

"你在这儿干什么呢?"

"把这可恶的兔子处理掉,这个淘气鬼让人没法过日子。"

"有谁用斧头宰兔子?我们还是带上猎枪到树林里去,该怎么干就怎么干吧。"

两人带上猎枪,来到郊外。

"喂,斯焦普卡,趁我没改变主意以前,你快点逃命去吧!"帕维尔说,"下一回我的手可就不发抖了。"

斯焦普卡瞅瞅主人,瞧瞧他的朋友,似乎明白了主人的意思,撒腿蹿进了密林。

帕维尔回到家,妻子含着眼泪对他说:

"酒买回来了,可我不能帮你烹饪兔肉,你自己动手吧!"

"不用了,"帕维尔轻松地说,"跑了,斯焦普卡跑回树林去了。"

"真的?"妻子眨眼间转悲为喜,"那就把邻居叫来,咱们为斯焦普卡的快腿干杯。希望它能借助它的快腿躲开猫头鹰的攻击,还有猎人子弹的袭击。"

获得爱的磨难

奇妙的礼物

——［英国］富·奥斯勒

小金·格里丝用很少的钱从古玩店老板彼得那里买了一串昂贵的蓝宝石项链，作为送给姐姐的圣诞节礼物。

圣诞节前夜，一个女郎将项链送回，但彼得拒绝收回。

正在店主彼得·理查兹忧心忡忡烦心的时候，小金·格里丝从外面走进店来。

彼得的祖父开了一家古玩店，死后，店铺就留给了彼得。小店门口的橱窗里摆满了各式各样漂亮的古玩。

冬日的一个下午，一个漂亮的小女孩隔着橱窗正仔细、认真地观看着各种古玩，她那双天真烂漫的大眼睛对每件东西都仔细端详。过了好一会儿，她脸上露出笑靥，似乎很满意了。她离开橱窗，快活地走进古玩店。

彼得站在柜台后面。他只有三十岁左右，头发却过早地花白了。他眼光冷漠，俯视着面前的小女孩。

"请你把窗子里那串漂亮的蓝珍珠项链拿出来，我要看一下，可以吗？"小女孩开门见山地说。

彼得从橱窗里把项链取出来，举在手中让小女孩看。那蓝珍珠项链在他手里泛着蓝色光芒，十分好看。

"真好看，我就要它！"女孩拍手雀跃，"请你用漂亮的纸给我包起来，好吗？"

彼得冷冷地打量着她："可以告诉我你要把这项链送给谁？"

"给我的姐姐，她一直照顾着我。这是妈妈死后的第一个圣诞节，我要把最好的圣诞礼物送给她。"

"你有多少钱呢？"彼得问。

女孩从衣袋里掏出一把零钱放在柜台上。"呶！全都在这儿！"她又补充说，"这是我能够拿出的所有钱。"

彼得看了看女孩，心中不由一动，然后小心翼翼地用手盖住了项链的价格标

蓦然回首

签。他怎能把价钱告诉她呢？

"你在这儿等一会儿，我去一下。"彼得说完转进店房内间，"你叫什么名字，小姑娘？"彼得在内间大声问道。

"金·格里丝。"女孩回答。

当彼得从内间转出来时，他手中托着一个用漂亮的圣诞纸包着的小包，上面系着一条绿色丝带。

"给你，"他说，"路上要当心，不要弄丢了。"

小女孩欢快地答应一声，接过小包转身轻快地跑了出去。彼得目送小女孩渐渐远去，突然感到更加孤单了。

小金·格里丝和那串蓝珍珠项链又一次唤醒了彼得痛苦的记忆。小女孩的头发像阳光一样金黄灿烂，眼睛像海水一样湛蓝湛蓝。这同彼得深爱的一个女友有着惊人的相似，那条刚被买走的蓝宝石项链就是他们的定情之物，可是——

在一个阴雨绵绵的夜晚，一辆汽车驶离了车道，夺走了彼得倾心热恋的那位姑娘的生命……

自此，彼得变得沉默寡言，白天他跟顾客谈生意，晚上关了店门，便沉浸在莫可名状的悲痛中。久而久之，他在这种自悲自怜中，变得更加孤僻，往事对于他如一场恶梦。

小金·格里丝使他重新记起了失去的一切。回忆使他倍感神伤，以至于在以后的几天里，他真想关上店门，躲开接连不断、专为购买圣诞礼物的人们。

但他坚持了下来，直到最后一个买圣诞礼物的人离开。彼得感到一阵轻松，一切总算过去了，新的一年开始了。

哪知道，圣诞节前夜的最后一个客人才走，彼得正要休息，一位妙龄女郎走了进来，她的头发如阳光一样金黄金黄，眼睛如海水一般湛蓝湛蓝。

女郎没有说话，只把一个用漂亮的圣诞纸包着的小包放在柜台上，上面有根绿色丝带。彼得打开小包，那条蓝宝石项链便又重新呈现在他眼前。

"这是你店里的东西吧？"女郎开口问道。

彼得看着她，目光已不是冷漠的了。

"以前是，但现在它已不属于我了。你放心，它是一条上乘的项链。"

"你还记得把它卖给谁了吗？"

"一个叫金·格里丝的小姑娘。这是她给她姐姐买的圣诞礼物。"

"值多少钱？"

"这个请你原谅，我不便说。"彼得说，"这是我必须遵守的职业道德。"

"但是，她最多也只有几个便士，无论如何也……"

彼得小心翼翼地用圣诞纸重新把项链包好，又用绿色丝带系起来，又把它递给了面前如她恋人的妙龄女郎。

"但对她来说,她付出了最高价!"他说,"她拿出了她自己全部的钱。"

好长时间,彼得和这女郎都没有说话。教堂的钟声响起来了,午夜了,又一个圣诞节日开始了。

"能告诉我,你这么做的原因吗?"女郎关切地问。

"很早我就想把它送给有资格佩戴的人,现在我终于找到了。"彼得说,"已经是圣诞节的凌晨了,请允许我陪你回家好吗?我愿意在你家门口,祝贺你圣诞节快乐。"

就这样,迎着圣诞的钟声,彼得·理查兹和这位他还不知道姓名的女郎迈出古玩店的大门。迎接他们的必定是一个祥和、温馨而幸福快乐的圣诞节。

一个木橱的移交

——［德国］约·雷丁

老年女教师将她用了五十年的木橱移交给了年轻女教师。她走后，年轻女教师却在木厨里发现了装有咒骂她纸条的铁盒子。

休息时间到了，孩子们在两位女教师的催促下，陆续走出教室来到校园。那张被踩得模糊不清的鱼刺形镶木地板上立刻卷起一片尘土，孩子们在走过老师面前时，都抬头看了老师一眼，露出讨好的笑容。

"又粗野，又可爱，这群毛孩子。"老年的女教师说。

"您说得不错，我早就注意到了。"年轻的女教师说。

"经过一些时间，孩子们就会反映出他们老师的精神结构。"老年女教师说。

"这一定是她昨天从教育学读本上现学来的。"年轻女教师猜测道，什么心理社会领域和循循善诱呀，或者早熟的冲突世界呀，还有一些莫名其妙的东西。很高兴，我能够第一次把这部书放进书架的最后一排。第二次教师考试完结了，现在这些理论家可以滚得远远的了。她为什么不对我谈谈她的经验？她想讨好我吗？是要证明她的消息灵通吗？

"玛格丽和托马斯在休息时不用到校园里去。"老年女教师说。

这时，年轻女教师才发现教室里还有两个孩子没有出去。"那个女孩子的小手臂是人造的。"年老的女教师轻声说，"她可以用假手像别人一样写字，只不过她不宜到校园里去。要是她摔了跤，把假手摔坏了，那是很费钱的。那个男孩叫托马斯，是那女孩的邻居，他经常照顾那女孩。""这儿的人真守旧啊！"年轻女教师想，"为什么不取下那个孩子的假手，让她到校园去同所有其他的孩子一块儿玩呢？"

"我的木橱现在我要移交给您了，德根小姐。那里面没有多少东西了，只余下主要的存品。"

老年女教师指着墨绿色橱门说："你知道吗？这只木橱我使用了五十年。"

获得爱的磨难

她边说边爱抚着："您看这变了颜色的地方是鞭炮爆炸造成的，爱德温用一根线把它系在橱柜的钥匙上，在休息时把鞭炮点燃。那时我不在这儿，要不，他是不敢这样做的。今天，爱德温已经是磨坊街一带溪路拐角上加油站的职工了。我常常驾车去那里加油。他虽然还想玩这个游戏，但却不敢在加油站玩，他进步了。"

"天哪！她怎么会有一辆车？"年轻女教师想，"毫无疑问，她再也不行屈膝礼了，可是以她那种年龄还蓄着时髦的短发，真少见。不过，一辆汽车呢？她是怎么弄到手的？"

"噢，还有这些花瓶，您也拿去吧！"老年女教师说，"橱的上两格抽屉里塞满了花瓶。有瓷的、铝的、玻璃的、陶土的、铜的，都不大，可以说小巧玲珑。有环、有栓、有方格的，有条纹的小瓶儿；有圆腰的，有长颈的，有弯脚的，有腰部带柄的小瓶儿。"

青年女教师被对方塞了一件工艺品在手里。这是一件仿古的双耳陶瓷，上面有题词："伊比查草药利口酒。"

"所有的吗？"年轻女教师突然问了一句。

"对，所有的。"年老女教师答道。

"多谢。"

"我才不稀罕呢！"年轻女教师心里想，"我今天就可以通知看守人，叫他把抽屉打扫干净。"

"但是这些纪念品我可不能给您，"老年女教师说，"您瞧见中间的抽屉了吗？里面尽是纪念品。每一件都是一个美好的回忆！"

年轻女教师注视着老年女同事把东西一件一件地从抽屉里取出来，放进她那空的大公文包里。她还注意到有一个很脏的淡红色的心，显然是用修指甲的剪刀很吃力地从鞋盒纸板上剪下来的，上面用彩色铅笔潦草地写着：愿埃尔韦特小姐年年快乐。您的五年级乙班；一只木制的拆启信封的刀，上面刻着：衷心祝福埃尔韦特小姐幸福快乐！1965 届毕业班；一只打着活结的人造小花球。沽结上有墨浸了的字迹：1952 年，一个令人敬重的平凡教师——埃尔韦特小姐诞生了。

从那两个孩子的角落里传来叫嚷声。女教师们转过身去一看，原来是那个先天残废女孩子用假手打男孩的头。

"喂！"年老女教师喊道，"托马斯，给玛格丽朗读一些诗吧！"接着她对年轻女教师说："玛格丽有时显得不耐烦，这并不奇怪，我们只好原谅她。"

老年女教师继续在放纪念品的抽屉里翻找。年轻女教师走到窗口边去。

"怎么老读这个？"玛格丽说，"好了，就读三个孩子——一个木屋的故事吧！"

蓦然回首

"可这我也刚读过不久呀！"男孩说。然而接着他还是顺从地朗读了："三个孩子在小木屋里躺着聊天，妈妈推门走了进来，手里拿着蜡烛，为了给孩子们一个道晚安的吻。这时最年长的孩子说，把蜡烛放下，给我们讲个故事吧。妈妈把蜡烛放在木凳上，讲起风暴的故事：风暴在港湾里迷了路。风暴从老远老远的地方来，从黄海来。它对中国很熟悉，可是它在北海既不认识岛屿，又不认识灯塔，既不认识海岸，又不认识鱼虾，既不认识海鸥，又不认识河口……"

老年女教师说："现在我就算把木橱正式交给您了，您可以现在就用，德根小姐，祝您和孩子们相处愉快，他们统统是可爱的孩子，非常可爱的孩子。您得注意，您放纪念品的抽屉很快就会装满的。"

年轻女教师沉思了一会儿，礼貌友好地对老年女教师笑了笑，然后伸出手，但老年女教师没有伸出手，因为老年女教师除了沉重的公文包而外，还贴身带着一些小匣和纸盒。

"再见，孩子们！"老年女教师大声说。

"再见，埃尔韦特小姐！"孩子们高声回答。他们好像是在同声朗诵：再——见——埃——尔——韦——特——小——姐。也许班级每天都是这样向女教师告别的。

埃尔韦特小姐转身离去了，年轻女教师随之把门轻轻关上，托马斯在角落里念道："……风暴穿过屋顶窗口，把木凳上的蜡烛刮翻了……"年轻女教师走到橱边，橱还是开着的，有一朵人造玫瑰花掉了下来。女教师弯下腰去，无意间发现在橱子最下面一层放着一个铁皮盒。她很是奇怪，取了出来，打开，发现里面装满了纸条。

女教师读最上面的一张纸条：埃尔韦特是个让人厌恶的乌鸦，让她滚到梅勒去吞食生菜吧。

在第二张纸条上有如下的句子：啊，老天爷，请您惩罚老埃尔韦特吧！

她又翻了翻下面的字条，发现都是这一类的咒骂纸条。奇怪的是，这些字条绝大多数都写得整齐清洁，就和老年女教师给他们写的那样。托马斯念："……木板发出噼噼啪啪的声音，倒不是有个孩子在上面转动，而是木屋着火了……"

年轻女教师砰然一声关上铁皮盒，向门口跑去。

"埃尔韦特小姐！"她没有喊出声。她是想告诉埃尔韦特小姐，忘掉了一点东西。但她又反过来想，为什么我还让她负担这只铁盒呢？有可能是埃尔韦特小姐不愿带走它，或者是她留给我的，让我从中吸取些经验，还有可能……年轻女教师把铁盒放进那个空的放纪念品的抽屉里去。这是基石，她想。

托马斯还在念："……一下子顶楼充满了烟火，母亲和三个孩子惊慌失措。

男人们从左邻右舍跑来帮忙。但是上顶楼的梯子已经烧焦了。楼顶木屋和木屋里的人已经岌岌可危了……"

"上课的时间到了，德根小姐。"托马斯提醒道。年轻女教师才从沉思中醒悟过来。

清风流水

——［日本］北皇人德

> 老太太去伊豆山游玩时，
> 收养了一个投海自杀的混血黑人乔治，
> 她帮他恢复了对生活的信心，
> 培养他成为了一名出色的盲人教育的教师。

人生于世，必然有它的道理，也必然有它的用处，这是不容置疑的。

这个哲理我是从一个老太太那儿得来的。她晚年因战祸而家破人亡，卖掉了大房子，只留下偏僻处的一间小茶室自住，好在茶室外围有个菜园子。

有一次，老太太与家人去伊豆山温泉游玩，恰逢一个叫乔治的少年投海自杀，但被警察救起。他是个美国黑人与日本人的混血儿，愤世嫉俗，末路穷途。老太太到警察局要求和青年见面。警察知道老太太的来历，于是安排了他们会面。

"孩子，"她说时，乔治扭过头去，他对一切都已失去兴趣，但老太太仍用安详而柔和的语调说下去，"孩子，你可知道，你生来是要为这个世界做些除了你以外没人能办到的事吗？"

她反复说了好几遍，少年突然回过头来，说道："你说的是像我这样一个黑人？连父母都没有的孩子？"老太太不慌不忙地回答："对！正是由于你是个没有父母的黑人孤儿，所以，你能做些了不起的好事。"

少年冷笑道："哼，好啦！别说了，你想我会相信这一套？"

"跟我来，我让你自己瞧瞧。"她说。

老太太把少年领回自己的居室，指使他去菜园干活。虽然生活清苦，她对少年却爱护备至。生活在小茶室中，处身在优美的大自然里，再加上老太太亲切周到的关怀，乔治慢慢地也心平气和了。老太太给了他一些生长迅速的萝卜种，乔治把它种了下去。十天后，萝卜发芽生叶，乔治高兴得又蹦又跳。他又用竹子自制了一枝横笛，吹奏自娱和吹给老太太听，老太太听了称赞道："你是惟一吹笛子给我听的人。乔治，你真棒！"

乔治渐渐恢复了对生活的信心，又过了一段时间，他被送去念高中。在上学阶段，他继续在茶室菜园内种菜，也帮老太太做点零活。高中毕业后，乔治白天在地下铁道工地做工，晚上在大学夜间部深造。毕业后，他任教于一所盲人学校，对那些盲人学生他充满了关怀之情。

"现在我已相信，真有别人不能、只有我才能做的好事了。"乔治对老太太说。

"你现在相信我说的话了吧？"老太太说，"你如果不是黑皮肤，如果不是孤儿，也许就不能领悟盲童的苦处。只有真正了解别人痛苦的人，才能尽心为别人做有价值的事。当年你自杀时，你最需要的是关怀和理解，而那时你根本不具备这些，你大声呐喊，说你要的根本不可能得到，根本就不存在——可是后来，你自己却有了爱心。"

此刻，乔治才真正理解老太太当初说的话。

老太太的话给了乔治很深的启迪，老太太继续说："尽可能爱护别人。等到你从他们脸上看到感激的光辉，那时候，甚至像我们这样行将就木的人，仍能体会到人生的价值。"

在老太太的茶室里，年轻的乔治利用假日自撰笛曲，吹奏给他的盲学生们听。他把流水、浪潮以及绿叶中的风声，都谱进了乐曲。那群盲学生用心聆听，他们听出了生活的意义、人生的价值以及理想、事业、爱情……他们给这首曲子起了个好听的名字——清风流水。

忍到最后

——［日本］久保裕一

> 老头将一正准备跳河自杀的失恋少女从桥上拽了下来，并以自己的亲身经历开导她，哪知少女还是跳了下去。

老头正要过桥，突然发现一个少女一只脚跨过桥栏作势要往河里跳，老头吓得紧走两步，从后面一把抓住少女的衣服，把她拽了下来。

"唉，你这姑娘，再晚一步你就没命了！你为什么这么急着去死呢？"

"这不关您的事，让我去死吧！我所爱的男人抛弃了我，他是我有生以来第一次爱的男人，我为了他可以抛弃一切。你别管我，让我死去！"

"为失恋这么点小事就要死要活的，值得吗？你怎么这么不明事理呀。"

"谢谢您的好意。您不知道我有多需要他。求您了，放开我！"

"真是年轻……只知道自己爱得深，爱得义无返顾。是初恋吧？过去，一般都认为初恋时的爱是纯洁的爱，但是你知道吗？爱与被爱还有好多机会。"

"不过，我认为像我们这样纯洁的爱不会再有了，您还是不要劝我啦！"

"如果都像你这样，第一次失恋就自杀，那这个世界上的人怕是早就死绝了。还有这么多人活着，是因为人们都会忍耐，忍耐到最后，人就解脱了，因为时间可以抚平心中的伤痛。

"你就暂且相信我一回，你听听我的故事。我今年九十五岁了，在我十六岁时，有过一次疯狂的初恋。和你一样，我爱她爱得发疯，我的世界里全是她，容不下任何东西，后来她离我而去，我为此曾几次想到自杀。"

"怎么，老爷爷您也……"

"是的，不过时间一定会医治好失恋的创伤。你得忍，忍到最后，你的痛苦就会一点点淡去，直到消逝不见。总有一天，你会觉得对方没什么可爱的地方，何必为情而自杀。这是我作为你的长辈、作为一个过来的人要告诉你的话。世界上没有永恒不变的爱。因此，不要太过于认真……"

获得爱的磨难

"噢……听了您的话,我感觉心里舒畅了许多。虽然我现在还在恋慕着他,常为得不到他的爱而痛苦,但现在我相信这种爱恋是会被时间老人带走的。"

"孩子,你终于想通了。"

老头儿见少女冷静下来,便松开了双手。

"老爷爷,我可以问一下,您的创伤是什么时候医治好的呢?"

"噢,那,那大概是去年的春天吧。"老头儿仰望着天空感慨万千地说道。然而,他的话音还没落,就听见"扑通"一声。老头回头一看,身边的少女不见了。

两 人

——［日本］森瑶子

> 同居一室的男女将他们昔日的感情化成了沉默与憎恨，男人把在"征友"中令自己心仪的女性征文读给女人听，女人却告诉他，征文是她刊登的。

一男一女同居一屋，时间长了，女的变得窝窝囊囊，整天蓬头垢面；男方也同样显得漫不经心，比如用早餐时，埋头于晨报，难得抬起眼来。

两人也说话，只是不再脸对脸地说话。早些时候，在那段情意绵绵的日子里，男人常常满怀深情地说——看着你那饱含深情的双眼，我险些都要融化在里面了，何况用手碰你一下……

然而好景不长，他们的恋情没能经得起时间的考验，随着时间的流逝，他们的恋情日趋淡漠。两人先后开始大声地、粗俗地讲话，争吵不休，双方关系每况愈下。对女人来说，目睹男人那充满愤怒的、凶暴的、痛苦的眼神，已成了她最后凄惨的消遣。他们之间的关系变得很微妙，他们的爱变成了一种与憎恨无法区别的爱，在这混乱中的交媾——不如称之为变形的强奸。

接下来便是令人窒息的不言不语。打那以后，看上去相互间的感情不冷不热，其实彼此已暗自抛弃了对方。尽管这样他们仍住在一块儿。

在一个冷雨刺入肌肤的夜晚，黑暗的玻璃窗上，数条雨丝斜着向下滑去。屋内依旧是两个人。女的想着自己的年龄，近来时常这样，毫无理由地思考着自己的年龄，她现年三十五岁。

她想了许久，抬头看了看外面的冷雨，又看了看被雨打湿的窗棂，最后目光落在同居的男人身上，在他身上却丝毫不见岁月的痕迹，没有一点儿多余的脂肪。如换成异地，在别的女人眼里，他仍是一个具有吸引力的男子汉。

男人心不在焉地翻阅着膝盖上的杂志。

"那是本什么书？"女人无意识地问道。

"没什么，很好玩……"男人盯着杂志，没有抬头的意思。

"看样子挺好的。"女人翘起颜色斑驳的指甲。

"发觉世上有形形色色的人。"男人瞟了女的一眼。

"那些有什么用？哪赶得上一部好电影。"

"你说去看电影？"

"还赶得上去六木影院。"

"在放什么？"

"嗯，去了不就知道了。"

"还是在家呆一会儿吧！"

像往常一样，男人耸耸肩闭上了口。

"你说世上有形形色色的人，什么意思？"女人突然提起刚才的话头。

"没什么，就是指世上有想像力丰富、风趣的人。"男人的眼光又落在杂志上，"我们好像该吃饭了，吃点什么？"

"嗯。"

"吃点什么？"

"随便。"女人懒洋洋地。

"又来了。"男人突然烦躁地嚷道，"总是随便，又是什么都可以，一点儿没主见，与此相比——"

"与什么相比？"女人的眼色黯淡起来。

"好了，不说了。"

"说呀，把话说完。"

"说了也一个样儿。"

"不说怎么知道，什么呀？"

"比方说世上有这种女人，"男人指着杂志上的"征友"一栏的一处，暧昧十足地念起来："愿意带上一瓶法国酒伴我去看晚霞吗？香港的哩巴尔斯湾呀，缅甸的曼德勒啦，去严冬的湘南一带也可以，哪怕只是几小时。欲寻梦的男性，请与我联系。我的信箱号码是二八四——"

"这能说明什么，只不过是一个无聊透顶的女人的胡言乱语。"女的神秘地、却又平静地说。

"即使如此也算是个有主见的女人。"

"你这是什么意思？"

"同样是个女人，差距竟如此之大。"男人嘲讽地望着女人，"曼德勒的夕阳之类，换了你能想象吗？"

"很让我吃惊，你竟会对曼德勒的夕阳感兴趣。"女的眯起双眼，"索性去见她一面吧？"

蓦然回首

"万一是个好女人的话，说不定我会撇下你。"男人试探性地说。

"我倒希望那样。"

"你真沉得住气，你真不怕我离你而去？"

"那个未曾见过的女人？"

"一个浪漫有主见的女人。"

"可我觉得不会被抛弃。"

"那么有把握！"男人皱起眉头，无情地说，"老实讲，为了她我已买好了一瓶法国酒。"

"妙极了……"女人不露声色。

"我已受够了，看你在那儿嗑颜色剥落的指甲就恶心。"

"那个女人也不见得好哪儿去。"女的始终镇定自若。

"胡扯些什么？"男人责问道。

"肯定平时也是指甲油剥落的。"

"你根据什么这样说？"

"你真想知道吗？"女人诡秘而又神采奕奕地盯着男人，喃喃地说，"告诉你吧，那个女人就是我，那是我写的广告。"

男人一怔，沉默无言。

不多久，两人倒空了那瓶法国酒。

"真没想到，"男人苦笑着与女人干杯，"那一个人是你，你原来……"

接着两人无声地喝起杯中的法国酒来，但双方的目光均落在别处。

获得爱的磨难

海的坟墓

——［荷兰］赫·布洛魁仁

> 渔夫的女儿每天夜晚都去海边放一只花冠，
> 唱一支恋爱的歌，以此来与远航的恋人"约会"。
> 当有一天她确知她的恋人永远不能再回来时，
> 她停止了去海边唱歌，却依然去送花冠。

  渔夫把小屋建在海岸的沙丘中间，每当暴风雨来袭，窗子上的玻璃，就会哐啷地响着，屋内炉火的烈焰也会尽情地燃烧着。
  在一个寂静的夜晚，满天繁星闪烁着光芒，海面上很平静，全没有汹涌的波浪，只有那海水碰在岸上，不时发出单调的噼啪的声音。月亮高挂在海岸上空，照在光赤的沙丘上面，而且在海水里，映出一个浑圆的影子。
  一缕昏淡的光从渔夫的矮窗里透出，时时地移动着，到后来就熄灭了，显然那渔夫已经睡下了。一切都已睡着了，只有那周围的沙丘依旧冷漠地孤立着，连那飞沫拍岩的海水，也渐渐地困倦起来了，仿佛想要休息一会儿，养一养神，待到了明天，暴风来时，再鼓足力气；只有那受了惊的海鸥的叫声，偶然打破夜的静寂，但是随后一切都变成了静寂……
  渔夫的小屋门悄然开了，一个健康、漂亮的女孩从里面走了出来。金色的卷发披散在光赤的颈上，在微风中飘动着。她的轻软的脚步踏在海边的沙粒上。她走得很稳，也很有节奏。
  很快，女孩来到海边，她拿出一顶小花冠，放在海水上面。海水的小波浪玩弄着、跳舞着，把那花冠卷去了。她一边默默地想着，一边看着那水中的花冠，那可爱的月光趁势在她百合花一般白的额上吻了一下。
  她是来给她恋人送祝福的，那花冠带去了她对远方恋人最诚挚的祝愿。她的恋人出去好久了，从这一处到那一处，去了无尽的海洋。没有人给她带来一个信息，谁也不知道他是否还活着，更没有人知道几时她才能看见他。但是她心中信念不倒，她坚信着上帝，而且她希望着……

蓦然回首

在恋人走之前,她与恋人约好,为了怀念他们最后一次互相拥抱的时光,为了他俩中间要有一个信号,每天夜晚,当星月皎洁时,他俩各在异地,同声唱着恋爱之歌。他高高地攀附在远洋船上的桅杆的顶端,极目远眺,望见的是一片汪洋;她呢,却是在北海岸旁的家乡。

现在,她站在昏暗的海岸上,胸中洋溢着对家乡恋人的爱,仰头向着天上的繁星,用了缠绵的音调,唱出她的恋爱之歌。清晰的歌声,在静夜里,悠远、深沉。

一股冷风拂过她的脸,她不禁一颤,她最后看了一眼远方,随后便缓步走回家了,心里还暗暗地替他祈祷着。他呢,此时此刻,还漂泊在远方无情的海水上。

一次,暴风雨来得非常迅猛,带着飓风的黑云猛烈地袭过天空。海鸥在旋卷着的浪花上面飞着,惶恐地叫着。

可这依然没能阻挡女孩子送一束鲜花给她远方的恋人,而且照旧唱了一回恋歌,虽然狂风把她的卷发吹散了,大雨把她的玉容打坏了,浪花拍痛了她光赤的双脚。

一年一年就这样地过去了,她依然每天晚上去海边。

许多挂着旗帜的大船舶都从远处驶回来了,但是没把他载回来,她心爱的恋人哪儿去了呢?

许多勇敢的水手都向她敬礼,用最美丽的话来恭维她。但她依然不快乐,因为这些不是他的声音。他的声音,只有在幻想里还隐约听得见。

时间在她的企盼中慢慢过去了,没有一丝变化。渔夫女儿的玉颜由于时间、忧郁的摧残而灰白、干枯了,她的双眼充满了泪痕,因为如今——她知道了,她知道了,她将永远见不到她的恋人了。

从那时她便不再在夜晚歌唱,因为他也已不再在桅杆上歌唱了。但那鲜花,她每晚还按时送去,让海浪带走。她这样算是装饰他的坟墓——海的坟墓……

夫 妇

——［奥地利］卡夫卡

> 为了生意，我不得不抽出傍晚的时间去拜访大客户N，但心不在焉的N显然没有心思做生意，因他的儿子重病在床。而我和另一个商务代理在他儿子病室的表演使他也险些丧命。

生意变得越来越糟糕了，因此只要能从办公室抽开身，我便时常自己拿着样品袋去拜访顾客本人。另外，我早就打算去看一看N，以前我和他常有业务联系，但不知道为什么，去年这种联系就中断了。在如今这动荡不定的情况下，出现这种障碍肯定没有什么真正的原因，常常是一件微不足道的事或一种情绪。而与此相同，一句话或者一件微不足道的事，也能使整体恢复正常。不过要见到N也不是那么容易的。他是位老人，最近一段时间身子很虚，尽管生意上的事依然掌握在他手里，但他几乎不再亲自洽谈生意，要想和他谈事，就必须到他家去，这无疑增加了业务复杂程序。

昨天傍晚六点过后，我终于动身上路了。虽然那时已经不是拜客的时间，但这件事不应从社交角度，而应从生意人的角度来考虑。我运气好极了，他和妻子刚刚散步归来，此时在他那卧病在床的儿子的房间里。他们要我也过去。虽然有些犹豫，但后来还是让令人厌恶的拜访欲望占了上风，我只期待它早点结束。和进屋时一样，我穿着大衣，手里拿着帽子和样品包，被人领着从一个黑乎乎的房间，来到了已聚集着几个人的、灯光暗淡的房间里。

由于本能的关系，我的目光首先落在一个我再熟悉不过的商务代理人身上，可以说他算是我的竞争对手。他一定是在我前面悄悄进来的。此刻他正无拘无束地紧挨着病人的床边，好像他是医生。他穿着他那件漂亮的、敞开的、涨鼓鼓的大衣趾高气扬地坐在那里，那副神情极其狂妄。病人可能也这么想，他躺在那里，脸颊因发烧略微发红，有时朝他望一眼。另外，N的儿子与我同龄，已不属年轻人之列，短短的络腮胡子因生病有些零乱。他原本肩宽个高的身体，由于渐渐恶化的疾病，已经消瘦得令我吃惊。N刚刚回来便到儿子这里来了，连毛皮大

蓦然回首

衣都没有脱掉。现在他正站在那里跟儿子说着什么。他妻子个头不高，体质虚弱，但特别活跃，尽管仅限于涉及到他的范围——她几乎不看我们其他人。现在她正忙着给他脱毛皮大衣，由于他俩个头上的关系，这实在是不太容易，但最终还是成功了。当然真正的原因也许是 N 特别心急，老是急着伸出双手去摸那把扶手椅，等大衣脱下来后，他妻子赶快把它推到他跟前。她抱起那件几乎把她埋在里面的大衣出去了。

似乎属于我的时间终于来到了，其实确切地说，它并没有来到，也许在这里永远也不会来到。如果我还想试一试，那就得赶快试，因为根据我的直觉，这是最佳的时机，否则再没有比这更好的机会了。那个代理人显然成心要时刻守在这里，那可不是我的方式，而且，我丝毫不想顾忌他的存在。因此我便迫不及待地向 N 陈述我的建议，虽然他的注意力并不在我这里，而是想跟儿子多聊几句。遗憾的是我有个习惯，只要说得稍有些激动——很快就会出现这种情形，而在这病房里出现得比往常还早——我站起来，边说边来回踱步。如果在自己的办公室这倒是种相当不错的调节，可在别人家就有点讨人嫌了。但我却不能控制住自己，尤其是不能吸烟时。是啊，每个人都有自己的坏习惯，与那位代理人相比，我还是赞美我的。因为他总是把帽子放在膝上慢慢地推过来推过去，有时突然出人意料地戴上，然后又摘下来，好像是出了差错，他就这样不停地重复着这些动作。对此人们会有什么想法呢，像这种举止的确是不允许的。这些干扰不了我，我对他视而不见，把心思全放在我那些事情上了。当然总会有那么一些人，看到这种帽子杂技就会极其心烦意乱。可是由于我激动的情绪，根本就注意不到任何人，对此怎么会心烦意乱呢？虽然我看到了眼前发生的事——我已清楚地觉察到 N 的感受能力很差，但只要我还没说完，只要我没直接听到异议，我就不怎么去管它。N 双手搁在扶手上，身子不适地扭来扭去，似寻似觅地瞪着茫然的眼睛，然而却没抬眼看我一下，也没有任何面目表情，似乎我说的话他一个字都没听进去，我在这里没引起他的一丝注意。虽然这些使我感到希望万分渺茫，但我还是要照讲不误，就好像我的言辞、我的好建议最终将会使一切再恢复平衡，我甚至对自己的这种宽容感到吃惊，因为谁也没希望我宽容。现在，那位代理人终于让他的帽子歇下了，把双臂抱在胸前，这让我感到某种满足。我所论述的有一半是冲他去的，这似乎对他的企图是一个明显的打击。

N 那一直被我当作次要人物而忽视的儿子突然在床上欠起身子，挥舞着恐吓性的拳头让我闭上了嘴，否则沉浸在快感中的我会一直讲下去直至自己厌烦为止。显然他想说什么，还想让人看什么，但力气却不够用，只好颓然地躺下了。一开始我以为这都是烧糊涂了所致，但当我不由自主地向 N 望去时，我才明白是怎么一回事。

获得爱的磨难

N坐在那里,瞪着那呆滞、肿胀、疲惫之极的眼睛,身子颤抖着向前倾着,似乎有人压着或击打着他的脖颈,整个面部都失去了常形。开始他还在艰难地喘气,但随后就像得到解脱似的,仰面倒在靠背上,闭上了眼睛,他脸上又掠过某种非常吃力的表情,可随即就不见了——他似乎死了。瞧瞧,就这么完了。但愿这死亡别给我们添太多的麻烦。然而现在应该做什么事呀?我环顾四周寻求帮助,但他儿子已用被子蒙住了头,只能听见他在不住地抽噎;那个代理人神情冷漠,仿佛决心任凭时间流逝而不会采取任何行动似的,安稳地坐在N对面仅两步远的沙发椅上。那么能做一点事情的就仅剩下我了,我应该马上就做这件最难办的事,即用怎样一种尚可承受的方式,将这消息告诉他妻子。因为我已听见急匆匆的脚步声从隔壁房间传来了。

她还没来得及换衣服,依旧穿着外出穿的礼服。她手里拿着一件已在炉子上烘热的长睡衣,准备给丈夫穿上。"他已经睡着了。"她看到我们如此安静,便微笑着摇了摇头说。她拿起那只刚才令我又惊又怕勉强握过的手,充满了一个纯洁的人才具有的无限信赖那样吻着它——我们其他三个人简直都看呆了!……N动了起来,并大声地打着呵欠,然后换上睡衣。他在听任妻子的嗔怪之后,反驳说他那是换个方式向人们宣布他睡着了,还稀奇古怪地说了些无聊的话。也许是为了防止着凉,N暂且躺到了儿子床上。他妻子连忙拿来两个垫子放在儿子脚边,让他把头枕在上面。此刻我已不能看出现在的N与以前有什么特别之处。他要来晚报,将客人丢在一边开始看报。不过他并没认真看,只是东看一眼西看一眼,同时以一种锐利得令人惊讶的商业眼光评论着我们的建议,这让我们颇觉不适,而且还用空着的手不停地打着蔑视的手势、咂着舌头表示他嘴里的味道不好,这一系列动作来自于我们的商人派头。那位代理人忍耐不住了,做了些不合适的解释。也许在他那粗浅的意识中,凡是出了这种事后必须进行某种补救,但用他那种方法当然行不通。我便找了一个借口赶紧告辞了。

在前厅我又遇到了N夫人。看到她那可怜的外形,我想起了我的母亲:她有创造奇迹的能力,凡是叫我们毁掉的东西,她都能够补救过来。我在童年时代就失去了她。

我与N夫人辞行时故意说得特别慢,特别清楚,因为我怀疑她听不清楚。或许她大概已经聋了,因为她竟直接问道:"我丈夫看上去怎么样?"另外,我从几句辞别的话中发现,她把我和那位代理人搞混了。

就这样,我从N家里走了出来,走下门前的台阶。下台阶比先前上台阶更加困难,本来上台阶就不那么容易。唉,不论这世上的生意如何艰难,我也得继续挑着这副担子走下去。

老 人 们

——［奥地利］里尔克

> 上了岁数的尼古拉斯老人，为了省钱，每天都到市立公园的长靠椅上晒太阳。同时在那里的还有敬老院的彼庇和克里斯多夫。

在彼得·尼古拉斯先生过了七十五岁生日之后，许许多多的事情便从记忆中消失了，他不再有悲哀的回忆和愉快的回忆。他也不再能分清周、月和年，他只是对一天中的变化还算依稀有点印象。他目力极差，而且越来越差；落日在他看来只是一个淡紫色光团，而早上这个光团在他眼里又成了玫瑰色。但不管怎么讲，他还是能感觉出早晚的变化的。一般来说，这样的变化使他讨厌；他认为，为感觉出这变化而花力气是愚蠢的，也是没有必要的。春天也好，夏天也好，对于他都不再有什么价值。无论什么季节，他总感到冷，例外的时候是很少的。再说，是从壁炉取暖，还是从阳光取暖，在他也无所谓。他只知道用后一种办法可以少花许多钱。所以，他每天便颤颤巍巍地到市立公园去，坐在一株菩提树下的长靠椅上晒太阳。他左边是敬老院的彼庇，右边是克里斯多夫。

他这两位伙伴，看模样比他年岁还大一些。彼得·尼古拉斯先生每次坐定后总要先哼唧两声，然后才点一点脑袋。与此同时，好像受了传染似的，他的两位伙伴也机械地跟着点起头来。随后，彼得·尼古拉斯先生把手杖戳进砂地里，双手扶着弯曲的杖头。再过一会儿，他那光光的圆下巴又托在了手背上。他慢慢向左边转过脸去瞅着彼庇，尽目力所能地打量着他那红脑袋。彼庇的脑袋就跟个过时未摘的果子似的，从臃肿的脖子上耷拉下来，颜色也似乎正在褪去。他那宽宽的白色八字须，入须根处已脏得发黄了。彼庇身体前倾，胳膊肘支在膝盖上，不时地从握成圆筒形的两手中间向地上吐唾沫，他的四周已经形成一片小小的沼泽地。他这人一生好酒贪杯，看来注定了要用这种分期付款的方式，把他所消耗的液体一点点吐出来吧。

尼古拉斯先生看不出彼庇有什么变化，便让支在手背上的下巴来了一个一百

获得爱的磨难

八十度的旋转。显而易见，克里斯多夫刚刚流了一点鼻涕，因为尼古拉斯先生看见他正用歌特式的手指头儿，把最后的痕迹从自己磨得经纬毕现的外套上弹去。他的体质孱弱得令人难以置信；彼得先生在还习惯于对这事那事感到惊奇的时候，就反复地考虑过许多次：骨瘦如柴的克里斯多夫怎么能坚持活一辈子，而竟未折断胳膊或腿儿什么的？他最喜欢把克里斯多夫想像成一棵枯树，脖子和腿似乎都全靠粗大的撑木给支持着。眼下，克里斯多夫却非常惬意，微微地打着嗝儿，这是他心满意足或消化不良的表示。同时，他那没牙的上下颚还老是在磨着什么；他那两片薄薄的嘴唇，可能就是这样给磨锋利的。看样子，他那懒惰的胃已经消化不了剩下的光阴，所以只好尽可能这样一分一秒地咀呀，嚼呀。

尼古拉斯先生看完克里斯多夫，又把下巴转了九十度，睁大一双漏泪眼瞅着正前方的绿荫。穿着浅色夏装的孩子在绿树中跳来跳去，像反射的日光一般，晃得他很不舒服。于是他耷拉下眼皮，可并没打瞌睡。他清楚地听见克里斯多夫上下颚磨动的轻轻的声音和胡子茬儿发出的切嚓声，以及彼庇响亮的吐唾沫声和拖长的咒骂声。彼庇骂的要么是一只狗，要么是一个小孩，因为他们老跑到这里来打搅他。尼古拉斯先生还听见远处路上有人把砂砾的声音，以及过路人的脚步声。他就一直这样呆着。最后，附近一只钟敲了十二下，虽然尼古拉斯先生早已不跟着数这钟声，可他却仍然知道时间已是正午；每天都同样地敲呀，敲呀，谁还有闲心再去数呢。就在钟声敲最后一下的当儿，他耳畔响起了一个稚嫩可爱的声音：

"吃午饭啦，爷爷！"

这是一个十岁左右的小女孩，有着一头金发。尼古拉斯先生撑着手杖吃力地站起身来，然后伸出一只手去抚摸那个小女孩。小女孩每次都从自己头上把老人枯叶似的手拉下去，放在嘴唇上吻着。随后，她爷爷便向左点点头，向右点点头。他左右两边也都机械地点起头来。彼庇和克里斯多夫每次都目送彼得·尼古拉斯先生和金发小姑娘很远很远，直至他们的视线被面前的树丛遮住。

偶尔在彼得·尼古拉斯先生坐过的位子上，躺着几朵可怜巴巴的小花儿，那是小姑娘忘在那里的。瘦骨嶙峋的克里斯多夫便伸出歌特式的手指去拾起它们来，像什么珍奇宝物似的捧在手里。这时候，红脑袋彼庇就要鄙夷地吐唾沫，他的同伴羞得不敢瞧他。

每当克里斯多夫拿着花时，彼庇却抢先走进卧室去，就跟完全无意似地把个盛满水的花瓶摆在窗台上，然后便坐在一个黑暗的角落里瞧着。克里斯多夫进来以后，便把那几朵可怜巴巴的小花儿插进花瓶里。

找不到的理由

岛木幸经历了三次婚姻，
每次婚姻都给他留下一些教训，
最后他彻底对婚姻失去了信心，
不过他还是感到非常欣慰。

船　上

——［中国］徐志摩

二十岁的城里姑娘腴玉，第一次随母亲到乡下来简直乐坏了，那灌溉农田的水车，那散发着香味的青草，那赤脚的男孩，那踩水车的少女……桩桩件件，都使她心驰神往。

"这草多青呀！"腴玉简直的一个大筋斗滚进了河边一株老榆树下的草里去了。她反扑在地上，直挺着身子，双手揪着一把青草，尖着她的小鼻子尽磨尽闻尽亲。"你疯了，腴腴！不怕人家笑话，多大的孩子，到了乡下来学叭儿狗打滚！"她妈嗔了。她要是真有一根矮矮的尾巴，她准会使劲的摇；这回其实是乐极了，她从没有这样乐过。现在她没有尾巴，她就摇着她的一双瘦小的脚踝，一面手支着地，扭过头来直嚷："娘！你不知道我多乐，我活了二十来岁，就不知道地上的青草可以叫我乐得发疯；娘！你也不好，尽逼着我念书，要不然就骂我，也不叫我闻闻青草是什么味儿！"她声音都哑了，两只眼里绽出两朵大眼泪，在日光里亮着，像是一盏水晶灯。

真的，她自己想着也觉得可笑；怎么的二十来岁的一位大姑娘，连草味儿都没闻着过？还有这草的颜色青的多嫩呀，像是快往下滴的水珠似的。真可爱！她又亲了一口。比什么珠子宝贝都可爱，这青草准是活的，有灵性的；就不惜你不知道她的名字，要不然你叫她一声她准会甜甜的答应你，比阿秀那丫头的声音蜜甜的多。她简直的爱上了她手里捧着的草瓣儿。她心里一阵子的发酸，一颗粗粗的眼泪直滴了下来，真巧，恰好滴在那草瓣儿上，沾着一点儿，草儿微微的动着，对！她真懂得我，她也一定替我难受。这一想开；她也不哭了。她爬了起来，她的淡灰色的哗叽裙上沾着好几块的泥印，像是绣上了绣球花似的，顶好玩，她空举着一双手也不去拂拭，心里觉得顶痛快的，那半涩半香的青草味儿还是在她的鼻孔里轻轻的逗着，仿佛说别忘了我，别忘了我。她妈看着她那傻劲儿，实在舍不得再随口骂，伸手拉一拉自己的衣襟走上一步，软着声音说："腴腴，不要疯了，快走吧。"

找不到的理由

腴玉那晚睡在船上，这小航船已经够好玩，一个大箱子似的船舱，上面盖着芦席，两边两块顶中间嵌小方玻璃的小木窗，左边一块破了一角，右边一块长着几块疙瘩儿像是水泡疮；那船梢更好玩，翘得高高的像是乡下老太太梳的元宝髻。开船的时候，那赤腿赤脚的船家就把那支又笨又重的橹安上了船尾尖上的小铁楦儿，那磨得铄亮的小铁拳儿，船家的大脚拇指往前一扁一使劲，那橹就推着一股水叫一声"姓纪"，船家的脚跟向后一顿，身子一仰，那橹儿就扳着一股水叫一声"姓贾"，这一纪一贾，这只怪可怜的小航船儿就在水面上晃着她的黄鱼口似的船头直向前溜，底下托托的一阵水响怪招痒的。腴玉初下船时受不惯，真的打上了好几个寒噤，但要不了半个钟头就惯了。她倒不怕晕，她在垫褥上盘腿坐着。臂膀靠着窗，看一路的景致，什么都是从不曾见过似的，什么都好玩——那横肚里长出来的树根像老头儿脱尽了牙的下巴，在风里摇着的芦梗，在水边洗澡的老鸦，露出半个头，一条脊背的水牛，蹲在石渡上洗衣服的乡下女孩子，仰着她那一块黄糙布似的脸子呆呆的看船，旁边站着男小孩子，不满四岁光景，头顶笔竖着一根小尾巴，脸上画着泥花，手里拿着树条，他也呆呆的看船。这一路来腴玉不住的叫着妈：这多好玩，那多好玩；她恨不得自己也是个乡下孩子，整天去弄水弄泥没有人管，但是顶有趣的是那水车，活像是一条龙，一斑斑的龙鳞从水里往上爬；乡下人真聪明，她心里想，这一来河里的水就到了田里去，谁说乡下人不机灵？喔，你看女人也来踏水的，你看他们多乐呀，两个女的，一个男的，六条腿忙得什么似的尽踩，有一个长得顶秀气，头上还戴花哪，她看着我们船直笑。妈你听呀，这不是真正的山歌！什么李花儿、桃花儿的我听不清，好听，妈，谁说做乡下人苦，你看他们做工都是顶乐的，赶明儿我外国去了回来一定到乡下来做乡下人，踏水车儿唱山歌，我真干，妈，你信不信？

她妈领着她替她的祖母看坟地来的。看地不是她的事，她这来一半天的工夫见识可长了不少。真的，你平常不出门你永远不得知道你自个儿的见识多么浅陋得可怕，连一个七八岁的乡下姑娘都赶不上，你信不信？可不是我方才拿着麦子叫稻，点着珍珠米梗子叫芋头招人家笑话。难为情，芋头都认不清，那光头儿的大荷叶多美；榆钱儿也好玩，真像小钱，找书上念过，可从没有见过，我捡了十几个整圆的拿回去给妹妹看。还有那瓜蔓也有趣，像是葡萄藤，沿着棚匀匀的爬着，方才那红眼的小养媳妇告诉我那是南瓜。到了夏天长得顶大顶大的，有的二十斤重，挂在这细条干上，风吹雨打都不易掉，你说这天下的东西造的多灵巧多奇怪呀。这晚上她睡在船舱里怎么也睡不着。腿有点儿酸，白天路跑多了。眼也酸，可又合不紧，还是开着吧，舱间里黑沉沉的，妈已经睡着了，外舱老妈子丫头在那儿怪寒伧的打呼。她偏睡不着，脑筋里新来的影子真不少，像是家里有事情屋子里满了的全是外来的客，有的脸熟，有的不熟；又像是迎会，一道道的迎

蓦然回首

过去；又像是走马灯，转了去回来了。一纪一贾的橹声，轧轧的水车，那水面露着的水牛鼻子，那一田的芋头叶，那小孩儿的赤腿，吃晚饭时乡下人拿进来那碗螺丝肉，桃花李花的山歌，那座小木桥，那家带卖茶的财神庙，那河边青草的味儿……全在这儿，全在她的脑壳里挤着，也许他们从此不出去了。这新来客一多，原来的家里人倒像是躲起来了，腴玉，这天以前的腴玉，她的思想，她的生活，她的烦恼，她的忧愁，全躲起来了，全让这芋头水牛鼻子螺丝肉挤跑了；她仿佛是另投了胎，换了一个人似的，就连睡在她身旁的妈都像是离得很远，简直不像是她亲娘；她仿佛变了那赤着腿脸上涂着泥手里拿着树条站在河边瞪着眼的小孩儿，不再是她原来的自己。哦，她的梦思风车似的转着，往外跳的谷皮全是这一天的新经验，与那二十年间在城市生长养大的她绝对的联不起来，这是怎么回事……

她翻过身去，那块长疙疤的小玻璃窗外天光望见了她。咦，她果然是在一只小航船里躺着，并不是做梦。窗外白白的是什么呀，她一仰头正对着岸上那株老榆树顶上爬着的几条月亮，本来是个满月，现在让榆树叶子揉碎了。那边还有一颗顶亮的星，离着月亮不远，腴玉益发的清醒了。这时船身也微微的侧动，船尾那里隐隐的听出水声，像是虫咬什么似的响着，远远的风声、狗叫声也分明的听着，她们果然是在一个荒僻的乡下过夜，也不觉得害怕，多好玩呀！再看那榆树顶上的月亮，这月色多清，一条条的光亮直打到你眼里呀，叫你心窝里一阵阵的发冷，叫你什么不愿意想着的事情全想了起来，呀，这月光……

这一转身，一见月光，二十年的她就像孔雀开屏似的花斑斑的又支上了心来。满屋子的客人影子都不见了。她心里一阵子发冷，她还是她，她的忧愁，她的烦恼，压根儿就没有离着她——她妈也转了一个身，她的迟重的呼吸就在她的身旁。

爱底痛苦

——[中国] 许地山

> 姊姊田打她的弟弟，
> 引发了牛先生对男女之爱的感叹。

在绿荫月影底下，朗日和风之中，或急雨飘雪底时候，牛先生必要说他底真言，"啊，拉夫斯偏！"他在三百六十日中，少有不说这话底时候。

暮雨要来，带着愁容底云片，急急飞避；不识不知的蜻蜓还在庭园间遨游着。爱诵真言底牛先生闷坐在屋里，从西窗望见隔院底女友田和正抱着小弟弟玩。

姊姊把孩子底手臂咬得吃紧，擘他底两颊，摇他底身体，又掌他底小腿。孩子急得哭了。姊姊才忙忙地拥抱住他，推着笑说："乖乖，乖乖，好孩子，好弟弟，不要哭。我疼爱你，我疼爱你！不要哭。"不一会孩子底哭声果然停了，可是弟弟刚现出笑容，姊姊又该咬他、擘他、摇他、掌他咧。

檐前底雨好像珠帘，把牛先生眼中底对象隔住。但方才那种印象，却萦回在他眼中。他把窗户关上，自己一人在屋里踱来踱去。最后，他点点头，笑了一声，"哈，哈！这也是拉夫斯偏！"

他走近书桌子，坐下，提起笔来，像要写什么似地。想了半天，才写上一句七言诗。他念了几遍，就摇头，自己说："不好，不好。我不会作诗，还是随便记些起来好。"

牛先生将那句诗涂掉以后，就把他底日记拿出来写。那天他要记底事情格外多。日记里应用底空格，他在午饭后，早已填满了。他裁了一张纸，写着：

> 黄昏，大雨。田在西院弄她底弟弟，动起我一个感想，就是：人都喜欢见他们所爱者底愁苦；要想方法教所爱者难受。所爱者越难受，爱者越喜

蓦然回首

欢,越加爱。

一切被爱底男子,在他们底女人当中,直如小弟弟在田底膝上一样。他们也是被爱者玩弄底。

女人底爱最难给,最容易收回去。当她把爱收回去底时候,未必不是一种游戏的冲动;可是苦了别人哪。

唉,爱玩弄人底女人,你何苦来这一下!愚男子,你底苦恼,又活该呢!

牛先生写完,复看一遍,又把后面那几句涂去,说:"写得太好了,太好了!"他把那张纸付贴在日记上,正要起身,老妈子把哭着底孩子抱出来,一面说:"姊姊不好,爱欺负人。不要哭,咱们找牛先生去。"

"姊姊打我!"这是孩子所能对牛先生说底话。

牛先生装作可怜的声音,忧郁的容貌,回答说:"是么?姊姊打你么?来,我看看打到哪步田地?"

孩子受他底抚慰,也就忘了痛苦,安静过来了。现在吵闹底,只剩下外间急雨底声音。

懒马的故事

——［中国］孙 犁

> 马兰好吃懒做，她给妇救会做的抗日鞋，
> 送到军队上放了半年，没人穿，
> 最后被一只快要生产的母老鼠拖进洞去了，
> 因此"懒马"这个名字最适合她。

懒老婆每日里是披头散发，手脸不洗，头也不梳。整天坐在门前晒暖，好像她一辈子是在冰窖里长大起来。

年纪还不到四十，好吃懒做，老头子也不敢管她。

有一回丈夫骂她一句："你这个老王八，只会晒暖。"

夜里，她就拿着腰带系到窗棂上去上吊了。

一天，妇救会分配给她一双鞋做，她就大张旗鼓地东街走到西街，逢人便说："都说我懒，你看我不是做抗日鞋了吗？"

看看她的针线笸箩吧：

三条烂麻线，一个没头的锥子；一块她的破裤里，是她用锅底烟子染了黑，来做"鞋表布"的；还有一堆草纸。

懒老婆做这双鞋，什么也不干，做了十天，后来同着全区的五百双鞋一块送到军队上，四百九十九双都有同志们心爱的拿走了，就剩下了懒老婆这双。放在管理科没人去看它，鞋底向上，歪歪趔趔写着懒老婆的名字"马兰"。

放了半年，还是有一个母老鼠要下小老鼠了，才把这双鞋拉进洞里去了。

我看她这名字可以换一下，叫"懒马"倒不错哩。

伉俪曲

——［中国］叶文玲

> 一句"有家的和尚"，
> "骂"出了一位六十多岁的老医生公而忘私的感人品质。

老头子太不象话了！

她气得咬牙切齿，把世上所有诅咒的话都想了一遍，哪一句对他来说都不合适——不，哪一句都不够她解气，所以她想来想去，想到最后，还没拣出一句最中意的话来……

老头子太气人了！

世上还有这样的人吗？星期天，他不休息，转呀转的，老在那医院里转；节假日，他去值班，说是"让年轻人好好玩一玩"；儿子结婚，一餐最简单的陪客饭，他只吃了一半；女儿出嫁半年了，他还说不清女婿的家在哪条街……

这不今年春节，全家大团圆，儿女们来拜年，独独缺少他这一家之长，连给孙女外孙分分"压岁钱"这件小事，也要"有请你这奶奶兼外婆一手包办"——哼，老没老样，六十多岁的人了，竟学会嬉皮笑脸……

别看你挣那一溜奖状，一面面镜框，谁稀罕！我看都不喜看！真的，不照这镜框倒罢了，一照，唉，年年是我这孤老婆子独个儿冷清清守门台！

六十多岁的人了，拿我当小孩子哄着，买这个电戏匣子，说是为我；买这个电视机子，也说是为我，我一个人怎舍得耗恁多的电？虽说那里头，看倒是好看，乐也挺逗乐，可我一个人跟谁乐去？想笑也没个对脸的！

看，这元宵节他又不回来，和医院里的病人团圆哩！瞧这些菜，热了冷冷了热，元宵都冻成冰蛋蛋了！好好好，你眼中还有我这个老婆子？

哼，不管他了！我来打开电戏匣子，听听电戏匣子唱一段，省得人气得牙疼！

呀！怎是老头子的声音？他在和谁说话？电台的记者？哎呀呀，记者睬……仿他？嘿，你这个记者同志，你"睬"他做甚？你要"仿"他，将来你媳妇儿也要气死气活的!

　　这个记者同志,你还尽夸他!"妙手回春?""待病人胜亲人"?哎哎,我家这墙上挂的、写的,尽是这些话儿哩!莫不是你也来我家看过?可我怎么就不记得你?

　　听听,老头子怎么回他的:"……我老伴呀,老说我是……哈哈……"

　　这老头子,就是没记性!你说不上来,是忘了!哎,记者同志,你怎么不来问问我?我骂我那老头子呀,是个"有家的和尚",你说对不对哩?

巫婆的面包

——[美国]欧·亨利

> 玛莎喜欢上了一个每次只买她两个陈面包的顾客，为了帮助他，一次玛莎在他买的陈面包里夹了新鲜的黄油，没想到却因此给这个顾客带来了极大的麻烦。

玛莎小姐在街角儿开了间面包小店，店门前三步台阶，门上装着开门即叮当作响的门铃。

玛莎小姐年满四十，嘴里镶着两颗假牙。她是个充满爱心的姑娘，银行里有二千美元的存款。许多结婚机会远不如玛莎小姐的人都已嫁人了，可她仍心无所属。

最近，玛莎对一位顾客产生了兴趣。这是一位中年男子，戴着眼镜，褐色的胡须修剪得分外整齐。他讲英语时带口浓重的德国腔。他穿着一件旧衣服，有几处还打着补丁，虽说不修边幅，看上去却干净利索，彬彬有礼。他每次光顾玛莎小店总是买两个陈面包——新鲜面包是五分钱一个，陈面包是五分两个——除此之外，他什么也不要。

玛莎小姐越来越注意这个奇怪的顾客，一次她有了惊奇的发现，她发现他手上留有一块红褐色的色块，她猜他一定是个穷艺术家，他准是住在一座小阁楼上，画着画儿。玛莎那颗善良的心为此不禁跳得更厉害了。为了证实自己对他职业的猜想，玛莎从自己的房中取来一幅油画，这是她在一次拍卖中买来的。她把画挂在柜台后面货架上一个显眼之处。这是一幅威尼斯的风景画，上面有金碧辉煌的宫殿，一位贵妇人坐在冈多拉上，正专心致志地撩着水。"这是一幅很有意思的画，他不会不对它有所表示，如果他是艺术家的话。"她想。

那位顾客于两天后又一次光顾了她的小店，果然，他看到了这幅画。"小姐，您的这幅画挺不错嘛！"

"还可以吧！"玛莎一边包着面包一边答道。"我非常喜欢艺术画。您觉得这是幅好画吗？"她为自己的成功暗暗窃喜。

找不到的理由

"可它的构图不够均衡，"这位顾客回答说，还是一口浓重的德国腔，"透视也欠点火候。再见吧，小姐！"

他对玛莎礼貌地笑了笑，然后接过面包，转身走出店门。玛莎又把画放回了原地。他眼镜后面的那双眼睛是那么有洞察力，那么神采奕奕！他一眼就能看出透视画得不准，可却又不得不靠陈面包过活！对此玛莎还能理解，一个天才在成名之前，常常是不得不如此艰苦奋斗一番。

从那次交谈以后，那位顾客每次来总要与玛莎搭上几句，但他仍旧只买陈面包——从未要过蛋糕、馅饼，也从未要过柜台中任何一种美味糕点。他越来越消瘦了，而且神情沮丧。玛莎不由得心悬了起来，见他每天只买那么点儿可怜的东西，她很心疼，想给他加点儿好吃的可又没有勇气，怕冒犯了他，因为她知道损伤了艺术家们的自尊心可不是一件闹着玩的事。

玛莎把她那件最为心爱的蓝点丝绸背心穿在身上，她在恭候这位贵客。这位贵客又一次光顾了她的小店，他把一枚五分镍币放在柜台上仍要他的陈面包。正当玛莎取面包时，外面传来一阵刺耳的尖叫声，一辆消防车喧嚣而过。这位贵客赶快跑到门口去观望——谁都会如此。玛莎灵机一动，她迅速地在每个陈面包上深深地切了一刀，并分别塞进一大块黄油，然后又将面包紧紧夹好。这新鲜的黄油是几分钟前刚刚送来的。当这位先生返回柜台时，玛莎已像往常那样在用纸包着陈面包了。

他们又像以前那样，愉快地交谈了几句，然后他又礼貌地告别了她。玛莎暗自微笑，对自己的大胆及慷慨的冲动感到兴奋不已，但又不禁焦虑不安：是不是太冒失了？他会生气吗？肯定不会，吃的东西是不会说话的，而黄油也绝非女性冒失的象征。

玛莎情不自禁地想像着当那位可爱的先生发现那诱人的大块黄油时的情景。大概他会放下画笔和调色板，站在画架旁，那上面摆着他正画的那幅画儿——当然，画的透视肯定是无可挑剔的。然后，他开始准备那顿有干面包和白开水的午餐，他把面包切开——啊，想到这儿，玛莎的脸不由得红了。当他吃面包时会想到那只把黄油放进去的手吗？他会……

正当玛莎沉浸在脸红心跳的遐想中时，响亮的门铃声烦人地响了起来。玛莎叹了口气，快步来到店堂，什么家伙弄出这么大的动静！两个男人已经站到了柜台前，一个是她从未见过的年轻人，叼着个烟斗；另一个就是她的那位可亲的贫困不堪的艺术家。在那一刹那，她莫名地激动和兴奋起来。

但她的那位先生却满脸涨得通红，帽子推到后脑勺，头发乱蓬蓬的。他紧握着拳头，凶狠狠地向玛莎挥舞着，凶狠狠地。

"自作聪明的女人！"他声嘶力竭地吼着，像敲鼓一样擂着玛莎的柜台。"你

蓦然回首

这个蠢东西!"他叫喊着,眼镜后面那双蓝色的眼睛燃烧着愤怒的火焰。

"我要你知道,你是个多管闲事的混账女人!"

玛莎几乎站不住了,她虚弱地靠着柜台,一只手放在她穿的那件最好的背心上。这时,那个年轻的叼烟斗的人抓住了那位正在喊叫的顾客的衣领。

"好了!好了!不要再说了,那已经没有任何意义了。"他把那愤怒的艺术家拽到了门口,转过身来对玛莎说:"我要告诉你,小姐,他叫巴姆勃格,是个建筑绘图员。我们在同一办公室工作。他为一个新市政厅的设计图已经整整辛苦三个月了。他准备参加一次有奖竞赛。昨天,他用墨水笔描出了底线,你知道,制图员总是先用铅笔打稿,再用墨水笔去描,然后用陈面包屑擦去铅笔线。就在最后完稿时,当他准备用陈面包擦去铅笔线时,那黄油……他三个月的辛苦全白费了,当然也不能参加比赛了。"

玛莎走进内室,把那件蓝点丝绸背心脱下,又换上了那件烟色斜纹哔叽的,然后回到柜台,坐下了……

找不到的理由

上尉的爱情

——［美国］欧·亨利

上尉的求婚遭到了心上人西奥多娜的拒绝，
他决定再找心上人西奥多娜面谈，
再遭拒绝后，上尉变得明智起来。

此刻，上尉望着墙上的军刀沉默不语，他想了很多很多，他也想到了战争，但往日战争的硝烟仿佛隔得非常非常遥远……

令他不敢面对的不是战争，而是因为敌不过一个女人温柔的眼睛和满面春风。房间里无声无息，静悄悄的，他手里拿着一封信，久坐着未移动半步，这封信是他烦闷的根源。他把断送了他的希望的那段至关重要的话重看了一遍：

我觉得该坦率地说，我不能答应你的要求嫁给你。我这样做的原因是我们的年龄差距太大。我非常非常喜欢你，但我们的结合不会是幸福的结合。说出这些话我非常抱歉，但我相信你会赞赏我的诚实。

看完信，上尉无言地垂下头，他承认他们之间有很大的年龄差，但是他身体结实，为人诚恳，有钱，有地位。难道他给予她的爱情、体贴，还有他的优点不能使她忘掉这点遗憾吗？而且，他几乎可以肯定，她对他有好感。

上尉做事果断，并且是个不达目的誓不罢休的人。他要再去见她，当面向她恳求，年龄不应成为他与他喜爱的人之间的障碍。两小时后，他做好了准备，去打一生中最大的仗。他登上了开往田纳西州南部一座古城的火车，她住在古城里。

当上尉见到他心爱的人时，她——西奥多娜·戴明正站在洁净精美的台阶上欣赏着夕阳，她看到他来并没显得尴尬，反而一笑。上尉上了台阶，站在她下方，两人的年龄差别并不显得大。他个子高，腰身笔挺，眼睛明亮，皮肤晒成了褐色。她年轻靓丽，貌美如花。

蓦然回首

西奥多娜说:"你的到来很出乎我的意料,不过既然来了,你就在台阶上坐坐。我的信收到了吗?"

"收到了,所以我才会来。"上尉说,"答应我,西奥多娜,收回你的答复,让我们忘记一切,可以吗?"

西奥多娜对他嫣然一笑。上尉看起来很年轻。她的确喜爱他身体好,长相好,有男子汉气概,如果……也许……

"噢!可爱的上尉,那是行不通的。"她断然摇着头说,"我非常喜欢你,但结婚不行。我们之间存在着很大的年龄差,还是别再说了,我在信里对你说过了。"

上尉的褐色脸庞微微有些红,他呆呆地望着夕阳,好半天没有言语。在远处的一片树林后有一片平坦的原野,那些穿蓝制服的小弟兄曾在向海边的行军途中在原野上宿过营,这些事现在回忆起来很模糊!说实话,命运与时间老人在跟他作对,就因为年龄的差异,他就得不到幸福!

西奥多娜的手慢慢放下来,让他的一只褐色皮肤的手紧紧握着。她至少是感觉到了痛苦与爱情在这一时刻是等同的。

"不要这样,"她轻声说,"这样的选择最好。我前思后想过了,将来你会庆幸我没有与你结婚。结婚只会有一时的痛快。你完全可以设想一下,若干年后我们一起生活的情形,一个要守在火炉旁看书,也许夜晚还发头痛、关节痛,另一个只想去舞会,上剧院,出席夜宴。朋友,这不行。我们俩不是一个像元月,一个像五月,而是一个像十月,一个像六月初。"

"西奥多娜,这样的情形绝不会发生在你我之间,我可以……"

"不行,你办不到。现在你自以为能,而实际上并不能。好了,到此为止吧!"

上尉不得不承认自己败了,但他是一位刚强的斗士,他起身告辞后,紧闭着嘴,昂首挺胸。

上尉于第二天夜里返回到自己的居所,进屋时他又抬头看了看挂在墙上的军刀。他穿好衣服才进晚餐,白领带的结打得漂漂亮亮,然而也就在这时他自言自语反省着:

"平心而论,西奥多娜讲的的确很实际,没人否认她艳如桃李,但她的年龄少说也有 28 岁。"

上尉今年 19 岁,与他心爱的女人相差整整 9 岁,他的军刀只出鞘过一次,那还是在查塔努加检阅场,那地方离他很远,就像南北战争离他很远一样。

等待的一天

——［美国］海明威

> 莎莎得了流感，烧到了 102 度，
> 他以为自己不久将会因此死去，心中万分恐惧。
> 我把有关温度表的知识教给了他，
> 他才好了起来，但也留下了一个毛病。

当我们还赖在床上不肯起来时，他哆嗦着走进屋关窗户，我发现他脸色发白，走动很慢，仿佛一动就会疼痛似的。

"莎莎，你生病了吗？"

"我头痛。"

"快，快回到你的床上。"

"不，我没事儿。"

"回到床上去。我穿好衣服就来看你。"

当我穿好衣服来到他的房间，发现他没在床上，而是端端正正地坐在火炉旁。这个 9 岁的小男孩，看上去病得十分可怜。我用手摸摸他的前额才知道他在发烧。

"快回床上，"我说，"你发烧了。"

"我没事的。"他说。

医生来了之后，给孩子试了试体温。

"多少度？"

"102 度。"

医生照症状分别给开了三种药，一种药是退烧的，另一种是泻剂，第三种是克服体内酸性状态用的。他解释说，流感细菌只能生存于酸性状态之中。关于流感，他跟我谈了很多。他说，如果热度不超过 104 度，就不用担忧。还有一点，流感只要不引起肺炎，就没有什么危险。

回到屋子我记下孩子的温度，并写下一个吃各种药的时间表。

蓦然回首

"我给你读书消遣怎样?"

"随你的便。"孩子疲倦地说。他的脸色十分苍白,眼睛下面有黑晕。他一动不动地躺着,对于眼前发生的一切似乎无动于衷。

我朗读了霍华德·派尔著的《海盗列传》中的一段,然而我发现他根本没听。

"你有什么特殊的感觉,莎莎?"我问他。

"一切都和原来一样,就那么回事。"

我继续读《海盗列传》,希望捱到他服药的时间。他要是能睡着了,那是很自然的事。然而当我抬起头时,发现他两眼直瞪瞪地望着床脚,样子怪怪的。

"你为什么不睡一会儿呢?到吃药的时候我会叫醒你的。"

"我愿意醒着。"

过了一会儿,他对我说:"如果您觉得挺麻烦的话,爸爸,您就先回去吧。"

"没有什么麻烦的。"

"不,我是说,如果这件事将使你不安的话,您可以去做别的事。"

我想,他或许是有点迷糊了,在 11 点钟给他服了规定要吃的药之后,我就出去了一会儿。

那年冬天,气候异常寒冷,地面上似乎已变成了冰雪世界,似乎那光秃秃的树林,那灌木丛,那采伐过的森林地带,以及所有的草地和没长草的地面都用冰漆过一般。我拿了枪,带上猎狗准备碰碰运气,我们沿着冰冻的山河走着。在玻璃似的地面上站着或行走,都是极不容易的。那只可爱的猎狗一会儿滑倒了,一会儿在地上爬行。我也未能幸免,有一次,连手中的枪也摔了出去,一直滑到很远很远才停住。

一群鹌鹑藏匿在粘土河岸的灌木丛中,我们撵起它们,当它们飞过河岸顶部即将消失的时候,我射中了两只。其余的有几只落到了树间,大部分却都散进了灌木丛里。需要爬上那长着灌木丛的、冰封的土墩好几次,才能使它们再一次腾空而起。它们很乖巧,它们选择你站在溜滑、颤动的灌木丛上,很不稳定地保持着平衡的时候飞出来,射杀难度很高,只有两只成了我的枪下猎物,其余的又躲藏起来,我放弃了这次捕杀。我很高兴能在房子附近发现一群鹌鹑,等我哪天有空时再去射。

回到家,家里人告诉我说,孩子不让任何人进他的屋子。

"不要靠近我,"他说,"我的病会传染人,千万别靠近我。"

我来到他床前,发现他仍是我离开时的那个姿势,脸色苍白,然而两颊却烧得发红,仍旧像原来那样,眼光不离床脚。

我给他试了试体温。

"多少度？"

"大约100度。"我说。他的体温是102度。

"是102度。"他说。

"谁告诉你的？"

"大夫。"

"你的体温变化不严重，"我说，"你不必过虑。"

"我没多想，"他说，"只是我不能不想。"

"想是没有用的，"我说，"别着急，慢慢来。"

"我没着急。"他说，眼睛直视着前方。他显然是为了什么事在极力控制着自己。

"喝点水，把药吃下去。"

"现在还有这个必要吗？"

"说什么呢？当然有必要。"

我坐下来，打开《海盗列传》，读了起来。但是我发现他在呆呆地想着什么，于是我停止了朗读。

"您认为我还能活多长时间？"他问道。

"你说什么？"

"我问我还有多少日子可活？"

"你怎么说这种傻话，告诉我你在想什么？"

"我在说，我会死的。我听到他说102度了。"

"102度的体温是不会死人的。你怎么会有这种可怕的想法？"

"我已经烧到102度了。"

原来从早晨9点钟开始，他望着床脚想的一直是死的问题。

"你呀，可怜的小莎莎！"我说，"那是两种不同的温度计，标准单位不一样，就如同英里和公里是不同的，用那种温度计量，正常体温是37度；用这种温度计，是98度。"

"你说的是真的吗？"

"孩子，你没理由怀疑，"我说，"这两种温度之间是可以换算的，就好像我们开车1小时走70英里等于多少公里一样。"

"噢！我真傻！"他不禁喊道。

他那凝视着床脚的目光慢慢松弛，他的紧张状态终于缓和了。到了第二天，他已变得浑然无事了，但他留下了为一些微不足道的小事而哭泣不止的坏习惯，这是我始料不及的。

雪夜出诊

——[美国] 比利·罗斯

> 凡奈克雪夜驱车赶往格兰福斯医院去救助一头部中弹的孩子，半路上车却被劫匪劫走了。当他赶到医院时，孩子已经死亡。但他却意外地发现了抢他车的劫匪。

夜里九点钟左右，凡奈克医生坐在温暖的家里看书。屋外雪花飞舞。这时电话铃响了。医生抓起电话。

"请找凡奈克医生。"

"我就是。"医生回答。过了一会，凡奈克听到话筒里传来另一个人的声音："你好，凡奈克医生，我是格兰福斯医院的黑顿医生。我们现在正在救助一个脑部中弹的小男孩，情形很严重，需要立即动手术。可是你知道，我不是外科医生。"

"我这儿离格兰福斯九十多公里，我怕来不及……"凡奈克犹豫了一下，"对了，你请过马萨医生没有？他就住在你们镇上。"

"已联系过了，但被告知他今天不在镇上。"黑顿答道，"那孩子伤情危重，是玩弄火枪时不小心出事的。"

"哦！可真够不幸的，这样吧，我马上赶去，现在正下着雪，大概十二点左右我就可以赶到。"

"噢，请等一等，我还有一句话要说，那孩子家很穷，我想他们不会给你多少报酬。"

"这不成问题。"凡奈克说完挂上电话。几分钟后他便驾着他分期付款买来的小汽车出发了。

雪已下了很长时间，路面很滑，凡奈克医生全力驾驶着车，一出镇外，一个身着黑大衣的男人突然斜里挡住了车，凡奈克急忙刹车。车未停稳，那男人已经敏捷地打开车门钻了进来。

"快！快把车让给我！"男人低声命令道，"我有枪。"

"我是医生，"凡奈克很镇静，"我现在要赶去抢救一个情况危急的——"

"罗嗦什么！"裹着破旧黑大衣的人粗鲁地打断他的话，"你赶快下去，否则有你好看的。"

医生被推下车，那大汉驾车疯狂而去。医生呆呆地望着远逝的车子发呆，过了一会儿，才猛地清醒过来，急忙到附近寻找住户。用了将近半小时，他才在一户人家找到电话，召唤出租汽车。又过了好一会儿，一辆出租汽车终于来到了。凡奈克立即钻进汽车，催促司机全速前进。

当凡奈克医生在格兰福斯医院门口出现的时候，已经是凌晨一点多，黑顿早在医院门口等候，他的神情已经不是那么着急了。

"我已经尽力了，"凡奈克气喘吁吁，直搓着冰冷的双手，"我的车在半路上被劫匪劫走了，黑顿医生，孩子现在怎么样了？"

"谢谢你！凡奈克医生。我知道你已经竭尽全力。"黑顿拍拍对方身上的雪花，"孩子一小时前死了。"

凡奈克和黑顿医生边说边来到候诊室。在候诊室门口，凡奈克突然像触电一样呆视着一个人。门边的长板凳上，坐着一个裹着破旧黑大衣的男人，头深深地埋在两只手掌里。听见有人来，他抬起头，目光呆滞。突然，他也像触了电一样，与凡奈克对望着。

"亨尼汉先生，"黑顿指着凡奈克，对那男人说，"这位是凡奈克医生，他是专门赶来给孩子做手术的，但在路上车给劫匪劫了，他已经尽了全力，可惜还是晚了。"

丢失的坟墓

——［美国］马拉默德

> 年过六旬的赫克特去公墓看望死去的妻子，但他无论如何也找不到妻子的坟墓。后来墓碑管理处居然在别人的坟里找到了她妻子的尸首。

深夜，赫克特被雨打窗户声惊醒。他聆听着雨声，心中不由得想起了自己那死去的年轻的妻子——西莉亚，她现在正躺在湿漉漉的墓穴里。多年来。他一想到妻子的事，就想到那湿漉漉的墓穴，心里就觉得不是滋味。他仿佛看见她躺在敞口的墓穴里，哗哗的雨水汇成小溪从四面八方往里灌，而西莉亚却孤零零地躺在深深的水坑里。尽管他当初发誓一定照管她的坟，但到现在为止，他还没给她送过一朵花。

想着想着，他又睡着了，在梦中，他手里拎着防雨布准备给她遮挡风雨，可是，他穿过墓地湿淋淋的树丛，找遍湿漉漉的坟地，却不能确定她的坟在哪儿。他的梦里既没有碑名、墓的排数，也没有墓地号码。他花费了好长时间，但仍无所获，却把自己搞得透湿。坟墓已经被移走，你就是再有本事，也无法给这个女人盖上棺材盖，因为她死后就没呆在该呆的地方。

夜，好不容易过去了，赫克特起了床，整理完毕走出家门，准备乘地铁去杰梅卡看西莉亚下葬的地方。他有好多年没去过这个公墓了。这事很平常，没人去细想其中的原委。人的一生是千变万化的，起码看来是这样的。西莉亚的一生就验证了这点。不知什么原因，赫克特近来却越发清晰地忆起往事。如果你留心观察或是仔细考虑，人到了六十五岁以后，一些截然不同的东西好像会拼凑成另一种东西，把原来本就凌乱的记忆搞得更是一塌糊涂，别人不说，赫克特对此深有体会。

赫克特有好些年不保存任何资料了，虽说他这辈子多多少少也算有些经历。那天早上，他翻阅了一小摞文件，可没发现任何线索来确定西莉亚目前的下落。这次，他花了一小时浏览了墓碑，结果令他很失望，最后他决定去找墓碑管理

找不到的理由

处。管理处的一位秘书把赫克特和西莉亚两人的名字输入计算机,对葬礼日期、墓地号码以及台石码统统进行搜索,搜索的结果是空白,赫克特恼火之极。

"听着,亲爱的,"赫克特冲着年轻秘书说道,"如果利用这蠢笨的家伙不见成效,那我们是不是考虑换一种有效的方式,不然的话,我会失去耐心的。我实在记不清这座坟的确切位置了,可是,我必须要找到它。"

"你这话什么意思?你认为我在玩吗?"

"你所做的一切看来都毫无意义。这台计算机本该有优良的机械记忆功能。可它不是乱了程序,就是零部件生了锈。我虽然没能提供这方面资料,可是到现在,这台机器给我提供的惟一线索就是它对此一无所知。"

"计算机告诉我们它难以确定你要的信息。"

"我知道,可我必须要找到这墓碑。"赫克特说道,"我要提醒你,这座难以找到的坟不是一枚我们随便谈论的结婚戒指。我要找的是一个女人的葬身之地,这个女人曾是我妻子。"

这年轻秘书站起身与另一个更年轻的秘书低低说了几句话,那个更年轻的秘书转身离去了,一会儿他转回来,赫克特得到允许到主任办公室去。

"我们的主任古德曼先生想跟您谈一谈。"

他不信古德曼先生能够解决这个问题,但他还是决定去试一试。他只点了下头就跟着年轻秘书去了,来到里面的一个办公室,年轻秘书敲了一下门就走了,只听从室内传来和蔼的声音:"请进,请进。"

"进就进,有什么可怕的?"赫克特自言自语道。

古德曼先生冲他办公桌前的一把椅子指了指,赫克特立即坐了下来,看着他把纯橘汁从一个大瓶倒入一个小绿玻璃杯。

"你也来一杯?"他指着橘汁瓶问道,"我一般上午这个时候要吃点东西以保持机体平衡。"

"我不需要,"赫克特说,同时示意他有更重要的事要说,"我需要知道我妻子坟墓的确切位置,可到目前为止还没有任何结果。"他清了清嗓子,对刚才说话时那股激动劲儿感到诧异。

古德曼先生没有说话,他一直听赫克特在述说。

"那坐在外面的秘书没能给我任何帮助。"赫克特接着说,同时他对自己丢失了能确定坟地所需的文件感到懊恼,"你那年轻的女士用各种方式在计算机里进行过搜索,可就是一无所获。找不到的还是找不到,也就是说一个女人的坟找不到了。"

"目前还不能下找不到的结论,"古德曼开始说,"倒不如说迁移更确切些,依我干了二十八年的经验来看,不相信有哪座坟会找不到。"

蓦然回首

说完古德曼先生操纵起他面前的计算机,过了一会儿,他摊了摊手,耸耸肩说:"恐怕我们这次还要落空。用计算机查找过去我们所用的坟墓台石,有 H 打头的字母好像就是不见赫克特,我敢说这不仅仅只是个暂时现象。"

"你那年轻的女士也这样对我说。"

"她不是我的年轻女士,她是我的助手,做文秘工作。"

"我承认我措辞不当,"赫克特说,"这并不是我有意冒犯。"

"我不会介意的,"古德曼说,"然而,我还会接着做的。请您告诉我,假如你不介意的话,你妻子死时,你们之间关系怎样?"他戴着半月形眼镜,盯着计算机屏幕问道。

"噢,这个没什么隐瞒的,我们分开了。分居与埋她的坟地有关系吗?"

"我打听的原因是,我想也许会重新获得你的记忆。举个例说吧,你查找的这个公墓——杰保姆山是否正确无误?有些人总是把我们这儿和稀伯伦山搞混。"

"我肯定就是杰保姆山公墓。"

赫克特稍稍犹豫了片刻,又继续说道:"我妻子是个很不稳定的女人,她两次离我而去,还失踪过好几个月,我曾两次把她找回家。她死时我们并不住在一起。生前,她曾以自杀威胁过我,但她却没真的实行,夺走她生命的是一般疾病而非其他,虽然我们的关系一直不算太好,但她的葬礼还是由我付费的,我记得十分清楚就在这座公墓。我还听说,有段日子她曾和一位在某处认识的小伙住在一起,可她去世时,送葬是我为她举行的。今年我已六十五岁,近来很想看望一下年轻时同我生活在一起的人的坟墓,可结果呢,坟墓奇迹般地消失了。"

古德曼站起身来,这时,赫克特才发现他是个身长不足五英尺高的矮汉。"我会让他们细细找找的。"

"希望尽快有个结果,"赫克特回答说,"我还对她的坟所发生的一切感到好奇。"

古德曼看样子非常想笑,但努力压制住,他挥手说道:"别担心,我会同你保持联系的。"

赫克特是带着怒气离开的。在回城的列车上,他回忆着西莉亚以及她带来的一幕幕不幸。要是他对古德曼说是她毁了自己一生就好了。

这一夜,天空飘着细雨,赫克特发现枕边有一块湿了。

第二天,赫克特又到公墓去。"我是不是忘了该记起的事?"他不止一次这样问自己。显然,坟地、埋的排数和号码都没错,虽然他尽心尽力地找了,可就是找不到。谁能记得自己根本不愿记的事?这就像是想在谷子袋里种植谷子一样没法办到。

虽然这样,他还是努力回忆,慢慢回忆,一点点回忆,希望能回忆起有价值的信息。

可时间一周一周地过去，赫克特还是记不起他想要回忆的事。"难道我走入了死胡同？"

时间过得很快，一个月后，那位古德曼先生打来一个电话，电话里他的声音有些含混。赫克特脑子里想象着古德曼在办公桌前边说边一点一点地喝着橘汁。

"赫克特先生吗？"

"我就是。"

"我是古德曼先生。新年快乐！"

"新年快乐！"

"赫克特先生，您托我们的事已经有了结果，您现在是不是还有兴趣？"

"那当然，你说吧！"

"好吧，那原谅我的直率，我们搜索到你妻子了。结果她没呆在计算机能找到她的地方。直接说吧，我们发现她在一位先生的坟里。"

"什么？这是真的吗？是哪一个混蛋？要知道我是她的合法丈夫。"

"先生，不要激动，我告诉你，那个人就是你妻子离开你后与她同居的那位男子。他们断断续续地住在一起，因而你也不必责备自己。她死后，得到法院判决，结果别人把她迁移到另一个坟里。在这位先生死后，我们又把他葬在里面。法官之所以这样判决，是因为他对法官诉说他与您妻子多年相爱并自愿合骨的结果。"

赫克特变得十分沮丧："你在说些什么呀？要不是法律允许，他怎么能随便移她的坟呢？她的坟属于我的，是我付的费。"

"那座坟还依然完好。"古德曼解释说，"但名字却混乱不清。那男人的名字是卡普兰，工人把她埋在卡普兰名下，而不是赫克特。正因为如此才不好查找，我向你道歉。然而我认为我们现在总算把这个谜底揭开了。"

"谢谢你为我解开这个谜。"赫克特说道。他觉得虽然失去了一位妻子，自己却感觉不再是个鳏夫。

"对了，作为管理者，我有责任提醒你，现在有一座备用的空坟，坟里没埋人，而且坟地也属于你。"

赫克特说："那毫无疑问，事实就是这样。"

隧　道

——［前苏联］康·麦里汉

> 隧道口的铁轨坏了，列车停下来等候，一位旅客下车给修道工父亲打了电话，希望能见上一面，但最终父子二人还是没能见到面。

列车在过隧道时突然停住不动了，只有第一节和最后一节厢留在了隧道外面。

这次意外事故，引起了乘客们的恐慌，只有坐在最后一节车厢里的一位旅客不但不恐慌，反而感到高兴。这倒不是因为他那节车厢比别的车厢明亮，而是因为他的父亲就住在隧道附近。他每次休假都要经过这条隧道，可这儿没有站点，因此他们父子俩有好长时间没见面了。

这位旅客从窗口探出身子，叫住顺着车厢走过来的列车员：

"什么原因停车？"

"隧道口的铁轨坏了。"

"需要多长时间能修理好？"

"少说也要四个小时。"列车员说罢，转身走向隧道另一端。

这位旅客很兴奋，他跳下火车，到下面的一个电话亭给父亲挂了电话，接电话的人告诉说，他父亲正在上班，并把父亲工作地点的电话号码给了他。于是他又重新挂了电话。

"是儿子吗？"父亲一下就听出了他的声音。

"没错，爸，这下我们可有见面的机会了，火车要在这儿停上至少四个钟头。"

"真不凑巧！"父亲难过地说，"我正好还要干四个钟头才能下班。"

"可以请一下假嘛！"

"不行呀。"父亲答道，"这儿离不开我，哦，让我再想想。"

旅客挂上听筒。这时列车员正好从隧道里走了过来。

找不到的理由

"两小时后发车。"他说。

"咦？怎么变成两个小时了！"这位旅客叫了一声，"您刚才不是说至少要四个小时吗？"

"四个小时和两个小时都是由修道工说的，他们说几个小时就几个小时。"列车员说完，转身又向隧道另一端走去。

旅客飞快地跑向电话亭。

"爸，你听我说，现在变了，不是四个小时，而是两个小时，真烦人！"

"真糟糕！"父亲伤心地说，好吧，我再努一把力，也许一个钟头就能干完这点活儿。"

旅客挂上电话。这时列车员吹着口哨，从隧道里出来了。

"真不可思议，由四个小时变成两个小时，又由两个小时变为一个小时，干劲可真足。"

"爸，还得纠正一下，不是两个钟头，是一个钟头。"

"这可麻烦了！"父亲懊丧极了，"半个钟头我无论如何是干不完活的！"

旅客又挂上听筒。列车员也从隧道里走了回来。

"唉！事情越来越怪了，这个修道工居然说半个小时就能修好铁轨。"

"该死的修道工，他一定是吃错药了！"旅客喊叫着跑向电话亭，"爸呀，你十分钟内能过来吗？"

"放心吧！孩子！拼上老命我也要干完这点活！"

"哼，这个修道工真的是吃错药了，刚开始说工作太繁重，没四个小时下不来，可现在又说只要十分钟就可以修好了。"

"这个可恶的大头鬼！"旅客骂了一句又拨了电话，"爸，很遗憾我们见不了面了。这儿的一个混蛋先说停四个钟头，现在又说只停十分钟。"

"是够可恶的，"父亲赞同地说，"没关系，我马上就过来！"

"乘客同志们，快上车！"从隧道里传来列车员的声音。

"再见了，爸爸！"旅客喊道，"以后有机会我再来看你！"

"等　等，孩子！"父亲上气不接下气地喊道，"我收工了，别挂电话！"

这时火车已渐渐起动了。

列车驶出隧道时，这位旅客呆呆地望着巡道工的小屋，望着小屋窗口里对着电话筒猛喊的父亲。电话亭里，话筒里仍在响着父亲从远处传来的声音：

"等一等，孩子，我收工了！"

我的肖像

——[前苏联]古里阿

> 我的圆脸被加工成长脸，
> 额头、鼻子被加高，下巴、脖子、耳朵、头发都被加工得一塌糊涂，
> 但我仍得承认，这确实是我。

千真万确，《文学报》上的这幅肖像确确实实是我的画像，而且写得明明白白，纳季姆·希克迈特就是我。

怎么？一点也不像我？

看看画像，觉得说得也不无道理，这完全是另外一个人。这可怎么办？肖像画的人是个长脸，可我是圆脸；肖像上的人头发老长，可我的头发并不长。再看看下巴，更不像，他的下巴像根老黄瓜，我的……脖子更别提了，有那样的脖子吗？要多别扭有多别扭，眼睛也不像，那对耳朵也不像！不过，领带那倒是像的，可以确切地说是我的领带，是我在伊斯坦布尔买的那条领带。

从外观上看，这幅画像与我本人相差极远，尽管如此，我还得说它是我的肖像，这是怎么回事呢？其中的原委是这样的：

当时我正蹲监狱，而在巴黎则准备出版我的诗集，这是多么不可思议，但它却是真实的，于是他们便往伊斯坦布尔发信要我的肖像。可是到哪儿去弄呢？我蹲在监狱里呀。

我妈妈就对来人说："我给您一幅纳季姆的肖像。您把它寄往巴黎吧。"

我妈妈虽是个很不错的画家，但眼力已严重退化，几乎可以跟失明划上等号。她老人家一边回忆，一边画，她想啊，画啊，终于把画像寄到巴黎去了。

在巴黎，一位法国画家看了寄去的肖像后说道："他的前额再高一些效果会更有震撼性，诗人纳季姆应该是天庭饱满的，可这幅像上的太小了。"于是他就加高了我的额头，付印了。

另一位法国画家见到报纸，说："报纸这样还可以，但要印成书，则必须加高他的鼻子，这样才符合人体骨骼学嘛！"

于是,他就把鼻子加高了。

就这样,我的额头高起来了,鼻子也大起来了。可是,莫斯科也要出版我的书,而莫斯科的画家一看巴黎出的书上的肖像,也发表了意见:"大额头、大鼻子是这个样子,下巴、脖子又怎么会这样呢,应该这样。"

于是,我的面孔便被造得像一节短粗灌肠了,就是那种蘸着芥末吃的又短又粗的肉肠。

等到《文学报》要登它的时候,美术人员又做了新的加工:画成了大耳朵、蓬松的头发!那还用说吗?既然额头大,鼻子大,脸像一节短粗灌肠,那就应该这样改嘛!

值得庆幸的是,领带没被这些画家们改造。

事情的原委就是这样。

是的,这是我的肖像。这里画的完全是我。虽然只有领带是我的原产物,但我还得承认这确确实实是我。

祖父的表

——［英国］斯·巴斯托

我非常喜欢祖父去世时留给我的那块金表。但由于我的虚荣心，它被摔坏了。

我非常喜爱祖父的那块金表，它的正面雕着精致的罗马数字，表壳是用金子做的，沉甸甸的，做工精巧。平时，这块金表被挂在祖父床头，我总是盯着它看，心里充满着渴望。

祖父生病在床期间，总把我叫到他床前，仔仔细细询问我的学习情况。那天，当我告诉他我考得很不错时，他非常兴奋。"那么不久你就要到新的学校去了？"他这样问我。

"对，接着我努力考最好的大学。"我说，仿佛看到了我面前的路，"将来我要当医生。"

"孩子，你一定会实现你的理想，但你首先要学会忍耐，你必须付出很多很多的忍耐，还有大量的艰辛劳动，这样你才会成功，懂吗？"

"放心吧！爷爷。"

"好极了，坚持下去。"

我照他的吩咐，把表递给他，祖父深情地凝视了金表好一会儿，然后上紧了发条。当他把表递给我的时候，我感到了它的分量。

"五十年来它一直在我身边，是我事业成功的印证。"祖父自豪地说。

早年祖父以打铁为生，虽然现在看来很难相信那双虚弱的手曾经握过那把巨大的锤子。

盛夏的一个晚上，我和祖父谈完话，我正准备起身时，他抓住了我，"谢谢你，小家伙！"他用一种非常疲劳而虚弱的声音说，"你要牢记我的话。"

一刹那，我被深深地感动了。"放心吧，爷爷。"我发誓说，"我一辈子都忘不了您的教诲。"

第二天，妈妈告诉我，祖父已经离开了人世。

找不到的理由

在遗嘱中,祖父把那块他最心爱的表留给了我,但在我不能确保它完好无损时,则由母亲代为保管。我母亲想把它藏起来,但在我的坚持下,她答应把表挂在起居室里,这样我就能经常看到它了。

在那个可恶的夏天之末,我成了一所新学校的新成员。这儿的一切对我来说都很陌生,有一段时间内,我很少与其他的男孩交往。在他们中间,有一位很富有的男孩,他经常在那些人面前炫耀他的东西。我承认,他的脚踏车是新的,他的靴子是高档的,他所有的东西都要比我们的好,除了那块他自认为是最棒的表以外。

正如他自己所说的,那表不但走时极为准确,而且还有精致的外壳,难道这不是最好的表?

"你的表远没有我的好。"我宣称。

"真的?"

"当然,是我祖父留给我的。"我坚持。

"那你拿出来让我们开开眼界。"他说。

"可我没有把它带在身边。"

"你肯定没有!"

"我下午就拿来,到时你们会感到惊讶的!"

回家的路上,我一直在想让母亲把表交给我的办法,但没有结果。突然,我记起来那天正好是清洁日,我母亲把表放进了抽屉,等她走出房间,我把表放进了口袋。

我急切地盼着回校。吃完中饭,我从车棚推出了自行车。

"你骑车子去上学?"妈妈问,"我想应该将它修一修了。"

"只是一点小毛病,不碍事的。"

我骑得飞快,想着将要发生的激动人心的场面,我仿佛看到了他们羡慕的目光。

谁知,倒霉的事发生了,车前突然蹿出一条狗,仓皇之间,我死命地捏了后闸,然而,在这同时,闸轴断了,这正是我所说的不碍事的小毛病。我赶紧又捏前闸,车子停了下来,可我也撞到了车把上。

我狼狈地从地上爬了起来,顾不得疼痛,忙用颤抖的手拿出那令我和我祖父都视为最重要的表,可在表壳上已留有一道凸痕,正面的玻璃已经粉碎了,罗马数字也已经被古怪地扭曲了。我把表放回口袋,慢慢骑车到了学校,痛苦而懊丧。

"表带来了没有?"男孩子们追问。

"我母亲不让我带来。"我撒了谎。

蓦然回首

"是吗?看你这样是不是在蒙人啊?"那富有的男孩嘲笑道。

"多棒的故事啊!"其他的人也跟着哄了起来。

当我在课堂上坐下来的时候,心里却怎么也平静不下来,我不是在为受到同学们的讥笑而难受,也不是因为害怕母亲的发怒而不安,我所想到的是祖父躺在床上,他虚弱的声音在响:

"要忍耐,忍耐……"

我忍住了没有哭,因为我已答应了祖父要忍耐。

找不到的理由

不值一文的老奶奶

——[德国] 布莱希特

奶奶一生大部分时间都为五个孩子操劳，
只在爷爷辞世后的两年，她才过上了自己的生活，
虽然那种生活让我们大家很不理解，但却给她带来了快乐。

奶奶七十二岁那年，爷爷辞世了。爷爷生前在巴登的一个小城镇开了一家石版印刷厂。奶奶操劳家务，不雇女佣，照管着荒凉破落的老屋，为大人和孩子们煮饭烧菜。

奶奶看上去十分瘦小枯干，说话不紧不慢，但眼神却十分有神，她含辛茹苦地把五个孩子抚养成人，为了孩子们，她年复一年地消瘦下去。

五个孩子中，两个儿子先后成家并独立门户，两个女儿也先后去了美国，只有最小的一个因为体弱多病，留在小城里当印刷工人，现也已成了家，独自生活。因此爷爷去世时，老家只有她一个人。

外面的儿子和女儿都很孝顺，经常写信问候她，并邀她同住。只有那做印刷工人的小儿子则希望带着家人一起搬到她屋子里去。可是老奶奶拒绝了他们的建议，只希望每个孩子在能力所及的范围内稍稍寄些钱来。这家印刷厂早已被淘汰，几乎没有什么生意，甚至负了债。

孩子们不放心，仍想接她同住，但她硬是不同意，他们只好屈服，每月寄给她一小笔款子。大家以为，老太太是舍不得离开那在小城里当印刷工人的小儿子。

小儿子经常与哥哥姐姐们联系，主要是谈母亲的生活状况，从他给我父亲的信中以及奶奶安葬后两年我爹的一次访问所获悉的情况中，才使我对这两年内发生的事有了一个粗略的印象。

在了解整个事情的经过中，我首先感觉到的是印刷工人对于奶奶拒绝他搬到她屋子一起住十分失望。他和四个孩子住在三间房间里。奶奶跟他们的关系并不怎么密切，只是每星期日下午带孩子们去喝咖啡，剩下的时间各过各的日子。

蓦然回首

小儿媳妇对婆婆的这种做法大为不满,她满腹牢骚,经常说住在印刷工人的屋子里实在太挤啦。印刷工人沉不住气,在信里大发牢骚。

有一次,我父亲写信问奶奶的近状如何,他的回答只是寥寥数语,说她常去看电影。

看电影在我心目中感觉很平常,但在父亲那一辈人心里却有另一番意义。三十年前的电影同今天的不一样,它总是在设备简陋、通风不良的场所放映,往往在玩九柱戏的球道上演出,演出前的宣传广告也很撩人,往往是些暴力和情爱场景。到那里去的只是少年,或者是一对对贪图那里光线黑暗的情侣。孤零零的一个老太婆去那儿必然引起人们的注意。

另一个很重要的原因是,这种电影的票价便宜,但这种娱乐在等级上跟吃甜食相差无几,这就等于"瞎花钱",瞎花钱是不光彩的。

奶奶的性格是孤僻的,她不与同住一地的儿子过多来往,也未见她对哪一个左邻右舍表现出热情来。她从来不赴小城的咖啡茶会,却常常到一个补鞋匠的工场里去,工场坐落在一条声名狼藉的小巷里,下午时分,总有各式各样、不大正派的人闲坐着,其中以地位低微的女侍者和青年工匠居多。补鞋匠是个中年人,曾游历世界各地,但结果一无所得。据说他也喝酒。我们都反对奶奶到那种地方与那些人交往,因为这对奶奶的身份多多少少有些损害。

小儿子也曾苦口婆心地劝过母亲不要去那种地方,但得到的却是冷冷的回答。"他看到些什么了?"这就是她的答复,谈话就此中断。和我奶奶商谈她不愿意听从的事,可不是那么简单的。

在一次印刷工人给我爹的信中,他说奶奶现在隔天就要在饭店里吃饭。

这消息极大地震动了家里人,因为奶奶一生本来为一家十余口煮饭烧菜,吃的一直只是一些残羹,如今却上饭店吃喝起来了!事情竟这么不可思议。

不久,我父亲到家乡附近一带出差,于是去探望奶奶。

奶奶正拿起帽子准备外出,看见我父亲进来,把拿起的帽子又放了下去,她倒了杯红葡萄酒给他,并送一片面包给他吃。她看上去镇定自若,既没有特别兴奋,也并非默不作声。她问起我们大家的情况,很粗略的那种问,她主要想知道孩子们有没有樱桃吃。她还跟过去一模一样。房间里一尘不染,她看上去也挺健康。

她的新生活方面,有件事很令我父亲吃惊,那就是她不想跟我父亲一起到墓地去扫丈夫的墓。"你自己去吧,"她漫不经心地说,"他的墓在第十一排左面第三座。我还得去别的地方呢。"

印刷工人事后又说,她一定是到补鞋匠那里去了。他大发牢骚:

"我们那么多人挤在几间小房里,我工作又累又不挣钱,最可怕的是我的气喘病越来越重，那大屋子却一直不让我们住。"

我父亲在旅馆里租一间房间，等着邀奶奶去住，至少形式上表了一下态，但她还是老样子，不领情，哪怕整屋子都是家里人，她还是提出一些反对的理由，说她不该和家人一起来住，把旅馆房钱白白花费了。

奶奶的行为在我眼里是一种背叛家庭的行为，她完全是在走自己一意孤行的路，我父亲的脾气很好，既然看到奶奶十分愉快，就对我叔父说，一切按她的意思吧。

可她究竟想干什么呢？

根据下一步报道，她已订了一辆"布雷克"，想在某一个星期到某个地方单身旅游。"布雷克"是一种大型高轮马车，坐得下整整一家人。在我记忆中，我们小一辈的在去探望爷爷时，有时便会享受到坐"布雷克"的待遇，当时奶奶一直待在家里。她不屑地把手一挥，拒绝一起去。

乘了"布雷克"马车后，奶奶又准备观光K城。这是一个大城市，乘火车约两小时才到。那边正在赛马，奶奶就是乘车去看赛马的。

印刷工人很是恐慌，他急忙写信给我父亲，主张给奶奶请医师。我父亲看信时摇着头，他不主张请医师。

奶奶不是独自观光K城的，她还邀了一个姑娘一同去。印刷工人信里说，姑娘是个傻里傻气的人，是奶奶隔天吃饭的那家饭店里的厨师助手。

从这时起这位傻里傻气的姑娘就成了奶奶的向导与玩伴。

事实上也确是如此，奶奶把她当做宝贝似的宠着她。她带奶奶去看电影，到那个补皮鞋的铺子里去。据说那鞋匠曾是社会主义党中的重要一员呢。有人告诉我们，奶奶和那个傻姑娘在厨房里一面玩牌，一面喝红葡萄酒。

"她替那个'傻姑娘'买一顶帽子，上面还有玫瑰花。"印刷工人十分伤心，"而咱们的安娜连圣餐时穿的衣服都没有！"

印刷工人对他母亲的做法十分不理解，信中充满了抱怨、数落之词，而且丝毫不肯让步。别的情况我是从父亲那儿获悉的。

旅馆老板向他眨巴着眼睛，悄悄说：

"那太太像大伙儿说开的那样，现在正在寻欢作乐呢。"

可事实上却不是如此，奶奶晚年生活过得很是拮据，主要以干面包片、蛋制品、咖啡为主食，只偶尔去次饭店。为此，她还买些便宜的红葡萄酒，每餐总要喝上一小杯。

她屋子收拾得很干净——不仅仅收拾她所住的卧室和所用的厨房。但有一个令人不解的地方，就是奶奶在偷偷地抵押东西，大家都在猜测奶奶的钱都消费在哪里了，看来她都给那个补鞋匠了。

蓦然回首

奶奶死后,补鞋匠搬到另一个城里,据说在那儿开了一家很像样的鞋店。

奶奶的生活历程可以划分成两个阶段:第一阶段的生活是她做女儿、妻子和母亲时代的;第二阶段则纯粹以老太太的面目出现。这时她孤身一人,不尽任何义务,经济情况虽不十分好,但还过得去。第一阶段的生活前后长达六十年,第二阶段却不到两年。

在奶奶离世前半年,她更少与人来往,也更显得孤独。她清晨三点钟就起床,在小城空荡荡的街上漫步,因为她只有一个人。她有时去看望牧师,人们传言,那位跟老太太做伴的牧师,竟也邀她一起去看电影!

据奶奶自己说,她过得很充实,在补鞋匠那儿显然有一群兴高采烈的人们,他们在高谈阔论。她在那儿经常带着自己的一瓶红葡萄酒站着,只顾喝自己杯里的酒,听着那些人大谈特谈对时局的看法和对当局的抨击。这瓶红酒她是专留给自己的,有时也带些烈性的酒给大伙儿喝。

奶奶是在一个秋天的早晨突然离我们而去的,说她死得突然是因为事前没有任何征兆。她死在窗口附近的一张木椅上,她本来请那位"傻姑娘"在晚上看电影,因而死时姑娘在她身边。她活到七十四岁。

我看到过她的一张照片,挂在死时睡的那张床上。这照片是专为她儿孙们摄的。

那张照片至今我还记得起,那是一张布满如核桃般褶皱的脸,唇狭而嘴阔。她几十年如一日辛苦劳动,只有短短几年才饱享清福,终于油尽灯枯,魂归天国。

找不到的理由

——［日本］森村诚

> 岛木幸经历了三次婚姻，每次婚姻都给他留下一些教训，最后他彻底对婚姻失去了信心，不过他还是感到非常欣慰。

岛木幸的婚姻很不如意，三次失败的婚姻给他增添了无穷的烦恼。

他的第一任妻子久惠是他在电车上结识的，他被她那白皙的面容和优雅的气质所吸引，进而步入结婚礼堂。

久惠的家庭条件不错，父亲是知名教授，自己大学毕业后，在一个大型企业担任要职，应该说配岛木幸绰绰有余。久惠的个性一如她那优雅的外表，总是一派从容。对于久惠仍是处女之身，岛木幸更是感激。因为这个时代要一个已二十多岁的女子仍保留处女之身，实比登天还难。但是，蜜月以后回到新居，久惠不足的一面就逐渐暴露出来了。

两人共同生活不久后，岛木幸发现，久惠从未清洁过房间，刚开始还不明显，后来电视、衣橱、地面都落满了灰尘。起先他不好意思责怪妻子，想她可能是因为初婚的混乱还没过去，以后就会好的。但是随着时间的流逝，这一幻想被无情地打破了。久惠吃完饭后总是将碗筷一推，自己往后一靠，或坐到沙发上看电视，看丈夫一个人收拾。

久惠可以说对清洁房间、操持家务一窍不通，而且可以生活在垃圾一样的屋子里。她婚前一直和父母住在一起，婚后自己成了主妇，她的独立生活能力极差的特性暴露无遗。岛木幸没有想到，婚前如此吸引他的优雅外表下竟是如此邋遢的一个女人。

虽然有些工作能力很强的女人也不怎么做家务，但那不是她们不愿意做，而是心有余而力不足。久惠并不是这样的女强人，她与她们有着根本性的差别，而且她和岛木幸结婚后就一直闲居在家。

这样的生活，岛木幸忍受了一年。一年后，他向久惠提出离婚，久惠很诧异，完全不明白他为什么要离婚。

第一次婚姻失败后，岛木幸又独身过了两年。两年后，一个朋友又为他介绍了女朋友，女方是位二十七岁的未婚女子藤崎佐登美，相貌秀丽的她是一家老字号果子店主的千金，职业是翻译。她举止大方、干练。有一点很让岛木幸迷惑，那就是如此完美的女性因何迟迟没有结婚。

交往时间不长，岛木幸就向她求婚了，因为他发现在一同用餐时她总是主动收拾餐具。于是他们结婚了。

岛木幸很为自己的这次选择高兴，新婚妻子是个勤劳持家的女人，家里清洁不说，各种物件也都摆在合适的地方，只要他开口要，她可以马上找到递给他，岛木幸感到满意极了。

不擅长操持家务的女人是笨女人。现代生活需要各种各样的用具，笨女人永远不知道如何安顿这些物件，总是要找这找那。聪明女人就不同了，她们会把一切打理得井井有条，甚至会给人一种美的享受，无疑岛木幸的第二任妻子就属于这一种聪明人。

可是，从婚后第二个月开始，岛木幸发现家里的东西在不断地增加，她给岛木幸买了一件高级羊毛大衣，又给自己买了一件皮衣，岛木幸虽然高兴，但也开始担心当月的家计了。

岛木幸哪里知道，这只是个开始。从那以后，佐登美就开始疯狂购物，不管是有用的、没用的，只要相中了她就买。她买的各种食品两个人根本就吃不了，腐烂后只好扔掉。"东西只要够用就行了！"岛木幸不高兴地说。"万一发生地震什么的，不多储备一点怎么能行？"佐登美振振有辞。岛木幸这才发现，佐登美对钱根本就没有概念，她从小生活在有钱的父亲的庇护下，想买什么就买什么，从来不加节制。他劝她："我们的财力有限，你总要照我们的购买力购物。""怕什么，没钱朝我家要。"她自豪地回答。

没想到结婚刚一年，佐登美的娘家就破产了，这其中佐登美也有责任，因为她的挥霍加快了破产的速度。

如今佐登美要满足购买欲只有靠岛木幸了，可岛木幸只是一个普通职员，他无法满足她的购买欲。无奈之下，岛木幸只好又一次提出离婚，没想到佐登美居然很干脆地同意了。也许她也觉得岛木幸的经济实力满足不了她才如此爽快吧！

与佐登美离婚以后，岛木幸又过了两年多独身生活，一直到他上司给他又介绍一个对象，岛木幸本不想去，但是由于不愿扫上司的面子，岛木幸才硬着头皮去了。

哪知刚一见面，岛本幸就被对方的美貌打动了，这位叫则子的小姐貌美如花，是一位银行职员。想必对数字很有概念，不会乱花钱吧。岛木幸猜测道。女

找不到的理由

方似乎也很中意，才第三次约会，则子就答应了岛木幸的求婚。于是岛本幸与则子携手走进结婚礼堂。

银行职员果然对花钱很有计划，则子说："你的薪水支付家用，我的工资存起来以备将来。"尚未走出佐登美挥霍阴影的岛木幸，听了这话就像吃了一颗定心丸。

在他们共同生活了第三个月时，则子突然向岛木幸提出一个很令岛木幸不解的要求，那就是要求岛木幸与她同床一次，要付她一万元。"夫妻间也要付钱？"岛木幸吃惊地问。"这是为了保持双方热情呀！这些钱都可以存起来，同房越多存钱越多，而且又不损及我们夫妻间的情义，这是一个多么妙的主意！"则子说。

岛木幸想，妻子的美丽在街上经常会吸引陌生男子的目光，光一万元买妻子的一夜春宵，也够幸福的，何况钱也没有流出家庭。但则子又要求把钱划入她的私人名下，岛木幸听了心里不太高兴。因为平时的家用都是岛木幸出钱，她自己的薪水全存起来了，更不能忍受的是，就连她的社交活动和买化妆品也要岛木幸出钱。

岛木幸很清楚，结婚前则子就不是一个处女了。他想，如果她背着自己和以前的男友来往，说不定连她幽会的费用也让自己出。她和老公同床都要收费，莫非以前和男友睡觉也收钱？想着想着，岛木幸不由得心中一紧：难道则子本来就是风尘女郎？难怪她……

没多久，则子又要求提高同床费。岛木幸对和这样的女人共度一生已不存在任何奢望了。"要离婚可以，得给我一笔够我用的赡养费。"则子说。正在岛木幸孤苦无助的时候，一个朋友帮了他一个忙，这个朋友告诉他，则子和一个陌生男人从旅馆出来，岛木幸及时赶去。

配偶不忠是最好的离婚理由。岛木幸得以从第三次婚姻中全身而退。

岛木幸现在对婚姻已彻底失去信心，他坚信自己与婚姻无缘，近来日本不婚女性越来越多，不结婚的男人也增加了。相对那些一次婚也结不了的人来说，岛木幸认为自己还不错，毕竟有过三次亲身感受嘛。

丫岛美人鱼

—— [日本] 名木田惠子

电视新闻中播报了丫岛发现美人鱼的消息后，
宜纪决定重返丫岛再寻美人鱼。
然而，当宜纪再遇美人鱼时却意外地发现，
那条美人鱼竟然是旅馆老板的女儿——百合小姐。

宜纪疲惫极了，从丫岛返回十多天了，仍不想做任何事，他起身来到电视机前把电视打开，"中午新闻"节目播音员的面貌展现在眼前。

瞧着播音员那身笔挺的西服，不免让人越发觉得热得难受，宜纪正要按键，打算换个频道。

"在丫岛，已有人称目击过美人鱼。"播音员的声音使宜纪的手一下子停了下来："这是真的?"

丫岛美人鱼的新闻使岛上哄然骚动，迄今仍不太为人知晓的丫岛现在成了旅游的热点，各地游客蜂拥而来。在这凉爽的海岛上，美人鱼成了游人们的话题。旅店的业主们也因此赚取了可观的效益。

新闻已经终了，连信号都已消失，可宜纪紧握着筷子，仍呆呆地盯着屏幕。这么说我所见的真是美人鱼？那么自己就是第四目击者了。总不会全都是错觉吧！

宜纪不顾妈妈的惊慌，一面飞跑回自己的房间，一面大声喊着："拿背包！给我钱！我要再去一次丫岛！"

当宜纪到达丫岛时，发现丫岛较上次热闹了许多倍，这无疑是电视等各种媒体宣传的结果。

所有的旅馆里都住满了游人和采访的记者。"海滨之家"也不例外。满怀歉意的店主大叔一边鞠躬一边说："真不好意思，九月底以前的床位都预约出去了。"

是啊，十几天前还很平静的小旅馆，现在却是一片喧哗和笑声了。

"先生，你可以住我的房间，如果你不嫌弃的话。爸爸，这位是老顾客，回绝了不好的。"不知在什么地方听着的百合突然出现在宜纪面前，"我搬去与母亲同住。"

"谢谢百合小姐。"当宜纪高兴地向她道谢时，双颊飞红的百合小姐却低着头从走廊跑了出去。

"既然这样，那就跟我来吧，先生！"

店主大叔满脸含笑将宜纪引到了百合的房间。

这是一个最小但异常整洁的好房间，墙壁上装饰的像是女子画的画，同时嗅到一股好闻的香味。说不清什么原因，宜纪总感到有些拘束。他怎么总有一种闯入了那女子心里的感觉呢？

吃饭时的话题全是美人鱼："昨天我潜到水中时，就觉得恍然如在眼前，可细一看，原来是礁石。"

"行了吧！你是不是想美人鱼想疯了？"

客人们一边热闹地闲扯，一边吃着饭。宜纪一边吃着烧鱼，一边听着大家的议论。而百合似乎对美人鱼的传闻没什么兴趣，只是在一角忙着手中的活儿。宜纪总想找机会和百合讲点什么，可总找不到机会。

"但是，美人鱼是真有的，就在这个岛的附近，我也看到了。"有一个人说。

宜纪这时突然插嘴说："我作证，美人鱼我见过，我拍了照片的！"

店主大叔立刻显出大吃一惊的样子："照片？先生，是真的吗？"

"上次我来的时候，刚好我在水中拿着照相机。"叭的一声，惊慌失措的百合打了碗，两眼直盯着宜纪。

"哇！真的！那你可发大财了，赶快把它卖给报馆！"一个年轻男子兴奋地拍打着宜纪的肩头。

"可那照片，模糊不清，给谁看都不肯相信。"

"那可太遗憾了。"

围观的人都遗憾地摇了摇头，惟独店主大叔一副担惊受怕的样子。这时，一个人对宜纪说："再拍一次吧，这回你要把眼睛睁得大大的。"

"对，再潜水时我也带着照相机。"由于那年轻男子再三表示遗憾，宜纪也觉得很神气，如果有幸再次碰到美人鱼，并拍下照片，还真说不准会成为名噪一时的名人呢。

猛然之间，宜纪感到背后似乎有人一直在盯着他，他转过身，百合那双黑黑的大眼正一动不动地凝视着自己，那双美丽的黑眼里似乎有什么要诉说，又似乎在流露出一种复杂的情感。

海鸟拍打着翅膀，呼啦呼啦地成群从岩石上飞进海里，就在这一带，那天，宜纪发现了美人鱼。这一次，宜纪游入这宁静的晨海里，如同在自由地散步，而

蓦然回首

这突然的入侵者却使悠闲的鱼儿们四散奔逃。虽然他终日潜水游泳并不感到困难，可迄今已经五天了，连美人鱼的尾巴都没瞧见过。

实际上牵动宜纪心的并不是那传说中的美人鱼，而是百合小姐那双充满深情的大眼睛。"虽然她把她的房间让给了自己，但她为什么对自己敬而远之？唉，借给我房间也许是为了赚钱吧！可那双黑黑的大眼睛又那么深情，她想要干什么？"

宜纪决定今天就离开丫岛，这是他最后一次入海，他准备好好畅游一下。他把相机放在礁石中间，带上鸭蹼和潜水镜一直向海里潜去。大海里色彩斑斓，宜纪在海中游啊游啊，时而浮出海面换换气。他似乎觉得自己也变成了一条人鱼，多么畅快呀！

前面出现两块巨大的礁石，宜纪想从中间潜过去，突然，他惊呆了，他发现了美人鱼，这次绝没有错！飘动向前的黑影就在前面。那飘散的长发，轻轻摆动的尾巴，是的，那如流水般轻快游动着的一定是美人鱼。宜纪猛然间醒悟过来，他急忙追了上去，他心里暗想，即便拍不到照片，我也要看个真切。

但宜纪很快发现，照他的游技，要追上那美人鱼，纯属妄想。正当他打算放弃追赶时，他看见美人鱼的身体忽然在海里不正常地摆动起来。一定是尾巴碰到了礁石上，美人鱼像要抱住自己尾巴开始下沉，宜纪慌忙向美人鱼游去，此时他已紧张得可以听见自己嘭嘭的心跳声。

宜纪用手抓住美人鱼，抱着美人鱼浮出海面。就在这一瞬间，他不由得惊叫出来："百合，百合小姐！"

"宜纪先生，真对不起，我——"百合用颤抖的声音说到这里，嘴唇变得发紫，已无力气再说下去。宜纪慌忙地带着百合向一个小岛游去。

这件事刚发生时的确令宜纪大吃一惊，可内心却奇妙地平静下来。他把百合放在海滩上，把套在少女腰上的那像鲤鱼尾巴似的东西弄下来，露出了雪白的腿和脚，脚尖上有一大块血淤的青痣。

"宜纪先生，您不会因此不理我吧？"百合说着，双眼不由得涌出了泪水。

"其实我也不想这么做，我是被逼无奈，一点话题没有，游客们不来，父亲的旅馆，全家的生活……"

"这个尾巴是出自你父亲的手吗？"

百合倦怠地、无力地点点头。

"做得挺高明啊！把大家都唬住了。"

"我再也不愿继续下去了，如果这也变成了新闻，那我——真可怕呀！"

"对！是不应该再继续下去了！"宜纪严肃地说。

"我想您一定看不起我了。"

"不,一点也不。"宜纪一面说着,一面用两只灼人的闪烁着喜悦的眼睛凝视着百合。百合含羞地低下了头,双颊不由得又飞起两朵红云。

一周后,蔷薇色照相馆的鲁滨先生接到一封带着海味的信。信封中有一张合影照片。上面是晒得黝黑的宜纪和一位洁白可爱的姑娘,照片旁写着:

"这就是我的美人鱼——百合小姐。"

七个铜板

——[匈牙利] 莫里兹

> 母亲为了给父亲洗一件衬衫,需要七个铜板买半磅肥皂。
> 于是母亲开始在抽屉里、衣袋里寻找铜板。
> 最后,当母亲从一个老叫化子手中获得第七个铜板之后,笑得吐血而死。

穷人也可以笑,这是造物主赋予的。

茅屋里不但可以听到呜咽和嚎哭,也可以听到笑声。甚至可以说,穷人在想哭的时候是可以笑的。

穷人的世界我最熟悉不过了。苏斯家族在父亲那一代经历过最悲惨的贫困。那时,我父亲在一家机器厂打零工。他不夸耀那个时代,别人也不。可是那时候的情景是真实的。

在我以后的生活中,我再也没有像在童年的短短的岁月中笑得那样厉害了,这也是真实的。

我怎么会再笑呢?因为我已没有了那笑得那么甜蜜、最终笑得流眼泪、笑到咳嗽得几乎透不过气来的、红脸盘儿的、快活的母亲。

有一次,我和母亲花了整整一个下午来找七个铜板。那一次,她笑得那么厉害,我以前从未曾见过。我们找寻那七个铜板,而且最终竟然找到了。三个在缝衣机的抽屉里,一个在衣橱里……另外几个却是费了更大的劲才找出来的。

我母亲一个人一开始就找到三个铜板。她希望在缝衣机抽屉里再找到几个,因为她时常给人家做点针线活,赚来的钱总是放在那里面。在我的眼里,那个缝衣机抽屉是个无穷无尽的宝藏,只要伸手就能拿到钱。

因此,我非常奇怪地看着我母亲在抽屉里边搜寻,在针、线、顶针、剪子、扣子、碎布条等等中间摸索,又突然大惊小怪地叫了起来:

"它们都躲起来啦!"

"谁呀?"

"小铜板哪。"我母亲笑着说,她把抽屉拉了出来。

找不到的理由

"来吧，我的小乖乖，不管怎么样，我们得把这些小坏蛋找出来。呵，这些淘气的小铜板。"

她蹲在地板上，把抽屉放下来，真像是怕它们会飞掉。她又突然把抽屉翻了个身，就像用帽子扑蝴蝶一样。

看她那个样子，由不得你不笑。

"它们就在这里头啦。"她咯咯地笑着说，然后不慌不忙地把抽屉搬起来，"假如只剩一个的话，那就应该在这儿。"

我蹲在地板上，注视着有没有小铜板悄悄地爬出来。可是，那儿没有一样东西在蠕动。事实上，我们也并不真地相信里面会有会动的东西。

我们彼此望望，觉得这种游戏很可笑。

我碰了碰那个翻了身的抽屉。

"嘘！"我母亲警告我，"当心，会逃走的啊！你不晓得铜板是个多么灵活的动物，它跑起来异常迅速，它差不多是滚着跑的。它滚得可快啦……"

我们笑得前仰后合。经验告诉我们，一个铜板多么容易滚走。

当我们平静下来的时候，我又伸出手去摸翻的抽屉。

"哦！"我母亲又喊起来。吓得我赶紧连忙把手缩回来，好像碰到一只炽热的火炉子。

"当心，你这个小家伙，难道想急着把它放走吗？只有它藏在下面的时候，它才是属于我们的呢！让它在那儿多呆一会吧！你瞧，我要洗衣服，得用肥皂。可是肥皂起码要花七个铜板才能买到，少一个都不行。我已经有三个了，还差四个。它们都在这小屋子里，它们逗留在这儿，但是它们不喜欢人去惊动。假如它们生了气，它们就一去不回了。当心，钱是很敏感的。你得很巧妙地对付它，要毕恭毕敬地。它像少妇一样，特别容易气恼。你为什么不唱支迷人的曲儿呢？也许这样可以把它从它的蜗牛壳里逗出来呢。"

天晓得我们在这唠叨不休的谈话中间笑得多起劲。不过那的确是非常好笑的。

"铜板叔叔快出来，你的房子着火啦！"

我一面说，一面就把它的房子翻过来。

很可惜，铜板叔叔并不在家，下面是一些破破烂烂的东西。

我母亲撅着嘴在乱翻，但是毫无结果。

"多可惜呀！"她说道，"我们没有桌子，假如把它倒在桌面上，我们就可以做得更隆重了，并且我们一定会从下面找到一些什么的。"

我把那堆破烂儿放回抽屉里。这时我母亲正在绞尽脑汁地寻思着。想她是不是曾经把钱放在别的什么地方，但是她什么也想不出来。

蓦然回首

不过,我的心里倒动了一个念头。

"我知道一个地方有一个铜板,亲爱的妈妈。"

"在哪儿,我的孩子?我们快把它找出来吧,可别让它再从我们身边溜掉了。"

"在玻璃橱的那个抽屉里。"

"哦,我的好孩子,多亏你早先没有说出来!不然,这时一定不在那里了。"

我们站起来,走到早已没有玻璃的玻璃橱前,还好,我们在那个抽屉里找到了一个铜板,我知道它一定是在那里的。这三天来,我一直准备把它偷走,但是我却迟迟不敢动手。假如我敢偷的话,我一定拿它买了糖啦。

"真好,我们已经有了四个铜板了。打起精神来吧,我的小宝贝,我们已经找到一大半了,再有三个就够了。我们既然花了一个钟头找到了这一个,到下午喝茶的时候,我们就可以找到那三个了。如果是这样,到天黑以前我还可以洗不少衣服呢。快点儿找吧,也许其余的抽屉里都有一个铜板呢!"

如果每个抽屉里要都有一个,那可真是太了不起了!这个老橱柜在它年轻的时候曾经收藏过很多东西。但是,这个可怜的家伙到我们家以后,却不曾放过很多东西;难怪它变得那么破烂,还被小虫钻得满身窟窿。

"这一个抽屉曾经豪华过一阵儿,那一个从来没有过东西!这一个呢,永远是靠借债度日的!唉,你这缺德的可怜的叫化子,你连一个铜板也没有么?这一个不会有什么东西了,因为它是我们穷神的老家。假如现在不给我一点东西,你就永远别想有一点东西了,这是我惟一的一次向你要东西了!瞧,这一个最多!"母亲对每一个抽屉都唠叨一番。最后她笑着叫道,拉出最下一层的抽屉,这个连底都没有了。

我母亲把它套在我的脖子上,于是我们坐在地板上,放声大笑。

"别笑了,"她突然说道,"我们马上就有钱了。我就要从你爸爸的衣服里找出一些来。"

墙上有些钉子,上面挂着衣服。简直太神奇了,我母亲把手伸进头一个口袋,就马上摸到了一个铜板。

她简直不敢相信自己的眼睛了。

"瞧,"她叫道,"我们找着了!我们已经有多少啦?简直数不过来了!一,二,三,四,五,已经有了五个,再有两个就够了。两个铜板算什么?算不了什么。既然有了五个,另外两个毫无疑问马上就要钻出蜗牛壳。"

于是我母亲非常热心地搜寻那些衣袋,可是,让人遗憾的是,那些衣袋里竟然连铜板叔叔的气息都不存在。她一个也找不出来了。就连最有趣的笑话也没法儿把另外两个铜板逗出来了。

由于兴奋和辛苦,我母亲的两颊已经泛起两朵红晕。再不能让她干下去了,因为这样会叫她马上害病的。这当然是一件例外的工作，谁也不能禁止谁找钱啊。

下午喝茶的时候到来了，又过去了。夜不久就要来临。我父亲明天需要一件衬衫，可是井水是洗不掉油污的。

这时，我母亲如梦初醒一般，拍了拍前额。

"哦，我都找昏了头！我就不曾看看我自己的衣袋！既然想起来了，我就去看看吧。"

她去看了一下，也许是有个精灵在暗中帮忙，她真的在那里找着了第六个铜板。

我们又都兴奋起来，现在只缺一个了。

"把你的衣袋也给我看看，说不定那儿也有一个！"

我的衣袋！我可以给她看的，里边什么也没有。

夜幕降临之时，我们仍只有六个铜板，可是我们真好像一个也没有一样。那个犹太店主不肯放账，邻居们又像我们一样穷，再说，如何去向人家讨一个铜板啊！

除了打心坎里笑我们自己的不幸以外，再也没有别的办法了。

正在我们一筹莫展之时，一个叫化子走了进来。他用歌唱的调子发出一阵悠长的哀叹。

我母亲笑得几乎昏过去了。

"我的好人，"她说道，"我在这儿糟蹋了整整一个下午，因为我需要一个铜板，少了它就买不到半磅肥皂。"

那个叫化子，一个脸色温和的老头儿，瞪着眼睛看着她。

"一个铜板？"他问道。

"是的。"

"我可以给你一个。"

"这怎么行呢，接受一个叫化子的布施！"

"没关系，我的姑娘。我不会短少这一个铜板的。我缺少的是一铲子土，有了它一切都很圆满的。"

他把一个铜板放在我的手里，然后满怀着感恩的心情蹒跚地走向了黑黑的夜幕。

"感谢上帝，"我母亲说道，"再没有……"

她停了一会儿，然后发出一阵大大的笑声。

"钱来得正是时候！今天再也洗不成衣服了。天黑了，我连灯油也没有！"

她这一次笑得连气都透不过来了。这是一种可怕的、致命的窒息。她弯着腰把脸埋在手掌里。我去扶她的时候，一种热呼呼的东西流过我的手。

血！那是我母亲的血，是她宝贵的、圣洁的血。我的母亲，恐怕在穷人中间找不到几个像她那样会笑的人。

半 张 纸

——［瑞典］斯特林堡

半张纸片，浓缩了他两年的人生。
在两年中，他恋爱、结婚，交朋结友；
在两年中，他成家立业，操持家务。
然而随着妻子难产而亡，一切都结束了。
他不得不重新开始新的人生。

搬运车全部都离去了，那位帽子上戴着黑纱的年轻房客还在空房子里踱巡，生怕有什么东西遗漏了。不过，没有什么东西遗漏，没有什么了。他走到走廊上，决定要忘记他在这寓所中所遭遇的一切。但是在墙上，在电话机旁，他看见有一张涂满字迹的小纸头。上面所记的字是好多种笔迹写的；有些很容易辨认，是用黑黑的墨水写的；有些却有些模糊，是用黑、红和蓝铅笔草草写成的。这里记录了短短两年间全部的罗曼史。他决心要忘却的一切全部都记录在这张纸上——半张小纸上的一段令人难忘的人生轨迹。

他取下这张小纸。这是一张淡黄色有光泽的便条纸。他将它铺平在起居室的壁炉架上，俯下身去，开始读起来。

第一个就是她的名字：艾丽丝——他所熟悉的名字中最美丽的一个，因为这是他爱人的名字。旁边是她的电话号码，15，11——看起来像是教堂唱诗牌上圣诗的号码。

接下来潦草地写着：银行。这是他工作单位，对他说来这神圣的工作意味着面包、住所和家庭，——也就是生活的基础。电话号码被一条粗粗的黑线划去了，因为银行倒闭了，后来他在短时期的焦虑之后又找到了另一个工作。

接着是出租马车行和鲜花店，那时他们已订婚了，而且他也挣了不少钱。

再下面是家具行，室内装饰商——这些人布置了他们的寓所。搬运车行——使他们搬进了家。歌剧院售票处，50，50——他们新婚，星期日夜晚常去看歌剧。在那里度过的时光是最愉快的，他们依偎而坐，心灵沉醉在舞台上神话般的境遇及悲欢离合中。

接着是一个男子的名字，这个名字上也划了一道粗线。他一度飞黄腾达，但是由于事业兴隆，得意妄为，以致又潦倒到无可救药的地步，最后不得不远走他乡。荣华富贵像过眼烟云，转眼即逝。

这对新夫妇还有一位特殊的朋友。一个女子的铅笔笔迹写的"修女"。真是修女？哦，那个穿着灰色长袍、有着亲切和蔼的面貌的人，她总是那么温柔地到来，不经过起居室，而直接从走廊进入卧室。她的名字下面是L医生。

名单上第一次出现了一位长辈——母亲。这是他的岳母。她一直小心地躲开，不来打扰这对新婚夫妇。但后来她受到他们的邀请，所以很快乐地来了。因为他们的新家需要她的帮助。

以后是红蓝铅笔写的项目。佣工介绍所，女仆走了，必须再找一个。药房——哼，情况开始不妙了。牛奶厂——订牛奶了，消毒牛奶。杂货铺，肉铺等等，家务事都得用电话办理了。原来，这家的女主人快生小孩了。

下面的字迹已无法辨认，因为他眼前一切都模糊了，就像将要溺死的人透过海水看到的那样。后面用清楚的黑体字记载着：承办人。

再后面的括号里写着"埋葬事"，事情已经非常清楚！——一个大的和一个小的棺材。

埋葬了，再也没有什么了。一切都归于泥土，这是一切肉体的栖息地。

他拿起这张淡黄色的小纸片，吻了吻，仔细地将它折好，放进胸前的衣袋里。

在短短的两分钟里他又度过了他一生中的两年。

但他出门时并不是垂头丧气的。相反的，他昂首挺胸，像是个骄傲的快乐的人。因为他知道，他已经尝到了生活所能赐予人的最大的幸福。有很多人，那些表面幸福的人，是终生得不到这种幸福的。

难以避免的灾祸

——［印度］泰戈尔

地主家的总管吉里什·巴苏对女佣佩丽产生了歹意，最终将其投入了监狱。霍里霍尔因收留佩丽而受牵连，失去了所有的田产。

吉里什·巴苏是一个地主家的总管，他是一个地道的小人，心地非常歹毒，而且好色。这不，他对由他雇来的女佣佩丽产生了歹意，佩丽出于自卫的考虑，到总管的老婆跟前哭诉了一番。

总管的老婆对佩丽说："孩子，还是逃走吧！你是规矩人家的姑娘，呆在这里对你不合适。"

说完后，女主人悄悄地给姑娘一点钱就打发她走了。

可是总管的老婆给的钱太少了，佩丽无法逃离，因此佩丽只好到村里婆罗门霍里霍尔·波塔恰尔乔先生家里寻求庇护。

霍里霍尔的儿子反对收留佩丽："爹，你为什么要给家里招惹是非呢？"

"既然灾祸自己找上门来请求庇护，我就不能拒之门外，把姑娘再送回虎口。"霍里霍尔回答说。

没过多长时间，吉里什·巴苏来到霍里霍尔家里，深深地鞠了一躬，说道："波塔恰尔乔先生，您怎么能窝藏我家的女佣呢？我家里事情很多，没有女佣是很不方便的。"

霍里霍尔板起面孔，直言不讳，几句话就把总管顶了回去。这位婆罗门是个正义感很强的人，不会为了自己的私利而巴结权威人物。总管暗自把他比做振翅发怒的蚂蚁，扭头走了。离开时他向婆罗门恭恭敬敬地行了一个触脚礼。

又过了几天，一位警察突然搜查了霍里霍尔家，结果搜查出地主总管老婆的一枚首饰，女仆佩丽被当做窃贼抓进了监狱。至于霍里霍尔，由于德高望重、远近闻名，总管才没敢控告他窝藏赃物。

霍里霍尔心里明镜似的，知道是由于他不肯放佩丽回去，才使这不幸的姑娘蒙受了不白之冤。但儿子婆罗门心里却很不安，如坐针毡，他对父亲说："我们把田地卖了，搬到加尔各答去住吧！这样，我们才得安生。"

霍里霍尔回答说："既然灾祸找上门来，无论我们躲到哪里去，也是躲避不了的。况且我不能抛弃祖辈遗留下来的产业。"

在那边，总管想要大幅度增加地租，激起了佃户们英勇反抗。霍里霍尔所有的土地全是庙产，与地主没有任何瓜葛。但地主总管把这件事全推到他身上，并说："是霍里霍尔唆使佃农发动暴乱。"

地主盛怒不已，吩咐道："不管你采用什么办法，总之一定要惩治霍里霍尔。"

总管向霍里霍尔又行了个触脚礼，说："您的那些土地本属于地主老爷的，应该交出来。"

霍里霍尔回答说："这是什么话！那些土地自古以来就是我们的产业，而且是梵天赐予的！"

总管又出了个花招，他对法院说，与院子毗连的霍里霍尔的祖业是地主的地产。

霍里霍尔听到这个消息后说："这些土地要是该放弃就放弃吧，我年老体弱，已无力气打这场官司了。"

他的儿子可不答应。他们说："把院子周围的土地交出去全家以什么为生？"

霍里霍尔没有办法，为了全家人的生计，他硬着头发来到法院。他双腿颤抖，战战兢兢地站在证人席位上。法官诺博戈帕尔先生根据霍里霍尔的证词，帮助霍里霍尔胜诉。波塔恰尔乔的佃户们为了这件事打算在村里隆重地庆祝一番。但霍里霍尔急忙制止了他们的庆祝活动。

又过了一段时间，总管又一次来见霍里霍尔，并向霍里霍尔行了个特别触脚礼，他的头几乎都碰到了地面。原来他又向法院递了一份上诉书。

律师们没有要霍里霍尔一分钱。他们一再向霍里霍尔保证，这场官司一定会大获全胜，万无一失。白天无论如何也不会变成黑夜。

听律师们这么一说，霍里霍尔就把心放在了肚子里，心安理得地呆在家里。

但是有一天地主的家里突然传出了敲锣打鼓的喧哗声。总管家里杀猪宰羊，如杜尔伽大祭节来临一样。这到底是怎么回事呢？最后，有人告诉霍里霍尔：在诉讼中他败诉了。

霍里霍尔被弄得晕头转向，问律师道："博尚托先生，这是怎么回事？我该如何办呢？"

博尚托先生对他说了一下白天是怎样变成黑夜的内幕："不久前刚当上首席法官的这位先生，曾与法官诺博戈帕尔先生有着很深的矛盾，两人一直视对方如仇人，当时他们两个人的地位不相上下，他无可奈何。而现在，他刚一爬上首席

法官的座位，就推翻了诺博戈帕尔的判决。这就是您败诉的原因。"

懊恼不已的霍里霍尔问道："还可不可以向最高法院上诉呢？"

"没有用的。"博尚托说，"首席法官认为您的证人的证词是伪造的，而对方证人的证词则真实可信。关于证词的问题，最高法院是不会受理的。"

老头子眼泪汪汪地问道："那么，现在我该怎么办？"

"没有任何挽救的办法，只好认命。"律师说。

第二天吉里什·巴苏又来到了霍里霍尔的家里，并又恭恭敬敬地向婆罗门行了个触脚礼。告别时，他告诉霍里霍尔："主的意愿是无论如何也躲不过去的，黑夜就是黑夜。"

版权声明

我方策划出版的《中外名家精品荟萃》图书中，部分作品无法与权利人取得联系，为了尊重作者的著作权，特委托北京版权代理有限责任公司向权利人转付稿酬。请您与北京版权代理有限责任公司联系并领取稿酬。联系方式如下：

吴先生
北京版权代理有限责任公司
北京海淀区知春路 23 号量子银座 1403 室
邮编：100191
电话：(010) 82357058/57/56　　　传真：(010) 82357055
网址：www.bookpod.cn